Assa

insignis

Oliver Bowden

Assassin's Creed

OBJAWIENIA

przełożył

Przemysław Bieliński

insignis

Tytuł oryginału

ASSASSIN'S CREED® REVELATIONS

First published in English in 2011 by Penguin Group
Penguin Books Ltd, 80 Strand, London WC2R 0RL, England
www.penguin.com

Przekład
PRZEMYSŁAW BIELIŃSKI

Redakcja
DANUTA PORĘBSKA TOMASZ PORĘBSKI TOMASZ BRZOZOWSKI

Redakcja i korekta
LIDIA KOWALCZYK PAWEŁ BRZOZOWSKI MARIA BRZOZOWSKA

Skład i przygotowanie do druku
TOMASZ BRZOZOWSKI

Wszystkie cytaty z *Boskiej komedii* Dantego Alighieri pochodzą z przekładu Juliana Korsaka.

ISBN: 978-83-61428-87-9

1

insignis

Insignis Media
ul. Szlak 77/228–229, 31-153 Kraków
telefon / fax +48 (12) 636 01 90
biuro@insignis.pl, www.insignis.pl
facebook.com/Wydawnictwo.Insignis

Druk i oprawa:

opolgraf

Opolgraf SA, www.opolgraf.com.pl

Wyłączna dystrybucja:

fk

Firma Księgarska Olesiejuk, www.olesiejuk.pl

Wydrukowano na papierze Ecco Book Cream 60g, vol. 2.0
dostarczonym przez firmę

antalis | map

Antalis Poland Sp. z o.o., www.antalis.pl

Spis treści

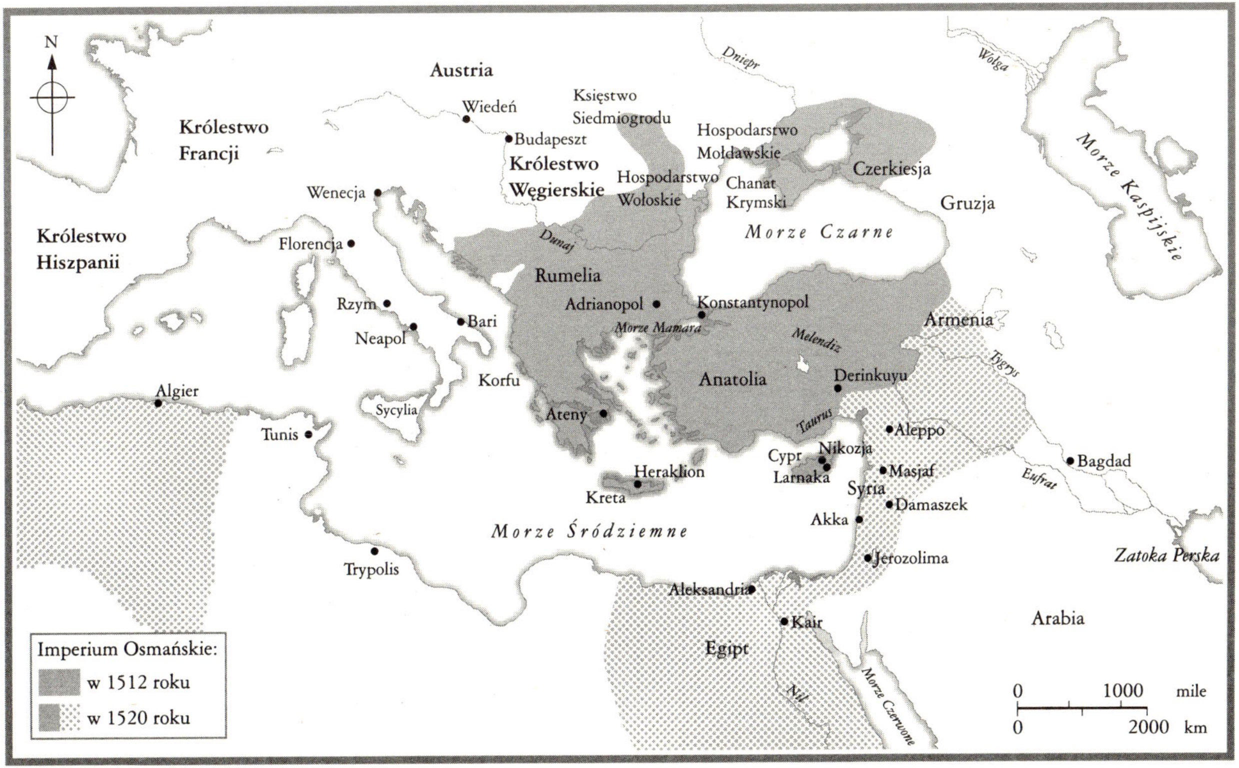

Imperium Osmańskie w XVI wieku

CZĘŚĆ PIERWSZA

Z prostego toru w naszych dni połowie
Wszedłem w las ciemny; jaka gęstwa dzika,
Jakie w tym lesie okropne pustkowie,
Żyjący język tego nie wypowie...

Dante, *Piekło*

1

Wysoko po czystym, bezchmurnym niebie szybował orzeł.

Wędrowiec – zakurzony, zdrożony, oderwał wzrok od ptaka, podciągnął się na niski, kamienny murek i przez chwilę stał nieruchomo, bystrym spojrzeniem chłonąc widok. Zamek otaczały poszarpane, ośnieżone szczyty gór, chroniły go i zamykały w swoich objęciach. Forteca wznosiła się dumnie na jednym z nich; zwieńczona kopułą wieża cytadeli była lustrzanym odbiciem mniejszej kopuły sąsiedniej wieży więziennej. Stalowoszare skały trzymały się pazurami podstaw gładkich murów. Wędrowiec oglądał je nie pierwszy raz – dzień wcześniej mignęły mu w oddali, o zmierzchu, gdy wspiął się na wzniesienie milę na zachód stąd. Zamek, zbudowany niczym za sprawą czarów w tym niedostępnym terenie, wyglądał jak zespolony w jedną całość ze skalnymi turniami.

Wędrowiec dotarł do celu – w końcu. Po dwunastu nużących miesiącach wędrówki. Ciężkiej i długiej – w trudach i niepogodzie.

Przykucnął na wszelki wypadek i znieruchomiał; odruchowo sprawdzając broń, dalej wypatrywał. Jakiegokolwiek ruchu. Jakiegokolwiek.

Na blankach – ani żywej duszy. Tylko wiatr tnący tumany śnieżnego pyłu, ale ani śladu ludzi. Forteca wyglądała na opuszczoną, tak jak się spodziewał po tym, co o niej czytał. Życie jednak nauczyło go, że najlepiej zawsze się upewnić. Tkwił nieruchomo.

Żadnych odgłosów prócz wiatru. A potem – coś. Drapanie? Przed nim, po lewej, po gładkim zboczu stoczyła się garść kamyków. Wędrowiec zesztywniał, podniósł się lekko, wysunął głowę spomiędzy zgarbionych ramion. A wtedy strzała, która nadleciała nie wiadomo skąd, trafiła go w prawy bark i przebiła zbroję.

Zachwiał się, skrzywił z bólu. Sięgnął ręką do strzały, podniósł głowę i wytężył wzrok w kierunku skalnej wyniosłości – niewielkiego wzniesienia, mierzącego najwyżej dwadzieścia stóp – która wyrastała przed zamkiem i służyła za naturalne, zewnętrzne stanowisko obrony. Na jej szczycie pojawił się mężczyzna w ciemnoczerwonej tunice, burej szacie wierzchniej i zbroi, z dystynkcjami kapitana. Głowę miał ogoloną, a jego twarz ukośnie, z prawej do lewej, przecinała blizna. Rozchylił usta w grymasie, który był po części wyrazem wściekłości, po części tryumfalnym uśmiechem, ukazując nierówne i poszczerbione zęby, brązowe niczym nagrobki na zaniedbanym cmentarzu.

Wędrowiec szarpnął drzewce strzały. Ząbkowany grot utkwił w zbroi, przebił jednak tylko metal, a jego czubek ledwie drasnął ciało. Mężczyzna odłamał drzewce i cisnął je na bok. W tym momencie ujrzał ponad setkę uzbrojonych ludzi, podobnie odzianych, z mieczami i halabardami w gotowości, wychodzących na grań po obu stronach ogolonego na łyso kapitana. Ich twarze skrywały hełmy z nosalami, ale czarne orły na tunikach powiedziały podróżnemu, z kim ma do czynienia; wiedział, czego może się po nich spodziewać, jeśli go pojmą.

Czyżby się starzał? Żeby wpaść w taką pułapkę... Przedsięwziął przecież wszystkie środki ostrożności.

I mimo to poniósł porażkę.

Cofnął się, gotów na ich przyjęcie. Wysypali się na płaski kawałek terenu, na którym stał, rozproszyli na boki, otoczyli go i trzymali na długość halabardy. Wyczuwał, że mimo liczebnej przewagi boją się go. Jego reputacja była szeroko znana i słusznie zachowywali czujność.

Przyjrzał się halabardom. Podwójne groty – topór i pika.

Rozprostował ramiona. Z jego nadgarstków wysunęły się dwa wąskie, szare, śmiercionośne ukryte ostrza. Spiął się; odbił pierwszy cios, wyczuwając wahanie przeciwnika – czyżby chcieli wziąć go żywcem? A potem zaatakowali ze wszystkich stron naraz, próbując powalić go na kolana.

Zawirował i dwoma czystymi cięciami rozpołowił drzewca najbliższych halabard. Grot jednej z nich poleciał w powietrze; podróżny schował prawe ukryte ostrze i chwycił go, zanim upadł na ziemię. Trzymając grot za kikut drzewca, wbił go w pierś poprzedniego właściciela.

Wtedy go opadli; w ostatniej chwili schylił się nisko, szumem powietrza ostrzeżony przed ciosem halabardy, która przeleciała tuż-tuż nad nim, mijając jego zgięty grzbiet. Odwinął się wściekle i lewym ukrytym ostrzem ciął głęboko nogi napastnika przed sobą. Mężczyzna z wyciem runął na ziemię.

Wędrowiec chwycił upuszczoną halabardę, która przed chwilą omal nie pozbawiła go życia, i zakręcił nią w powietrzu, odrąbując dłonie następnemu napastnikowi. Odcięte ręce poleciały łukiem w powietrzu, z palcami zakrzywionymi jak w błaganiu o łaskę, z pióropuszem krwi ciągnącej się za nimi niczym czerwony łuk tęczy.

To na moment powstrzymało napastników, ale ci ludzie oglądali gorsze rzeczy i ledwie wędrowiec zdołał złapać oddech, oni znów go obskoczyli. Zamachnął się halabardą i zostawił ją wbitą głęboko w szyję człowieka, który przed chwilą usiłował go powalić. Podróżny puścił drzewce i schował drugie ukryte ostrze, żeby uwolnić dłonie i chwycić sierżanta z wielkim mieczem; wyrwał mu broń i cisnął nim w gęstwę żołnierzy. Zważył miecz w dłoni; poczuł, że bicepsy napinają mu się pod ciężarem dwuręcznej klingi. Podniósł ją w samą porę, by rozrąbać hełm następnego halabardzisty, tym razem atakującego z tylnej lewej ćwiartki w nadziei, że tam pozostanie niezauważony.

Miecz był solidny. Lepszy do takiej roboty niż lekki sejmitar u jego boku, zdobyty podczas drogi, czy ukryte ostrza, przydatne w zwarciach. Nigdy go nie zawiodły.

Z zamku wysypywało się coraz więcej żołnierzy. Ilu było trzeba, żeby pokonać jednego człowieka? Napierali na niego hurmą, ale on wirował i uskakiwał, mylił ich. Wyrwał się ze ścisku przewrotem przez plecy jednego z napastników; wylądował, odbił cios miecza hartowanym, metalowym karwaszem na lewym nadgarstku i własne ostrze wbił w bok przeciwnika.

Nagle – chwila spokoju. Dlaczego? Wędrowiec znieruchomiał, łapiąc oddech. Kiedyś nie musiałby łapać oddechu. Rozejrzał się. Wciąż otaczali go żołnierze w szarych kolczugach.

Nagle pośród nich zobaczył innego człowieka.

Innego człowieka. Kroczącego między nimi. Niezauważonego, spokojnego. Młodego mężczyznę w bieli. Odzianego tak samo jak on, noszącego taki sam kaptur, ze spiczastym czubkiem z przodu, przypominającym orli dziób. Wędrowiec rozchylił usta, zdziwiony. Wszystko ucichło. Wszystko znieruchomiało, nie licząc młodego mężczyzny w bieli, który szedł – miarowo, spokojnie, bez lęku.

Młodzieniec przechodził między walczącymi tak, jak się idzie przez pole kukurydzy – jakby w ogóle go nie obchodzili, nie wzruszali. Czy to nie taka sama sprzączka spinała jego wyposażenie? Taka sama jak u wędrowca? Z takim samym symbolem? Symbolem, który wędrowiec nosił wypalony w świadomości i własnym życiu od ponad trzydziestu lat – podobnie dawno temu oznakowano mu serdeczny palec.

Zmrużył oczy, a kiedy je otworzył, wizja – jeśli tym właśnie była – zniknęła. Powrócił hałas, smród, zagrożenie, napierające z każdej strony, z kolejnymi szeregami wrogów, przed którymi nie było ucieczki i których nie mógł pokonać.

Jednak, nie wiedzieć czemu, nie czuł się już tak samotny.

Nie było czasu na myślenie. Żołnierze otaczali go ze wszystkich stron, równie przerażeni co wściekli. Sypały się ciosy, zbyt liczne, by wszystkie odparować. Wędrowiec walczył dzielnie, powalił jeszcze pięciu, dziesięciu. Ale miał przeciwko sobie hydrę o tysiącu głów. Olbrzymi żołnierz spuścił na niego dwudziestofuntową klingę. Podróżny podrzucił w górę lewą rękę, żeby odbić cios karwaszem, obrócił się i upuścił własny ciężki miecz, by wykorzystać ukryte ostrza. Ale napastnik miał szczęście. Stalowy karwasz odbił klingę, lecz jej pęd był za duży, by całkowicie ją zatrzymać. Zsunęła się do nadgarstka i napotkała lewe ukryte ostrze, które zerwała. W tym samym momencie wędrowiec, wytrącony z równowagi, potknął się na kamieniu i skręcił kostkę. Nie zdołał powstrzymać upadku twarzą na kamienisty grunt. I tam został.

Krąg żołnierzy zacieśnił się nad nim; trzymali się od niego na długość halabard, wciąż spięci, wciąż wystraszeni, nie ważyli się jeszcze tryumfować. Ale szpikulce ich pik dotykały jego pleców. Jeden ruch i byłby martwy.

Nie był na to jeszcze gotowy.

Chrzęst butów na skale. Ktoś podszedł. Podróżny odwrócił lekko głowę i zobaczył stojącego nad nim, ogolonego kapitana. Blizna na jego twarzy była nabrzmiała i czerwona. Nachylił się tak blisko, że podróżny poczuł smród jego oddechu.

Kapitan ściągnął mu kaptur, żeby odsłonić twarz. Uśmiechnął się, potwierdziwszy to, czego się spodziewał.

– Ha! Przybył Mistrz! Ezio Auditore da Firenze. Czekaliśmy na ciebie, jak bez wątpienia zauważyłeś. To pewnie dla ciebie spory wstrząs, widzieć starą twierdzę waszego Bractwa w naszych rękach. Ale tak musiało się stać. Włożyliśmy w walkę tyle wysiłku, że zasłużyliśmy na zwycięstwo.

Wyprostował się, odwrócił do żołnierzy otaczających Ezia – dobrych dwóch setek – i rzucił rozkaz:

– Zabrać go do celi na wieży. Najpierw go skujcie, tylko mocno.

Podnieśli Ezia na nogi i pospiesznie, nerwowo go skrępowali.

– To tylko krótki spacer i długie schody – powiedział kapitan. – A potem lepiej się módl. Rano cię powiesimy.

Wysoko nad nimi unosił się orzeł, wypatrując ofiary. Nikt nie zwracał na niego uwagi. Na jego piękno. Na jego wolność.

2

Orzeł wciąż krążył po niebie. Bladobłękitnym, wybielonym przez słońce, choć to chyliło się już ku zachodowi. Drapieżny ptak, ciemny kształt rysujący krąg za kręgiem, teraz jednak – celowo. Jego cień padał na nagie skały w dole, które szarpały go i strzępiły, kiedy nad nimi przelatywał.

Ezio wyglądał przez wąskie okienko – niewielką szparę w grubym kamiennym murze – a jego oczy były tak samo niespokojne jak ruchy orła. Myśli również miał rozbiegane. Przebył tak długą drogę tylko po to, żeby u kresu wszystko spełzło na niczym?

Zacisnął pięści; jego mięśnie odczuły nieobecność ukrytych ostrzy, które od dawna tak dobrze mu służyły.

Domyślał się jednak, gdzie schowali jego broń po tym, jak go napadli, powalili i zamknęli. Na jego usta wypełzł ponury uśmiech. Ci żołnierze, odwieczni wrogowie – jakże byli zaskoczeni, że on, stary lew, walczył z takim wigorem.

Poza tym znał ten zamek. Z map i rysunków. Studiował je tak długo, aż wyryły mu się w pamięci.

Siedział w celi jednej z najwyższych wież potężnej fortecy Masjaf, cytadeli, która kiedyś była twierdzą asasynów, a dawno porzucona wpadła w ręce templariuszy. Oto był – sam, nieuzbrojony, głodny i spragniony, w odzieniu brudnym i podartym, nasłuchujący kroków swoich oprawców. Nie zamierzał jednak odejść bez walki. Wiedział, co templariusze tu robili – musiał ich powstrzymać.

Przecież jeszcze go nie zabili.

Nie odrywał wzroku od orła. Widział każde jego pióro, każdą lotkę, rozłożony wachlarz ogona, nakrapiany czarno-brązowo i biało jak jego własna broda. Widział śnieżnobiałe końcówki skrzydeł.

Cofnął się myślami ku drodze, która go tu przywiodła – do tego wszystkiego.

Inne wieże, inne mury. Jak te we Vianie, z których strącił na śmierć Cesare Borgię. To było roku Pańskiego 1507. Ile to lat temu? Cztery. Równie dobrze mogły to być cztery stulecia – tak odległym zdawało się to wspomnienie. W tym czasie przyszli i odeszli inni złoczyńcy, inni niedoszli panowie świata, poszukujący Tajemnicy, poszukujący Władzy – a on, teraz uwięziony, walczył, by im w tym przeszkodzić.

Wojna. Całe jego życie.

Orzeł zatoczył następny krąg, teraz był już skoncentrowany. Ezio przyglądał mu się, wiedząc, że ptak wypatrzył ofiarę i skupiał się na niej. Cóż tam, na dole, mogło być żywego? W wiosce utrzymującej zamek, przycupniętej nieszczęśliwie w jego cieniu, musiały być jakieś zwierzęta, a może nawet kawałek uprawnej ziemi gdzieś nieopodal. Może ptak dostrzegł kozę wśród gmatwaniny szarych skał, zaścielających okoliczne, niskie wzgórza; albo młodą, zbyt niedoświadczoną, albo starą, za bardzo już znużoną życiem, albo ranną. Orzeł wzbił się pod słońce, jego kształt zniknął na chwilę w oślepiającym blasku, a potem, zacieśniając krąg, zawisł nieruchomo na bezkresie błękitnej areny i runąwszy w dół jak piorun, znikł.

Ezio odwrócił się od okna i rozejrzał po celi. Prycza, twarde, ciemne drewno, same deski bez posłania, taboret i stół. Ściany bez krucyfiksu. Poza tym cynowa miska z łyżką, wciąż nieruszona breja, którą mu podali. I drewniany kubek z wodą, też nietknięty. Ezio czuł głód i pragnienie, jednak bał się trucizny, która mogłaby go osłabić, odebrać mu siły w decydującej chwili. A było aż nadto prawdopodobne, że templariusze zatruli jedzenie i wodę.

Rozglądał się po wąskiej celi, ale szorstkie, kamienne ściany nie dały mu żadnej pociechy ani nadziei. Nie było tu niczego, co mogłoby mu pomóc w ucieczce. Westchnął. Inni asasyni, członkowie Bractwa, wiedzieli o jego misji, chcieli mu towarzyszyć, mimo iż upierał się, by ruszyć w drogę sam. Może, jeśli nie dostaną żadnych wieści, podejmą wyzwanie. Ale z drugiej strony, czy nie będzie już na to za późno?

Pytanie brzmiało: jak wiele templariusze już wiedzą? Jaką część tajemnicy już posiedli?

Jego misja, zakończona tak raptownie u zwieńczenia, rozpoczęła się niedługo po jego powrocie do Rzymu, gdzie pożegnał się z towarzyszami – Leonardem da Vinci i Niccolò Machiavellim – w dzień swoich czterdziestych ósmych urodzin, w świętego Jana cztery lata temu. Niccolò miał wrócić do Florencji, Leonardo do Mediolanu. Leonardo mówił, że zamierza przyjąć natarczywie powracającą propozycję bardzo mu potrzebnego mecenatu od Franciszka, następcy tronu Francji, i osiąść w Amboise nad Loarą. Przynajmniej tyle napisał w listach do Ezia.

Ezio uśmiechnął się na wspomnienie przyjaciela. Umysł Leonarda wciąż kipiał nowymi pomysłami, choć ich zrealizowanie zawsze zabierało mu sporo czasu. Pomyślał ze smutkiem o ukrytym ostrzu, zniszczonym podczas starcia w zasadzce. Leonardo – jakże za nim tęsknił! – jedyny człowiek, któremu mógł w pełni zaufać i powierzyć naprawę ostrza. Przynajmniej tyle, że da Vinci przysłał mu plany swojego nowego wynalazku, który nazwał spadochronem. Ezio polecił zbudować go jeszcze w Rzymie i zabrał z sobą w drogę; wątpił, czy templariusze się w nim połapią. Wykorzystałby go z powodzeniem, gdyby tylko nadarzyła się okazja.

O ile by się nadarzyła.

Wyrzucił z głowy czarne myśli.

Nie miał jednak żadnej możliwości działania, żadnej drogi ucieczki, dopóki nie przyjdą po niego, żeby go powiesić. Musiał ułożyć plan, co wtedy zrobić. Sądził, że będzie musiał – jak wiele razy w przeszłości – improwizować. Tymczasem postanowił wypocząć. Przed wyruszeniem w podróż zadbał o kondycję, sama droga też go zahartowała. Cieszył się jednak – nawet w takich okolicznościach – że ma możliwość odpocząć po walce.

Wszystko zaczęło się od listu.

Pod łaskawym okiem papieża Juliusza II, który pomógł mu zniszczyć rodzinę Borgiów, Ezio odbudował i zreorganizował Bractwo Asasynów w Rzymie oraz ustanowił tam jego ośrodek decyzyjny.

Templariusze, przynajmniej tymczasowo, byli w odwrocie; Ezio pozostawił kierowanie organizacją w zdolnych rękach swojej siostry Claudii, ale asasyni pozostali czujni. Wiedzieli, że templariusze potajemnie przegrupują się gdzie indziej, nienasyceni w swoim dążeniu do zdobycia instrumentów sprawowania kontroli nad światem, jak nakazywały im ich posępne reguły.

Chwilowo zostali pokonani, ale bestia nie była jeszcze martwa.

Ezio czerpał pociechę i satysfakcję z faktu – przy czym podzielił się tą tajną wiedzą tylko z Machiavellim i Leonardem – że Jabłko Edenu, które trafiło w jego ręce i które było powodem tylu cierpień i śmierci, zostało ukryte głęboko w kryptach pod bazyliką Świętego Mikołaja w Więzieniu, w sekretnym, zamkniętym pomieszczeniu, którego położenie wskazywały wyłącznie tajemne znaki Bractwa – czytelne tylko dla przyszłych asasynów. Największy z Fragmentów Edenu został bezpiecznie ukryty przed ambitnymi zakusami templariuszy – jak Ezio miał nadzieję – na zawsze.

Po szkodach, jakie Bractwu wyrządzili Borgiowie, wiele spraw wymagało naprostowania i uporządkowania; temu zadaniu Ezio poświęcił się sam, nie skarżąc się na to, choć zdecydowanie wolał otwartą przestrzeń i działanie niż ślęczenie nad dokumentami w zakurzonych archiwach. Taka praca odpowiadałaby o wiele bardziej sekretarzowi jego zmarłego ojca, Giuliowi, albo molowi książkowemu

Machiavellemu; ten jednak zajęty był dowodzeniem florencką milicją, a Giulio dawno już nie żył.

Mimo to, myślał Ezio, gdyby nie obarczył się tym budzącym jego niechęć zadaniem, mógłby nigdy nie odnaleźć listu, ktoś inny zaś niekoniecznie odgadłby jego wagę.

List, który Ezio znalazł w skórzanej sakwie, kruchy ze starości, napisał jego ojciec Giovanni do swego brata Maria, tego samego, który nauczył Ezia sztuki wojennej i wprowadził go do Bractwa trzy długie dekady temu. Ezio wzdrygnął się na to wspomnienie. Mario zginął z okrutnej i tchórzliwej ręki Cesare Borgii po bitwie o Monteriggione.

Wuja dawno już pomścił, ale list, który Ezio znalazł, zapoczątkował nowy rozdział życia, a jego zawartość zapowiadała kolejną misję. Kiedy list wpadł w jego ręce, był rok 1509 i Ezio skończył właśnie pięćdziesiąt lat; wiedział, że ludziom w jego wieku los rzadko już podsuwa takie okazje. Poza tym list dawał nadzieję na unieszkodliwienie templariuszy raz na zawsze.

Palazzo Auditore
Firenze
iv febbraio MCDLVIII

Drogi Bracie!

Przeciwnik zbiera siły, a człowiek, który objął w Rzymie przywództwo nad naszymi wrogami, stanowi być może największą potęgę, z jaką ty i ja będziemy kiedykolwiek mieli do czynienia. Z tego powodu powierzam Ci, pod pieczęcią najwyższej tajemnicy, następujące informacje. Jeśli los mnie pokona, dopilnuj – kosztem własnego życia, jeśli będzie trzeba – żeby nigdy nie wpadły w ręce wroga.

Jak wiesz, w Syrii znajduje się zamek o nazwie Masjaf, dawna siedziba naszego Bractwa. Tam, ponad dwa wieki temu, nasz ówczesny Mistrz, Altaïr Ibn-La'Ahad, największy z naszego Zgromadzenia, głęboko pod fortecą założył bibliotekę.

Teraz nie zdradzę nic więcej. Dyskrecja nakazuje, bym wszystko inne przekazał Ci ustnie, nigdy tego nie zapisując.

To zadanie, którego już dawno podjąłbym się sam, ale teraz nie ma na to czasu. Nasi wrogowie nacierają i musimy ich odeprzeć.

Twój brat
Giovanni Auditore

Do listu załączona była jeszcze jedna karta – tajemniczy, niepełny fragment napisany ręką ojca Ezia, ale wyraźnie nie jego autorstwa. Było to tłumaczenie o wiele starszego dokumentu, również dołączonego, zapisanego na pergaminie bardzo podobnym do tego, z którego sporządzono karty Kodeksu, odnalezione przez Ezia i jego towarzyszy blisko trzydzieści lat wcześniej.

Poświęciłem artefaktowi już wiele dni. A może tygodni? Miesięcy? Od czasu do czasu przychodzą inni, proponują mi jedzenie czy inne zajęcia, a choć serce podpowiada mi, że powinienem oderwać się od tych mrocznych studiów, coraz trudniej mi się skupić na codziennych obowiązkach. Malik był bardzo pomocny, ale w jego głosie pojawia się dawna ostrość tonu. Mimo to moje prace muszą trwać. Jabłko Edenu trzeba koniecznie zrozumieć. Jego funkcja jest prosta, wręcz banalna. Władza. Kontrola. Ale sam proces... metody i środki, jakie wykorzystuje... TO jest najbardziej fascynujące. To zmaterializowana pokusa. Na kogo padnie jego blask, temu obiecane jest wszystko, czego zapragnie. Jabłko w zamian żąda tylko jednego: całkowitego i bezwarunkowego posłuszeństwa. Kto by się temu oparł? Pamiętam własną chwilę słabości, kiedy stanąłem przed Al Mualimem, moim Mistrzem, a jego słowa rozbiły moją pewność siebie. On, który był dla mnie jak ojciec, teraz okazał się moim największym wrogiem. Moment zawahania wystarczył, żeby Al Mualim wdarł się w moje myśli. Lecz pokonałem jego zjawy – odzyskałem pewność siebie – i odesłałem go z tego świata. Uwolniłem się spod jego kontroli. Teraz jednak zastanawiam się, czy to prawda? Siedzę tu bowiem i rozpaczliwie usiłuję zrozumieć to, co zamierzałem zniszczyć. Wyczuwam, że to coś więcej niż tylko broń, narzędzie do manipulowania ludzkimi umysłami. A może nie? Może Jabłko robi tylko to, do czego zostało stworzone: ukazuje mi moje najgłębsze pragnienie. Wiedza... Cały czas balansująca na krawędzi, tuż poza zasięgiem. Wzywa. Obiecuje. Kusi...

Stary rękopis na tym się urywał, reszta przepadła; pergamin był tak kruchy ze starości, że jego krawędzie rozsypywały się pod dotykiem palców.

Ezio niewiele z tego zrozumiał, ale niektóre fragmenty brzmiały tak znajomo, iż na samo ich wspomnienie przechodziły go dreszcze. Poczuł mrowienie, myśląc o tym teraz, w celi więziennej wieży w Masjafie, wpatrzony w zachodzące słońce być może jego ostatniego dnia na ziemi.

Przywołał w wyobraźni stary rękopis. To on właśnie, bardziej niż cokolwiek innego, skłonił go do podróży na wschód, do Masjafu.

Szybko robiło się ciemno. Niebo było kobaltowoniebieskie. Pojawiły się już na nim pierwsze gwiazdy.

Bez wyraźnego powodu myśli Ezia wróciły do młodego mężczyzny w bieli. Tego, którego ujrzał podczas przerwy w walce. Który pojawił się i znikł tajemniczo niczym złudzenie, ale który był jakimś cudem *prawdziwy* i który jakimś cudem się z nim *porozumiał*.

3

Przygotowania do podróży zajęły Eziowi resztę tamtego roku i przeciągnęły się na początek następnego. Pojechał na północ do Florencji i naradził się z Machiavellim, choć nie powiedział mu wszystkiego. W Ostii odwiedził Bartolomea d'Alviano, który upasł się na dobrym jedzeniu i winie, i pozostał rubaszny jak zawsze, choć przynajmniej założył rodzinę. On i Pantasilea mieli trzech synów, a miesiąc wcześniej urodziła im się córka. Co wówczas powiedział?

– Pora, żebyś się w końcu ruszył, Ezio! Żaden z nas nie młodnieje!

Ezio wtedy się uśmiechnął. Barto nie uświadamiał sobie, jak wielkie spotkało go szczęście.

Ezio żałował, że nie zdążył pojechać dalej na północ, do Mediolanu, ale utrzymywał swoją broń w dobrym stanie – ostrza, pistolet, karwasze. Nie miał czasu namawiać Leonarda, by je ulepszył. Zresztą sam da Vinci powiedział przed rokiem, po ostatnim przeglądzie, że lepsze już nie będą.

Ezio miał się o tym przekonać, kiedy następnym razem poddawał je próbie.

Machiavelli przekazał mu inne wieści już we Florencji – mieście, które Ezio wciąż odwiedzał ze smutkiem; było bowiem przepełnione wspomnieniami o jego utraconej rodzinie i zniszczonym spadku. A także tęsknotą za niespełnioną miłością – pierwszą i chyba jedyną prawdziwą– Cristiną Calfucci. Dwanaście lat – czy to możliwe, że naprawdę upłynęło aż tyle czasu, odkąd zginęła z rąk fanatyków Savonaroli? A teraz kolejna śmierć. Machiavelli powiedział mu o tym z wahaniem. Niewierna Caterina Sforza, która wyrządziła Eziowi tyleż zła, co Cristina dobra, właśnie umarła jako podstarzała, czterdziestosześcioletnia kobieta, w zapomnieniu i nędzy, dawno postradawszy całą energię i pewność siebie.

Z biegiem lat Ezio zaczął dochodzić do wniosku, że najlepszym towarzystwem, na jakie może liczyć, jest jego własne.

Nie miał czasu na żałobę czy zadumę. Miesiące mijały i wkrótce nadeszło Boże Narodzenie, a wciąż pozostawało tak wiele do zrobienia.

W końcu, tuż po Nowym Roku, na świętego Hilarego, Ezio był gotów i wyznaczył termin wyruszenia z Rzymu, przez Neapol, do Bari na południu, z eskortą zorganizowaną przez Bartolomea, który miał z nim pojechać.

W Bari zamierzał się zaokrętować.

4

– Bóg z tobą, bracie – powiedziała Claudia rankiem ostatniego dnia w Rzymie. Wstali przed świtem. Ezio miał wyruszyć o brzasku.

– Pod moją nieobecność musisz się tu wszystkim zająć.

– Wątpisz we mnie?

– Już nie. Wciąż mi tego nie wybaczyłaś?

Claudia uśmiechnęła się.

– W Afryce żyje wielkie zwierzę nazywane słoniem. Mówią, że nigdy niczego nie zapomina. Tak samo jest z kobietami. Ale nie martw się, Ezio. Zajmę się wszystkim do twojego powrotu.

– Albo dopóki nie będziemy potrzebowali nowego Mistrza.

Claudia nic nie odpowiedziała. Zmartwiła się.

– To zadanie... Dlaczego jedziesz sam? Dlaczego tak niechętnie mówisz, czemu jest takie ważne?

– „Podróżuje najszybciej, kto podróżuje sam" – zacytował Ezio w odpowiedzi. – Co do szczegółów, zostawiłem w twojej pieczy papiery ojca. Otwórz je, jeśli nie wrócę. A o Masjafie powiedziałem ci wszystko, co musisz wiedzieć.

– Giovanni był też moim ojcem.

– Ale ten obowiązek powierzył mnie.

– Ty tak twierdzisz, bracie.

– Jestem Mistrzem – powiedział po prostu Ezio. – Odpowiedzialność należy do mnie.

Claudia popatrzyła na niego.

– Cóż, bezpiecznej podróży. Pisz.

– Będę pisał. Tak czy inaczej, nie musisz się o mnie martwić aż do Bari. Całą drogę będzie mi towarzyszył Barto.

Claudia wciąż wyglądała na zmartwioną. Ezio był wzruszony, widząc, że ta twarda kobieta, na którą wyrosła jego siostra, wciąż się o niego troszczy. Trasa jego podróży lądem wiodła przez południowe tereny Italii, te zaś należały do królestwa Aragonii; król Ferdynand nie zapomniał jednak o swoim długu wobec Ezia.

– Jeśli zechcę poszukać przygód – powiedział, odgadując myśli siostry – nie znajdę żadnych, dopóki nie wypłynę na morze. A moja trasa przebiega wystarczająco daleko na północ, żebym nie musiał się martwić berberyjskimi korsarzami. Od Korfu będziemy płynąć wzdłuż wybrzeża Grecji.

– Bardziej się przejmuję, że uda ci się to, co zaplanowałeś. Nie dlatego, że martwię się o ciebie osobiście...

– Naprawdę? Bardzo dziękuję.

Uśmiechnęła się szeroko.

– Wiesz, o co mi chodzi. Z tego, co powiedziałeś, a święta Weronika mi świadkiem, że zbyt wiele słów nie padło, wnioskuję, że pomyślny wynik tej wyprawy jest ważny dla nas wszystkich.

– Dlatego wyruszam właśnie teraz. Zanim templariusze odzyskają siły.

– Przejmujesz inicjatywę?

– Tak właśnie.

Claudia ujęła jego twarz w dłonie. Ezio popatrzył na nią po raz ostatni. W wieku czterdziestu dziewięciu lat wciąż była uderzająco piękną kobietą, włosy wciąż miała ciemne, a jej zapalczywy duch pozostał nieposkromiony. Czasami żałował, że nie znalazła nowego mężczyzny po śmierci swojego męża, lecz ona poświęciła się dzieciom i pracy; nie ukrywała też, że uwielbia mieszkać w Rzymie, który, pod okiem papieża Juliusza, znów stał się wyrafinowanym, międzynarodowym miastem oraz artystyczną i religijną mekką.

Uścisnęli się, a potem Ezio wsiadł na konia na czele towarzyszącej mu krótkiej kawalkady – piętnastu uzbrojonych jeźdźców pod komendą Barta, który już siedział w siodle. Jego potężny rumak bił kopytem w ziemię, zniecierpliwiony. Za kolumną czekał wóz z zaopatrzeniem. Dla siebie Ezio potrzebował tylko dwóch czarnych, skórzanych juków.

– Będę się zaopatrywał po drodze – powiedział Claudii.

– W tym jesteś dobry – odparła z kpiącym uśmiechem.

Ezio usadowił się wygodniej w siodle, podniósł rękę, zawrócił konia i wraz z Bartem, który się z nim zrównał, ruszyli wzdłuż wschodniego brzegu rzeki. Zostawili za sobą Kwaterę Główną Asasynów na wyspie na Tybrze, zmierzając do bram miasta, skąd wyruszyli w długą drogę na południe.

Dotarcie do Bari zajęło im piętnaście dni. Na miejscu Ezio pospiesznie pożegnał się ze starym przyjacielem, żeby nie stracić pierwszego odpływu. Wszedł na pokład statku tureckiego kupca, należącego do floty kierowanej przez

Piriego Reisa i jego rodzinę. Kiedy już rozpakował się w kajucie na rufie frachtowca Anaana, dużego dau o łacińskim ożaglowaniu, którego był jedynym pasażerem, Ezio skorzystał z okazji, by jeszcze raz sprawdzić najpotrzebniejsze wyposażenie, które z sobą zabrał. Dwa ukryte ostrza, po jednym na każdy nadgarstek, karwasz na lewe przedramię, by odbijać nim ciosy mieczy, oraz sprężynowy pistolet, który zrobił dla niego Leonardo, tak jak przy reszcie uzbrojenia, wzorując się na starożytnych schematach z kart Kodeksu.

Ezio podróżował bez bagażu. Tak naprawdę spodziewał się, że twierdzę Masjaf – gdyby udało mu się tam dotrzeć – zastanie opuszczoną. Jednocześnie przyznawał przed samym sobą, że niepokoiła go skąpa ilość informacji wywiadu asasynów na temat ruchów templariuszy w ostatnim, dość spokojnym okresie.

Wiedział, że drugiego etapu podróży, który miał go zaprowadzić na Korfu, nie musi się obawiać. Piri Reis był wśród Osmanów kapitanem o uznanej reputacji, do tego sam kiedyś parał się piractwem, więc jego ludzie wiedzieli, jak sobie z piratami radzić, gdyby samo imię Piriego nie wystarczyło. Ezio zastanawiał się, czy któregoś dnia spotka tego wielkiego człowieka osobiście. Gdyby tak się stało, miał nadzieję, że Piri, który nie słynął bynajmniej z przystępności, zapomni o tym, jak Bractwo zostało zmuszone, by „pozyskać" niektóre z jego cennych map.

Sami Osmanowie mieli władzę nad Grecją i dużą częścią wschodniej Europy – ich terytoria na zachodzie stykały się niemal z obszarami należącymi do Wenecji. Nie wszyscy byli zadowoleni z tej sytuacji, ani z obecności tylu Turków w Europie, ale Wenecja po kryzysie politycznym postanowiła dalej handlować ze swoimi muzułmańskimi sąsiadami; la Serenissima kontrolowała cały czas Korfu, Kretę i Cypr. Ezio nie wyobrażał sobie, by sytuacja ta miała potrwać długo – Osmanowie już zaczęli wrogie ruchy na Cyprze – ale na razie panował pokój, a sułtan Bajezid był zbyt zajęty wewnętrznymi walkami rodzinnymi, by wszczynać jakiekolwiek awantury na zachodzie.

Szeroki statek pod wielkim, białym, płóciennym żaglem ciął wodę bardziej jak miecz aniżeli jak nóż, ale mimo niesprzyjających wiatrów wyciągali dobrą średnią prędkość i krótka podróż przez przewężenie Adriatyku zajęła im niewiele ponad pięć dni.

Po przywitaniu przez namiestnika Korfu, grubego Włocha imieniem Franco, który lubił, kiedy go nazywano Spirydonem – po miejscowym świętym patronie – i który najwyraźniej dawno już zarzucił politykę na rzecz pławienia się w luksusach, Ezio rozmówił się z kapitanem statku na balkonie willi namiestnika z widokiem na port, rozciągający się pod aksamitnym, błękitnym niebem. W zamian za jeszcze jeden mieszek weneckich soldów kapitan zgodził się, że Ezio powinien popłynąć do Aten.

– To nasz cel – powiedział. – Będziemy płynąć wzdłuż wybrzeża. Pokonałem tę drogę dwadzieścia razy, nie będzie żadnych problemów, żadnego ryzyka. A stamtąd łatwo złapać statek płynący na Kretę czy nawet na Cypr. W Atenach przedstawię cię mojemu szwagrowi Ma'Munowi. Jest agentem okrętowym. Zajmie się tobą.

– Jestem zobowiązany – powiedział Ezio. Miał nadzieję, że pewność siebie kapitana nie jest bezpodstawna. Anaan wiózł ważny ładunek przypraw do Aten; Ezio pamiętał wystarczająco dużo z dawnych czasów, kiedy jego ojciec był jednym z największych bankierów we Florencji, by wiedzieć, że statek będzie kusił każdego pirata, nieważne, jak wielki strach wzbudza w nich imię Piriego Reisa. Kiedy walczysz na statku, liczy się szybkość i lekkość.

Rano poszedł do miecznika i kupił dobrze zahartowany sejmitar; stargował cenę do stu soldów.

– Na wszelki wypadek – powiedział sobie.

Następnego dnia przypływ był wystarczająco wysoki, by mogli rozpocząć podróż; wykorzystali to i porywisty wiatr z północy natychmiast wypełnił im żagle. Popłynęli na południe, cały czas mając brzeg jakąś milę z lewej burty. Słońce migotało na stalowoniebieskich falach, a ciepły powiew pieścił włosy. Ezio jednak nie potrafił się rozluźnić.

Byli niedaleko na południe od wyspy Zante, kiedy to się stało. Wypłynęli dalej na morze, żeby lepiej wykorzystać wiatr. Woda była tu ciemniejsza i bardziej wzburzona. Słońce chyliło się za horyzont; nie dało się patrzeć na zachód bez mrużenia oczu. Marynarze rzucali za burtę log, żeby zmierzyć prędkość, a Ezio przyglądał się im.

Nie potrafił powiedzieć, co chwilę później zwróciło jego uwagę. Może jego oko przyciągnął morski ptak, nurkujący wzdłuż burty statku. Ale to chyba nie on, a żagiel. Dwa żagle. Dwie pełnomorskie galery, płynące od strony słońca, biorące ich z zaskoczenia. Korsarze zrównali się z nimi, zanim kapitan zdążył zebrać załogę z bronią na stanowiskach. Piraci rzucili liny z kotwicami na burtę Anaana i już po chwili wspinali się na pokład. Ezio pobiegł się uzbroić. Na szczęście sejmitar miał u boku; mógł go od razu wypróbować, ścinając pięciu Berberów, przez których musiał się przedrzeć do celu.

Zdyszany, pospiesznie przypiął karwasze i chwycił pistolet. Miał już wystarczające zaufanie do sejmitara, żeby obyć się bez ukrytych ostrzy; te szybko ukrył w kajucie. Uznał, że karwasze i pistolet w takim starciu sprawdzą się lepiej.

Rzucił się w wir walki – wokół niego rozlegał się znajomy szczęk broni, już czuć było krew. Na dziobie wybuchł ogień, a wiatr, który wybrał sobie akurat ten moment, by zmienić kierunek, groził rozniesieniem go na resztę statku. Ezio kazał dwóm osmańskim żeglarzom złapać za wiadra i posłał ich do zbiornika z wodą. Wtem z olinowania na plecy skoczył mu pirat. Jeden z marynarzy krzyknął ostrzegawczo. Ezio obrócił się w miejscu, napiął mięśnie prawego nadgarstka, a mechanizm na przedramieniu wyrzucił mu do ręki pistolet. Ezio wystrzelił bez celowania i odskoczył w tył; spadające ciało uderzyło o deski pokładu.

– Natychmiast nabierzcie wody i zgaście ten ogień, zanim się rozszaleje! – wrzasnął. – Statek będzie zgubiony, jeśli pożar się rozniesie.

Powalił kilku Berberów, którzy się na niego rzucili, wyczuwając, że to jego muszą pokonać, jeśli ich atak ma się powieść. Nagle stanął twarzą w twarz z kapitanem piratów, zwalistym osiłkiem, który dzierżył w każdym ręku po angielskim tasaku – bez wątpienia zrabowanym jakiejś poprzedniej ofierze.

– Poddaj się, wenecki psie! – wrzasnął tamten.

– To twój pierwszy błąd – odparł Ezio. – Nigdy nie obrażaj florentczyka, biorąc go za wenecjanina.

Odpowiedzią kapitana było wściekłe cięcie z lewej, wymierzone w głowę Ezia, asasyn jednak był na nie gotowy: podniósł lewą rękę, a ostrze tasaka ześlizgnęło się po karwaszu, nie wyrządzając szkody. Kapitan nie spodziewał się tego i stracił równowagę. Ezio podstawił mu nogę i zepchnął go, głową w dół, do zbiornika z wodą w ładowni.

– Pomocy, *efendim*! Nie umiem pływać! – zabulgotał kapitan, wyskakując nad powierzchnię.

– To trzeba się było nauczyć – odparł Ezio, odwrócił się i ściął dwóch następnych piratów, którzy prawie go już dopadli. Kątem oka zobaczył, że jego dwaj marynarze zdołali opuścić na sznurach wiadra do zbiornika, a teraz, z pomocą kilku podobnie uzbrojonych towarzyszy, zaczynali radzić sobie z ogniem.

Jednak najbardziej zacięta walka przeniosła się na rufę i tam Osmanowie obrywali najciężej. Ezio zrozumiał, że Berberowie nie chcieli spalić Anaana, w ten sposób bowiem straciliby swój łup, dlatego pozwalali marynarzom ugasić pożar, a sami koncentrowali się na zdobywaniu statku.

Zastanowił się pospiesznie. Piraci mieli dużą przewagę liczebną; wiedział, że marynarze Anaana, choć twardzi, nie są wyszkolonymi wojownikami. Odwrócił się do stosu niezapalonych pochodni pod włazem na dziobie. Podbiegł, chwycił jedną, wetknął ją w niezagaszone jeszcze płomienie, a kiedy się zajęła, z całej siły cisnął na dalszy z dwóch berberyjskich statków. Potem złapał następną i zrobił z nią to samo. Zanim Berberowie na Anaanie zorientowali się, co się dzieje, na obu ich statkach ogień rozgorzał już na dobre.

Ryzykowne posunięcie opłaciło się. Zamiast walczyć o zdobycz, nie widząc nigdzie swojego kapitana, Berberowie wpadli w panikę i rzucili się z powrotem do relingów. Osmanowie nabrali otuchy i zaatakowali ze zdwojoną siłą. Razili przeciwnika kijami, mieczami, siekierami, kołkami do mocowania lin i wszystkim, co im wpadło w ręce.

W kwadrans zapędzili Berberów z powrotem na ich statki i odbili, odrąbując kotwiczki siekierami i długimi drągami odpychając płonące galery. Osmański kapitan wykrzyknął ciąg szybkich rozkazów i po chwili Anaan był wolny. Kiedy tylko zaprowadzono porządek, załoga zaczęła zmywać krew z pokładu i układać trupy. Ezio wiedział, że wyrzucenie ich za burtę było sprzeczne z ich religią. Miał tylko nadzieję, że reszta podróży upłynie szybko.

Berberyjskiego kapitana, mokrego i nieszczęśliwego, wyciągnięto ze zbiornika. Stał teraz na pokładzie, skulony i ociekający wodą.

– Lepiej zdezynfekujcie tę wodę – powiedział Ezio do kapitana Anaana, kiedy wodza piratów odprowadzono zakutego w kajdany.

– Mamy pod dostatkiem pitnej wody w beczkach, wystarczy do samych Aten – odparł kapitan. Potem wyciągnął z sakwy przy boku mały, skórzany mieszek. – To dla ciebie.

– Cóż to?

– Zwracam ci opłatę za podróż. Przynajmniej tyle mogę zrobić. A kiedy dopłyniemy do Aten, dopilnuję, żeby rozgłosić twój wyczyn. Co do twojej dalszej drogi – bądź pewny, że wszystko zostanie ci załatwione.

– Niedobrze, że uśpiliśmy czujność – powiedział Ezio.

Kapitan popatrzył na niego.

– Masz rację. Nie możemy tego więcej robić.

– Otóż to – potwierdził Ezio ze smutkiem.

5

Ateny pod tureckimi rządami kwitły, choć kiedy szedł ulicami i oglądał pomniki oraz świątynie greckiej złotej ery, odkrywanej na nowo i wielbionej w jego ojczyźnie, kiedy widział na własne oczy posągi i gmachy, które inspirowały jego przyjaciół w Rzymie – Michała Anioła i Bramantego, zrozumiał poniekąd dumną niechęć, widoczną wyraźnie w oczach niektórych mieszkańców. Był jednak gościem Ma'Muna, szwagra osmańskiego kapitana, i jego rodziny, która obsypała go podarkami i namawiała, by został.

Tak czy inaczej, zatrzymał się tu dłużej, niż planował – na Morzu Egejskim na północ od Serifos szalały niezwykłe sztormy; burze chłostały wysepki na południe od Aten i zamknęły port w Pireusie na dobry miesiąc. O tej porze roku nigdy takich nie widziano. Uliczni prorocy ciągle perorowali o końcu świata; temat ten był szeroko dyskutowany w połowie tysiąclecia w roku 1500. Ezio tymczasem, niezainteresowany proroctwami i zirytowany zwłoką, ślęczał nad przywiezionymi mapami i notatkami, na próżno usiłując dowiedzieć się czegoś o aktywności templariuszy w tym rejonie oraz na terenach na południe i wschód od Grecji.

Podczas jednej z biesiad na jego cześć poznał dalmacką księżniczkę i nawiązał z nią krótki romans, ale nie było to nic więcej jak przelotna znajomość, a jego serce pozostało nadal zamknięte. Przestał już, jak sobie powtarzał, szukać miłości. Własny dom, prawdziwy dom i rodzina – dla takich rzeczy w życiu Mistrza asasynów nie było miejsca. Ezio czytał kiedyś, rozumiejąc piąte przez dziesiąte, o życiu jego dawnego poprzednika w Bractwie, Altaïra Ibn-La'Ahada, który za posiadanie rodziny słono zapłacił. A choć ojcu Ezia udało się ją założyć, ostatecznie także i od niego los zażądał gorzkiej ceny.

W końcu jednak – dla zniecierpliwionego Ezia za późno – wiatry i morza uspokoiły się i nastała łagodna, wiosenna pogoda. Ma'Mun przygotował mu wszystko do dalszej drogi na Kretę; statkiem miał również popłynąć jeszcze dalej, na Cypr. Tym razem był to okręt wojenny, czteromasztowa koga Kutajba. Na jednym z dolnych pokładów wiozła po dziesięć armat na każdej burcie, do tego następne na dziobie i rufie. Oprócz ożaglowania łacińskiego posiadała też rejowe, europejskie, na grotmaszcie i bezanmaszcie, a pod pokładem działowym miała wiosłowy, z trzydziestoma wiosłami na burtę.

Do jednego z nich przykuty był berberyjski kapitan, z którym Ezio starł się na Anaanie.

– Na tym statku nie będziesz się musiał bronić, *efendim* – powiedział Eziowi Ma'Mun.

– Bardzo mi się podoba. Ma w sobie coś z europejskich konstrukcji.

– Nasz sułtan Bajezid podziwia to, co w waszej kulturze wykwintne i przydatne – odparł Ma'Mun. – Możemy się od siebie nawzajem dużo nauczyć, jeśli tylko spróbujemy.

Ezio kiwnął głową.

– Kutajba wiezie naszego ateńskiego posła na zjazd w Nikozji i za dwadzieścia dni zawinie do Larnaki. Kapitan zatrzymuje się tylko w Heraklionie, żeby uzupełnić wodę i zapasy. – Ma'Mun przerwał. – Mam też coś dla ciebie...

Siedzieli, pijąc *sharbat*, w siedzibie Ma'Muna w porcie. Turek odwrócił się do wielkiej, okutej w żelazo skrzyni pod przeciwległą ścianą i wyjął z niej mapę.

– Jest bardzo cenna, jak wszystkie inne mapy, ale to specjalny dar ode mnie dla ciebie. To mapa Cypru, sporządzona przez samego Piriego Reisa. Spędzisz tam trochę czasu.

Podniósł ręce, kiedy Ezio zaczął jak najuprzejmiej protestować. Im dalej na wschód, tym mniejszą wagę ludzie zdawali się przywiązywać do czasu.

– Wiem! Wiem, jak bardzo spieszy ci się do Syrii, ale koga dalej cię nie zawiezie, a musimy zorganizować ci transport z Larnaki. Nie obawiaj się. Ocaliłeś Anaana, a my ci się za to należycie odwdzięczymy. Nikt nie dowiezie cię do celu szybciej niż my.

Ezio rozwinął mapę i przyjrzał się jej. Była misterna i szczegółowa. Pomyślał, że skoro rzeczywiście będzie musiał spędzić trochę czasu na Cyprze, być może znajdzie tam jakieś tropy, które mogłyby mu pomóc; archiwa ojca pozwoliły mu już zorientować się, że asasyni interesowali się Cyprem podczas swoich odwiecznych zmagań z templariuszami.

Zamierzał dobrze wykorzystać pobyt na wyspie, ale miał nadzieję, że nie potrwa on długo, Cypr był bowiem kontrolowany przez templariuszy, choć z pozoru nic na to nie wskazywało.

Podróż jednak okazała się dłuższa, niż ktokolwiek mógł się spodziewać. Kiedy tylko odbili od brzegów Krety po krótkim, zaledwie trzydniowym postoju w Heraklionie, znów zerwały się wichury. Tym razem południowe, porywiste i wciąż ciepłe po długiej podróży z północnej Afryki. Kutajba walczył z nimi dzielnie, ale kawałek po kawałku znosiło go z powrotem na północ, na Morze Egejskie, między wyspy Dodekanezu. Minął tydzień, zanim sztormy ustały, pochłonąwszy uprzednio życie pięciu marynarzy i nie wiadomo ilu galerników, potopionych przy wiosłach. Statek ostatecznie przybił do Chios uzupełnić zapasy. Ezio osuszył wyposażenie i oczyścił sprzęt z rdzy. Przez wszystkie te lata metal jego specjalnej broni nie okazywał żadnych śladów rdzy. Była to jedna z licznych jego tajemniczych właściwości, które Leonardo na próżno usiłował mu tłumaczyć.

Zanim Kutajba dowlókł się do portu w Larnace, minęły trzy cenne miesiące. Poseł, który przez chorobę morską i wymioty stracił w drodze dwadzieścia funtów i który dawno już spóźnił się na zjazd, natychmiast zorganizował sobie podróż powrotną do Aten, najkrótszą trasą i najdłużej, jak to możliwe, lądem.

Ezio bezzwłocznie odszukał agenta w Larnace, Bekira, którego imię podał mu Ma'Mun. Bekir potraktował go uprzejmie, a nawet z szacunkiem. Ezio Auditore da Firenze. Słynny wybawiciel statków! Cała Larnaka już o nim mówiła. Nazwisko *efendiego* Auditore było na ustach wszystkich. Ach – kwestia przeprawy do Tortosy, portu w Syrii położonego najbliżej Masjafu. Tak, tak, oczywiście. Natychmiast zostaną powzięte kroki – jeszcze dziś! Jeśli tylko *efendi* okaże cierpliwość, podczas gdy w ruch zostaną wprawione odpowiednie tryby... Do jego dyspozycji będą wszelakie wygody...

Kwatera przygotowana dla Ezia była istotnie wspaniała – przestronna, jasna, w rezydencji wzniesionej na niskim wzgórzu za miastem, z widokiem na nie i na kryształowe morze za nim. Czekał jednak długo i jego cierpliwość była na wyczerpaniu.

– To wenecjanie – wyjaśnił agent. – Tolerują osmańską obecność, ale tylko w sensie cywilnym. Władze wojskowe traktują nas niestety z podejrzliwością. Wydaje mi się... – tu mężczyzna zniżył głos – ...że gdyby nie reputacja naszego sułtana Bajezida, którego władza sięga daleko, a potęga jest wielka, mogliby nas nie tolerować w ogóle. – Rozpromienił się. – A może ty mógłbyś pomóc swojej własnej sprawie, *efendim*?

– W jaki sposób?

– Pomyślałem, że być może jako wenecjanin...

Ezio przygryzł wargę.

Nie był jednak człowiekiem, który bezczynnie traci czas. Czekając, studiował mapę Piriego Reisa; coś, co przeczytał kiedyś i teraz pamiętał jak przez mgłę, kazało mu wynająć konia i pojechać wzdłuż wybrzeża do Limassol.

Na miejscu odwiedził opuszczony zamek Gwidona z Lusignan, zbudowany podczas krucjat, lecz teraz zaniedbany, jak przydatne kiedyś narzędzie, które właściciel zapomniał wyrzucić. Spacerując pustymi, pełnymi przeciągów korytarzami, patrząc na polne kwiaty wyrastające na bruku dziedzińca, na budleję pnącą się po kruszejących blankach, poczuł, że wspomnienia – a przynajmniej wydawało mu się, że to wspomnienia – każą mu zapuścić się głębiej, w trzewia twierdzy i krypty pod nimi.

Tam, spowity w wieczornym półmroku, znalazł zapuszczone i puste pozostałości czegoś, co kiedyś bez wątpienia było biblioteką. Jego samotne kroki niosły się echem po ciemnym labiryncie próchniejących, pustych półek. Jedynymi mieszkańcami krypty były czmychające przed nim szczury, których ślepka błyskały podejrzliwie z ciemnych kątów i rzucały mu z ukosa złe spojrzenia. Ale one nic mu nie powiedziały. Szukał najdokładniej jak umiał, ale nie znalazł żadnej podpowiedzi, co znajdowało się tu kiedyś.

Rozczarowany wyszedł z krypty na światło dnia. Tutejsza biblioteka przypomniała mu tę, której szukał. Coś domagało się jego uwagi, choć nie umiał powiedzieć, co takiego. Uparcie przez dwa dni przeszukiwał zamek. Mieszkańcy miasta dziwnie patrzyli na posępnego, posiwiałego człowieka, który błąkał się po ich ruinie.

A potem Ezio sobie przypomniał. Trzy wieki wcześniej Cypr należał do templariuszy.

6

Weneckie władze – albo ktoś stojący za nimi – wyraźnie utrudniały jak mogły jego dalszą podróż. Stało się to dla niego jasne, kiedy spotkał się z nimi. florentczycy i wenecjanie mogli być rywalami, mogli patrzeć na siebie nawzajem z wyższością, ale przecież spajała ich jedna kraina i jedna mowa...

Nie wystarczyło to, by przełamać lody z miejscowym namiestnikiem. Domenico Garofoli przypominał ołówek – był wysoki, chudy i szary. Jego czarne szaty, choć wymyślnie skrojone z najdroższego adamaszku, zwisały z niego jak szmaty ze stracha na wróble. Ciężkie złote pierścienie z rubinami i perłami grzechotały luźno na kościstych palcach. Wargi miał wąskie, prawie niewidoczne, a kiedy zamykał usta, znikały mu z twarzy.

Był, oczywiście, nienagannie uprzejmy – działania Ezia znacznie ociepliły osmańsko-weneckie stosunki w regionie – ale jasne było, że nie zamierza nic zrobić. Sytuacja na kontynencie na wschodzie – za miastami wybrzeża, które czepiały się brzegów Morza Śródziemnego jak czubki palców krawędzi nad przepaścią – była bardzo niebezpieczna. Osmanowie byli mocni w Syrii, a ich zakusy dalej na zachód budziły obawy. Każda misja, nieusankcjonowana przez oficjalną dyplomację, mogła wywołać międzynarodowy incydent na wielką skalę. Tak przynajmniej tłumaczył się Garofoli.

Ezio nie znalazł wsparcia wśród zamieszkałych tu krajanów.

Siedział uprzejmie z rękami na kolanach, słuchał, jak namiestnik peroruje bez końca swoim wysuszonym głosem, i w końcu postanowił wziąć sprawy w swoje ręce.

Tego samego wieczora udał się na pierwszy rekonesans w porcie. Stało tam zacumowanych wiele statków, dau z Arabii i północnej Afryki obijały się od weneckich buss i roccafortów, galer i karawel. Obiecująco wyglądała holenderska fluita, na której pokład marynarze ładowali grube bele jedwabiu pod okiem uzbrojonego strażnika. Kiedy jednak Ezio rozpoznał ładunek, zrozumiał, że fluita popłynie w drogę powrotną, a nie dalej – on zaś potrzebował pożeglować na wschód.

Błąkał się nadal, trzymając się cieni – ciemna sylwetka wciąż smukła i zwinna jak kot. Ale poszukiwania nic nie dały.

Poświęcił na nie kilka następnych dni i nocy. Zawsze zabierał z sobą najważniejszy ekwipunek, na wypadek gdyby mu się poszczęściło i nadarzyła okazja, by natychmiast odpłynąć. Ale każda wyprawa kończyła się tak samo. Zaczął zwracać na siebie uwagę i musiał włożyć sporo wysiłku, żeby utrzymać swoją tożsamość w tajemnicy. Nawet gdy kogoś znajdował, okazywało się, że żaden kapitan nie płynie dokładnie w tym kierunku, o jaki mu chodzi, albo że – nie wiedzieć czemu – nie chcieli go zabrać, nieważne, jak dużą proponował łapówkę. Rozważył powrót do

Bekira, ale ostatecznie oparł się pokusie. Bekir i tak wiedział już za dużo o jego zamiarach.

Piąta noc zastała go znów w dokach. Statków było mniej, a nie licząc patroli nocnej straży, przechodzących z rzadka z latarniami na długich tyczkach, z mieczami i pałkami na podorędziu, nikt się tu nie kręcił. Ezio poszedł do najbardziej oddalonej części nabrzeża, gdzie cumowały mniejsze jednostki. Odległość od kontynentu nie była taka wielka. Może gdyby udało mu się... pozyskać... jakąś łódź na własną rękę, sam mógłby przepłynąć te siedemdziesiąt pięć lig.

Ostrożnie postawił stopę na drewnianym pomoście, lśniącym czernią morskiej wody. Wzdłuż kei zacumowano pięć małych, jednożaglowych dau rybackich – sądząc po zapachu – ale solidnych; dwa miały całe oporządzenie na pokładzie, na ile Ezio był w stanie się zorientować.

Nagle zjeżyły mu się włosy na karku.

Za późno. Zanim zdążył się odwrócić, runął na twarz pod ciężarem mężczyzny, który się na niego rzucił. Potężnego mężczyzny – tyle wyczuwał. Obcy przygważdżał go całym swoim ciężarem; ruchy Ezia przypominały szamotanie się pod wielką, umięśnioną pierzyną. Wyswobodził prawą rękę, żeby wysunąć ukryte ostrze, ale jego nadgarstek natychmiast znalazł się w żelaznym uścisku. Kątem oka zauważył, że trzymająca go ręka zakuta jest w kajdan ze zwisającymi dwoma ogniwami łańcucha.

Ezio zebrał siły, skręcił się gwałtownie w lewo i wbił łokieć w czułe, jak miał nadzieję, miejsce pierzyny. Poszczęściło mu się. Przygniatający go mężczyzna jęknął z bólu i minimalnie poluzował uchwyt. To wystarczyło. Ezio naparł na niego barkiem i udało mu się go z siebie zrzucić. Jak błyskawica poderwał się na jedno kolano, lewą ręką ścisnął mężczyznę za gardło, a prawą podniósł do ciosu.

Jego tryumf był chwilowy. Obcy odtrącił jego prawą dłoń; żelazny kajdan na jego lewej ręce, podobnie przyozdobiony kawałkiem łańcucha, uderzył Ezia boleśnie mimo osłony, jaką dawała uprząż ukrytego ostrza. Teraz lewy nadgarstek asasyna znalazł się w uścisku niczym w imadle, które powoli, ale nieubłaganie zmusiło go do rozluźnienia uchwytu na gardle napastnika.

Potoczyli się po ziemi; usiłowali obezwładnić jeden drugiego, zasypywali się ciosami. Zwalisty przeciwnik Ezia był szybki i ostrze asasyna wciąż chybiało celu. W końcu rozdzielili się i poderwali na nogi, zasapani, zdyszani, zgarbieni. Nieznajomy nie miał broni, ale jego kajdany były wystarczająco niebezpieczne.

Nagle, z niewielkiej odległości, błysnęła latarnia i dobiegł krzyk.

– Straż! – wysapał mężczyzna. – Padnij!

Ezio odruchowo zrobił to, co nieznajomy: obaj zanurkowali do najbliższej łodzi i rozpłaszczyli się na jej dnie. Ezio miał mętlik w głowie. W błysku światła latarni dostrzegł twarz przeciwnika i rozpoznał go. Jak to możliwe?

Teraz jednak nie było czasu, żeby się o to martwić. Słyszeli tupot strażników biegnących w stronę pomostu.

– Zobaczyli nas, oby ich Allah oślepił – syknął mężczyzna. – Lepiej się nimi zająć. Gotowy?

Osłupiały Ezio w ciemności kiwnął głową.

– Kiedy się z nimi rozprawimy, wykończę ciebie – dodał obcy.

– Nie założyłbym się.

Na dalszą rozmowę nie było czasu; pięciu strażników już ich dopadło. Na szczęście zawahali się przed skokiem do łodzi, w której stali Ezio i jego niespodziewany sprzymierzeniec; zostali na pomoście, wymachiwali bronią i wykrzykiwali pogróżki.

Olbrzym popatrzył na nich spokojnie.

– Łatwizna – stwierdził – ale załatwmy ich szybko, zanim ściągną uwagę innych.

W odpowiedzi Ezio spiął się, przykucnął, a potem skoczył na pomost. Chwycił jego krawędź i wciągnął się na górę jednym – niezbyt już płynnym – ruchem. Zanim złapał oddech, opadło go trzech strażników. Powalili go na ziemię ciężkimi pałkami; czwarty podszedł, kręcąc młynki krótkim, ale groźnie wyglądającym mieczem. Uniósł go do ciosu łaski, w tej samej chwili jednak został chwycony za kark i ciśnięty z wyciem w tył. Wylądował spory kawałek dalej przy wtórze mdlącego chrzęstu, i tam już został, jęcząc, z połamanymi kośćmi.

Trzech przeciwników Ezia odwróciło się, a asasyn zerwał się na nogi i wysunął ukryte ostrze. Powalił dwóch szybkimi, oszczędnymi cięciami. Olbrzym tymczasem starł się ze strażnikiem trzymającym latarnię, równie wielkim, który odrzucił tyczkę i wyciągnął ogromną szablę. Wymachiwał nią groźnie nad głową przeciwnika, który trzymał go w zapaśniczym chwycie. Ezio dojrzał, że grube ostrze lada chwila spadnie prosto na szerokie plecy wielkoluda.

Przeklął się za to, że nie zabrał pistoletu, ale teraz nie miało to już znaczenia. Łokciem odepchnął ostatniego strażnika, złapał upuszczoną pałkę i cisnął nią w głowę latarnika.

Dzięki Bogu – dobrze wycelował. Pałka trafiła olbrzyma prosto między oczy; zatoczył się i padł na kolana. Wtedy Ezio poczuł ostry ból w boku. Ostatni ocalały strażnik dźgnął go sztyletem. Asasyn upadł i zanim ogarnęła go ciemność, zobaczył biegnącego w swoją stronę wielkoluda.

7

Kiedy się ocknął, leżał na plecach, a cały świat pod nim kołysał się. Nie gwałtownie, lecz miarowo. Było to wręcz przyjemne. Ezio przez chwilę pozostał bez ruchu, nie chciał stawiać czoła rzeczywistości, która na niego czekała; czuł zapach morskiego powietrza. Morskie powietrze?

Otworzył oczy. Słońce wzeszło, nad sobą miał niezmącony przestwór błękitnego nieba. A potem – ciemny kształt pomiędzy niebem a nim. Głowa i ramiona. Zatroskana twarz, patrząca na niego z góry.

– Ocknąłeś się. Dobrze – powiedział olbrzym.

Ezio spróbował usiąść, ale uderzył go ból rany. Jęknął i złapał się za bok. Poczuł bandaże.

– Draśnięcie. Niezbyt głębokie. Nie ma się czym przejmować.

Asasyn się podniósł. Jego następna myśl dotyczyła wyposażenia. Szybko rozejrzał się dookoła. Zobaczył je – leżało w jego skórzanej sakwie, wyglądało na nietknięte.

– Gdzie jesteśmy? – spytał.

– A jak ci się wydaje? Na morzu.

Ezio z wysiłkiem wstał i rozejrzał się wokół. Znajdowali się na rybackim dau, który ciął szparko wodę pod mocno wydętym żaglem. Odwrócił się i zobaczył na horyzoncie Larnakę, kropkę na wybrzeżu Cypru.

– Co się stało?

– Uratowałeś mi życie, ja uratowałem ciebie.

– Dlaczego?

– Tak każe Prawo. Chociaż szkoda. Po tym, co mi zrobiłeś, należało ci się.

Wielkolud stał do Ezia plecami, trzymał ster, ale teraz się odwrócił. Ezio po raz pierwszy mógł mu się dobrze przyjrzeć i natychmiast go poznał.

– Zatopiłeś moje statki, bodajby cię!... Śledziłem Anaana od wielu dni. Z takim łupem wróciłbym do Egiptu jako bogacz. Zamiast tego, przez ciebie, zrobili ze mnie galernika. Ze mnie!

Olbrzym był oburzony.

– Do Egiptu? To nie jesteś Berberem?

– Do diabła z Berberami. Jestem mamelukiem, choć w tych szmatach może na to nie wyglądam. Jak tylko dotrzemy na miejsce, znajdę sobie kobietę, porządny talerz kofty i dobre ubranie.

Ezio znów się rozejrzał, zachwiał i złapał równowagę, kiedy o dziób uderzyła niespodziewana fala.

– Kiepski z ciebie żeglarz, co?

– Wolę gondole.

– Gondole!

– Skoro chciałeś mnie zabić...

– Dziwisz mi się? Tylko dlatego zostałem w tym śmierdzącym weneckim porcie, kiedy uciekłem. Jak cię zobaczyłem, nie mogłem uwierzyć we własne szczęście. Prawie się już poddałem – sam szukałem sposobu ucieczki.

Ezio wyszczerzył zęby w uśmiechu.

– Nie dziwię się.

– Wrzuciłeś mnie do zbiornika i zostawiłeś, żebym utonął!

– Przecież umiesz pływać, każdy głupi to widział.

Tym razem to wielkolud się uśmiechnął.

– Ha! Mogłem się domyślić, że udając, iż nie umiem, nie wzbudzę w tobie litości,

– Spłaciłeś swój dług, uratowałeś mnie. Ale po co mnie z sobą zabrałeś?

Olbrzym rozłożył ręce.

– Byłeś ranny. Gdybym cię zostawił, przyszliby po ciebie, nie przeżyłbyś do rana. A to by znaczyło, że moje wysiłki poszły na marne. Poza tym możesz się przydać na tej łajbie, nawet jako szczur lądowy.

– Potrafię dać sobie radę sam.

Wielkolud spoważniał.

– Wiem, że potrafisz, *efendim*. Może po prostu zależało mi na twoim towarzystwie, Ezio Auditore.

– Wiesz, jak się nazywam.

– Jesteś sławny. Pogromca piratów. Chociaż to by ci nie pomogło po tym, jak wybiłeś oddział strażników i próbowałeś uciec.

Ezio zastanowił się.

– A ciebie jak zwą?

Olbrzym wyprostował się dumnie, z nieukrywaną godnością, która żywo kontrastowała z jego galerniczymi szmatami.

– Jestem al-Scarab, plaga Morza Białego.

– Och – zakpił Ezio – przepraszam, nie poznałem.

– Chwilowo w odwrocie – przyznał smutno al-Scarab. – Ale nie na długo. Kiedy dotrzemy na miejsce, w tydzień zdobędę nowy statek i załogę.

– Kiedy dotrzemy dokąd?

– Nie powiedziałem? Do najbliższego portu, który jest cokolwiek wart i znajduje się w rękach mameluków – Akki.

8

Nadszedł czas. Ciężko było wyjeżdżać, ale misja była najważniejsza i wzywała Ezia w dalszą drogę. Czas spędzony w Akce poświęcił odpoczynkowi i rekonwalescencji; musiał cierpliwe czekać, aż rana się zagoi, wiedział bowiem, że jego wysiłki spełzną na niczym, jeśli nie będzie w formie. A spotkanie z al-Scarabem, choć mogło okazać się katastrofalne w skutkach, gdyby rzeczy potoczyły się inaczej, pokazało mu, że jeśli istnieją aniołowie stróże, to jeden z nich z pewnością nad nim czuwa.

Wielki pirat, którego Ezio pokonał na pokładzie Anaana, okazał się kimś więcej niż tylko wybawcą. Miał w Akce dalekich krewnych, którzy powitali Ezia jako wybawiciela swojego kuzyna oraz jego towarzysza broni. Al-Scarab nie wspomniał ani słowem o swojej porażce w incydencie na Anaanie i zabronił o tym mówić także Eziowi, pod groźbą niewypowiedzianej zemsty. Za to ucieczka z Larnaki rozrosła się w jego opowieściach do tytanicznej wprost bitwy.

– Było ich pięćdziesięciu... – zaczynał swoją opowieść al-Scarab, a liczba zdradzieckich wenecjan, z którymi musiał się zmierzyć, przy dziesiątym opowiadaniu powiększyła się dziesięciokrotnie. Jego kuzyni z rozdziawionymi ustami i szeroko otwartymi oczami słuchali jak zaklęci i ani słowem nie napomykali o nieścisłościach, jakie wkradały się w tę relację. Dobrze, że nie dorzucił żadnego morskiego potwora, pomyślał Ezio.

Wymysłem nie były natomiast ostrzeżenia przed niebezpieczeństwami, jakie według krewnych al-Scaraba miały czyhać na Ezia w jego dalszej drodze. Próbowali go namówić, żeby wziął z sobą uzbrojoną eskortę, ale on zdecydowanie odmawiał. Zamierzał wyruszyć samotnie; to było już postanowione.

Niedługo po przybyciu do Akki wykorzystał chwilę, by napisać od dawna zaległy list do siostry. Dobierał słowa bardzo ostrożnie, świadom, że może to być ostatni raz, kiedy ma okazję się z nią skontaktować.

Akka
xx novembre MDX

Moja najdroższa siostro Claudio!

Jestem w Akce od tygodnia, bezpieczny i pełen otuchy, ale przygotowany na najgorsze. Ludzie, którzy mnie tu nakarmili i przygarnęli, ostrzegają także, że droga do Masjafu roi się od najemników i bandytów niepochodzących stąd. Co to może oznaczać – boję się zgadywać.

Kiedy dziesięć miesięcy temu wyruszałem z Rzymu, miałem przed sobą jeden cel: odkryć to, czego nie zdołał się dowiedzieć nasz ojciec. W wiadomym Ci liście, napisanym rok przed moim urodzeniem, wspomina o bibliotece ukrytej pod podłogami dawnego zamku Altaïra. Sanktuarium pełne bezcennej wiedzy.

Ale co znajdę, kiedy tam przybędę? Kto mnie powita? Zgraja templariuszy, czego obawiam się najbardziej? Czy jedynie świst zimnego, samotnego wiatru? Masjaf nie jest domem asasynów już od prawie trzystu lat. Czy nas pamięta? Czy wciąż jesteśmy tam mile widziani?

Znużony już jestem tą walką, Claudio... Znużony nie dlatego, że zmęczony, lecz dlatego, że nasze zmagania wydają się prowadzić tylko w jednym kierunku – ku chaosowi. Mam dziś więcej pytań niż odpowiedzi. Dlatego właśnie tak daleko dotarłem: żeby znaleźć jasność. Odnaleźć mądrość pozostawioną przez Wielkiego Mistrza, żebym mógł lepiej zrozumieć cel naszej walki i moje w niej miejsce.

Gdyby cokolwiek mi się stało, droga Claudio... gdyby moje umiejętności mnie zawiodły albo ambicja sprowadziła na manowce, nie szukaj zemsty czy odwetu przez wzgląd na pamięć o mnie, ale walcz w poszukiwaniu prawdy, na której wszyscy skorzystamy. Moja historia jest zaledwie jedną z tysięcy, a świat ucierpi, jeśli skończy się ona przedwcześnie.

Twój brat
Ezio Auditore da Firenze

Al-Scarab, przygotowujący się do swoich własnych, nowych przedsięwzięć, zadbał także, by Eziem zajmowali się najlepsi lekarze, najlepsi krawcy, kucharze i kobiety, jakie Akka miała do zaoferowania. Jego broń została wyczyszczona i naostrzona, a cały sprzęt gruntownie przejrzany i naprawiony.

Gdy dzień wyjazdu Ezia był bliski, al-Scarab sprezentował mu dwa świetne konie („Podarunek od mojego wuja, hodowcy, ale w moim fachu nie mam dla nich zastosowania"), wytrzymałe małe araby, z miękkimi, skórzanymi uprzężami i wysokimi siodłami z tłoczonej skóry. Ezio wciąż odmawiał eskorty, ale przyjął zapasy na drogę, miały mu one wystarczyć na dotarcie w głąb kraju, który dawno temu był Królestwem Jerozolimskim krzyżowców.

Nadeszła chwila pożegnania. Ostatni etap długiej podróży – Ezio nie umiał ocenić, owocnej czy nie. Dla niego jednak liczyła się tylko ta wyprawa i nic innego – musiał ją odbyć.

– Jedź ze swoim bogiem, Ezio.

– *Barak Allah feek*, przyjacielu – odparł Ezio, ściskając dłoń wielkiego pirata.

– Jeszcze się spotkamy.

– Tak.

Obaj zastanawiali się w duchu, czy mówią prawdę, ale słowa dodały im otuchy. Nie miało to znaczenia. Spojrzeli sobie w oczy i zrozumieli, że choć podążali rozłącznymi ścieżkami, mieli z sobą bardzo wiele wspólnego.

Ezio wsiadł na większego z dwóch koni – klacz – i zawrócił go. Nie oglądając się za siebie, wyjechał z miasta, ku północy.

9

Masjaf od Akki dzieliło dwieście mil w linii prostej. Pozornie łagodna pustynia, przedzielająca te dwa miejsca, w rzeczywistości wcale taka nie była. Osmański napór, trwający bezustannie od dwustu lat, zwieńczyło w 1453 roku zdobycie Konstantynopola przez dwudziestoletniego sułtana Mehmeda II. Tureckie macki wciąż jednak wyciągały się dalej, na zachód, aż do obszaru dawnej Bułgarii i za niego, na południe i wschód w głąb Syrii i dawnej Ziemi Świętej. Wschodnie wybrzeże Białego Morza, ze swoimi ważnymi portami i morską drogą na zachód, było klejnotem w koronie, a osmańska władza nad nim wciąż pozostawała krucha. Ezio nie miał złudzeń co do walk, które go czekały podczas samotnej drogi na północ. Przez większość trasy trzymał się wybrzeża, po lewej mając roziskrzone morze; jechał wysokimi urwiskami, przez porastające je rzadkie zarośla, o świcie i zmierzchu. Chował się na cztery godziny, kiedy słońce stało najwyżej, znów cztery odpoczywał nocą pod gwiazdami.

Podróżowanie w pojedynkę miało swoje zalety. Rzucał się w oczy znacznie mniej, niż gdyby miał eskortę, a jego bystry wzrok wypatrywał wszelkich zagrożeń z wystarczającym wyprzedzeniem, by je ominąć lub zaczekać, aż oddalą się same. To był niebezpieczny kraj; bandy pozbawionych zajęcia najemników zabijały podróżnych i siebie nawzajem dla łupu; walczyli o przetrwanie, zdawałoby się, że to był cel sam w sobie, w krainie wciąż dochodzącej do siebie po stuleciach wojny. Krainie ludzi przemienionych w dzikie zwierzęta, ludzi, którzy przestali myśleć, mieć nadzieję i czuć strach; ludzi, którzy postradali wszelkie sumienie. Bezwzględnych i lekkomyślnych, równie okrutnych, jak bezlitosnych.

Ezio walczył, gdy nie dało się uniknąć starcia; po każdej z tych bezsensownych potyczek zostawało kilka trupów więcej dla sępów i kruków, jedynych istot, którym darzyło się na tym zapomnianym przez Boga pustkowiu. Raz Ezio uratował przerażonych wieśniaków przed maruderami, innym razem – kobietę przed torturami, gwałtem i śmiercią. Ale na jak długo? Co się z nimi działo, kiedy ruszał dalej? Nie był Bogiem, nie mógł być wszędzie jednocześnie, a choć po tej ziemi stąpał kiedyś Chrystus, Bóg wcale nie opiekował się tu swoim ludem.

Im dalej na północ, tym bardziej Ezio podupadał na duchu. Do przodu gnał go tylko cel jego misji. Przywiązywał gałęzie do końskich ogonów, żeby zacierać za sobą ślady, a nocami kładł się na cierniach, żeby za mocno nie zasnąć. Nieustanna czujność była ceną nie tylko wolności, ale przetrwania. Choć upływ lat odebrał mu trochę sił, Ezio rekompensował to doświadczeniem, nigdy też nie zapomniał nauk, które tak dawno temu wbili mu do głowy Paola i Mario we Florencji i Monteriggioni. Choć czasami wydawało mu się, że nie da już rady, że nie chce jechać dalej – jechał mimo to.

Dwieście mil w linii prostej. Zima była jednak ostra i po drodze napotkał wiele objazdów i przeszkód.

Rok Pański 1511 już się rozpoczął i znów było Świętego Hilarego, kiedy Ezio ujrzał przed sobą góry.

Zaczerpnął głęboko zimnego powietrza.

Masjaf był blisko.

Trzy tygodnie później, idąc już pieszo – oba konie padły trupem na zamarzniętych przełęczach; ciążyły mu na sumieniu, były bowiem dzielniejszymi i wierniejszymi towarzyszami niż wielu ludzi – Ezio ujrzał swój cel.

Wysoko na czystym, bezchmurnym niebie szybował orzeł.

Zakurzony, zmęczony Ezio oderwał wzrok od ptaka, podciągnął się na niski, kamienny murek i przez chwilę stał nieruchomo, bystrym spojrzeniem chłonąc widok.

Masjaf. Po dwunastu nużących miesiącach wędrówki. Ciężkiej i długiej – w trudach i niepogodzie.

Przykucnął na wszelki wypadek i znieruchomiał; machinalnie sprawdzając broń, dalej wypatrywał. Jakiegokolwiek ruchu. Jakiegokolwiek.

Na blankach – ani żywej duszy. Tylko wiatr tnący tumany śnieżnego pyłu – ani śladu ludzi. Forteca wyglądała na opuszczoną, tak jak się spodziewał po tym, co o niej czytał. Życie jednak nauczyło go, że najlepiej zawsze się upewnić. Tkwił nieruchomo.

Żadnych odgłosów prócz wiatru. A potem – coś. Drapanie? Przed nim, po lewej, po gładkim zboczu stoczyła się garść kamyków.

Wędrowiec zesztywniał, podniósł się lekko, wysunął głowę spomiędzy zgarbionych ramion. A wtedy strzała, która nadleciała nie wiadomo skąd, trafiła go w prawy bark i przebiła zbroję.

10

Świt był zimny i szary. W jego bezruchu Ezio otrząsnął się ze wspomnień i skupił całą uwagę na chwili obecnej, usłyszał bowiem zbliżający się do jego celi tupot butów wartowników na kamiennej podłodze. Nadeszła ta chwila.

Udawał słabego; przyszło mu to bez większego trudu. Dawno nie był tak spragniony i głodny, ale kubek z wodą i jedzenie wciąż stały nietknięte na stole. Ezio położył się twarzą w dół na ziemi i naciągnął kaptur.

Usłyszał, jak drzwi celi otwierają się z trzaskiem i do środka wchodzą ludzie. Chwycili go pod pachy, dźwignęli i powlekli szarym, kamiennym korytarzem. Na podłodze pod sobą Ezio zobaczył wyłożony ciemniejszym kamieniem wielki symbol asasynów, ich znak od niepamiętnych czasów.

Korytarz prowadził do jakiegoś większego pomieszczenia, sali, otwartej z jednej strony. Ezio poczuł na twarzy powiew świeżego powietrza, który go orzeźwił. Lekko uniósł głowę i zobaczył za sobą wysokie otwory ujęte w ramy wąskich kolumn, za nimi zaś panoramę strzelistych gór.

Strażnicy postawili go na nogi, a Ezio strząsnął z siebie ich ręce. Odsunęli się o krok, z halabardami w pogotowiu, opuszczonymi i skierowanymi w jego stronę. Naprzeciw niego, plecami do pustki, stał ten sam kapitan co wczoraj. W ręku trzymał pętlę.

– Nieustępliwy z ciebie człowiek, Ezio – powiedział. – Żeby przejechać taki kawał tylko po to, by obejrzeć zamek Altaïra. Widać, że masz ikrę.

Gestem kazał swoim ludziom się cofnąć i zostawić Ezia samego.

– Ale stary już z ciebie kundel – ciągnął. – Lepiej skrócić twoje cierpienia, niż patrzeć, jak skomląc, czekasz na smutny koniec.

Ezio odwrócił się lekko, żeby mieć kapitana przed sobą. Ten drobny ruch, co zauważył z satysfakcją, wystarczył, by halabardziści się wzdrygnęli i mocniej ścisnęli broń.

– Ostatnie słowo, nim cię zabiję? – spytał.

Kapitan był ulepiony z twardszej gliny niż jego ludzie. Rozstawił tylko szerzej nogi i się roześmiał.

– Zastanawiam się, ile czasu będą potrzebowały myszołowy, żeby obrać twoje kości do czysta, kiedy cię wywiesimy z tego parapetu.

– Tam na górze lata orzeł. Nie dopuści myszołowów.

– Wiele ci to nie pomoże. Chodź tu, a może boisz się śmierci? Nie chcesz chyba, żeby cię na nią wleczono?...

Ezio ruszył powoli do przodu, wszystkie zmysły miał wyostrzone.

– Bardzo dobrze – powiedział kapitan, a asasyn natychmiast wyczuł w nim nieznaczne rozluźnienie. Czy ten człowiek naprawdę myślał, że Ezio się poddaje? Był aż tak próżny? Tak głupi? Jeśli tak, tym lepiej. Może jednak, mimo wszystko, ta paskudna morda, cuchnąca potem i gotowanym mięsem, miała rację. Chwila śmierci musi kiedyś nadejść.

Za szerokim oknem, pomiędzy kolumnami, nad pustkę wystawała wąska, drewniana kładka, długa może na dziesięć stóp i na cztery szeroka, zbita z sześciu nieheblowanych desek. Wyglądała na bardzo starą i niebezpieczną. Kapitan ukłonił się w ironicznym geście zaproszenia. Ezio znów postąpił do przodu; czekał na właściwy moment, ale jednocześnie zastanawiał się, czy ten w ogóle nadejdzie. Deski zatrzeszczały złowieszczo pod jego ciężarem. Powietrze było mroźne. Spojrzał na niebo i góry. Nagle ujrzał szybującego orła, pięćdziesiąt, może sto stóp pod nim, z rozłożonymi białymi lotkami, i nie wiedzieć czemu podniosło go to na duchu.

Wtedy wydarzyło się coś jeszcze.

Ezio zauważył drugą, podobną platformę, sterczącą z wieży na tym samym poziomie jakieś piętnaście stóp po prawej. Po niej zaś kroczył nieustraszenie do przodu ten sam zamaskowany młody mężczyzna w bieli, którego widział podczas bitwy. Ezio patrzył, wstrzymując oddech; mężczyzna jakby się do niego odwracał, jakby zaczynał jakiś gest...

Nagle wizja znów zniknęła, został tylko wiatr i rzadki tuman śniegu. Nawet orzeł gdzieś zniknął.

Kapitan podszedł z pętlą w ręku. Ezio w przelocie zauważył, że sznur w części, która ciągnęła się po ziemi, miał duży luz.

– Nie widzę tu żadnego orła – powiedział kapitan. – Założę się, że myszołowy sprawią się najwyżej w trzy dni.

– Dam ci znać – odparł Ezio spokojnie.

Za kapitanem ustawiła się grupka żołnierzy, ale za asasynem stanął tylko sam kapitan; ściągnął mu kaptur, założył pętlę na szyję i mocno ją zacisnął.

– Teraz! – krzyknął.

Teraz!

W tej samej chwili, kiedy poczuł na ramionach dłonie kapitana, gotowe zepchnąć go w przepaść, Ezio zgiął prawą rękę i brutalnie uderzył przeciwnika łokciem. Kapitan z krzykiem poleciał do tyłu, między swoich towarzyszy. Asasyn zebrał błyskawicznie luźny sznur z desek, ominął trzech żołnierzy i okręcił liną szyję kapitana. Potem rzucił się z platformy w pustkę.

Kapitan próbował odskoczyć, ale było za późno. Ciężar spadającego Ezia powalił go na deski. Pomost zadygotał, kiedy uderzył w niego głową. Lina napięła się z trzaskiem, niemal łamiąc przy tym kapitanowi kark. Templariusz posiniał, chwycił się za szyję, zaczął kopać i szarpać, walcząc ze śmiercią.

Wykrzykując wszystkie przekleństwa, jakie znali, żołnierze wyciągnęli miecze i ruszyli do przodu, rąbiąc sznur, żeby uwolnić swojego oficera. Gdyby go przecięli, przeklęty Ezio Auditore runąłby na spotkanie śmierci na skały pięćset stóp w dole, ale skoro i tak miał zginąć, czy sposób miał znaczenie?

Ezio na końcu liny kręcił się w pustce. Obie ręce wetknął pomiędzy pętlę a szyję, żeby nie zmiażdżyła mu tchawicy. Spojrzał w dół. Kołysał się blisko muru. Wypatrywał czegoś, czego mógłby się złapać, by przetrwać upadek. A jeśli nie – i tak był to lepszy sposób na spotkanie śmierci niż pokorne się jej poddanie.

Nad nim, na niebezpiecznie rozkołysanej platformie, żołnierze w końcu przecięli linę, która zdążyła już otrzeć szyję kapitana do krwi. Ezio runął w dół...

Kiedy jednak poczuł, że sznur puszcza, zanim zaczął spadać, wahnął się bliżej do muru. Masjaf zbudowali asasyni dla asasynów; zamek nie mógł go zawieść. Pięćdziesiąt stóp pod sobą Ezio zobaczył sterczący ze ściany kawałek złamanego rusztowania. Lecąc w dół, obrócił ciało i chwycił go; skrzywił się z bólu, bo szarpnięcie omal nie wyrwało mu ręki ze stawu. Ale rusztowanie wytrzymało, on też nie puścił i zaciskając z wysiłku zęby, podciągnął się w górę, aż chwycił konstrukcję obiema rękami.

Ale to nie był jeszcze koniec. Żołnierze wychylili się, zobaczyli, co się stało, i zaczęli ciskać w asasyna, czym mogli, żeby go strącić. Z góry posypał się grad kamieni i kawałków połamanego drewna. Ezio desperacko rozejrzał się dookoła. Po lewej stronie muru dotykała skarpa, jakieś dwadzieścia stóp od niego. Gdyby zdołał rozbujać się na rusztowaniu na tyle, żeby do niej dolecieć, miał niewielką szansę sturlać się po niej w dół. Na dole skarpy widział skraj urwiska, z niego zaś nad przepaścią przerzucony był kruszejący, kamienny mostek, prowadzący do wąskiej ścieżki biegnącej po przeciwległym zboczu góry.

Skulony w deszczu odłamków, Ezio zaczął się huśtać w przód i w tył; ręce ślizgały mu się na gładkim jak lód drewnie rusztowania, ale asasyn nie poluzował uchwytu i wkrótce nabrał rozpędu. Przyszła ta chwila, kiedy poczuł, że już dłużej się nie utrzyma, że musi zaryzykować. Całą energię włożył w ostatnie potężne wahnięcie się w tył, a potem wyrzucił ciało w przód i z szeroko rozłożonymi rękami i nogami poleciał w stronę skarpy.

Wylądował ciężko, niezgrabnie, a siła uderzenia zaparła mu dech w piersi. Zanim zdążył złapać równowagę, potoczył się w dół po twardym, nierównym zboczu, ale w końcu zdołał skierować swoje poobijane ciało w kierunku mostu. Był świadomy, że to ważne, bo gdyby nie wylądował dokładnie tam, gdzie powinien, wyleciałby za krawędź urwiska w Bóg jeden wie jak głęboką przepaść. Toczył się za szybko, nie panował nad swoją prędkością. Udało mu się jakimś cudem nie spanikować i w końcu się zatrzymał – na rozdygotanym moście, dziesięć stóp od jego krawędzi.

Uderzyła go nagła myśl: ile ten most miał lat? Był wąski – nie pomieściłby dwóch ludzi obok siebie – a daleko, daleko w dole słychać było huk wody rozbijającej się o skały niewidoczne w czarnej otchłani. Ciężar ciała Ezia wprawił mostek w dygot. Kiedy ostatni raz ktoś po nim przechodził? Kamienie już się kruszyły, osłabione wiekiem, zaprawa między nimi zetlała. Kiedy Ezio wstał, ku swemu przerażeniu ujrzał, że pięć stóp za nim w poprzek mostu rozwiera się z trzaskiem szczelina. Błyskawicznie się powiększyła; kamienie z obu jej brzegów posypały się w dół, leniwie pokoziołkowały w czarną czeluść.

Czas jakby zwolnił bieg. Nie było już odwrotu. Ezio wiedział, co się stanie. Odwrócił się i popędził przed siebie, mobilizując wszystkie mięśnie swojego obolałego ciała do tego ostatniego wysiłku. Pobiegł na drugi koniec mostu, który pękał za nim i osypywał się w dół. Jeszcze dwadzieścia sążni, jeszcze dziesięć – czuł, że kamienie usuwają mu się spod nóg. I wreszcie, z piersią prawie rozdartą od męki, jaką sprawiało mu oddychanie, przywarł płasko do szarej skały, przycisnął do niej policzek, obiema stopami stając bezpiecznie na wąskiej ścieżce, niezdolny myśleć, niezdolny nic zrobić. Słuchał tylko łoskotu odłamków mostu spadających w rwącą rzekę w dole. Powoli robiło się coraz ciszej i ciszej, aż nie było już słychać niczego prócz wycia wiatru.

11

Oddech Ezia stopniowo się uspokajał; zaczął powracać zapomniany w chwili zagrożenia ból mięśni. Zanim jednak mógł pozwolić swojemu ciału na tak potrzebny odpoczynek, musiał zadbać o kilka spraw. Przede wszystkim – jakiś posiłek. Nie jadł i nie pił nic od prawie dwudziestu czterech godzin.

Najlepiej jak mógł, zabandażował poobcierane dłonie, używając do tego wyciągniętej spod tuniki szarfy, przedartej na pół. W zwiniętą dłoń nałapał wody, ściekającej cienką strużką po skale, do której przyciskał policzek. Ugasiwszy pierwsze pragnienie, odepchnął się od powierzchni, na której się opierał, i obejrzał się od stóp do głów. Żadnych złamanych kości, lekki ból w lewym, zranionym boku – nic poważnego.

Rozejrzał się dookoła. Nikt chyba nie ruszył w pościg, ale musieli widzieć jego upadek i bieg przez walący się most – może nie zauważyli, że udało mu się przeżyć, może po prostu założyli, że nie. Nie mógł jednak odrzucić możliwości, że wyślą zwiady, choćby po to, by odnalazły jego trupa. Templariusze chcieliby się upewnić, że Mistrz ich arcywroga naprawdę nie żyje.

Popatrzył na zbocze góry obok. Lepiej było wspiąć się po nim, niż iść ścieżką. Nie wiedział, dokąd prowadziła, poza tym była za wąska i nie dawała pola manewru w razie starcia. Skała nadawała się do wspinaczki. W najgorszym razie dotrze do warstw śniegu i do końca zaspokoi pragnienie. Otrząsnął się, odsapnął i zabrał do roboty.

Był zadowolony, że ma na sobie ciemne odzienie, bo bez trudu zlewał się ze skałą, po której się wspinał. Z początku łatwo było mu znaleźć oparcie dla rąk i nóg, choć czasami musiał się mocno prężyć, czasami obolałe mięśnie protestowały, a raz kawał skały został mu w ręku, tak że omal nie runął w dół te sto stóp, które już pokonał. Najgorszą rzeczą – i zarazem najlepszą – był wąski, ale nieustający strumyczek wody, który ściekał na niego z góry. Najgorszą, bo mokre kamienie były śliskie; najlepszą, bo taki wodospad oznaczał strumień, a przynajmniej jakiś rezerwuar wody gdzieś wyżej.

Po półgodzinnej wspinaczce dotarł na szczyt, jak się okazało, nie góry, lecz urwiska – grunt, na który w końcu się wciągnął, był płaski i porośnięty szorstkimi kępami trawy. Prawie łysa górska łąka, z dwóch stron zamknięta kolejnymi ścianami czarno-szarej skały, ale otwarta na zachód jak okiem sięgnąć. Przełęcz – tyle że prowadząca donikąd. Może kiedyś, dawno temu, dokądś wiodła. Trzęsienie ziemi wiele wieków temu mogło uformować urwisko, po którym Ezio właśnie się wspiął, i rozpadlinę, w którą runął most.

Ezio podbiegł do zbocza niewielkiej doliny, żeby zbadać teren. Tam, gdzie były przełęcze i woda, mogli być także ludzie. Czekał prawie nieruchomo przez następne pół godziny, zanim odważył się ruszyć dalej. Otrząsał mięśnie, żeby je rozgrzać – zaczęły mu sztywnieć od długiego bezruchu. Był mokry i zaczynał marznąć. Nie mógł zbyt długo tu pozostać. Ucieczka przed templariuszami to jedno, ale jego wysiłki poszłyby na marne, gdyby teraz padł ofiarą natury.

Zbliżył się do strumienia – odszukał go po szmerze płynącej wody. Nachylił się nad brzegiem i napił, zważając, by się nie przepełnić. Potem ruszył wzdłuż koryta. Na brzegach zaczęły się pojawiać zdrewniałe krzaki i wkrótce dotarł do karłowatego zagajnika nad niedużą sadzawką. Tam przystanął. Byłoby cudem, gdyby tak daleko od przycupniętej pod zamkiem wioski znalazł jakieś zwierzę, które mógłby upolować i zjeść; ale skoro była sadzawka, istniał też cień szany, że będą w niej ryby.

Ukląkł i zajrzał w głąb ciemnej wody. Nieruchomy jak polująca czapla, czekał cierpliwie. W końcu dostrzegł zmarszczkę na powierzchni, niewielką, która zniknęła zaraz po tym, jak się pojawiła; była dowodem, że w wodzie znajduje się coś żywego. Ezio dalej obserwował. Nad sadzawką unosiły się chmary muszek. Niektóre podlatywały i gryzły go, zwabione ciepłem ciała. Nie odważył się od nich opędzić, znosił ich łaskoczącą ciekawość i drobne, kłujące ukąszenia.

A potem zobaczył – duże, pulchne, trupiej barwy ciało, sunące leniwie kilka cali pod powierzchnią. Nie śmiał nawet o tym marzyć – ale ryba wyglądała jak karp lub coś bardzo podobnego. Na jego oczach dołączyła do niej druga, o wiele ciemniejsza, a potem trzecia, o miedzianozłotych łuskach.

Ezio zaczekał, aż zrobią to, czego się spodziewał – wystawią pyszczki nad wodę, by zaczerpnąć powietrza. To byłby jego moment. Skupił całą uwagę, napiął ciało i usztywnił ręce.

Ciemna ryba podpłynęła do powierzchni, tłusty pyszczek rozwarł się wśród bąbelków.

Ezio uderzył.

I odskoczył w tył, rozradowany; duża ryba wiła się rozpaczliwie w jego rękach, nie mogąc się wyrwać. Położył ją na ziemi obok i zabił kamieniem.

Nie mógł przyrządzić mięsa – musiał zjeść je na surowo. Popatrzył jeszcze raz na kamień, którym zabił rybę, i przypomniał sobie odłamek, ten, który został mu w ręku podczas wspinaczki. Krzemień! Przy odrobinie szczęścia rozpaliłby ogień – upiekłby na nim rybę i osuszył ubranie. Surowe mięso mu nie przeszkadzało – czytał zresztą, że w jakimś na wpół legendarnym kraju daleko na wschodzie ludzie mieli je za przysmak. Ale mokre ubranie to co innego. Co do ognia – postanowił zaryzykować. Był chyba pierwszym człowiekiem w tej dolinie od tysiąca lat, a jej wyniosłe zbocza chroniły go przed czyimkolwiek wzrokiem na wiele mil dookoła.

Zebrał trochę chrustu w zagajniku i po kilku chwilach eksperymentowania udało mu się rozniecić płomyk w garści suchej trawy. Mimo że ostrożnie wsunął ją pod przygotowaną kupkę gałązek, to i tak się sparzył, bo ogień natychmiast wystrzelił w górę. Paliło się dobrze, a dym, rzadki i jasny, natychmiast rozwiewał się na wietrze. Po raz pierwszy, odkąd ujrzał Masjaf, uśmiechnął się.

Nie chcąc tracić czasu, mimo zimna zdjął ubranie, żeby osuszyć je przy ogniu na prowizorycznym rusztowaniu z gałęzi, podczas gdy ryba piekła się i skwierczała na prostym rożnie. Niecałą godzinę później, rozkopawszy ognisko, poczuł ciepło w brzuchu, a niedługo potem mógł już założyć ubranie, które, choć niezbyt czyste, było ciepłe i dość suche, by wygodnie je nosić. Do końca musiało wyschnąć już na nim. Natomiast zmęczenie musiało poczekać. Ezio odparł pokusę, żeby przespać się przy ogniu i sadzawce – była to walka równie ciężka jak wszystkie inne, które stoczył po drodze – ale posiłek dodał mu energii.

Poczuł się na siłach wrócić do zamku. Musiał odzyskać swój ekwipunek, a potem odkryć sekrety fortecy, żeby wyprawa nie poszła na marne.

Cofając się po swoich śladach, niedaleko urwiska, po którym się wspinał, zauważył następną ścieżkę biegnącą w górę po południowej stronie doliny. Kto je wyrąbał w skale? Pradawni mieszkańcy? Ezio nie miał czasu się nad tym zastanawiać, ale był wdzięczny za ich obecność. Dróżka pięła się stromo w kierunku Masjafu. Ruszył w górę.

Jakieś pięćset stóp wyżej ścieżka kończyła się na wąskim pagórku; kilka kamieni z fundamentów świadczyło o dawnej obecności wieży strażniczej, z której żołnierze mogli obserwować okolicę i uprzedzać zamek o zbliżających się wojskach czy karawanach. Ezio spojrzał w dół i na wschód. Rozciągał się przed nim wielki kompleks Masjafu, o wyniosłych murach i zwieńczonych kopułami wieżycach. Skoncentrował się, a jego orle oczy zaczęły wynajdywać szczegóły, które miały mu pomóc w powrocie.

Daleko w dole wypatrzył most linowy, przerzucony przez tę samą rozpadlinę, której brzegi spinał ów kamienny, po którym przebiegł. Obok niego znajdowała się strażnica. Ezio zorientował się, na ile mógł, że nie istniała żadna inna ścieżka prowadząca do zamku z tej strony, ale za mostem droga była stosunkowo czysta. Zejście do mostu z miejsca, gdzie znajdował się teraz, to już inna rzecz. Gładka ściana czarnej skały onieśmieliłaby nawet najzwinniejszą kozicę. Poza tym była doskonale widoczna ze strażnicy po drugiej stronie mostu.

Ezio spojrzał na słońce. Właśnie minęło zenit. Obliczył, że dotarcie do zamku zajmie mu cztery do pięciu godzin. Musiał dostać się do środka, zanim zapadnie zmrok.

Zsunął się ze wzniesienia i zaczął schodzić w dół, powoli, uważając, by nie strącić żadnych kamieni, które mogłyby się stoczyć po zboczu i zaalarmować templariuszy pilnujących mostu. Wymagało to delikatności. Na szczęście słońce zachodziło za jego plecami i świeciło w oczy każdemu, kto patrzyłby na asasyna z dołu. Eziowi było to bardzo na rękę.

W końcu znalazł się w bezpiecznym miejscu – pod osłoną dużej skały na poziomie gruntu, niecałe pięćdziesiąt sążni od zachodniego krańca mostu.

Zrobiło się chłodniej, wzmógł się też wiatr. Most – z czarnej, smołowanej liny i wąskich deszczułek – kołysał się i grzechotał. Na oczach Ezia dwaj wartownicy, uzbrojeni w kusze i miecze, wyszli ze strażnicy i przechadzali się tam i z powrotem wzdłuż przepaści, ale na sam most się nie zapuścili.

Światło było już słabe i utrudniało ocenę odległości. Półmrok jednak działał na korzyść Ezia, który z łatwością wtopił się w otoczenie. Jak cień, przykulony, zbliżył się do mostu. Gdyby się na nim znalazł, nie miałby żadnej osłony, a był przecież nieuzbrojony.

Przystanął jeszcze raz jakieś dziesięć stóp od mostu, obserwując strażników. Wyglądali na zziębniętych i znudzonych. Z satysfakcją zauważył, że nie zachowywali czujności. Ktoś w strażnicy zapalił lampę, dzięki czemu Ezio dostrzegł, że wartowników jest więcej niż dwóch.

Potrzebował jakiejś broni. Podczas schodzenia na dół i na ostatnim podejściu był zbyt zajęty ukrywaniem swojej obecności, by jej poszukać. Nie zapomniał jednak, że skały były krzemienne, a pod stopami miał dużo luźnych odłamków. Połyskiwały czarno w gasnącym świetle. Wybrał jeden podłużny, ostry kawałek długi na jakieś dwanaście cali i szeroki na dwa. Podniósł go, ale zbytnio się pospieszył i inne kamienie zagrzechotały. Ezio zamarł. Nie było jednak żadnej reakcji. Most miał trzydzieści sążni długości. Z łatwością dotarłby do jego połowy, zanim żołnierze zdążyliby go zauważyć. Musiał jednak ruszać natychmiast. Odetchnął głęboko, poderwał się i rzucił naprzód.

Przemieszczanie się po moście nie było łatwe: kołysał się i alarmująco skrzypiał na rozszalałym wietrze. Ezio musiał łapać się lin, żeby utrzymać równowagę. Wszystko to kosztowało go sporo czasu.

Nagle żołnierze go dojrzeli. Zaczęli krzyczeć, by się zatrzymał, co dało mu kilka chwil, ale gdy spostrzegli, że nie zwalnia, ściągnęli z ramion kusze, nałożyli bełty i strzelili. Tymczasem ze strażnicy wypadło pięciu następnych, już z napiętymi kuszami.

Słabe światło utrudniało im celowanie, ale Ezio i tak musiał się uchylać i uskakiwać. Wtem na środku mostu stara deska pękła pod jego ciężarem i stopa uwięzła mu w dziurze. Zdołał ją jednak wyszarpnąć, zanim wpadł głębiej – gdyby tego nie zrobił, byłoby już po nim. Miał szczęście – lecący bełt tylko drasnął go w szyję, rozrywając tył kaptura. Poczuł na skórze jego żar.

Żołnierze przestali strzelać i wzięli się za coś innego. Ezio wytężył wzrok.

Kołowroty!

Na kołowroty nawinięto duży zapas liny. Templariusze przygotowywali się, żeby ją poluzować, tak by pod własnym ciężarem rozwinęła się z kołowrotów. Kiedy Ezio spadłby już w przepaść, mogliby wciągnąć most z powrotem.

Merda – pomyślał Ezio, na wpół biegnąc, na wpół zataczając się do przodu. Dwa razy jednego dnia! Kiedy zostało mu pięć sążni, most usunął mu się spod stóp. Asasyn wyskoczył w powietrze. Poleciał w przód; wylądował na jednym strażniku, a drugiego przewrócił na plecy. Wbił krzemień w szyję pierwszego. Próbował go szybko wyciągnąć, ale odłamek pękł – musiał zaczepić o kość. Ezio poderwał się na nogi, obrócił. Chwycił drugiego żołnierza, który jeszcze nie oprzytomniał, przyciągnął go do siebie szarpnięciem, a potem szybko wyrwał mu miecz i przebił go nim.

Pozostała trójka odrzuciła kusze i dobyła własnych mieczy. Otoczyli go stojącego plecami do urwiska. Ezio gorączkowo myślał. W okolicy nie dojrzał więcej żołnierzy, nikt też nie pobiegł ogłosić alarmu; musiał załatwić tych trzech, a potem dostać się do zamku, zanim ktoś to zauważy. Ale templariusze wyglądali na sprawnych i wypoczętych – dopiero zaczęli pełnić wartę.

Ezio zważył miecz w dłoni. Powiódł wzrokiem po twarzach przeciwników. Ale cóż to zobaczył w ich oczach? Strach? Czyżby to był s t r a c h?

– Asasyński psie! – warknął jeden z żołnierzy, choć głos mu drżał. – Chyba zawarłeś pakt z diabłem!

– Jeśli gdzieś tu jest diabeł, to między wami – warknął Ezio i skoczył do przodu, wiedząc, że może wykorzystać strach żołnierzy, ich wiarę w to, że posiada nadprzyrodzone siły. *Se solo!*

Zwarli się, wykrzykując przekleństwa tak głośno, że Ezio musiał pospieszyć się z ich zabijaniem, by ich uciszyć. Zadawali ciosy na oślep, w panice, więc szybko się z nimi uporał. Zawlókł trupy do strażnicy, ale nie miał czasu podciągnąć z powrotem mostu – poza tym było to zadanie ponad siły jednego człowieka. Przeszło mu przez myśl, czy się nie przebrać w strój jednego z zabitych, ale straciłby na to cenny czas, a zapadający zmrok był jego sojusznikiem.

Ruszył prowadzącą do zamku ścieżką, wdzięczny za cienie, które zaczęły zalegać po obu jej stronach. Bez przeszkód dotarł do podnóża murów od ślepej strony. Słońce prawie już zaszło, tylko czerwony blask wyzierał znad dalekich urwisk i gór na zachodzie. Było zimno, wiał uporczywy wiatr. Zamek był stary, a jego zwietrzałe kamienie dawały oparcie rękom i stopom wprawnego wspinacza.

Ezio, przypominając sobie plan fortecy, którego nauczył się na pamięć w Rzymie, zebrał ostatki sił i ruszył w górę. Sto stóp, policzył, a potem znalazłby się wewnątrz pierwszych umocnień. Wiedział, że stamtąd bramy prowadzą dalej w głąb, do wieży i cytadeli.

Wspinaczka była trudniejsza, niż mu się wydawało. Bolały go ręce i nogi; żałował, że nie ma czegoś, co pomogłoby mu sięgać dalej, pewniej chwytać, zwielokrotniać siłę jego dłoni. Wysiłkiem woli parł w górę i w końcu, kiedy ostatnie węgielki słońca zgasły za czarnymi zębami gór, ustępując miejsca pierwszym bladym gwiazdom, Ezio opadł na chodnik biegnący kilka stóp poniżej blanków zewnętrznego muru. W odległości pięćdziesięciu sążni z każdej strony miał baszty, ale przebywający w nich żołnierze zajęci byli wyglądaniem na zewnątrz i w dół – słychać było słabo jakieś hałasy od strony strażnicy nad mostem.

Ezio popatrzył w górę, na wieżę cytadeli. Jego ekwipunek – cenne juki z bronią – schowali na pewno w bezpiecznym, piwnicznym magazynie pod nią.

Zeskoczył z chodnika na ziemię, cały czas trzymając się cieni. Ruszył w lewo, gdzie, jak wiedział, znajdowała się brama prowadząca do cytadeli.

12

Stąpając cicho jak puma i wyszukując najciemniejszego przejścia, Ezio dotarł do celu bez przeszkód. Ostatnią rzeczą, jakiej potrzebował, była jeszcze jedna hałaśliwa bijatyka. Gdyby znów go znaleźli, nie daliby mu cienia szansy na ucieczkę – zabiliby go na miejscu jak szczura. Wartowników było niewielu – widział tylko tych na murach. Wszyscy zapewne szukali go na zewnątrz w słabym, niepewnym świetle gwiazd – a starcie pod strażnicą ani chybi przyczyniło się do zdwojenia wysiłków, dowodziło bowiem niepodważalnie, że Ezio wciąż żyje.

Obok wejścia do piwnicznego magazynu, przy prostym, drewnianym stole siedziało dwóch starszych żołnierzy. Na stole stał duży, cynowy dzban z płynem, który wyglądał na czerwone wino, i dwa drewniane kubki. Obaj strażnicy leżeli z głowami i ramionami na blacie. Chrapali. Ezio podszedł z najwyższą ostrożnością; u pasa jednego z nich zobaczył pęk kluczy.

Nie zapomniał umiejętności kieszonkowca, które posiadł dzięki asasynce *madame* Paoli, jeszcze za młodu we Florencji. Bardzo ostrożnie, starając się, żeby klucze nie zadzwoniły – bo najmniejszy dźwięk, który obudziłby żołnierzy, mógłby oznaczać dla niego zgubę – podniósł je, a drugą ręką niezdarnie rozwiązał rzemień, którym były przywiązane do pasa wartownika. W pewnym momencie węzeł się splątał, a Ezio, usiłując go rozsupłać, szarpnął za mocno i żołnierz poruszył się. Ezio znieruchomiał jak posąg, spoglądając czujnie. Obie ręce miał zajęte i nie mógł sięgnąć po broń żadnego z templariuszy. Ale wartownik tylko sapnął i spał nadal. Zmarszczył czoło, może przyśniło mu się coś nieprzyjemnego.

W końcu klucze znalazły się w rękach Ezia. Asasyn ruszył, skradając się oświetlonym pochodniami korytarzem za plecami żołnierzy, przyglądając się grubym, okutym drewnianym drzwiom po obu stronach.

Musiał działać szybko, ale dopasowywanie kluczy zawieszonych na wielkim, żelaznym pierścieniu do zamków zabrało mu dużo czasu – zwłaszcza że musiał pilnować, by przy tym nie brzęknęły. Przy piątych drzwiach trafił. Za nimi znalazł zbrojownię co się zowie – najróżniejsze rodzaje broni ułożone równo na drewnianych półkach pod ścianami.

Zabrał pochodnię z uchwytu przy wejściu i przy jej pomocy znalazł swoje juki. Szybki przegląd upewnił go, że nic z nich nie zabrano, ani nawet, o ile mógł się zorientować, nie dotykano ich. Odetchnął z ulgą, jego broń była bowiem ostatnią rzeczą, którą chciałby zobaczyć w łapach templariuszy. Pracowały nad nią wybitne umysły i byłoby katastrofą, gdyby jego śmiertelni wrogowie zdołali skopiować ukryte ostrza.

Obejrzał juki pospiesznie. Podróżował tylko z najpotrzebniejszym wyposażeniem i po dwukrotnym sprawdzeniu przekonał się, że nic nie zginęło. Przypiął sejmitar – wyciągnął go z pochwy i upewnił się, że ostrze wciąż jest ostre. Na lewą rękę założył karwasz, a na nadgarstek – nieuszkodzone ukryte ostrze. To złamane wraz z uprzężą schował w sakwie – nie zamierzał zostawiać go templariuszom, nawet w obecnym stanie, zresztą miał nadzieję, że zdoła je naprawić. Tym zamierzał się zająć w swoim czasie. Do sakw spakował też pistolet ze sprężynowym naciągiem wraz z amunicją, a potem pośpiesznie rozpakował spadochron i sprawdził, czy nie jest uszkodzony. Spadochron był nowy – tego wynalazku Leonarda jeszcze nie przetestował w akcji. Ale loty ćwiczebne zdążyły już udowodnić jego potencjał. Złożył starannie spiczastą płachtę i schował ją wraz z resztą wyposażenia. Sakwy zarzucił na ramię, przypiął je bezpiecznie, i wrócił tą samą drogą, którą przyszedł, obok śpiących wartowników. Kiedy wyszedł na zewnątrz, zaczął się wspinać.

Wypatrzył odosobniony punkt obserwacyjny na wysokiej wieży cytadeli. Wybrał go, bo widać było z niego ogród Masjafu, pod którym – jeśli plany zamku były zgodne z prawdą – templariusze próbowali znaleźć bibliotekę wielkiego Mistrza asasynów, Altaïra, władającego stąd Bractwem trzy wieki wcześniej. Zgodnie z tym, co zawarł w swoich listach ojciec Ezia, miała to być legendarna skarbnica asasynów i źródło wszelkiej ich wiedzy i potęgi.

Ezio nie wątpił już, że obecności templariuszy w zamku nie da się wyjaśnić niczym innym jak tylko jej poszukiwaniami.

Na krawędzi zewnętrznego muru baszty, nad ogrodem, stał duży, kamienny posąg orła, ze złożonymi skrzydłami. Był tak realistyczny, że wyglądał, jakby miał wzbić się w powietrze i spaść na niczego niepodejrzewającą ofiarę.

Ezio pchnął go na próbę. Mimo swojego ciężaru, rzeźba zakołysała się lekko.

Doskonale.

Ezio zajął miejsce obok orła i przygotował się na spędzenie tu reszty nocy, świadom, że przed świtem nic się nie wydarzy. Gdyby nie wykorzystał tej sposobności odpoczynku, nie mógłby działać skutecznie w chwili próby. Templariusze mogli go uważać za pół-diabła, ale on wiedział aż za dobrze, że jest takim samym człowiekiem jak inni.

Zanim jednak udał się na spoczynek, opadły go nagłe wątpliwości. Rozejrzał się po ogrodzie w dole. Nie zobaczył śladów żadnych wykopów. Czy to możliwe, że się pomylił?

Przywołując nauki z przeszłości i wyćwiczone moce, skupił wzrok – jego oczy nabrały orlej mocy. Zlustrował teren w dole. Kiedy mocno się skoncentrował, zauważył w końcu słaby blask bijący z fragmentu mozaikowej posadzki altany, kiedyś eleganckiej, teraz zarośniętej. Uśmiechnął się zadowolony i odprężył. Mozaika przedstawiała Minerwę.

Słońce ledwie musnęło blanki murów na wschodzie, kiedy Ezio, odświeżony krótkim snem i czujny, przycupnął przy kamiennym orle, wiedząc, że nadszedł właściwy moment. Zdawał sobie sprawę, że musi działać szybko – każda spędzona tu chwila zwiększała ryzyko wykrycia. Templariusze jeszcze się nie poddali, a do tego płonęli nienawiścią – jego ucieczka, kiedy trzymali go już w uścisku śmierci, musiała sprawić, że pałali żądzą zemsty.

Ocenił odległości i kąty, a potem, usatysfakcjonowany, oparł but o kamiennego orła i mocno pchnął. Rzeźba zakołysała się na postumencie, wypadła za parapet i koziołkując, runęła w stronę mozaiki daleko w dole. Ezio patrzył za nią przez krótką chwilę, by upewnić się co do toru jej lotu, a potem rzucił się za nią w powietrze, oddając Skok Wiary. Minęło trochę czasu, odkąd to robił ostatni raz. Wróciło do niego dawne uniesienie. Lecieli w dół – najpierw orzeł, Ezio po tej samej trajektorii piętnaście stóp nad nim. Pędzili w stronę bardzo twardego gruntu.

Ezio nie miał czasu modlić się o to, by nie popełnić błędu. Czas na modły – czy cokolwiek innego – i tak wkrótce by się skończył.

Orzeł wylądował pierwszy – na środku mozaiki.

Przez chwilę wyglądało to tak, jakby roztrzaskał się na kawałki, ale to mozaika pękła, odsłaniając szeroki otwór prowadzący pod ziemię, przez który przelecieli i orzeł, i Ezio. Asasyna natychmiast poprowadziła pochylnia, nachylona ukośnie w dół. Zjeżdżał stopami do przodu, sterując rękami. Słyszał, jak kamienny orzeł toczył się z łoskotem przed nim, aż z głośnym pluskiem wpadł do dużej, podziemnej sadzawki. Ezio – za nim.

Kiedy wyskoczył na powierzchnię, zobaczył, że sadzawka znajduje się na środku jakiegoś przedsionka. Przedsionka, bo jego centralnym punktem były drzwi – wrota z ciemnozielonego kamienia, wypolerowane na gładko przez upływ czasu.

Ezio nie był sam. Grupa pięciu templariuszy na granitowym brzegu zbiornika pod drzwiami odwróciła się na odgłos i widok wtargnięcia; czekali na niego teraz, krzycząc i wymachując mieczami. Wśród nich był mężczyzna w roboczym ubraniu, okutany zakurzonym, płóciennym fartuchem, ze skórzaną sakwą na narzędzia przy pasie. Z wyglądu sądząc – kamieniarz. Stał z rozdziawionymi ustami, a z opuszczonych rąk zwisały mu młotek i duże dłuto.

Ezio podciągnął się na brzeg. Templariusze zasypali go ciosami, ale odbijał je wystarczająco sprawnie, by wstać. Potem skupił się i zaatakował.

Znów wyczuł ich strach i wykorzystał chwilowe wahanie, by natrzeć jako pierwszy. Prawą ręką ścisnął mocno dobyty sejmitar, a lewą wysunął ukryte ostrze. Dwoma gładkimi cięciami na prawo i lewo powalił najbliżej stojących żołnierzy. Pozostali okrążali go tuż poza zasięgiem broni. Na zmianę próbowali go dźgać z zaskoczenia jak atakujące żmije, w nadziei, że go zdezorientują. Ale ich wysiłki nie były wystarczająco skoordynowane. Eziowi udało się staranować jednego z nich barkiem i strącić do sadzawki. Żołnierz prawie natychmiast poszedł na dno, czarna woda zdusiła jego udręczone wołanie o pomoc. Ezio obrócił się do następnego, przygiął się do ziemi i przerzucił go przez bark na granitową posadzkę. Templariuszowi spadł hełm, a jego głowa wraz z odgłosem wystrzału huknęła o kamień twardy jak diament.

Ocalały piąty napastnik, kapral, rzucił desperacki rozkaz kamieniarzowi, ale ten nie zrobił nic, znieruchomiały z przerażenia. Widząc, że Ezio się do niego zbliża, kapral jął się cofać, aż oparł się plecami o ścianę. Ezio podszedł, zamierzając jedynie go ogłuszyć. Kapral, który czekał na tę chwilę, pchnął go zdradziecko sztyletem w pachwinę. Asasyn w ostatniej chwili usunął się z linii ciosu i chwycił mężczyznę za ramię, blisko gardła.

– Oszczędziłbym cię, przyjacielu. Ale nie dałeś mi wyboru.

Jednym cięciem ostrego jak brzytwa sejmitaru zdjął kapralowi głowę z ramion.

– *Requiescat in pace* – powiedział cicho.

Potem odwrócił się do kamieniarza.

13

Mężczyzna był mniej więcej w tym samym wieku co Ezio, ale zaczynał obrastać tłuszczem i nie miał najlepszej kondycji. Teraz dygotał jak osika.

– Nie zabijaj mnie, panie! – zaskomlał, kuląc się ze strachu. – Jestem nikim. Zwykłym biednym robotnikiem z rodziną na utrzymaniu!

– Nazywasz się jakoś?

– Adad, panie.

– Jaką pracę wykonujesz dla tych ludzi?

Ezio schylił się, wytarł broń o tunikę zabitego kaprala, potem ją schował.

Adad trochę się uspokoił. Wciąż trzymał młotek i dłuto. Ezio miał na nie oko, ale kamieniarz zdawał się nie pamiętać, że ma je w rękach.

– Głównie kopię. Paskudnie ciężka robota, panie. Zajęło mi rok znalezienie tej tylko sali. – Przyglądał się twarzy Ezia, ale jeśli szukał na niej współczucia, to go nie znalazł. – Przez ostatnie trzy miesiące próbowałem przebić się przez te drzwi.

Ezio odwrócił się od mężczyzny i przyjrzał wrotom.

– Wielkich postępów nie zrobiłeś – zauważył.

– Nawet ich nie zadrapałem! Ten kamień jest twardszy niż stal.

Ezio przeciągnął dłonią po gładkich jak szkło drzwiach. Spoważniał jeszcze bardziej.

– Wątpię, czy kiedykolwiek ci się to uda. Te drzwi strzegą przedmiotów cenniejszych niż całe złoto świata.

Kiedy minęła groźba śmierci, oczy kamieniarza mimowolnie zaświeciły.

– Ach! Masz na myśli klejnoty?

Ezio popatrzył na niego kpiąco, a potem odwrócił się do drzwi i uważnie im przyjrzał.

– Są tu otwory. Pięć. Gdzie klucze?

– Templariusze mało mi mówią. Wiem, że znaleźli jeden pod pałacem osmańskiego sułtana. Co do pozostałych, pewnie dowiedzą się z tej swojej książeczki.

Ezio zerknął na niego ostro.

– Pod pałacem sułtana Bajezida? I co to za książeczka?

Kamieniarz wzruszył ramionami.

– Chyba jakiś dziennik. Ten paskudny kapitan z bliznowatą twarzą wszędzie ją ze sobą nosi.

Ezio zmrużył oczy. Szybko myślał. Potem pozornie się rozluźnił, odczepił od pasa małą, lnianą sakiewkę i rzucił ją Adadowi. Złapana – brzęknęła.

– Wracaj do domu – powiedział asasyn. – Znajdź sobie jakieś zajęcie dla uczciwych ludzi.

Adad wyglądał na zadowolonego, potem jednak zwątpił.

– Nawet nie wiesz, jak bardzo bym chciał. Bardzo bym się ucieszył, gdybym stąd uciekł. Ale ci ludzie mnie zamordują, jeśli spróbuję.

Ezio odwrócił się lekko i spojrzał w górę. Na pochylnię padał cienki promyk światła.

Obrócił się z powrotem do kamieniarza.

– Pakuj swoje narzędzia – powiedział. – Nie będziesz już miał się czego bać.

14

Trzymając się rzadko uczęszczanych schodów i korytarzy zamku, Ezio niepostrzeżenie wrócił na mury. Jego oddech parował w zimnym powietrzu. Przeszedł wzdłuż blanków do punktu nad wioską Masjaf, przycupniętą w cieniu fortecy. Wiedział, że nie będzie mógł jej opuścić przez żadną z licznie strzeżonych bram, ale musiał odszukać ogolonego, bliznowatego kapitana. Domyślał się, że ten będzie na zewnątrz, nadzorując poszukiwania zbiega. Templariusze na pewno przeczesywali okolicę, co tłumaczyło dość skąpą obecność żołnierzy wewnątrz fortecy.

Tak czy inaczej, Ezio wiedział, że następny krok jego misji prowadzi za mury Masjafu – najpierw jednak musiał się za nie wydostać.

Kiedy miał już przed sobą wioskę, zobaczył, że żołnierze kręcą się po niej i przesłuchują mieszkańców. Pilnując, by mieć słońce za plecami, tak by nie było go wyraźnie widać z dołu, zdjął sakwę i wypakował z niej spadochron. Rozwinął go szybko, ale ostrożnie, od tego bowiem zależało jego życie. Odległość była za duża, a spadek zbyt niebezpieczny, nawet na najśmielszy Skok Wiary.

Spadochron miał kształt trójkątnego namiotu czy piramidy. Uszyty był z mocnego jedwabiu, usztywnionego cienkimi, stalowymi prętami. Ezio przymocował linki przywiązane do każdego z jego czterech rogów do uprzęży, którą zapiął na piersi, a potem, sprawdziwszy kierunek wiatru i upewniwszy się, że nikt z dołu nie patrzy, rzucił się w powietrze.

Wrażenie byłoby upajające, gdyby tylko mógł się nim swobodnie nacieszyć. Zamiast tego skupił się na sterowaniu. Naśladując orła, najlepiej jak umiał korzystał z prądów ciepłego powietrza i zdołał bezpiecznie wylądować kilkanaście sążni od najbliższych zabudowań. Szybko zwinął spadochron, po czym ruszył do wioski.

Templariusze oddawali się dręczeniu wieśniaków; popychali ich i bili bez litości, kiedy tylko uznali, że ktoś nie odpowiada wystarczająco szybko i jasno na zadawane przez nich pytania. Ezio wmieszał się w tłum, słuchał i obserwował.

Jakiś starzec błagał o litość stojącego nad nim templariusza.

– Pomóżcie mi, proszę! – prosił każdego, kto go słyszał, ale nikt nie reagował.

– Mów, psie! – krzyknął żołnierz. – Gdzie on jest?

Gdzie indziej młodszy mężczyzna, bity przez dwóch żołnierzy, prosił ich, żeby przestali. Jeszcze inny krzyknął: „Jestem niewinny!", za co został powalony pałką na ziemię.

– Gdzie on się ukrywa? – warczeli jego oprawcy.

Nie tylko mężczyźni byli tak okrutnie traktowani. Dwaj inni tchórzliwi żołdacy trzymali jakąś kobietę, a trzeci kopał ją bezlitośnie. Bita wiła się po ziemi i żałośnie błagała, żeby ją zostawili.

– Nic nie wiem! Miejcie litość!

– Przyprowadźcie nam asasyna, to nic więcej się wam nie stanie – prychnął jej oprawca prosto w twarz. – Bo inaczej...

Ezio chciał pomóc, ale postanowił skupić się na poszukiwaniu kapitana. Dotarł do bramy wioski w samą porę, by zobaczyć obiekt swoich poszukiwań wskakujący na zaprzężony w konie wóz. Kapitan tak się spieszył, że zepchnął woźnicę z kozła na ziemię.

– Z drogi! – ryknął. – *Fíye apó brostá mou*!

Chwycił lejce i potoczył groźnym spojrzeniem po swoich ludziach.

– Nikt z was stąd nie wyjdzie, dopóki asasyn nie zginie – warknął. – Rozumiecie?! Znaleźć go!

Ezio zauważył, że kapitan mówi po grecku. Do tej pory słyszał głównie włoski i arabski. Czy ten człowiek mógł być Bizantyjczykiem? Potomkiem tych, których wygnano, kiedy sześćdziesiąt pięć lat temu Konstantynopol padł pod mieczem sułtana Mehmeda? Ezio wiedział, że niedługo potem wygnańcy osiedli na Peloponezie, ale i tam podbili ich zwycięscy Osmanowie. Niewielkie skupiska przetrwały w Azji Mniejszej i na Bliskim Wschodzie.

Wyszedł na otwartą przestrzeń.

Żołnierze popatrzyli na niego nerwowo.

– Panie! – powiedział jeden z odważniejszych sierżantów. – On sam nas znalazł.

W odpowiedzi kapitan wyrwał bat z uchwytu na koźle i smagnął nim konie.

– Szybko! Szybko!

Ezio puścił się biegiem.

Żołnierze templariuszy próbowali go zatrzymać, ale asasyn wyciągnął sejmitar i bez wahania wyrąbał sobie między nimi drogę. Rzucił się szczupakiem za szybko uciekającym wozem, chybił o włos, ale zdołał złapać zwisającą z tyłu linę. Wóz szarpnął i wyrwał do przodu, wlokąc Ezia za sobą.

Asasyn powoli, ręka za ręką, zaczął podciągać się po sznurze. Za sobą usłyszał tętent kopyt. Dwóch żołnierzy wskoczyło na konie – siedzieli mu teraz na karku. Z wzniesionymi mieczami próbowali podjechać na tyle blisko, żeby go ściąć. Wykrzykiwali ostrzeżenia do kapitana, który popędzał swoje konie do jeszcze wścieklejszego galopu. Tymczasem w pościg ruszył inny, lżejszy wóz, który szybko skracał dystans.

Obijając się po nierównościach drogi, Ezio cały czas podciągał się po linie. Tylną klapę wozu miał na wyciągnięcie ręki, kiedy dogonili go dwaj jeźdźcy. Wtulił głowę w ramiona, czekając na cios, ale konni zbytnio się pospieszyli i skupili bardziej na ofierze niż na jeździe. Ich wierzchowce zderzyły się tuż za Eziem i potoczyły w kłębie kwiczących koni, przeklinających jeźdźców i kurzu.

Ezio wytężył wszystkie siły i zmusił obolałe ramiona do ostatniego wysiłku. Ciężko dysząc, szarpnięciem wrzucił się raczej, niż wciągnął na wóz. Leżał przez chwilę bez ruchu, w głowie mu się kręciło, łapał oddech.

Tymczasem drugi wóz zrównał się z pierwszym, a kapitan gorączkowo sygnalizował jadącym na nim żołnierzom, żeby się zbliżyli. Kiedy tylko to zrobili, przeskoczył na ich wóz i zepchnął woźnicę z kozła. Mężczyzna z głuchym krzykiem wypadł z rozpędzonego pojazdu, uderzył w głaz, odbił się od niego z obrzydliwym łomotem i znieruchomiał, z głową wykrzywioną pod nienaturalnym kątem.

Kapitan zapanował nad końmi i popędził je przed siebie. Ezio z kolei przedostał się na przód wozu, na którym jechał, i chwycił lejce; mięśnie jego ramion zaprotestowały, kiedy je ściągnął, żeby opanować własny zaprzęg. Jego dwa konie, pokryte pianą i wywracające oczami, z krwią w kącikach pysków, nie przerwały mimo wszystko galopu i pościg trwał dalej. Widząc to, kapitan skręcił w stronę starej, otwartej bramy na drodze, wspartej na kruszejących, ceglanych kolumnach. Udało mu się zahaczyć o jedną z nich, nie tracąc pędu, i kolumna runęła w deszczu gruzu wprost na nadjeżdżającego Ezia. Asasyn zawiesił się na lejcach, w ostatniej chwili skierował zaprzęg w prawo, a jego wóz, podskakując, zjechał z drogi w zarośla. Ezio z wysiłkiem skręcił znów na lewo, na ubity trakt. Wszędzie unosił się kurz, małe kamienie cięły mu policzki i zmuszały do mrużenia oczu.

– Idźże do diabła, niech cię szlag! – wrzasnął kapitan przez ramię.

Ezio zobaczył, że żołnierze wiszący ryzykownie na tyle ściganego wozu przygotowywali granaty, które zamierzali w niego cisnąć. Zygzakując, żeby uniknąć eksplozji, Ezio z całych sił walczył o zapanowanie nad przerażonym i gnającym prawie na oślep zaprzęgiem. Bomby chybiły celu i wóz nie wypadł z drogi.

Kapitan spróbował innej taktyki, bardzo ryzykownej. Nagle zwolnił, tak że Ezio, zanim zdążył zareagować, znalazł się obok niego. Kapitan natychmiast odbił zaprzęgiem w bok i jego wóz zderzył się burtą z wozem asasyna.

Ezio, przez kłęby pyłu w powietrzu, widział białka oszalałych oczu przeciwnika i czerwoną bliznę na jego wytężonej twarzy.

– Giń, draniu! – wrzasnął kapitan.

A potem popatrzył do przodu. Ezio podążył wzrokiem za jego spojrzeniem i zobaczył przed sobą wieżę strażniczą, za nią zaś następną osadę. Była większa niż ta pod Masjafem i częściowo ufortyfikowana – kolejny bastion templariuszy.

Kapitanowi udało się zmusić konie do jeszcze szybszego biegu i z tryumfalnym krzykiem wysforował się przed Ezia. Jego ludzie cisnęli jeszcze dwie bomby. Tym razem jedna z nich wybuchła pod lewym tylnym kołem wozu asasyna. Eksplozja wyrzuciła je w powietrze. Ezio spadł z kozła, a konie z upiornym rżeniem popędziły w zarośla, ciągnąc za sobą szczątki zaprzęgu. Na prawo od drogi teren gwałtownie opadał i Ezio poleciał dwadzieścia stóp w głąb parowu, gdzie zatrzymała go i ukryła spora kępa ciernistych krzaków.

Leżał nieruchomo na szarej, twardej ziemi, niezdolny do ruchu, niezdolny myśleć, czując jedynie, że połamał sobie wszystkie kości. Zamknął oczy i czekał na koniec.

15

Ezio usłyszał jak przez sen jakieś głosy w oddali. Wydawało mu się, że znów zobaczył młodego człowieka w bieli, ale nie miał pewności. Człowieka, który ani mu nie pomógł, ani nie przeszkodził, ale zdawało się, że był po jego stronie. Inni zjawiali się i znikali: jego dawno nieżyjący bracia, Federico i Petruccio; Claudia; jego ojciec i matka; a także – nieproszona i niechciana – piękna, okrutna Caterina Sforza.

Wizje zblakły, ale głosy pozostały, teraz silniejsze, w miarę jak Eziowi powracały inne zmysły. W ustach poczuł smak piasku, w nozdrzach – zapach ziemi, na której leżał. Powrócił także ból całego ciała. Ezio miał wrażenie, że już nigdy nie będzie w stanie nim poruszyć.

Głosy były niewyraźne, dobiegały z góry. Domyślił się, że templariusze nachylają się nad krawędzią małego urwiska, z którego spadł, ale zrozumiał, że go nie widzą. Gęste zarośla musiały zasłaniać jego ciało. Kiedy zniknął im z oczu, zorganizowali poszukiwania. Później, ku wściekłości kapitana, wrócili z pustymi rękami.

Ezio odczekał chwilę, aż głosy w końcu się oddaliły i zapadła cisza. Potem ostrożnie poruszył dłońmi i stopami, następnie rękami i nogami, i z wdzięcznością wypluł piach z ust. Niczego sobie chyba nie złamał. Powoli, boleśnie wyczołgał się z zarośli i wstał. Potem ostrożnie, pozostając pod osłoną, wspiął się z powrotem na drogę.

Wyszedł w samą porę, by zobaczyć, jak kapitan templariuszy przejeżdża przez bramę umocnionej wioski kilkaset sążni dalej. Trzymając się pobocza drogi, gdzie rosły krzaki i można było się ukryć, Ezio otrzepał się i ruszył w stronę osady, ale czuł, że każdy mięsień jego ciała protestuje.

– Kiedyś to było takie łatwe – mruknął do siebie ze smutkiem. Zmusił się jednak do dalszego marszu i znalazł dogodne miejsce do wspięcia się na mur.

Wystawił głowę nad blanki, żeby upewnić się, czy nikt go nie obserwuje, a potem podciągnął się i zeskoczył do wioski. Znalazł się w zagrodzie dla zwierząt, pustej, nie licząc dwóch jałówek, które usunęły się na bok i przyglądały mu czujnie. Ezio zaczekał, na wypadek gdyby były tu psy, ale po chwili wyszedł przez wiklinową bramę i podążając w kierunku podniesionych głosów, ruszył przez wyraźnie opustoszałą wioskę. Blisko głównego placu zobaczył kapitana i uskoczył za szopę. Kapitan, stojący na szczycie niskiej wieży na rogu placu, łajał dwóch nieszczęśliwie wyglądających sierżantów. Za nimi stali w milczeniu stłoczeni mieszkańcy osady. Słowa kapitana podkreślał stukot młyńskiego koła po drugiej stronie, obracanego przez przecinający wioskę strumyk.

– Chyba tylko ja jeden tutaj potrafię obchodzić się z koniem – mówił kapitan. – Dopóki nie upewnimy się, że tym razem asasyn naprawdę nie żyje, rozkazuję ani na chwilę nie tracić czujności! Zrozumiano?

– Tak jest – odparli ponuro żołnierze.

– Ile już razy nie udało się wam go zabić, co? – ciągnął dowódca. – Słuchajcie uważnie: jeśli za godzinę nie zobaczę jego głowy leżącej w pyle u moich stóp, jej miejsce zajmą wasze!

Umilkł, odwrócił się i popatrzył na drogę. Ezio widział, że kapitan jest roztrzęsiony; bawił się dźwignią kuszy.

Podczas tyrady kapitana wmieszał się w tłum najlepiej jak umiał, co – zważywszy na jego brudny i niechlujny wygląd – nie było trudne. Ale ludzie zaczęli się rozchodzić i wracać do pracy. Byli zdenerwowani; kiedy jakiś człowiek przed Eziem potknął się i popchnął innego, tamten odwrócił się z irytacją.

– Zejdź mi z drogi! – warknął.

Kapitan, zaalarmowany zamieszaniem, rozejrzał się i w tłumie natychmiast spostrzegł Ezia.

– To ty! – wrzasnął.

Nie zwlekając, odbezpieczył kuszę, nałożył bełt i wystrzelił. Ezio uchylił się zwinnie; pocisk chybił celu i wbił się w ramię mężczyzny, który złajał drugiego. Trafiony wrzasnął, łapiąc się za zmasakrowany biceps.

Ezio schował się, kiedy kapitan przeładowywał.

– Nie wyjdziesz stąd żywy! – ryknął templariusz i znów wystrzelił.

Tym razem bełt wbił się nieszkodliwie w drewnianą framugę, za którą skrył się asasyn. Ale umiejętnościom strzeleckim kapitana niewiele można było zarzucić. Jak dotąd Ezio miał po prostu szczęście. Musiał uciekać, i to szybko. Ze świstem minęły go dwa następne bełty.

– Nie uciekniesz! – zawołał kapitan. – Możesz lepiej stawić mi czoła, ty żałosny stary kundlu!

Znów wystrzelił.

Ezio wziął głęboki oddech, podskoczył i złapał górną krawędź drzwi, a potem podciągnął się na płaski, gliniany dach budowli. Przebiegł na drugą stronę; koło ucha świsnął mu bełt.

– Stań i zgiń! – wrzasnął kapitan. – Przyszła na ciebie pora i musisz się z tym pogodzić, nawet jeśli jesteś daleko od swojej psiej budy w Rzymie! Wyjdź! Zobacz swojego zabójcę!

Ezio widział, że żołnierze biegną w głąb wioski, żeby odciąć mu drogę ucieczki. Zostawili jednak kapitana samego, nie licząc dwóch sierżantów – a jego kołczan na bełty był pusty.

Mieszkańcy wsi rozbiegli się i pochowali już dawno temu. Ezio przykucnął za niskim murkiem okalającym dach, zdjął z pleców sakwy i na prawy nadgarstek wsunął pistolet.

– Dlaczego nie chcesz się poddać?! – krzyknął kapitan i dobył miecza.

Ezio wstał.

– Jakoś nigdy nie miałem okazji się tego nauczyć – zawołał donośnym głosem i podniósł broń.

Kapitan spojrzał na pistolet. Na jego twarzy mignęła panika i strach, a potem wrzasnął: „Z drogi!", odepchnął przybocznych i zeskoczył z wieży na ziemię. Ezio strzelił i trafił go w locie w lewe kolano. Templariusz zawył z bólu. Spadł na ziemię, uderzył głową o ostry kamień, potoczył się i znieruchomiał. Sierżanci uciekli.

Ezio przeszedł przez pusty plac. Żołnierze nie wrócili. Albo strach przed asasynem kazał im uwierzyć, że to istota nadludzka, albo nie przepadali zbytnio za swoim kapitanem. Panowała cisza, nie licząc miarowego stukotu koła młyńskiego i zbolałego pojękiwania templariusza.

Kapitan spojrzał w oczy zbliżającemu się Eziowi.

– Niech to diabli – powiedział. – No, na co czekasz? Dalej, zabij mnie!

– Masz coś, czego potrzebuję – odparł Ezio spokojnie i przeładował pistolet, tak że obie komory były nabite. Kapitan zerknął na broń.

– Widzę, że stary ogar wciąż potrafi ukąsić – powiedział przez zaciśnięte zęby. Krew lała się z jego kolana i poważniejszej rany na lewej skroni.

– Książka, którą przy sobie nosisz. Gdzie ona jest?

Kapitan zrobił chytrą minę.

– Chodzi ci o stary dziennik Niccolò Polo? Wiesz o nim? Zaskakujesz mnie, asasynie.

– Mam w zanadrzu mnóstwo niespodzianek – odparł Ezio. – Oddaj mi go.

Widząc, że nic nie poradzi, kapitan stęknął i wydobył spod kaftana oprawioną w skórę książkę, dwanaście na sześć cali. Drżącą dłonią upuścił ją na ziemię. Popatrzył na nią i wybuchł śmiechem, który z bulgotem uwiązł mu w gardle.

– Bierz ją – powiedział. – Wydobyliśmy z niej wszystkie sekrety i już znaleźliśmy pierwszy z pięciu kluczy. Kiedy będziemy mieli resztę, Wielka Świątynia i cała jej moc będą nasze.

Ezio popatrzył na niego z litością.

– Oszukano cię, żołnierzu. W Masjafie nie ma starożytnej świątyni. Tylko biblioteka pełna wiedzy.

Kapitan spojrzał na niego zdziwiony.

– Twój przodek, Altaïr, miał w swojej pieczy Jabłko Edenu przez sześćdziesiąt lat, Ezio. Zdobył o wiele więcej, niż tylko wiedzę. Nauczył się... wszystkiego!

Ezio zastanowił się nad tym przelotnie. Wiedział, że Jabłko spoczywało bezpiecznie w krypcie w Rzymie – zadbali o to on i Machiavelli. Z rozmyślań wyrwało go ostre sapnięcie bólu kapitana. Krew z jego ran płynęła niezatamowana przez cały czas, kiedy rozmawiali, i templariusza pokryła śmiertelna bladość. Twarz jego przybrała dziwnie łagodny wyraz; opadł na plecy, a z jego ust wyrwało się ostatnie, długie westchnienie.

Ezio patrzył na niego przez chwilę.

– Byłeś prawdziwym *bastardo* – powiedział. – Ale mimo to *requiescat in pace.*

Nachylił się i dłonią w rękawicy delikatnie zamknął zmarłemu oczy.

Koło młyńskie nieprzerwanie stukotało.

Poza tym panowała cisza.

Ezio podniósł książkę i obrócił ją w dłoniach. Na okładce zobaczył wytłoczony symbol o dawno wytartych złoceniach – symbol Bractwa Asasynów. Uśmiechnął się pod nosem i otworzył dziennik na stronie tytułowej.

LA CROCIATA SEGRETA
Niccolò Polo
MASYAF, giugno, MCCLVII
CONSTANTINOPOLI, gennaio, MCCLVIII

Przeczytawszy to, Ezio wziął głęboki oddech.

Konstantynopol – pomyślał. – Oczywiście...

16

Wiatr powiał mocniej. Ezio podniósł wzrok znad księgi Niccolò Polo, otwartej na kolanach. Siedział pod płóciennym daszkiem na rufowym pokładzie dużej, pękatej bagali, tnącej czyste, błękitne wody Białego Morza. Statek postawił wszystkie żagle, żeby jak najlepiej wykorzystać sprzyjający wiatr.

Długa podróż z Latakii na syryjskim wybrzeżu najpierw zaprowadziła go z powrotem na Cypr. Następnym portem było Rodos – tam uwagę Ezia zwrócił nowy pasażer statku – piękna kobieta w wieku około trzydziestu lat, w zielonej sukni, idealnie współgrającej z jej miedzianorudymi włosami. Potem droga wiodła przez Dodekanez na północ, ku Dardanelom, aż wreszcie – na Morze Marmara.

Teraz podróż dobiegała już końca. Marynarze nawoływali się nawzajem, a pasażerowie ustawili się wzdłuż relingu i patrzyli, jak milę od nich, rozmigotane w ostrym słońcu, wyrasta na lewej burcie wielkie miasto – Konstantynopol. Ezio usiłował rozpoznać jego dzielnice z mapy, którą kupił w syryjskim porcie przed wypłynięciem. Obok niego stał kosztownie odziany młody mężczyzna, prawdopodobnie wciąż jeszcze nastoletni, Osman, wyraźnie zaznajomiony z miastem. Ezio zawarł z nim powierzchowną znajomość. Młodzieniec skupiał się na żeglarskim astrolabium, mierzył coś i zapisywał w oprawionym w kość słoniową notesie, który wisiał na jedwabnym sznurku u jego pasa.

– Co to? – spytał Ezio, pokazując palcem. Chciał się dowiedzieć o mieście jak najwięcej przed zejściem na ląd. Wieści o jego ucieczce z rąk templariuszy w Masjafie wkrótce zapewne dotrą i tu, musi więc działać szybko.

– To dystrykt Bajezida. Ten wielki meczet, który widzisz, sułtan zbudował pięć lat temu. A tuż za nim widać dachy Wielkiego Bazaru.

– Jasne – odparł Ezio, mrużąc oczy w słońcu i żałując, że Leonardo nie zabrał się nigdy za przyrząd, o którym tyle opowiadał, rozsuwaną rurę z soczewkami, która sprawiała, że odległe rzeczy zdawały się o wiele bliższe.

– Na Bazarze pilnuj swojej sakiewki – poradził młodzieniec. – Można tam spotkać najróżniejszych ludzi.

– Jak na każdym suku.

– *Evet*. – Młodzieniec uśmiechnął się. – Tam, gdzie te wieże, to Dystrykt Cesarski. Ta szara kopuła, na którą patrzysz, to stary kościół Hagia Sofia. Teraz to oczywiście meczet. A za nim... Widzisz ten długi, niski, żółty budynek? Raczej kompleks budynków... Z dwiema niskimi kopułami obok siebie i iglicą? To Topkapı Sarayı, jeden z pierwszych gmachów wzniesionych po podboju, choć prace przy nim wciąż trwają.

– Czy sułtan Bajezid tam mieszka?

Twarz młodzieńca lekko spochmurniała.

– Powinien, ale nie, nie mieszka. Nie w tej chwili.

– Muszę tam zajrzeć.

– Najpierw zdobądź zaproszenie!

Wiatr osłabł i żagle załopotały. Marynarze zwinęli fok. Kapitan zmienił lekko kurs, ukazując pasażerom następną część miasta.

– Widzisz tamten meczet? – ciągnął młodzieniec, jakby koniecznie chcąc odejść od tematu Topkapı Sarayı. – To meczet Fatih, pierwsza rzecz, jaką zbudował sułtan Mehmed, żeby uczcić swoje zwycięstwo nad Bizantyjczykami. Nie żeby wielu tu zastał. Ich imperium dawno już skonało. Ale chciał, żeby meczet przewyższał Hagię Sofię. Jak widzisz, nie do końca mu się to udało.

– Nie z braku starań – odparł Ezio dyplomatycznie, przyglądając się majestatycznej budowli.

– Mehmed się rozeźlił – ciągnął młodzieniec. – Legenda mówi, że kazał za karę obciąć rękę architektowi. Ale oczywiście to tylko legenda. Sinan był zbyt dobry, żeby Mehmed go kaleczył.

– Powiedziałeś, że sułtana nie ma w jego rezydencji – Ezio delikatnie wrócił do tematu.

– Bajezida? Nie. – Na twarz młodzieńca powrócił wyraz troski. – Sułtan to wielki człowiek, choć ogień młodości zastąpiły w nim spokój i pobożność. Niestety, pokłócił się z jednym ze swoich synów, Selimem, a to doprowadziło do wybuchu wojny między nimi, która trwa już od lat.

Bagala płynęła teraz wzdłuż południowych murów miasta; po chwili skręciła na północ, na Bosfor. Niedługo potem z lewej burty rozwarło się wejście do portu. Statek wpłynął w nie, nad wielkim łańcuchem przewieszonym w poprzek. Teraz był opuszczony, ale dało się go podnieść i zamknąć port w razie kryzysu bądź wojny.

– Łańcuch nie był używany od chwili podboju – zauważył młodzieniec. – Ostatecznie Mehmeda nie zatrzymał.

– To przydatne zabezpieczenie – odparł Ezio.

– Nazywamy to *Haliç* – powiedział tamten. – Złoty Róg. A tam, po północnej stronie, stoi Wieża Galata. Twoi genueńscy rodacy zbudowali ją około stu pięćdziesięciu lat temu. Nazwali ją Christea Turris. Ale to nic dziwnego, prawda? Jesteś z Genui?

– Jestem florentczykiem.

– Cóż, nie twoja wina...

– To dobre miasto.

– *Affedersiniz*. Nie jestem aż tak obeznany z tą częścią świata. Chociaż wielu twoich rodaków wciąż tu mieszka. Włosi byli tu od wieków. Ojciec waszego słynnego Marco Polo – Niccolò – ponad dwieście lat temu prowadził tu interesy ze swoim bratem. – Młodzieniec uśmiechnął się, patrząc na Ezia. Potem odwrócił się z powrotem w stronę Wieży Galata. – Może dałoby się wejść na szczyt. Strażników można by przekonać. Roztacza się stamtąd zapierający dech w piersiach widok na miasto.

– To by było... wspaniałe.

Młodzieniec popatrzył na Ezia.

– Pewnie słyszałeś o innym swoim słynnym rodaku, wciąż żyjącym, jak sądzę, Leonardzie da Vinci?

– Owszem, coś obiło mi się o uszy...

– Niecałe dziesięć lat temu *sayin* da Vinci *bej* został poproszony przez naszego sułtana o zbudowanie mostu przez Róg.

Ezio uśmiechnął się, wspominając, że Leonardo kiedyś przelotnie mu o tym napomknął. Wyobrażał sobie entuzjazm, jaki ten projekt musiał wzbudzić w jego przyjacielu.

– I co z tego wyszło? – spytał. – Nie widzę tu mostu.

Młodzieniec rozłożył ręce.

– Podobno projekt był piękny, ale niestety nigdy go nie zrealizowano. Sułtan doszedł do wniosku, że jest zbyt ambitny.

– *Non mi sorprende* – powiedział Ezio na wpół do siebie. Potem wskazał jeszcze jedną wieżę. – Czy to latarnia morska?

Młodzieniec podążył za jego spojrzeniem w kierunku małej wysepki za nimi.

– Owszem. Bardzo stara. Jedenaście wieków, może nawet więcej. Zwie się Kiz Kulesi; jak twój turecki?

– Słabo.

– W takim razie przetłumaczę. Ty powiedziałbyś: Wieża Panny. Nazwaliśmy ją tak na cześć córki sułtana, która umarła tam od ukąszenia węża.

– Dlaczego mieszkała w latarni morskiej?

Młodzieniec uśmiechnął się.

– Zabrzmi dziwnie, ale... właśnie żeby uniknąć węży – powiedział. – Spójrz, teraz widać Akwedukt Walensa. Widzisz ten podwójny rząd łuków? Rzymianie potrafili budować. Kiedyś, jako dziecko, uwielbiałem się na niego wspinać.

– Niezła wspinaczka.

– Wyglądasz, jakbyś sam miał ochotę spróbować!

Ezio uśmiechnął się.

– Nigdy nic nie wiadomo – odrzekł.

Młody mężczyzna chciał powiedzieć coś jeszcze, ale rozmyślił się. Mina, z jaką patrzył na Ezia, nie była nieprzyjazna. Ezio dokładnie zresztą wiedział, co jego rozmówca myśli: stary człowiek próbuje uciec przed swoim wiekiem.

– Skąd przybywasz? – spytał asasyn.

– Z Ziemi Świętej – odparł skromnie. – To znaczy z naszej Ziemi Świętej. Mekki i Medyny. Każdy dobry muzułmanin powinien raz w życiu tam pojechać.

– Wcześnie się z tym uporałeś.

– Można tak powiedzieć.

W milczeniu patrzyli na przybliżające się miasto. Statek płynął w górę Rogu, w stronę nabrzeża.

– Nie ma w Europie miasta z taką panoramą – powiedział Ezio.

– Ha, tyle że ten brzeg leży w Europie! – odparł młodzieniec. – Tam – wskazał drugą stronę Bosforu – tam jest Azja.

– Niektórych granic nawet Osmanowie nie są w stanie przesunąć.

– Bardzo nielicznych – dodał szybko młody człowiek, a Eziowi zdało się, że w jego głosie słychać obronny ton. Potem zmienił temat. – Mówisz, że jesteś Włochem z Florencji – ciągnął – ale twoje ubranie zadaje temu kłam. I, wybacz szczerość, wyglądasz, jakbyś go od bardzo dawna nie zmieniał. Masz za sobą długą podróż?

– *Sì, da molto tempo.* Opuściłem *Roma* dwanaście miesięcy temu, szukając... inspiracji. I właśnie to poszukiwanie sprowadziło mnie tutaj.

Młodzieniec zerknął na książkę w rękach Ezia, ale nic nie powiedział. Sam Ezio nie zamierzał mówić nic więcej o swoich planach. Oparł się o reling i popatrzył na mury miasta oraz inne statki ze wszystkich krajów świata, tłoczące się przy nabrzeżu.

– Kiedy byłem mały, ojciec opowiadał mi historie o upadku Konstantynopola – powiedział w końcu. – Stało się to sześć lat przed moim urodzeniem.

Młodzieniec starannie spakował swoje astrolabium do skórzanego pudełka, zawieszonego na pasku na ramieniu.

– Nazywamy to miasto Konstantiniyye.

– Czy to nie to samo?

– Teraz my nim władamy. Ale masz rację. Konstantiniyye, Bizancjum, Nea Roma, Czerwone Jabłko, jaka to różnica? Mówią, że Mehmed chciał je przechrzcić na Islam-bul: Gdzie Islam Rozkwita, ale to tylko jeszcze jedna legenda. Mimo to ludzie używają nawet tej nazwy. Choć oczywiście ci lepiej wykształceni wiedzą, że powinna brzmieć Istan-bol: Do Miasta. – Młodzieniec przerwał. – Jakie historie opowiadał ci ojciec? Dzielni chrześcijanie pokonani przez okrutnych Turków?

– Nie. Wcale nie.

Młody mężczyzna westchnął.

– Morał każdej historii zależy od usposobienia człowieka, który ją opowiada.

Ezio wyprostował się. Podczas długiej podróży odzyskał większość sił, ale wciąż ciągnęło go w boku.

– Tu się zgadzamy – powiedział.

Młodzieniec uśmiechnął się serdecznie i szczerze.

– *Güzel*! Cieszę się! Konstantiniyye to miasto dla ludzi wszelkich wyznań. Nawet dla Bizantyjczyków, którzy tu pozostali. A także uczniów, takich jak ja i... podróżnych jak ty.

Ich rozmowę przerwało młode małżeństwo Seldżuków, przechodzące obok po pokładzie. Ezio i młodzieniec ucichli, żeby posłuchać, o czym rozmawiają – Ezio głównie dlatego, że każda informacja o mieście mogła mu się przydać.

– Ojciec nie radzi sobie z przestępczością – mówił mąż. – Jeśli sytuacja się jeszcze pogorszy, będzie musiał zamknąć sklep.

– Nadejdą lepsze dni – odparła żona. – Może kiedy wróci sułtan...

– Ha! – parsknął z sarkazmem mężczyzna. – Bajezid jest słaby. Przymyka oko na bizantyjskich rebeliantów i popatrz, co się dzieje, *kargasha*!

– Nie powinieneś mówić takich rzeczy! – uciszyła go żona.

– Dlaczego nie? Mówię prawdę. Mój ojciec jest uczciwym człowiekiem, a ci złodzieje okradają go w biały dzień.

– Przepraszam – wtrącił się Ezio – niechcący podsłuchałem, o czym rozmawiacie.

Żona rzuciła mężowi znaczące spojrzenie. W i d z i s z?

Ale ten odwrócił się do Ezia.

– *Affedersiniz, efendim*. Widzę, że jesteś w podróży. Jeśli zatrzymasz się w mieście, odwiedź, proszę, sklep mojego ojca. Jego kobierce są najlepsze w całym cesarstwie i da ci dobrą cenę. – Przerwał. – Ojciec to dobry człowiek, ale złodzieje prawie już go zrujnowali.

Chciał powiedzieć coś jeszcze, ale żona go odciągnęła.

Ezio wymienił spojrzenia ze swoim towarzyszem, który właśnie wziął szklankę *sharbatu* od człowieka, który wyglądał na sługę. Podniósł ją do góry.

– Poczęstujesz się? To bardzo odświeżające, a zanim przybijemy, minie jeszcze trochę czasu.

– Będę wdzięczny.

Młodzieniec skinął głową słudze, a ten się oddalił.

Minęła ich grupa osmańskich żołnierzy, wracających do domu po służbie na Dodekanezie. Rozmawiali o mieście, do którego powracali. Ezio skinął im głową i na chwilę do nich dołączył, a młodzieniec odwrócił się i w wyniosłym milczeniu zaczął coś zapisywać w swoim oprawionym w kość słoniową notesie.

– Chciałbym tylko wiedzieć, o co chodzi tym bizantyjskim bandytom? – zapytał jeden z żołnierzy. – Mieli już swoją szansę. Prawie zniszczyli to miasto.

– Kiedy sułtan Mehmed tu przybył, w mieście mieszkało mniej niż czterdzieści tysięcy mieszkańców, i to w nędzy – dodał inny.

– *Aynen oyle* – przytaknął trzeci. – Otóż to! A teraz popatrzcie tylko. Trzysta tysięcy ludzi, a miasto znów rozkwita, po raz pierwszy od wieków. Zrobiliśmy, co do nas należało.

– Sprawiliśmy, że miasto znów jest silne. Odbudowaliśmy je! – powiedział drugi.

– Tak, ale Bizantyjczycy widzą to inaczej – odezwał się znów pierwszy. – Stwarzają problemy przy każdej okazji.

– Jak można ich rozpoznać? – spytał Ezio.

– Trzymaj się po prostu z dala od najemników w prostych, czerwonawych szatach – powiedział pierwszy żołnierz. – To Bizantyjczycy. Nie grają czysto.

Żołnierze odeszli, wezwani przez dowódcę do zejścia na ląd. Młodzieniec Ezia stał obok niego. W tej samej chwili zjawił się sługa z *sharbatem*.

– Sam widzisz – rzekł młody mężczyzna. – Mimo swojego piękna, Konstantiniyye nie jest najdoskonalszym miejscem na świecie.

– A takie w ogóle istnieje?

17

Statek przybił do brzegu. Pasażerowie i załoga kręcili się po pokładzie i wchodzili sobie nawzajem w drogę. Rzucono cumy ludziom na nabrzeżu, opuszczono trapy.

Ezio wrócił do swojej kajuty po juki – cały swój dobytek. Wiedział, jak zdobyć inne potrzebne mu rzeczy, kiedy znajdzie się już na lądzie. Sługa jego młodego towarzysza ustawił na pokładzie trzy obite skórą skrzynie; czekali na tragarzy, którzy mieli znieść je na brzeg. Ezio i jego nowy przyjaciel przygotowali się do pożegnania.

Młodzieniec westchnął.

– Po powrocie czeka mnie tyle pracy... ale mimo to dobrze jest wrócić do domu!

– Jesteś o wiele za młody, żeby przejmować się pracą, *ragazzo*!

Uwagę Ezia odwróciła rudowłosa kobieta w zieleni. Męczyła się z dużą paczką, która wyglądała na ciężką. Młodzieniec podążył za jego spojrzeniem.

– Kiedy byłem w twoim wieku, interesowałem się głównie...

Ezio umilkł, wpatrzony w kobietę. W to, jak się poruszała w swojej sukni. Podniosła wzrok i wydawało mu się, że ich spojrzenia się spotkały.

– *Salve*! – powiedział.

Ona go jednak nie zauważyła, odwrócił się więc do towarzysza, który przyglądał mu się z rozbawieniem.

– Nie do wiary – rzekł młodzieniec. – Dziwię się, że w ogóle cokolwiek udało ci się zrobić.

– Moja matka też się dziwiła – odparł Ezio ze smutnym uśmiechem.

W końcu otwarto furtkę w relingu i czekający tłum pasażerów ruszył do przodu.

– Miło było cię poznać, *beyfendi* – powiedział młodzieniec, kłaniając się Eziowi. – Mam nadzieję, że podczas pobytu tutaj znajdziesz coś, co cię zainteresuje.

– Wierzę, że tak będzie.

Młody mężczyzna odszedł, ale Ezio zwlekał jeszcze; patrzył, jak kobieta usiłuje podnieść swój pakunek, którego nie chciała powierzyć żadnemu tragarzowi. Już chciał podejść i jej pomóc, kiedy zobaczył, że młodzieniec go uprzedził.

– Czy mogę ci służyć pomocą, pani? – spytał.

Kobieta popatrzyła na młodego mężczyznę i uśmiechnęła się. Ezio pomyślał, że jej uśmiech był bardziej zabójczy niż bełt z kuszy. Nie był jednak wymierzony w niego.

– Dziękuję ci, drogi chłopcze – odparła, a młodzieniec, odpędziwszy machnięciem ręki swojego sługę, osobiście zarzucił pakunek na ramię i zszedł za kobietą po trapie na brzeg.

– Uczony, a do tego grzeczniś – zawołał za nim Ezio. – Jesteś pełen niespodzianek!

Młody człowiek odwrócił się i znów wyszczerzył zęby.

– Bardzo nielicznych, przyjacielu. Bardzo nielicznych. – Podniósł rękę. – *Allaha ismarladik*! Niech cię Bóg błogosławi!

Ezio patrzył, jak kobieta i idący za nią Osman giną w tłumie. Zauważył, że przygląda mu się jakiś mężczyzna, stojący nieco na uboczu – krzepki, po trzydziestce, w białej tunice z czerwoną szarfą i ciemnych spodniach wpuszczonych w żółte buty. Miał długie, ciemne włosy, brodę i cztery noże do rzucania w pochwie umocowanej wysoko na lewym ramieniu. Przy pasie nosił też sejmitar, a na prawym przedramieniu stalową osłonę z trzech połączonych płytek. Ezio zesztywniał; kiedy przyjrzał mu się uważnie, wydało mu się, że widzi uprząż ukrytego ostrza tuż pod prawą dłonią nieznajomego. Tunika miała kaptur, ale mężczyzna go nie założył, a długie włosy związał szeroką, żółtą chustą.

Ezio powoli ruszył po trapie na brzeg. Nieznajomy zbliżył się. Kiedy dzieliły ich dwa kroki, mężczyzna zatrzymał się, uśmiechnął ostrożnie i nisko ukłonił.

– Witaj, Bracie! Jeśli legenda nie kłamie, jesteś człowiekiem, którego zawsze chciałem poznać. Słynnym Mistrzem i mentorem Ezio Auditore da... – Tu przerwał i opuściła go cała powaga. – La, la, la! – dokończył.

– *Prego*? – Ezio był rozbawiony.

– Wybacz, ale niełatwo mi mówić po włosku.

– Jestem Ezio da Firenze. To miasto, w którym się urodziłem.

– Czyli ja jestem... Yusuf Tazim da Istanbul! Podoba mi się!

– Stambuł. Ha, więc tak nazywacie to miasto.

– To ulubiona nazwa miejscowych. Chodź, wezmę twoje bagaże.

– Nie, dziękuję.

– Jak sobie życzysz. Witaj, Mistrzu! Cieszę się, że w końcu przybyłeś. Oprowadzę cię po mieście.

– Skąd wiedziałeś, żeby mnie oczekiwać?

– Twoja siostra napisała z Rzymu, by uprzedzić tutejsze Bractwo. Mieliśmy też wieści o twoich wyczynach od szpiega w Masjafie. Dlatego od kilku tygodni obserwowaliśmy doki z nadzieją i oczekiwaniem na twoje przybycie. – Yusuf czuł, że Ezio nie wyzbył się podejrzliwości. Zrobił zdziwioną minę. – Napisała twoja siostra Claudia, widzisz, wiem, jak ma na imię. Mogę ci też pokazać list. Mam go przy sobie. Wiedziałem, że nie przyjmiesz niczego na słowo.

– Zauważyłem, że nosisz ukryte ostrze.

– Któż inny, oprócz członka Bractwa, miałby do niego dostęp?

Ezio rozluźnił się. Yusuf nagle spoważniał.

– Chodź.

Położył dłoń na ramieniu Ezia i poprowadził go przez gwarny tłum. Po obu stronach tłocznych uliczek, którymi szli, wypełnionych, zdawałoby się, ludźmi wszystkich narodowości i ras, stały kramy oferujące najróżniejsze towary pod wielobarwnymi markizami. Chrześcijanie, żydzi i muzułmanie targowali się ze sobą, nawoływania po turecku mieszały się z greckimi, frankońskimi i arabskimi. Co do mowy włoskiej, Ezio rozpoznał akcenty z Wenecji, Genui i Florencji, wszystko, nim nawet zdążył przejść jeden kwartał. Słyszał też inne języki, które na wpół rozpoznawał lub jedynie się ich domyślał – ormiański, bułgarski, serbski i perski. A także gardłową mowę wysokich, jasnoskórych mężczyzn, którzy nosili rude włosy oraz długie i splątane brody – tej nie rozpoznawał w ogóle.

– Witaj na Galacie – rozpromienił się Yusuf. – Przez wieki był to dom sierot z Europy i Azji pospołu. Nie znajdziesz większej różnorodności nigdzie indziej w całym mieście. I z tego właśnie bardzo dobrego powodu asasyni mają tu swoją siedzibę.

– Pokaż mi ją.

Yusuf z ochotą pokiwał głową.

– *Kesinlikle*, Mistrzu. Natychmiast! Bractwo nie może się doczekać człowieka, który sprawił, że Borgiowie wąchają trawę od spodu!

Ezio zaśmiał się.

– Czy wszyscy już wiedzą, że tu jestem?

– Kiedy cię tylko zobaczyłem, posłałem chłopca z wiadomością. A poza tym twoja awantura z templariuszami w Ziemi Świętej nie przeszła bez echa. Nie potrzebowaliśmy do tego nawet szpiega!

Ezio zamyślił się.

– Kiedy wyruszałem, nie myślałem o przemocy. Szukałem jedynie wiedzy. – Spojrzał na swojego nowego porucznika. – Zawartości biblioteki Altaïra.

Yusuf znów się roześmiał, ale już nie tak pewnie.

– Nie wiedziałeś, że została zapieczętowana dwa i pół wieku temu?

Ezio sam parsknął śmiechem.

– Nie... Tyle akurat założyłem. Ale przyznaję, że nie spodziewałem się zastać strzegących jej templariuszy.

Yusuf spoważniał. Szli ulicami mniej teraz tłocznymi. Zwolnili kroku.

– To bardzo niepokojące. Pięć lat temu wpływy templariuszy były tu minimalne. Zaledwie mała grupa z marzeniami o powrocie Bizantyjczyków na tron.

Dotarli do małego placu. Yusuf odciągnął Ezia na bok i wskazał mu czterech mężczyzn, stojących w ciemnym kącie. Mieli na sobie matowe, szare zbroje, grube, czerwone wełniane tuniki i kurty.

– Tam stoi grupka – powiedział, zniżając głos. – Nie patrz w ich stronę. – Rozejrzał się. – Z dnia na dzień rosną w liczbę. I wiedzą to, co wiemy wszyscy, że dni sułtana Bajezida są już policzone. Obserwują, czekają na dogodną chwilę. Sądzę, że mogą spróbować jakiegoś dramatycznego ruchu.

– Ale czy nie ma następcy osmańskiego tronu? – spytał Ezio, zaskoczony.

– W tym właśnie kłopot, jest ich dwóch. Dwóch gniewnych synów. W rodach królewskich to częsta prawidłowość. Kiedy sułtan zakaszle, książęta od razu sięgają po miecze.

Ezio zastanowił się nad tym, wspominając, co powiedział mu młodzieniec na statku.

– Templariusze i Osmanowie, musicie mieć pełne ręce roboty – stwierdził.

– Ezio, *efendim*, powiem ci prawdę: ledwie mam czas wypolerować miecz!

Kiedy tylko to powiedział, rozbrzmiał strzał i kula wbiła się w mur tuż na lewo od jego głowy.

18

Yusuf uskoczył za rząd beczek z przyprawami, Ezio zaraz za nim.

– O wilku mowa! – wycedził Yusuf przez zęby; wyjrzał zza beczek i zobaczył strzelca, ładującego broń po drugiej stronie placu.

– Wygląda na to, że nasi bizantyjscy przyjaciele nie lubią, kiedy ktoś się na nich gapi.

– Ja się zajmę człowiekiem z rusznicą – powiedział Yusuf, mierząc odległość do celu; sięgnął za plecy i wyjął jeden z noży do rzucania. Czystym ruchem cisnął nim; broń pomknęła nad placem, obróciła się trzy razy i uderzyła w cel, zagłębiając się w gardle mężczyzny akurat w chwili, kiedy podniósł broń do strzału. Tymczasem jego towarzysze już pędzili w ich stronę, z mieczami w dłoniach.

– Nie ma gdzie uciekać – zauważył Ezio, dobywając sejmitara.

– To dla ciebie chrzest ognia – odparł Yusuf. – A dopiero przypłynąłeś. *Çok üzüldüm.*

– Nie przejmuj się – rzucił Ezio z rozbawieniem. Nauczył się tureckiego na tyle, by wiedzieć, że jego towarzysz broni przeprasza.

Yusuf wyciągnął miecz i razem wyskoczyli z kryjówki na spotkanie atakującego wroga. Byli lżej odziani niż ich przeciwnicy, gorzej osłonięci, ale za to zwinniejsi. Kiedy tylko Ezio zwarł się z pierwszym Bizantyjczykiem, zrozumiał, że walczy ze świetnie wyszkolonym wojownikiem.

Yusuf nie przerywał gadaniny. Był przyzwyczajony do takich potyczek i dobre piętnaście lat młodszy od Ezia.

– Całe miasto przybyło cię powitać. Najpierw arystokracja, taka jak ja, a teraz szczury!

Ezio skupił się na szermierce. Z początku szło mu źle, ale szybko przestawił się na lekkie, elastyczne ostrze, którym się posługiwał, i odkrył, że jego wygięty profil niewiarygodnie poprawia siłę cięć. Raz czy dwa Yusuf, niespuszczający Mistrza z oka, wykrzykiwał pomocne uwagi, ale ostatecznie spojrzał na niego z ukosa z podziwem.

– *Inanılmaz*! Mistrz w pracy!

Rozproszyło go to; jeden z Bizantyjczyków zdołał wtedy przeciąć materiał jego lewego rękawa i ugodzić go w przedramię. Yusuf mimowolnie odskoczył w tył; jego napastnik wykorzystał tę przewagę. Ezio brutalnie odepchnął swojego przeciwnika na bok i rzucił się przyjacielowi na pomoc. Skoczył między Yusufa i Bizantyjczyka i odbił zabójczy cios karwaszem na lewym przedramieniu. Bizantyjczyka wybiło to z rytmu, a Yusuf zdołał tymczasem odzyskać równowagę i odeprzeć atak innego najemnika, który zachodził Ezia od tyłu. Zadał mu śmiertelny cios w tej samej chwili, kiedy Ezio wykończył drugiego. Na twarzy ostatniego Bizantyjczyka, potężnego mężczyzny o szczęce jak skalne urwisko, po raz pierwszy odmalowało się zwątpienie.

– *Tesekkür ederim* – wysapał Yusuf.

– *Bir sey degil.*

– Czy twoje talenty nie mają końca?

– Na pokładzie bagali nauczyłem się przynajmniej mówić „dziękuję" i „nie ma za co".

– Uważaj!

Olbrzymi Bizantyjczyk zaatakował z rykiem; w jednym ręku trzymał miecz, w drugim buzdygan.

– Na Allaha, myślałem, że ucieknie – powiedział Yusuf. Odskoczył w bok i podstawił napastnikowi nogę, a ten, pchnięty własnym rozpędem, poleciał do przodu i z trzaskiem uderzył w jedną z beczek z przyprawami. Walnął głową w stos żółtego proszku i znieruchomiał.

Ezio, rozejrzawszy się, wytarł ostrze miecza i schował go do pochwy. Yusuf zrobił to samo.

– Masz interesującą technikę, Mistrzu. Same finty, żadnej walki, zdawałoby się. Ale kiedy uderzasz...

– Myślę jak mangusta, moim wrogiem jest kobra.

– Uderzające porównanie.

– Staram się.

Yusuf rozejrzał się jeszcze raz.

– Lepiej chodźmy. Myślę, że wystarczy rozrywki na jeden dzień.

Ledwie zdążył to powiedzieć, kiedy na plac wpadł następny oddział Bizantyjczyków, zwabiony głośnymi odgłosami walki.

Ezio natychmiast dobył broni.

Wtedy jednak przeciwległy koniec placu zapełnił się kolejnymi żołnierzami, w innych mundurach – niebieskich tunikach i ciemnych, spiczastych, filcowych czapach.

– Stój, zaczekaj! – zawołał Yusuf, a nowo przybyli zaatakowali najemników. Szybko zmusili ich do odwrotu i w pościgu wybiegli za nimi z placu.

– To był regularny osmański oddział – powiedział asasyn, widząc pytające spojrzenie Ezia. – Nie janczarzy, to elitarny pułk; poznasz ich, kiedy ich zobaczysz. Ale wszyscy osmańscy żołnierze wyjątkowo nienawidzą tych bizantyjskich bandytów, a asasyni na tym korzystają.

– Jak bardzo?

Yusuf rozłożył ręce.

– Trochę. Zabiją cię tak samo jak Bizantyjczycy, wystarczy, że krzywo na nich spojrzysz. Różnica polega na tym, że Osmanowie będą potem mieli wyrzuty sumienia.

– To wzruszające.

Yusuf wyszczerzył zęby w uśmiechu.

– Tak naprawdę nie jest tak źle. Po raz pierwszy od kilkudziesięciu lat asasyni mają tu mocną reprezentację. Nie zawsze tak było. Za czasów bizantyjskich cesarzy byliśmy ścigani i zabijani na miejscu.

– Opowiedz mi o tym – poprosił Ezio. Ruszyli znów w kierunku siedziby Bractwa.

Yusuf podrapał się w brodę.

– Cóż, stary cesarz, Konstantyn, jedenasty o tym imieniu, rządził tylko trzy lata. Zadbał o to nasz sułtan Mehmed. Ale według wszelkich przekazów Konstantyn nie był taki zły. Był ostatnim rzymskim cesarzem z rodu o tysiącletniej tradycji.

– Oszczędź mi lekcji historii – przerwał mu Ezio. – Chcę wiedzieć, z czym mamy do czynienia teraz.

– Sęk w tym, że kiedy Mehmed zdobył miasto, niewiele z niego zostało, podobnie jak z całego imperium Bizantyjczyków. Mówią nawet, że Konstantyn był tak biedny, że musiał zastąpić klejnoty w swoich szatach szklanymi kopiami.

– Serce mi krwawi.

– Był odważnym człowiekiem. Odmówił poddania miasta w zamian za oszczędzenie życia i zginął, walcząc. Ale jego dwaj bratankowie nie mieli takiego ducha. Jeden z nich od paru lat nie żyje, ale drugi... – Yusuf umilkł, zamyślony.

– Jest przeciwko nam?

– Ha, jeszcze jak. I przeciwko Osmanom. No, przynajmniej władcom.

– Gdzie jest teraz?

Yusuf zrobił niejasny gest.

– Kto wie? Gdzieś na wygnaniu? Ale jeśli ciągle żyje, na pewno coś knuje. – Przerwał. – Mówią, że w swoim czasie był blisko z Rodrigiem Borgią.

Ezio, słysząc to nazwisko, zesztywniał.

– Z Hiszpanem?

– Tym samym. Tym, którego ostatecznie załatwiłeś.

– Zrobił to jego własny syn.

– Nigdy nie byli Świętą Rodziną, nieprawdaż?

– Mów dalej.

– Rodrigo był blisko także z Seldżukiem imieniem Cem. Wszystko to stanowiło wielką tajemnicę i nawet asasyni dowiedzieli się o tym dopiero dużo później.

Ezio kiwnął głową. Słyszał opowieści.

– Jeśli dobrze pamiętam, Cem miał żyłkę poszukiwacza przygód.

– Jest jednym z braci obecnego sułtana, ale sam ostrzył sobie zęby na tron, więc Bajezid go wygnał. Trafił ostatecznie do aresztu domowego gdzieś w Italii i tam zaprzyjaźnił się z Rodrigiem.

– Pamiętam – powiedział Ezio, przejmując opowieść. – Rodrigo myślał, że wykorzysta ambicje Cema, by przejąć Konstantynopol. Ale Bractwo zdołało zabić Cema w Kapui jakieś piętnaście lat temu. To położyło kres ich spiskowi.

– Nie, żeby ktoś nam za to podziękował.

– Nie działamy po to, żeby zbierać podziękowania.

Yusuf skłonił głowę.

– Czuję się pouczony, Mistrzu. Ale przyznasz, zamach był bardzo elegancko przeprowadzony.

Ezio milczał, więc po chwili Yusuf podjął swoją opowieść.

– Dwaj bratankowie, o których wspominałem, to synowie innego z braci Konstantyna, Tomasza. Zostali wygnani wraz z ojcem.

– Dlaczego?

– Dałbyś wiarę? Tomasz też chciał zdobyć osmański tron. Brzmi znajomo?

– Nazwisko tej rodziny nie brzmi B o r g i a, prawda?

Yusuf się zaśmiał.

– Nie, P a l e o l o g. Ale masz rację, to praktycznie to samo. Po śmierci Cema obaj bratankowie przyczaili się w Europie. Jeden tam został, próbował zebrać armię, żeby zdobyć Konstantynopol samemu. Oczywiście nie udało mu się i zmarł, jak mówiłem, siedem czy osiem lat temu, bez dziedzica i grosza przy duszy. Ale drugi, cóż, on wrócił, zrzekł się wszelkich cesarskich ambicji, dostąpił przebaczenia i przez jakiś czas służył nawet we flocie. Potem najwyraźniej się ustatkował i zaczął wieść żywot bogacza – miał pieniądze i kobiety.

– Ale teraz znikł?

– Cóż, raczej się go nie widuje.

– I nie wiemy, jak się nazywa?

– Posługuje się wieloma nazwiskami, ale nie udało się go nam przyszpilić.

– Ale coś knuje.

– Tak. I ma powiązania z templariuszami.

– Trzeba mieć na niego oko.

– Jeśli gdzieś się pojawi, będziemy o tym wiedzieli.

– Ile ma lat?

– Podobno urodził się w roku podboju Mehmeda, co czyniłoby go ledwie kilka lat starszym od ciebie.

– Czyli wciąż ma w sobie dość ognia.

Yusuf popatrzył na Ezia.

– Jeśli sądzić po tobie, bardzo dużo. – Rozejrzał się. Marsz zaprowadził ich głęboko w serce miasta. – Już prawie jesteśmy – powiedział. – Tędy.

Skręcili ponownie – w uliczkę ciasną, chłodną, ciemną i cienistą mimo słońca, które bezskutecznie próbowało spenetrować wąską przestrzeń między budynkami po obu stronach. Yusuf przystanął przy małych, niczym niewyróżniających się zielonych drzwiach i chwycił mosiężną kołatkę. Wystukał szyfr tak cicho, że Ezio zastanawiał się, czy ktokolwiek w środku coś usłyszy. Jednak po krótkiej chwili drzwi otworzyła barczysta dziewczyna o wąskich biodrach, nosząca symbol asasynów na klamrze pasa tuniki.

Ezio znalazł się na przestronnym dziedzińcu. Po żółtych ścianach pięły się zielone pnącza. Na dziedzińcu zebrała się mała grupa mężczyzn i kobiet. Patrzyli na niego z nabożnym podziwem, a Yusuf teatralnym gestem odwrócił się do niego.

– Mistrzu, przywitaj się ze swoją daleką rodziną – powiedział. Ezio wystąpił naprzód.

– *Salute a voi, Assassini.* To zaszczyt znaleźć tak wiernych przyjaciół tak daleko od domu.

Ku swojej zgrozie odkrył, że wzruszył się do łez. Może do głosu doszło napięcie towarzyszące mu od kilku ostatnich godzin; poza tym wciąż był zmęczony po podróży.

Yusuf odwrócił się do pozostałych członków Konstantynopolskiej Kapituły Bractwa Asasynów.

– Widzicie, przyjaciele? Nasz Mistrz nie boi się otwarcie płakać przed swoimi uczniami.

Ezio otarł policzki dłonią w rękawicy i uśmiechnął się.

– Nie martwcie się, nie wejdzie mi to w nawyk.

– Mistrz jest w naszym mieście zaledwie od kilku godzin, a już mamy wieści – ciągnął Yusuf z poważną miną. – Po drodze zostaliśmy zaatakowani. Wygląda na to, że najemnicy znów działają. Dlatego wy... – wskazał trzech mężczyzn i dwie kobiety – Doganie, Kasimie i Heyreddinie i wy, Evraniki i Irini, macie natychmiast przeczesać okolicę!

Cała piątka wstała bezgłośnie, pokłoniła się Eziowi i wyszła.

– Reszta, wracać do pracy! – rozkazał Yusuf i pozostali asasyni rozeszli się.

Kiedy zostali sami, Yusuf odwrócił się do Ezia z zatroskaną twarzą.

– Mój Mistrzu, twoja broń i zbroja wyglądają, jakby potrzebowały konserwacji, a ubranie, wybacz, masz w żałosnym stanie. Pomożemy ci. Ale mamy bardzo mało pieniędzy.

Ezio uśmiechnął się.

– Bez obaw. Nie potrzebuję ich. I wolę sam się o siebie zatroszczyć. Przyszła pora, bym sam zwiedził miasto, żeby się w nim zorientować.

– Nie wolisz najpierw odpocząć? Odświeżyć się?

– Na odpoczynek przyjdzie pora po wykonaniu zadania. – Ezio przerwał. Zdjął z ramion juki i wyjął złamane ukryte ostrze. – Jest tu kowal albo płatnerz wystarczająco zdolny i zaufany, żeby to naprawić?

Yusuf obejrzał uszkodzenie, a potem powoli, z żalem pokręcił głową.

– Wiem, że to jedno z oryginalnych ostrzy sporządzonych według instrukcji Altaïra zawartych w Kodeksie, które zbierał twój ojciec, i to, o co prosisz, może się okazać niemożliwe. Ale jeśli nie uda nam się tego załatwić, dopilnujemy, żebyś nie pozostał niedozbrojony. Zostaw mi swoją broń, tę, której nie musisz brać teraz ze sobą, a ja każę ją oczyścić i naostrzyć. Kiedy wrócisz, będzie też na ciebie czekało świeże ubranie.

– Jestem wdzięczny.

Ezio ruszył do drzwi. Kiedy do nich podszedł, młoda, jasnowłosa odźwierna skromnie spuściła wzrok.

– Azize może być twoją przewodniczką, jeśli sobie życzysz, by z tobą poszła, Mistrzu – powiedział Yusuf.

Ezio odwrócił się.

– Nie. Idę sam.

19

W istocie, Eziowi zależało na samotności. Musiał pozbierać myśli. Poszedł do tawerny w dzielnicy genueńskiej, gdzie można było kupić wino, i pokrzepił się butelką Pigato oraz prostym *maccaroni in brodo*. Resztę popołudnia spędził, zapoznając się dokładnie z Galatą i unikając kłopotów; wtapiał się w tłum za każdym razem, gdy napotykał osmańskie patrole albo bandy bizantyjskich najemników. Wyglądał jak każdy inny strudzony podróżą pielgrzym, wędrujący po kolorowych, nieporządnych, chaotycznych, ekscytujących ulicach miasta.

Kiedy skończył, wrócił do siedziby asasynów; w ciemnych wnętrzach sklepów zapalano właśnie lampy, a w *lokantas* nakrywano stoły. Yusuf i pozostali czekali na niego.

Turek natychmiast podszedł, wyraźnie z siebie zadowolony.

– Chwalić niebiosa, Mistrzu. Cieszę się, że znów cię widzę całego i zdrowego. Obawialiśmy się, że pokonały cię przywary wielkiego miasta!

– Jesteś zbyt egzaltowany – powiedział Ezio z uśmiechem. – A co do przywar, wystarczają mi moje własne, *grazie*.

– Mam nadzieję, że pochwalisz to, co zrobiliśmy pod twoją nieobecność.

Yusuf poprowadził Ezia do wewnętrznej komnaty. Tam czekał na niego całkowicie nowy strój. Obok, ułożone równo na dębowym stole, leżało jego uzbrojenie, naostrzone, naoliwione i wypolerowane tak, że lśniło jak nowe. Do zestawu dodano kuszę.

– Złamane ostrze umieściliśmy w bezpiecznym miejscu – powiedział Yusuf. – Ale zauważyliśmy, że nie masz ostrza z hakiem, więc zorganizowaliśmy je dla ciebie.

– Ostrza z hakiem?

– Tak. Popatrz. – Yusuf podwinął rękaw, ukazując to, co Ezio początkowo wziął za ukryte ostrze. Ale kiedy asasyn uruchomił jego mechanizm i wysunął je, okazało się, że to bardziej złożony wariant. Teleskopowe ostrze nowej broni kończyło się zakrzywionym hakiem z dobrze zahartowanej stali.

– Fascynujące – powiedział Ezio.

– Nigdy takiego nie widziałeś? Ja go używam od małego.

– Pokaż.

Yusuf wziął nowy hak od jednego z asasynów, który trzymał je na podorędziu, i rzucił go Eziowi. Ezio przełożył ukryte ostrze z prawego nadgarstka na lewy i przypiął nową broń. Nienawykły do jej wagi, poćwiczył wysuwanie i chowanie. Żałował, że nie widzi tego Leonardo.

– Lepiej zademonstruj mi, jak to działa.

– Natychmiast, jeśli jesteś gotowy.

– Bardziej już nie będę.

– W takim razie chodź za mną i patrz uważnie, co robię.

Wyszli na zewnątrz i w popołudniowym słońcu podążyli ulicą do opustoszałego miejsca między kilkoma wysokimi, ceglanymi budynkami. Yusuf wybrał jeden z nich, o ścianach ozdobionych wystającymi rzędami glazurowanych cegieł mniej więcej co dziesięć stóp. Ruszył biegiem w jego stronę, wskoczył na kilka beczek na wodę, stojących pod ścianą, a potem wybił się w górę, wysunął ostrze z hakiem i zaczepił nim o pierwszy rząd cegieł. Podciągnął się i wykorzystując swój rozpęd, zaczepił o następny rząd, i tak dalej, aż znalazł się na dachu. Cała operacja zajęła mu zaledwie kilka chwil.

Ezio wziął głęboki oddech i poszedł w jego ślady. Pierwsze dwa chwyty wyszły mu bez trudu; ćwiczenie sprawiło mu nawet przyjemność, ale omal nie chybił za trzecim razem i niebezpiecznie zawisł. Udało mu się jednak poprawić zaczep bez tracenia rozpędu i po chwili znalazł się na dachu obok Yusufa.

– Nie trać czasu na myślenie – poradził Yusuf. – Zdaj się na instynkt i niech hak robi swoje. Widzę, że jeszcze jedna–dwie próby i opanujesz tę technikę. Szybko się uczysz, Mistrzu.

– Musiałem to w sobie wyrobić.

Yusuf uśmiechnął się. Znów wysunął ostrze z hakiem i pokazał Eziowi szczegóły.

– Standardowy osmański hak ma dwie części: hak i ostrze, tak że można używać jednego i drugiego niezależnie. Zgrabna konstrukcja, nieprawdaż?

– Szkoda, że nie miałem czegoś takiego w przeszłości.

– Może w takim razie go nie potrzebowałeś. Chodź!

Ruszył, przeskakując z dachu na dach; Ezio za nim, wspominając dawne czasy, kiedy ścigał się po dachach

Florencji ze swoim bratem Federikiem. Yusuf zaprowadził go w miejsce, gdzie mógł jeszcze poćwiczyć, z dala od wścibskich oczu. Kiedy Ezio, z rosnącą pewnością siebie, pokonał trzy kolejne ściany, Yusuf odwrócił się do niego z błyskiem w oku.

– Godzina jeszcze młoda. Co powiesz na większe wyzwanie?

– *Va bene*. – Ezio uśmiechnął się szeroko. – Chodźmy.

Pobiegli pustoszejącymi ulicami, aż dotarli do podnóża Wieży Galata.

– W czasie pokoju nie wystawiają straży, dopóki na blankach nie zapłoną pochodnie. Nikt nie będzie nam przeszkadzał. Idziemy.

Ezio spojrzał na wyniosłą wieżę i z trudem przełknął ślinę.

– Dasz sobie radę. Rób to, co ja: rozpędź się i idź na całość. I pamiętaj, niech hak pracuje za ciebie. W murze jest pod dostatkiem szczelin i szpar, będziesz mógł kaprysić, gdzie się zaczepić.

Z beztroskim, dodającym otuchy śmiechem Yusuf wystartował. Wprawne posługiwanie się ostrzem sprawiało, że wyglądał, jakby szedł – czy nawet biegł – pionowo po ścianie wieży. Chwilę później Ezio, zdyszany, ale tryumfujący, dołączył do niego na szczycie i rozejrzał się. Tak jak powiedział młodzieniec na statku, widok na miasto zapierał dech w piersiach. Ezio nie musiał czekać na pozwolenie jakiegoś biurokraty, żeby go ujrzeć. Zidentyfikował wszystkie charakterystyczne punkty, które Osman pokazał mu z pokładu bagali, i wykorzystał okazję, żeby jeszcze lepiej zaznajomić się z rozkładem miasta. Chłonął przy tym piękno panoramy skąpanej w czerwono-złotym świetle zachodzącego słońca. Barwa światła przypomniała mu kolor włosów pięknej kobiety, która była jego współpasażerką na statku i która go nie zauważała.

– Witaj w Istambule, Mistrzu – powiedział Yusuf, obserwujący jego twarz. – Na Rozdrożu Świata.

– Teraz rozumiem, czemu tak nazywają to miasto.

– Władało nim wiele pokoleń, ale nikomu nie udało się go poskromić. Nieważne, jakie jarzmo założyć mu na kark, jak je zaniedbać czy splądrować, zawsze powstaje.

– To dobre miejsce na dom.

– Owszem.

Po chwili Yusuf stanął na skraju wieży i spojrzał w dół. Znów obejrzał się na Ezia.

– Ścigamy się? – spytał i nie czekając na odpowiedź, rzucił się z parapetu w zdumiewającym Skoku Wiary.

Ezio patrzył, jak jego towarzysz leci w dół niczym nurkujący jastrząb i ląduje bezpiecznie na wypatrzonym uprzednio wozie z sianem, sto siedemdziesiąt pięć stóp niżej. Westchnął i jeszcze przez chwilę chłonął widok rozpościerającego się w dole miasta. Wielkiego Miasta. Pierwszego Miasta. Spadkobiercy Starożytnego Rzymu. Konstantynopol miał tysiąc lat i w swoim czasie był domem setek tysięcy ludzi – nie tak znów dawno, kiedy Rzym i Florencja w porównaniu z nim były ledwie wioskami. Plądrowano go i łupiono; Ezio wiedział, że jego legendarne piękno odeszło na zawsze – ale miasto za każdym razem onieśmielało napastników i wszystkich, którzy chcieli je umniejszyć. Tak jak powiedział Yusuf, nigdy nie zostało naprawdę poskromione.

Ezio rozejrzał się po raz ostatni, bystrym wzrokiem przeczesując horyzont. Stłumił głęboki smutek, który wypełnił jego serce.

A potem sam oddał Skok Wiary.

20

Następnego ranka na dziedzińcu siedziby asasynów Ezio i Yusuf pochylili się nad rozłożonymi na stole mapami, planując kolejny ruch. Nie mieli wątpliwości, że kurierzy templariuszy z Masjafu przybędą niedługo, jeśli już się nie pojawili, i że należy się spodziewać zorganizowanego ataku.

– Organizacja templariuszy jest jak hydra – skonstatował Ezio. – Odcinasz jeden łeb, a w jego miejsce odrastają dwa nowe.

– Nie w Rzymie, Mistrzu. Zadbałeś o to.

Ezio milczał. Kciukiem sprawdził krawędź ostrza z hakiem, które oliwił.

– Jestem pod wielkim wrażeniem tej broni, Yusufie. Moi bracia w Rzymie bardzo by skorzystali, mając ją na wyposażeniu.

– Nietrudno skopiować tę konstrukcję – odparł Yusuf. – Oddaj tylko sprawiedliwość jej twórcom.

– Potrzebuję jeszcze poćwiczyć – powiedział Ezio, nieświadom, że już wkrótce będzie miał ku temu niejedną okazję. W tym momencie drzwi na ulicę otworzyły się z trzaskiem; zanim Azize zdążyła zerwać się z miejsca, do środka wpadł Kasim, jeden z poruczników Yusufa, toczący wokół oszalałym spojrzeniem.

– Yusuf *bey*, chodź, szybko!

Yusuf natychmiast zerwał się na nogi.

– Co się dzieje?

– Atak z dwóch frontów! Nasze kryjówki na Galacie i pod Wielkim Bazarem!

– To się nigdy nie skończy – powiedział Yusuf ze złością. – Codziennie te same złe wieści. – Odwrócił się do Ezia. – Czy to może być ten zmasowany atak, którego się obawiałeś?

– Nie mam pojęcia, ale musimy się tym zająć.

– Oczywiście. Jak twój apetyt na szermierkę?

– Chyba znasz odpowiedź. Robię, co muszę.

– Bardzo dobrze! Pora sprawdzić twój hak w prawdziwej akcji! Chodźmy!

21

Po chwili pędzili już po dachach w kierunku kryjówki na Galacie. Kiedy znaleźli się bliżej, zeszli na ulicę, żeby mniej rzucać się w oczy bizantyjskim kusznikom. Ale drogę zastąpił im oddział uzbrojonych po zęby najemników, którzy groźnym tonem kazali im zawrócić. Asasyni udali, że cofają się kilka kroków, i naradzili się.

– Użyj haka, Mistrzu – powiedział Yusuf. – Istnieje pewien sposób, żeby minąć tych opryszków z maksymalną prędkością i przy minimum zamieszania.

– Brzmi nieźle.

– Patrz. Nazywamy to hakiem z przewrotem.

Bez dalszych wyjaśnień Yusuf odwrócił się w stronę szeregu najemników na ulicy. Wybrał jednego z nich i pobiegł w jego stronę z wielką szybkością. Zanim którykolwiek z Bizantyjczyków zdołał zareagować, Yusuf wyskoczył w powietrze tuż przed swoim celem i rzucił się do przodu z wysuniętym hakiem; pchnął prawą ręką w dół i zaczepił hak o tył pasa mężczyzny. Przesadził go saltem, jednocześnie chowając ostrze, i biegiem oddalił się od ogłupiałych najemników. Zanim ci zdążyli się przegrupować, Ezio poszedł w jego ślady. Przeskakując nad Bizantyjczykiem, zdołał chwycić go za kark i powalić na ziemię. Wylądował kawałek dalej i pobiegł za towarzyszem.

Przed sobą napotkali jednak kolejnych strażników, z którymi musieli się uporać – przy tej sposobności Ezio nauczył się od swojego seldżuckiego przyjaciela innej sztuczki. Tym razem Yusuf, zbliżywszy się do przeciwnika, machnął hakiem nisko, tak że broń zaczepiła o kostkę mężczyzny i powaliła go. Ezio znów powtórzył jego ruchy i wkrótce dogonił przywódcę stambulskich asasynów.

– To nazywamy hakiem z podcięciem. – Yusuf roześmiał się. – Widzę, że masz do tego talent. Doskonała robota.

– Omal się nie przewróciłem. Muszę poćwiczyć.

– Okazji ci nie zabraknie.

– Uwaga, nadchodzą następni!

Znajdowali się u zbiegu czterech ulic, teraz pustych – bijatyka sprawiła, że zwykli obywatele schronili się w domach i pozamykali drzwi. Yusuf i Ezio znaleźli się w potrzasku – zewsząd biegły w ich stronę duże grupy Bizantyjczyków.

– Co teraz? – spytał Ezio, dobywając miecza i wysuwając ukryte ostrze na lewej ręce.

– Schowaj je, Mistrzu. W tych okolicach asasyn, kiedy zmęczy go bieganie, wybiera drogę powietrzną.

Ezio szybko wspiął się za Yusufem na pobliski mur, pomagając sobie hakiem – szło mu coraz lepiej. Znów zauważył, że na wielu dachach w tej okolicy sterczały grube, drewniane słupy, między którymi naciągnięto smołowane sznury, biegnące w górę i w dół i połączone wielokrążkami. Taki słupek wznosił się także na dachu, na którym stali.

– Korzystamy z tego wynalazku, żeby szybko

transportować towary z magazynu do magazynu i z magazynu do sklepu – wyjaśnił Yusuf. – Można go znaleźć w wielu miejscach w mieście. Jest o wiele szybszy niż transport ulicami, które z reguły są zatłoczone i zbyt wąskie. Dla nas też.

Ezio spojrzał w dół na Bizantyjczyków próbujących się włamać do budynku, na którego dachu stali asasyni. Byli zbyt ciężko opancerzeni, żeby się wspinać, więc postanowili dobrać się do nich od środka.

– Lepiej się pospieszmy.

– Do tego też używa się haka – powiedział Yusuf. – Zaczep nim o linę, trzymaj się mocno i odepchnij. Oczywiście, to działa tylko w dół!

– Zaczynam rozumieć, czemu wynaleźliście tę broń – w Konstantynopolu sprawdza się idealnie.

– Żebyś wiedział. – Yusuf zerknął w dół, na ulicę. – Ale masz rację, musimy się spieszyć.

Rozejrzał się szybko po okolicznych dachach. Jakieś trzysta stóp od nich, na szczycie budynku znajdującego się poniżej miejsca, w którym stali, wypatrzył bizantyjskiego zwiadowcę, stojącego plecami do nich i obserwującego rozciągające się pod nim miasto.

– Widzisz tego człowieka? – spytał.

– Tak.

– Tam, po lewej, jest drugi, na przyległym dachu.

– Widzę.

– Musimy ich załatwić. – Yusuf wysunął hak i zaczepił nim o linę. Podniósł ostrzegawczo rękę, kiedy Ezio próbował od razu zrobić to samo. – Daj mi chwilę. Pozwól, że pokażę.

– Z przyjemnością uczę się tutejszych zwyczajów.

– Nazywamy to *zipline*. Patrz!

Yusuf zaczekał, aż drugi strażnik się odwrócił, a potem zwisł całym ciężarem na linie. Napięła się trochę, ale wytrzymała. Asasyn odepchnął się i po chwili sunął już bezgłośnie w kierunku nic niepodejrzewającego pierwszego zwiadowcy. W ostatniej chwili wyczepił się i spadł prosto na cel; z zamachu wbił mu ostrze w bok. Złapał padającego mężczyznę, położył go delikatnie na dachu, a potem szybko schował się za małą przybudówką. Tam wydał z siebie zduszony okrzyk. Zaalarmował tym drugiego strażnika, który obejrzał się w kierunku, z którego doszedł dźwięk.

– Pomóż, towarzyszu! Asasyni! – zbolałym tonem zawołał po grecku Yusuf.

– Trzymaj się! Już biegnę! – odkrzyknął strażnik i popędził po dachu na pomoc.

Wtedy Yusuf dał znak Eziowi, który zjechał po linie w samą porę, by spaść na mężczyznę, który uklęknął przy zwłokach towarzysza.

Yusuf dołączył do Ezia, stojącego nad dwoma trupami.

– Nawet się nie spociłeś – powiedział ze śmiechem. Potem natychmiast spoważniał. – Widzę, że potrafisz dać sobie radę, więc pora się rozdzielić. Ja udam się na Bazar i zobaczę, co się dzieje w naszej kryjówce. Ty jedź na Galatę i pomóż tam naszym.

– Powiedz, którędy.

Yusuf wskazał budowlę ponad dachami.

– Widzisz tamtą wieżę?

transportować towary z magazynu do magazynu i z magazynu do sklepu – wyjaśnił Yusuf. – Można go znaleźć w wielu miejscach w mieście. Jest o wiele szybszy niż transport ulicami, które z reguły są zatłoczone i zbyt wąskie. Dla nas też.

Ezio spojrzał w dół na Bizantyjczyków próbujących się włamać do budynku, na którego dachu stali asasyni. Byli zbyt ciężko opancerzeni, żeby się wspinać, więc postanowili dobrać się do nich od środka.

– Lepiej się pospieszmy.

– Do tego też używa się haka – powiedział Yusuf. – Zaczep nim o linę, trzymaj się mocno i odepchnij. Oczywiście, to działa tylko w dół!

– Zaczynam rozumieć, czemu wynaleźliście tę broń – w Konstantynopolu sprawdza się idealnie.

– Żebyś wiedział. – Yusuf zerknął w dół, na ulicę. – Ale masz rację, musimy się spieszyć.

Rozejrzał się szybko po okolicznych dachach. Jakieś trzysta stóp od nich, na szczycie budynku znajdującego się poniżej miejsca, w którym stali, wypatrzył bizantyjskiego zwiadowcę, stojącego plecami do nich i obserwującego rozciągające się pod nim miasto.

– Widzisz tego człowieka? – spytał.

– Tak.

– Tam, po lewej, jest drugi, na przyległym dachu.

– Widzę.

– Musimy ich załatwić. – Yusuf wysunął hak i zaczepił nim o linę. Podniósł ostrzegawczo rękę, kiedy Ezio próbował od razu zrobić to samo. – Daj mi chwilę. Pozwól, że pokażę.

– Tak.

– Kryjówka jest tuż obok. Nie mogę być w dwóch miejscach naraz, ale skoro mam ciebie, już nie muszę. Dzięki Allahowi za twoje przybycie, Mistrzu. Bez twojej pomocy...

– Jak dotąd radziliście sobie całkiem nieźle.

Yusuf ścisnął jego dłoń.

– *Haydi rastgele*, Ezio.

– Nawzajem.

Yusuf ruszył na południe, a Ezio pobiegł po rdzawych dachówkach, do następnego systemu lin. Szybko i bez przeszkód zjeżdżając od słupa do słupa, o wiele szybciej niż pieszo, zbliżał się do podnóża wieży, na pole swojej następnej bitwy.

22

Ezio dotarł na miejsce akurat podczas przerwy w walce i zdołał wśliznąć się do kryjówki niezauważony. Tam przywitał go Dogan, jeden z poruczników, z którym widział się już przelotnie wcześniej.

– Mistrzu, to zaszczyt. Yusufa z tobą nie ma?

– Nie, zorganizowali jeszcze jeden atak na naszą kryjówkę przy Wielkim Bazarze. Yusuf tam właśnie się udał. – Ezio przerwał. – Jak wygląda sytuacja?

Dogan otarł czoło.

– Odepchnęliśmy ich awangardę, ale wycofali się i czekają na posiłki.

– Twoi ludzie są gotowi na ich przyjęcie?

Asasyn uśmiechnął się szelmowsko, zachęcony entuzjazmem i pewnością Mistrza.

– Teraz, skoro tu jesteś, tak!

– Skąd najprawdopodobniej nadejdzie następny atak?

– Od północy. Uważają, że tam jesteśmy najsłabsi.

– W takim razie lepiej pokażmy im, że tak nie jest!

Dogan rozmieścił swoich ludzi według wskazówek Ezia, a kiedy templariusze przypuścili szturm, asasyni byli gotowi. Walka okazała się równie zacięta, co krótka; po jej zakończeniu piętnastu najemników leżało martwych pod wieżą na placu, przy którym znajdowała się kryjówka. Wśród asasynów rannych zostało dwóch mężczyzn i jedna kobieta, ale nikt nie zginął. Templariusze ponieśli druzgocącą klęskę.

– Nieprędko wrócą – powiedział Dogan do Ezia, kiedy było po wszystkim.

– Miejmy taką nadzieję. Wiem z doświadczenia, że templariusze nie lubią przegrywać.

– Cóż, jeśli spróbują z nami jeszcze raz, będa musieli polubić.

Ezio uśmiechnął się i klepnął Dogana po ramieniu.

– Takie słowa rozumiem!

Ruszył do wyjścia.

– Dokąd się teraz wybierasz? – spytał Dogan.

– Do Yusufa, do kryjówki na Wielkim Bazarze. Wyślij mi tam wiadomość, jeśli templariusze się przegrupują.

– To mało prawdopodobne, ale w razie czego dowiesz się pierwszy.

– Zajmijcie się też rannymi. Ten wasz sierżant dostał brzydkie cięcie w głowę.

– Właśnie jest opatrywany.

– Dostanę się tam po linach?

– Kiedy tylko przeprawisz się na południowy brzeg Rogu. Ale tam musisz przepłynąć promem. To najszybsza droga na półwysep.

– Prom?

– Miał być most, ale nie wiadomo dlaczego go nie wybudowali.

– No tak – powiedział Ezio. – Pamiętam, że ktoś mi o tym wspominał.

Wyciągnął rękę.

– *Allaha ismarladik.*

– *Güle güle* – odrzekł z uśmiechem Dogan.

Kryjówka, do której musiał dotrzeć Ezio, znajdowała się niedaleko Bazaru, w Dystrykcie Cesarskim, między samym Bazarem a starożytnym kościołem Hagia Sofia, przerobionym przez Osmanów na meczet. Ale walka toczyła się kawałek dalej na południowy zachód, blisko doków na południowym wybrzeżu miasta. Ezio stał przez chwilę na dachu i przyglądał się bitwie szalejącej na ulicach i nabrzeżach w dole. Lina z najbliższego drewnianego słupa biegła w dół do miejsca, niedaleko którego widział Yusufa, walczącego w największym zamęcie plecami do wód portu. Yusuf odpierał ataki pół tuzina krzepkich najemników, a jego towarzysze byli zbyt zajęci, by przyjść mu z pomocą. Ezio zaczepił hak o linę i zjechał w dół. Zeskoczył z wysokości dwunastu stóp, rozłożył ręce i z wysuniętym ostrzem spadł na plecy dwóch napastników, obalając ich na ziemię. Zginęli, zanim zdążyli zareagować. Ezio stanął nad nimi, a pozostała czwórka odwróciła się do niego, dając Yusufowi możliwość zajścia ich z flanki. Ezio nie chował ostrza z hakiem.

Kiedy czterech templariuszy runęło na niego z wrzaskiem, Yusuf zaatakował z boku, zwinnie posługując się własnym ukrytym ostrzem. Jeden z żołnierzy, prawdziwy olbrzym, zepchnął Ezia pod ścianę magazynu; Ezio przypomniał sobie sztuczkę z przewrotem i wykorzystał ją, by wyśliznąć się przeciwnikowi. Przewrócił go przy tym, a potem dźgnął jego wijące się ciało ukrytym ostrzem, zadając ostateczny cios. Yusuf tymczasem powalił dwóch innych. Ostatni uciekł.

Walki wokół również dogasały. Ludzie Yusufa zdobyli przewagę nad templariuszami, którzy przeklinając, uciekli w końcu w głąb miasta na północ.

– Cieszę się, przybyłeś w samą porę, by poznać moich nowych kolegów – powiedział Yusuf. Otarł miecz i wsunął go do pochwy. Schował też ukryte ostrze. Ezio zrobił to samo. – Walczyłeś jak tygrys, przyjacielu, jak człowiek, który spóźnił się na własny... ślub.

– Nie chodziło ci o pogrzeb?

– Na to chętnie byś się spóźnił.

– Cóż, skoro mowa o ślubie, na to spóźniłem się jakieś dwadzieścia pięć lat. – Ezio otrząsnął się ze znajomej melancholii i wyprostował. – Zdążyłeś uratować kryjówkę na Bazarze?

Yusuf z żalem wzruszył ramionami.

– Niestety nie. Udało się nam ocalić tylko własne skóry. Kryjówka na Bazarze została zdobyta. Pech, przybyłem za późno, żeby ją odbić. Za dobrze się tam umocnili.

– Nie rozpaczaj. Kryjówka na Galacie jest bezpieczna. Asasyni, którzy tam walczyli, mogą do nas dołączyć.

Yusuf poweselał.

– Z moją „armią", dwukrotnie liczniejszą, razem odbijemy Bazar! Chodź! Tędy!

23

Poszli targowymi ulicami i przez rozległy, rozmigotany labirynt samego suku – wspaniałego, gwarnego, złoto-czerwonego Wielkiego Bazaru, z jego sklepikami sprzedającymi wszystko, od pachnideł po przyprawy, od baranic po drogie perskie dywany z Isfahanu i Kabulu, cedrowe meble, miecze i zbroje, mosiężne i srebrne imbryki do kawy z długimi, giętymi dzióbkami, szklanki do herbaty w kształcie tulipanów i większe, smuklejsze do *sharbatu*. Sprzedawano tu wszystko, co tylko człowiek mógł sobie wyobrazić albo zapragnąć, w tej istnej wieży Babel, gdzie handlarze nawoływali w co najmniej tuzinie różnych języków.

Kiedy wyszli na północno-wschodnią stronę, znaleźli się bliżej kryjówki. Tutaj obecność templariuszy zaznaczała się wyraźnie. Budynki obwieszone były ich chorągwiami, a miejscowych kupców często nękali bizantyjscy bandyci.

– Jak widzisz – mówił Yusuf – kiedy templariusze przejmują jakąś dzielnicę, lubią się tym chełpić. Powstrzymywanie ich to ciągła walka, nic nie sprawia im większej przyjemności, niż kłucie nas w oczy swoim zwycięstwem.

– Ale dlaczego sułtan nic nie robi? To jego miasto!

– Sułtan Bajezid jest daleko stąd. Tutejszy namiestnik nie ma dość ludzi, by zapanować nad sytuacją. Gdyby nie my... – Yusuf umilkł na chwilę, a potem zmienił temat. – Sułtan toczy wojnę ze swoim synem Selimem, wiele mil na północny zachód od miasta. Nie ma go od lat, przynajmniej od czasów wielkiego trzęsienia ziemi w roku 1509, a już wcześniej był prawie zawsze nieobecny. Nie widzi całego tego zamętu.

– Trzęsienia ziemi?...

Ezio przypomniał sobie, że wieści o tym dotarły nawet do Rzymu. Ponad sto meczetów obróciło się w gruzy, wraz z tysiącem innych budynków, a dziesięć tysięcy mieszkańców straciło życie.

– Nazwaliśmy je Małym Dniem Sądu. Fale, które trzęsienie wywołało na morzu Marmara, omal nie zburzyły południowego muru. Ale sułtan pozostał ślepy nawet i na to ostrzeżenie.

– Ale twoje oczy są otwarte, *sì*?

– Jak dwa księżyce w pełni. Uwierz mi.

Dotarli do dużego, otwartego *karesi*, pełnego najemników templariuszy, którzy zaczęli przyglądać im się podejrzliwie.

– Zbyt wielu ich, byśmy mogli zaatakować frontalnie – powiedział Yusuf. – Lepiej użyjmy tego.

Sięgnął do sakwy przy boku i wyjął bombę.

– Co to, bomba dymna? – spytał Ezio. – Hm. Nie mam pewności, czy nam tu pomoże.

Yusuf zaśmiał się.

– Bomba dymna? Drogi Ezio, Mistrzu, naprawdę najwyższy czas, żebyście wy, Włosi, dogonili XVI wiek. Te bomby nie tworzą zasłony, one odwracają uwagę. Patrz.

Ezio cofnął się, a Yusuf cisnął bombę niedaleko od nich. Wybuchła nieszkodliwie, ale wyrzuciła w powietrze deszcz małych, najwyraźniej złotych monet, które spadły na najemników. Ci natychmiast przestali zwracać uwagę na Ezia i Yusufa i rzucili się je zbierać, odpychając cywilów, którzy próbowali robić to samo.

– Co to było? – spytał Ezio zdumiony, kiedy poszli dalej, nie bojąc się już zaczepek.

Yusuf uśmiechnął się chytrze.

– Nazywamy to Bombą Złota. Jest pełna monet zrobionych z pirytu; wyglądają zupełnie jak złote, ale są bardzo tanie w produkcji.

Ezio patrzył, jak żołnierze się rozbiegają, nie widząc niczego poza złotem głupców.

– Widzisz? – spytał Yusuf. – Nie mogą się oprzeć. Ale ruszajmy stąd, zanim wszystkie pozbierają.

– Wciąż mnie zaskakujesz...

– Wytwarzanie bomb to nasze nowe hobby, zapożyczone od Chińczyków. Robimy to z wielkim zapałem.

– Najwyraźniej tracę formę. Ale dawno temu w Hiszpanii pewien mój przyjaciel zrobił dla mnie parę granatów, więc trochę się na tym znam. Choć przyznaję, że musisz nauczyć mnie nowych technik.

– Z chęcią, ale kto tu jest Mistrzem, Ezio? Zaczynam się zastanawiać.

– Dość tej bezczelności, asasynie! – Ezio uśmiechnął się szeroko i klepnął Yusufa w ramię.

Wąska uliczka, którą właśnie szli, wychodziła na następny plac; tu znów, jak w całej dzielnicy templariuszy, kręciła się duża grupa bizantyjskich najemników. Usłyszeli zamieszanie na sąsiednim *karesi* i wyglądali na zaniepokojonych. Yusuf wyciągnął z sakwy garść małych bomb i podał je Eziowi.

– Twoja kolej – powiedział. – Spraw się dobrze. Wiatr mamy w plecy, więc nic nie powinno się nam stać.

Bizantyjczycy zmierzali już w stronę dwóch asasynów, dobywając mieczy. Ezio wyciągnął zawleczki z trzech bomb i rzucił je w zbliżających się najemników. Ładunki wybuchły, uderzając o ziemię przy wtórze cichych, niegroźnie brzmiących puknięć, i przez chwilę wyglądało to tak, jakby nic więcej się nie stało. Ale żołnierze zawahali się, popatrzyli po sobie, a potem się zakrztusili i zaczęli otrzepywać ubrania, pokryte śmierdzącą, lepką cieczą. Po chwili uciekli.

– I z głowy – podsumował Yusuf. – Minie wiele dni, zanim kobiety przyjmą ich z powrotem do łóżek.

– Kolejna niespodzianka?

– Bomby z olejkiem skunksa. Bardzo skuteczne, jeśli dobrze wybierze się moment i stanie pod wiatr!

– Dzięki za ostrzeżenie.

– Jakie ostrzeżenie?

– Właśnie.

– Szybko. Jesteśmy już prawie na miejscu.

Przeszli przez *karesi* i ruszyli następną ulicą, tym razem szerszą, ale pełną zabitych deskami sklepów. Yusuf przystanął przed jednym i ostrożnie pchnął drzwi. Za nimi znajdował się mały, prosty dziedziniec. Pod przeciwległą ścianą stało kilka beczek i skrzyń. Na środku widać było otwartą klapę i prowadzące w dół stopnie. W narożniku w głębi, po lewej, wznosiła się wieża.

– Tak jak myślałem – powiedział Yusuf. Odwrócił się do Ezia. – To jedna z naszych podziemnych kryjówek – wyjaśnił szybko. – Wygląda na opuszczoną, ale na dole jest zapewne pilnowana przez templariuszy. W ich bandzie będzie kapitan. Czy mogę prosić, żebyś go znalazł i zabił?

– Odbiję dla ciebie twoją kryjówkę.

– Dobrze. Kiedy to zrobisz, wdrap się na tę wieżę i odpal flarę sygnałową, którą tam znajdziesz. To następna z naszych bomb, kopia flar, którymi templariusze sygnalizują odwrót.

– A ty?

– Templariusze na placu szybko zorientują się, co się stało, więc wrócę tam i postaram się nie dopuścić, żeby tu za nami przyszli i pomogli swoim. Do pasa tuniki mam przypięte dwie bomby fosforowe. Powinny wystarczyć.

– Czyli cały czas jednak używacie staromodnych zasłon dymnych?

Yusuf kiwnął głową.

– Owszem, ale te są dość paskudne, więc... – Na nosie i ustach zawiązał chustę. – Zanim pójdę, pokażę ci jeszcze jedną sztuczkę, która powinna wypłoszyć króliki z nory. Nie chciałbym, żebyś schodził do kryjówki i walczył z tymi opryszkami w półmroku. Kiedy wyjdą na powierzchnię, powinieneś ich wytłuc bez kłopotu.

Z sakwy wyjął ostatnią bombę i zważył ją w dłoni.

– Odpalę ją i ruszam. Musimy zneutralizować obie grupy templariuszy jednocześnie albo przegramy. Zatkaj uszy, to granat nabity siarką, więc huknie jak grom. Wypłoszy ich skutecznie, ale nie chciałbym, żeby popękały ci bębenki.

Ezio zrobił, jak mu kazano, i odsunął się na strategiczną pozycję po ocienionej stronie dziedzińca, skąd dobrze widział klapę. Lewe ukryte ostrze zmienił na uprząż z pistoletem, do walki wręcz wolał zatrzymać hak. Yusuf, będąc u wyjścia na ulicę, cisnął bombę na drugi koniec placyku i znikł.

Rozległ się huk głośny jak czarci piard; Eziowi, choć pod kapturem mocno zatkał uszy, i tak zadźwięczało w głowie. Otrząsnął się, a wtedy spod klapy na światło dzienne wybiegło dziesięciu templariuszy pod wodzą kapitana o czerwonym nosie. Rozglądali się w panice dookoła. Ezio skoczył zwinnie między nich i zabił trzech, zanim się zorientowali. Przy użyciu haka zdołał powalić następnych trzech w ciągu minuty. Ostatnia trójka uciekła, słysząc odgłos dwóch eksplozji, po których wiatr przyniósł słaby swąd dymu.

– W samą porę, Yusufie – mruknął Ezio do siebie.

Kapitan oddziału stawił mu czoła. Był ogorzałym, zezowatym mężczyzną; miał wytarty, czarny naramiennik i ciemnoczerwoną tunikę. W prawej ręce trzymał ciężki damasceński miecz, a w lewej groźnie wyglądający, zakrzywiony sztylet z zębatym sztychem.

– Drzeć i ciąć – powiedział ochrypłym głosem. – Przytrzymam cię sztyletem, a potem poderżnę ci gardło mieczem. Już po tobie, asasynie.

– Najwyższa pora, żebyście wy, templariusze, dogonili XVI wiek – odparł Ezio. Uniósł lewą rękę i wysunął w dłoń pistolet. Wystrzelił, przekonany, że z tej odległości nie może chybić, nawet z lewej ręki. Rzeczywiście, kula przebiła kość między oczami kapitana.

Mężczyzna jeszcze nie upadł, kiedy Ezio popędził przez dziedziniec, wskoczył na jedną z beczek, a potem z pomocą haka wspiął się na wieżę.

Flara, o której mówił mu Yusuf, leżała nieruszona. Obok stał mały moździerz; Ezio wsunął flarę do jego lufy. Chwilę później wystrzeliła wysoko w niebo, ciągnąc za sobą jasny ogon ognia i fioletowego dymu.

Kiedy zszedł z powrotem na dół, Yusuf już na niego czekał.

– Nic dziwnego, że jesteś naszym Mistrzem – powiedział seldżucki asasyn. – Nie mogłeś jej wystrzelić w lepszym momencie. – Zwycięsko promieniał. – Templariusze wycofują się na wszystkich frontach.

24

Kryjówka na Bazarze była wyjątkowo schludna i porządna, zważywszy, że jeszcze niedawno zajmowali ją templariusze.

– Jakieś szkody? – spytał Ezio Yusufa, który wpatrywał się w sufit.

– Żadnych. Bizantyjscy templariusze to kiepscy gospodarze, ale dobrzy lokatorzy. Kiedy już zajmą jakieś miejsce, utrzymują je w nienaruszonym stanie.

– Bo zamierzają w nim zostać na dłużej?

– Właśnie! – Yusuf zatarł ręce. – Musimy wykorzystać nasze małe zwycięstwa i przygotować cię do dalszej walki z naszymi greckimi przyjaciółmi – rzekł. – Pokazałem ci, jak używać niektórych naszych bomb, ale najlepiej będzie, jeśli nauczysz się robić je sam.

– Jest tu może jakiś nauczyciel?

– Oczywiście! Sam mistrz, Piri Reis.

– Piri Reis jest... jednym z nas?

– Można tak powiedzieć. Lubi się wywyższać ponad innych, ale z pewnością nam sprzyja.

– Myślałem, że to kartograf – powiedział Ezio, wspominając mapę Cypru, którą dostał od Ma'Muna.

– Kartograf, żeglarz, pirat, choć ostatnio pnie się szybko po szczeblach osmańskiej marynarki. To wszechstronny człowiek. I zna Stambuł, Konstantiniyye, jak własną kieszeń.

– To dobrze, bo chciałbym zapytać go o coś związanego z miastem, oprócz tego, jak się robi bomby. Kiedy mogę się z nim spotkać?

– Najlepiej od razu. Zresztą nie mamy nic do stracenia. Dobrze się czujesz po tej potyczce? Chciałbyś odpocząć?

– Nie.

– Świetnie! Zaprowadzę cię do niego. Jego pracownia mieści się niedaleko stąd.

Piri Reis – admirał Piri – był właścicielem kilku otwartych komnat na pierwszym piętrze budynku po północnej stronie Wielkiego Bazaru. Wysokie okna rzucały zimne, czyste światło na kilka stołów z mapami, ustawionych równo na tekowej podłodze ciasnej pracowni. Na stołach leżały równie schludnie ułożone mapy – takiego ich nagromadzenia i różnorodności Ezio nigdy jeszcze nie widział. W skupieniu pracowało nad nimi kilku asystentów. Ściany pracowni – zachodnia i południowa – były zawieszone kolejnymi mapami, przypiętymi równo jedna obok drugiej. Obrazu dopełniało pięć dużych globusów, po jednym w każdym rogu pracowni i jeden na środku. Globusy były również nieukończone – świeżo naniesione atramentem rejony ukazywały miejsca ostatnich odkryć.

Zachodnią ścianę pokrywały także szczegółowe rysunki techniczne, sporządzone z wielką wprawą – ale były to, jak Ezio dostrzegł od razu, schematy bomb. Idąc przez komnatę do stołu, przy którym siedział Piri, zdołał przeczytać dość, by zorientować się, że granaty podzielone są na kategorie: Zabójcze, Taktyczne, Dywersyjne i Obudowy Specjalne. Wnęka w ścianie była dość duża, by pomieścić stół warsztatowy, za nim zaś, na półkach, leżały starannie ułożone narzędzia ślusarskie.

Ta pracownia jest przeciwieństwem chaosu, w którym lubił pracować Leonardo, pomyślał Ezio i uśmiechnął się na wspomnienie przyjaciela.

Yusuf i Ezio zastali Piriego pracującego przy dużym stole rysowniczym przy oknach. Sześć czy siedem lat młodszy od Ezia, Piri był opalonym, wysmaganym wiatrem, krzepkim mężczyzną. Spod niebieskiego, jedwabnego turbanu wyzierała zastygła w wyrazie głębokiego skupienia silna twarz o szarych, przenikliwych oczach. Brodę miał bujną, równo przyciętą, ale długą – zasłaniała mu stójkę srebrnej, brokatowej tuniki. Stroju dopełniały luźne niebieskie spodnie i proste, drewniane chodaki.

Zmierzył Ezia oceniającym spojrzeniem. Ezio odwzajemnił się tym samym, kiedy Yusuf ich sobie przedstawiał.

– Jeszcze raz, jak się nazywasz? – spytał Piri.

– Ezio. Ezio Auditore da Firenze.

– Ach, tak. Przez chwilę myślałem, że Yusuf powiedział „Lothario". Zabrzmiało to dla mnie tak samo.

Spojrzał na Ezia, a ten mógłby przysiąc, że w oczach Piriego błysnęły wesołe iskierki. Czyżby wyprzedzała go jego reputacja? Choćby w jednym aspekcie? Pomyślał, że chyba polubi tego człowieka.

– Widziałem twoje dzieła, w każdym razie mapy – zaczął Ezio. – Miałem nawet kopię jednej – Cypru.

– Doprawdy? – odparł żeglarz szorstko. Najwyraźniej nie lubił, kiedy przeszkadzano mu w pracy. A przynajmniej takie chciał zrobić wrażenie.

– Ale dziś przyszedłem prosić cię o radę z innej dziedziny.

– To była dobra mapa, ta Cypru – powiedział Piri, ignorując słowa Ezia. – Ale od tamtej pory ją poprawiłem. Pokaż mi swoją.

Ezio zawahał się.

– Już jej nie mam – wyznał. – Oddałem ją... swojemu przyjacielowi.

Piri podniósł wzrok.

– Bardzo hojny gest – powiedział. – Wiesz, ile warte są moje mapy?

– Wiem. Ale zawdzięczałem temu człowiekowi życie. – Ezio znów się zawahał. – To żeglarz, tak jak ty.

– Hm. Jak się nazywa? Może o nim słyszałem.

– To mameluk. Posługuje się imieniem al-Scarab.

Piri nagle się rozpromienił.

– Ten stary łotr! Cóż, mam nadzieję, że dobrze ją wykorzysta. Przynajmniej ma dość rozumu, żeby z nami nie zaczynać. – Spojrzał na Yusufa. – Yusufie! Czemu tak stoisz? Nie masz nic do roboty? Zabieraj się stąd i zostaw swojego przyjaciela ze mną. Dopilnuję, żeby niczego mu nie zabrakło. Wszyscy przyjaciele al-Scaraba są moimi przyjaciółmi!

Yusuf wyszczerzył zęby w uśmiechu i ruszył do wyjścia.

– Wiedziałem, że przekażę cię w dobre ręce – powiedział.

Kiedy zostali sami, Piri spoważniał.

– Wiem, kim jesteś, Ezio, i domyślam się, po co tu przyszedłeś. Napijesz się czegoś? Mam kawę, jeśli lubisz.

– W końcu się do niej przekonałem.

– Świetnie!

Piri klasnął w dłonie na jednego ze swoich asystentów, który kiwnął głową, zniknął na zapleczu pracowni i wrócił niedługo potem z mosiężną tacą, na której stał dzbanek z wężowym dzióbkiem, maleńkie filiżanki i talerzyk z miękkimi, bursztynowymi słodyczami. Ezio nigdy dotąd takich nie kosztował.

– Pamiętam al-Scaraba ze swoich korsarskich czasów – zaczął Piri. – Walczyliśmy ramię w ramię w obu bitwach pod Lepanto kilkanaście lat temu, pod banderą mojego wuja Kemala. Na pewno o nim słyszałeś.

– Tak.

– Hiszpanie bili się jak tygrysy, ale nie miałem najlepszego zdania o genueńczykach czy wenecjanach. Sam jesteś florentczykiem, prawda?

– Owszem.

– Czyli szczurem lądowym.

– Pochodzę z rodziny bankierów.

– Z pozoru tak! Ale w twojej duszy kryje się coś o wiele szlachetniejszego.

– Jak wiesz, nie mam bankierstwa we krwi, tak jak ty masz żeglarstwo.

Piri zaśmiał się.

– Dobrze powiedziane! – Napił się kawy i skrzywił, kiedy sparzyła go w usta. Potem podniósł się z taboretu, rozprostował ramiona i odłożył pióro. – Dość tych pogaduszek. Widzę, że już zerkasz na moje rysunki. Coś z nich rozumiesz?

– Widzę, że to nie mapy.

– A chodzi ci o mapy?

– Tak i nie. Przede wszystkim chciałbym cię zapytać o coś dotyczącego miasta.

Piri rozłożył ręce.

– Pytaj.

Ezio wyjął z sakiewki przy boku księgę Niccolò Polo, zatytułowaną *Tajemna krucjata*, i pokazał ją Piriemu.

– Interesujące – stwierdził żeglarz. – Oczywiście wiem wszystko o rodzinie Polo. Czytałem książkę Marco. Trochę przesadza, gdyby mnie ktoś pytał.

– Zabrałem to templariuszowi w Masjafie. Yusuf wie o niej i o tym, co ona zawiera.

– W Masjafie? A więc tam byłeś.

– Książka wspomina o pięciu kluczach do biblioteki Altaïra. Jeśli dobrze zrozumiałem, Altaïr powierzył klucze Niccolò, a on przywiózł je i ukrył tutaj.

– I templariusze o tym wiedzą? A zatem to wyścig z czasem.

Ezio kiwnął głową.

– Jeden klucz już znaleźli; był ukryty w piwnicach pałacu Topkapı. Muszę go odzyskać i znaleźć pozostałe cztery.

– A więc gdzie zaczniesz?

– Wiesz, gdzie znajdowała się placówka handlowa Polo?

Piri przyjrzał się Eziowi.

– Mogę ci powiedzieć dokładnie, gdzie była. Podejdź.

Poprowadził go do ściany, na której w prostej, złoconej ramie wisiała duża, niezwykle szczegółowa mapa Konstantynopola. Patrzył na nią przez chwilę, a potem postukał w nią palcem wskazującym.

– Tu. Kawałek na zachód od Hagii Sofii. Niedaleko stąd. A co? Wiąże się jakoś ze sprawą?

– Mam przeczucie, że tak, i muszę to sprawdzić.

Piri znów mu się przyjrzał.

– To cenna książka – powiedział powoli.

– Tak. Bardzo cenna, jeśli się nie mylę.

– Dopilnuj więc, żeby nie wpadła w niepowołane ręce. – Piri przez chwilę milczał i myślał. – Uważaj, kiedy już dotrzesz do dawnej placówki handlowej Polo – rzekł. – Możesz tam znaleźć więcej, niż byś chciał.

– Czy ta uwaga wymaga dodatkowych pytań?

– Jeśli tak, to nie znam na nie odpowiedzi. Proszę cię tylko, żebyś zachował ostrożność.

Ezio zawahał się, zanim zdecydował się zawierzyć Piriemu jeszcze bardziej.

– Moje zadanie zacznie się właśnie tam. Jestem pewien, że ukryta jest tam moja pierwsza wskazówka.

– Możliwe – odparł Piri, niczego nie zdradzając. – Ale pamiętaj o moim ostrzeżeniu.

Potem poweselał i energicznie zatarł ręce, jakby odpędzał w ten sposób demony.

– A skoro załatwiliśmy już tę sprawę, jak jeszcze mogę ci pomóc?

– Na pewno się domyśliłeś. Wypełniam tu misję jako asasyn, być może najważniejszą ze wszystkich, a Yusuf powiedział mi, że jesteś skłonny pokazać mi, jak robi się bomby. Te specjalne, które wymyśliłeś.

– Ach, ten Yusuf i jego długi język. – Piri znów spoważniał. – Nie mogę ryzykować, Ezio. Jestem starszym nawigatorem w marynarce sułtana i to jest moje obecne zadanie – machnięciem ręki wskazał mapy, potem mrugnął. – Bomby to tylko rozrywka. Ale chętnie pomagam prawdziwym przyjaciołom w słusznej sprawie.

– Możesz polegać na mojej dyskrecji. Mam nadzieję, że i ja mogę na twojej.

– Dobrze. Chodź za mną.

To mówiąc, Piri ruszył do przestronnej wnęki w zachodniej ścianie.

– Bomby to tak naprawdę jeden z projektów marynarki – ciągnął. – W czasach wojaczki zacząłem doceniać artylerię i materiały wybuchowe, co dobrze służy asasynom. Daje nam pewną przewagę – pokazał na rysunki techniczne. – Skonstruowałem wiele rodzajów bomb, niektóre pozostają wyłącznie do użytku Bractwa. Jak widzisz, podzielone są na cztery główne kategorie. Sporo kosztują, ale Bractwo zawsze to rozumiało.

– Yusuf mówił, że asasyni mają skromne fundusze.

– Jak większość walczących o słuszną sprawę – odparł Piri. – Ale Yusuf jest zaradny. Rozumiem, że wiesz, jak się tą bronią posługiwać?

– Przeszedłem przyspieszony kurs.

Piri zmierzył Ezia wzrokiem.

– Dobrze. Cóż, jeśli Yusuf obiecał ci, że nauczę cię robić własne bomby, mogę ci to pokazać.

Obszedł stół i wziął leżące na nim dwa dziwne kawałki metalu. Ezio z zaciekawieniem sięgnął po trzeci.

– Nie dotykaj! – ostrzegł Piri. – Jeden niewłaściwy ruch i bum! Nie ma tego budynku.

– Mówisz poważnie?

Piri zaśmiał się.

– Ależ masz minę! Pokażę ci.

Przez następne kilka godzin Piri Reis wtajemniczał Ezia w podstawowe etapy budowy kolejnych typów bomb i wyjaśniał, jakie są do nich potrzebne materiały.

Ezio dowiedział się, że każda bomba czy granat zawierają czarny proch, ale nie wszystkie są przeznaczone do zabijania. Z takimi miał już styczność, kiedy cztery lata wcześniej atakował flotę Cesare Borgii w Walencji. Yusuf pokazał mu, jak używać bomb dywersyjnych, które tworzyły zasłony dymne, huk gromu, odrażający smród i deszcz monet z nieba.

Piri zademonstrował teraz inne rozwiązania. Wśród bomb o zabójczym działaniu były takie, które wykorzystywały miał węglowy, zwiększający siłę wybuchu prochu, oraz bomby szrapnelowe, których odłamki zabijały w dużym zasięgu. Bomby zawierające woreczki z owczą krwią obryzgiwały nią przeciwników, oszukując ich, że zostali ranni, i budząc panikę. Innym typem granatu, przydatnym do opóźniania pościgu, była bomba kotewkowa, która rozrzucała dużą liczbę poskręcanych gwoździ na drodze zbliżającego się wroga. Najbardziej nieprzyjemne były chyba te, które zawierały sproszkowany bieluń albo wilczą jagodę.

– Bieluń i wilcza jagoda to dwa tak zwane wiedźmie ziela, obok mandragory i lulka czarnego – wyjaśnił Piri z kamienną twarzą. – Nie lubię ich używać, chyba że w sytuacji wielkiego niebezpieczeństwa. Kiedy wybuchają pośród wrogów, bieluń wywołuje delirium, uszkodzenie mózgu i śmierć. Jest chyba najgorszy. Wilcza jagoda wydziela trujący gaz, równie zabójczy.

– Templariusze nie zawahaliby się użyć ich przeciwko nam, gdyby mogli.

– To jeden z moralnych paradoksów, z którymi ludzkość będzie się borykać, dopóki nie zbuduje prawdziwej cywilizacji – odparł Piri. – Czy złem jest walka ze złem za pomocą zła? Czy odpowiedź twierdząca nie jest jedynie usprawiedliwieniem czegoś, czego nikt z nas nie powinien tak naprawdę robić?

– Na razie – powiedział Ezio – nie jest nam dana swoboda takich deliberacji.

– Składniki do bomb znajdziesz w różnych miejscach miasta, o których powie ci Yusuf – rzekł Piri. – Miej oczy otwarte i nos przy ziemi, kiedy będziesz wędrował ulicami.

Ezio wstał do wyjścia. Piri wyciągnął do niego ogorzałą rękę.

– Wróć, kiedy tylko będziesz potrzebował jakiejś pomocy.

Ezio uścisnął mu dłoń; nie był zaskoczony siłą uścisku.

– Mam nadzieję, że jeszcze się spotkamy.

– Ha! – odparł Piri z nieodgadnionym uśmiechem. – Nie mam co do tego najmniejszych wątpliwości.

25

Zgodnie z instrukcjami Piriego Reisa Ezio przeszedł przez Bazar, nie zwracając uwagi na natarczywe pokrzykiwania handlarzy, aż znalazł się w dzielnicy na zachód od olbrzymiej bryły Hagii Sofii. Omal nie zgubił się w labiryncie ulic i zaułków, ale w końcu dotarł do miejsca, które – był tego pewny – Piri zaznaczył na swojej mapie.

Księgarnia. A nad drzwiami – weneckie nazwisko.

Wszedł i ku swojemu zaskoczeniu – oraz z trudem powściąganemu zachwytowi – stanął twarzą w twarz z młodą kobietą, którą spotkał podczas podróży statkiem. Przywitała go serdecznie, ale natychmiast zrozumiał, że jest witany jako potencjalny klient. Nie było po niej widać, żeby go rozpoznała.

– *Buon giorno*! *Merhaba*! – przywitała go, automatycznie przechodząc z włoskiego na turecki. – Wejdź, proszę.

Krzątała się wśród stosów książek i obracając się, przewróciła jeden z nich. Ezio od razu stwierdził, że jej księgarnia była przeciwieństwem uporządkowanej pracowni Piriego Reisa.

– Ach! – powiedziała. – Wybacz ten bałagan. Nie zdążyłam posprzątać po podróży.

– Płynęłaś z Rodos, *no*?

Kobieta popatrzyła na Ezia z zaskoczeniem.

– *Sì*. Skąd wiesz?

– Płynęliśmy tym samym statkiem. – Ukłonił się lekko. – Nazywam się Auditore, Ezio.

– Sofia Sartor. Czy my się znamy?

Ezio uśmiechnął się.

– Teraz już tak. Mogę się rozejrzeć?

– *Prego*. Przy okazji, większość najlepszych tomów mam z tyłu.

Pod pretekstem oglądania książek, piętrzących się chaotycznie w labiryncie chwiejnych, drewnianych regałów, Ezio zagłębił się w półmrok księgarni.

– Miło spotkać Włocha w tej dzielnicy – powiedziała Sofia, idąc za nim. – Większość naszych trzyma się dzielnicy weneckiej i Galaty.

– Ciebie też miło spotkać. Myślałem, że wojna Wenecji z imperium osmańskim wypędziła stąd większość Włochów. Przecież skończyła się ledwie siedem czy osiem lat temu.

– Ale Wenecja zachowała kontrolę nad wyspami na Białym Morzu i wszyscy się dogadali – odparła Sofia. – Przynajmniej na jakiś czas.

– Dlatego zostałaś?

Wzruszyła ramionami.

– Mieszkałam tu z rodzicami, kiedy byłam mała. Owszem, gdy wybuchła wojna, wypędzono nas, ale zawsze wiedziałam, że tu wrócę. – Zawahała się. – Skąd jesteś?

– Z Florencji.

– Ach.

– Czy to jakiś problem?

– Nie, nie. Znam kilku bardzo miłych florentczyków.

– Skąd to zaskoczenie?

– Wybacz mi. Jeśli masz jakieś pytania co do książek, pytaj.

– *Grazie.*

– Mam ich jeszcze więcej na dziedzińcu z tyłu, jeśli jesteś zainteresowany. – Zrobiła nieco smutną minę. – Szczerze mówiąc, więcej, niż jestem w stanie sprzedać.

– Co cię zaprowadziło na Rodos?

– Szpitalnicy z Rodos są niespokojni. Wiedzą, że Osmanowie nie porzucili myśli o zawładnięciu wyspą. Uważają, że to tylko kwestia czasu. Phillipe Villiers de l'Isle Adam wyprzedawał część ich biblioteki. Czyli to była wyprawa na zakupy, jeśli można tak powiedzieć. Ale niezbyt udana. Jakich oni żądali cen!

– De l'Isle Adam to dobry Wielki Mistrz i odważny człowiek.

– Znasz go?

– Tylko z reputacji.

Kobieta przyglądała mu się, jak przerzuca książki.

– Posłuchaj, miło się z tobą gawędzi, ale na pewno nie potrzebujesz pomocy? Wydajesz się trochę zagubiony.

Ezio zdecydował się na szczerość.

– Tak naprawdę nie chcę niczego kupić.

– Cóż – odparła Sofia nieco cierpko – niczego nie oddam za darmo, *Messer*.

– Wybacz. Proszę jeszcze o chwilę cierpliwości. Wynagrodzę ci to.

– Jak?

– Pracuję nad tym.

– Cóż, muszę powiedzieć...

Ale Ezio uciszył ją gestem. Odsunął jeden z regałów od ściany zadaszonego dziedzińca. Była grubsza niż pozostałe, widział to, zauważył też pęknięcie, które wcale nie było pęknięciem, lecz zręcznie zamaskowaną framugą drzwi.

– *Dio mio*! – zawołała Sofia. – Kto to zbudował?

– Czy ktoś wcześniej przesuwał te półki?

– Nigdy. Stały tu, zanim jeszcze mój ojciec przejął księgarnię, a przedtem te pomieszczenia stały nieużywane całe lata... dziesiątki lat.

– Rozumiem.

Ezio starł z drzwi kurz i śmieci, które zbierały się tam chyba o wiele dłużej, niż od kilkudziesięciu lat, ale nie znalazł klamki ani żadnego innego sposobu ich otwarcia. Potem przypomniał sobie sekretne drzwi prowadzące do krypty w Monteriggione, fortecy jego wuja, i zaczął szukać ukrytej zapadki. Po chwili drzwi otworzyły się do środka, ukazując prowadzące w dół, w ciemność schody.

– To niewiarygodne! – zdziwiła się Sofia, zaglądając Eziowi przez ramię. Poczuł delikatny zapach jej włosów, jej skóry.

– Za twoim pozwoleniem sprawdzę, dokąd prowadzą – powiedział stanowczo.

– Przyniosę ci jakieś światło.

Wróciła po chwili ze świeczką i krzesiwem.

– Kim ty jesteś, *Messer*? – spytała, patrząc mu w oczy.

– Najbardziej interesującym mężczyzną w twoim życiu.

Uśmiechnęła się prędko.

– Ach! *Presuntuoso*!

– Zostań tu. Nikogo nie wpuszczaj. Wrócę, zanim się zorientujesz.

Zostawił ją i ruszył po stopniach w głąb tunelu prowadzącego pod ziemię.

26

Ezio znalazł się wewnątrz systemu podziemnych cystern. W słabym blasku świecy dostrzegał zarys beczkowatych sklepień, wspartych na rzędach smukłych kolumn o głowicach zdobionych różnymi symbolami, między innymi oczami. Na bazach widniały, nie wiedzieć czemu, odwrócone głowy potwornych gorgon.

Rozpoznał miejsce, do którego musiał trafić – Yerebatan Sarnici, olbrzymi labirynt zbiorników na wodę zbudowany pod Konstantynopolem. Wspominał o nim w swoim dzienniku Niccolò Polo. Tysiąc lat wcześniej zbudował go cesarz Justynian jako system filtrów wody. Świadomość ta jednak nie sprawiała bynajmniej, że podziemia stawały się mniej upiorne. Ezio czuł się przytłoczony ogromem przestrzeni, dorównującej – sądząc po echu – wielkiej katedrze. Przypomniał sobie jednak, że Niccolò Polo w *Tajemnej krucjacie* podał wskazówki, gdzie szukać klucza. Były rozmyślnie niejasne, ale Ezio postanowił spróbować się do nich zastosować. Skoncentrował się, żeby przypomnieć sobie szczegóły.

Należało iść bezgłośnie przez płytką wodę, którą zalana była cysterna; po chwili Eziowi udało się stłumić hałas. Poza tym wszystkie dźwięki, które wydawał, zagłuszały… dobiegające z przodu głosy jakichś ludzi. Najwyraźniej nie pozostawał osamotniony w swoich poszukiwaniach; przypomniał sobie, że zanim zdobył dziennik Polo, znajdował się on przecież w posiadaniu templariuszy.

Zobaczył przed sobą światło. Zgasił świeczkę i podkradł się bliżej. Wkrótce z mroku wyłoniły się przed nim sylwetki dwóch żołnierzy, siedzących przy małym ognisku w ciemnym przejściu. Ezio przysunął się jeszcze o kilka kroków. Znał grekę wystarczająco dobrze, by zrozumieć większość ich rozmowy.

Ten, który akurat mówił, był w złym humorze i nie bał się tego okazać – znajdował się na granicy histerii.

– *Ti distihìa*! – denerwował się. – Co za nieszczęście! Wiesz, jak długo już przeszukujemy tę brudną cysternę?

– Ja jestem tu od paru tygodni – odparł jego cichszy towarzysz.

– To nic! Poczekaj trzynaście miesięcy! Tyle czasu minęło, odkąd nasz Wielki Mistrz znalazł ten przeklęty klucz! – Trochę się uspokoił. – Ale on nie ma pojęcia, co robi. Wie tylko – ton żołnierza zrobił się sarkastyczny – że są „gdzieś w mieście".

Słysząc to, drugi żołnierz wyraźnie się wzburzył; ta perspektywa zdawała się go przytłaczać.

– To wielkie miasto...

– Wiem! Sam mu tak powiedziałem... pod nosem.

Przerwało im pojawienie się sierżanta.

– Do roboty, obiboki! Myślicie, że płacą wam za siedzenie cały dzień na tyłku?

Żołnierze niechętnie wrócili do swoich obowiązków. Ezio poszedł za nimi, mając nadzieję dowiedzieć się czegoś więcej. Do dwóch templariuszy dołączyło kilku kolejnych, podobnie brudnych i niezadowolonych. Ale Ezio musiał uważać – choć zmęczeni i zniechęceni, jego wrogowie byli dobrze wyszkoleni i czujni.

– Petros! – zawołał jeden do drugiego. – Sprawdź, czy mamy wystarczająco pochodni na wykop. Dość mam potykania się po ciemku.

Słysząc słowo „wykop", Ezio nadstawił uszu, ale kiedy znów ruszył do przodu, pochwa jego miecza zazgrzytała o jedną z kolumn, a sklepienia zwielokrotniły i wzmocniły cichy dźwięk.

Mężczyzna o imieniu Petros obejrzał się za siebie.

– Ktoś tu z nami jest! – syknął. – Miejcie oczy otwarte, a ręce pewne!

Żołnierze natychmiast nabrali czujności. Nawoływali się nerwowo przyciszonymi głosami.

– Widzisz coś?

– Przeszukać każdy kąt!

Ezio wycofał się głębiej w cień i czekał cierpliwie, aż przestaną panikować. Jednocześnie zakarbował sobie w głowie, że musi bardziej uważać przy tak doskonałej akustyce.

Żołnierze stopniowo podjęli poszukiwania. Obserwując templariuszy, Ezio zorientował się, że działają bez planu i że dobrze o tym wiedzą. Patrzył jednak dalej w nadziei, że dostrzeże jakąś prawidłowość, i słuchał ich ponurych rozmów.

– Śmierdzi tu.

– A czego się spodziewałeś? To ściek.

– Przydałoby się trochę świeżego powietrza.

– Cierpliwości! Zmienią nas za trzy godziny!

– Ciszej tam! – warknął sierżant, znów podchodząc. – Miejcie uszy otwarte. Bóg jeden wie, czemu wybrali akurat waszą bandę do tak delikatnego zadania!

Ezio ruszył do przodu za żołnierzami, aż trafił na kamienne nabrzeże, na którym przy koksowniku stało dwóch młodszych oficerów. Podsłuchał ich rozmowę.

– Jesteśmy o krok przed asasynami, to na pewno – mówił jeden do drugiego.

– Wielki Mistrz rozkazał się spieszyć. Mogą być bliżej, niż myślimy.

– Musiał mieć swoje powody. Jak w ogóle wyglądają te klucze?

– Jak ten, który znaleźliśmy pod Topkapı.

Drugi porucznik się wzdrygnął.

– Osiem godzin tego paskudztwa. *Apistefto*!

– Zgadzam się. Nigdy w życiu się tak nie nudziłem.

– Klucze muszą niedługo się znaleźć.

– Chyba śnisz.

Pierwszy porucznik nagle szybko się rozejrzał.

– Co to było?

– Pewnie szczur. Bóg mi świadkiem, jest ich tu niemało.

– Wszystkie cienie zdają się ruszać.

– To tylko blask ognia.

– Ktoś tam jest. Czuję to.

– Uważaj, zaczyna ci odbijać.

Ezio przekradł się obok nich, najwolniej jak mógł, choć chciał pobiec szybko, nie śmiał bowiem sprawić, by woda wokół jego łydek choćby się zmarszczyła. W końcu oddalił się znacznie od dwóch oficerów i reszty templariuszy i zagłębił się, obmacując ścianę, w zawilgły korytarz, o wiele niższy i węższy niż kolumnowe sale, które zostawił za sobą. Nie wiedzieć czemu, miał wrażenie, że robi dobrze. Kiedy tylko światło templariuszy przygasło i ich głosy za jego plecami zupełnie ucichły, poczuł się bezpieczny na tyle, by znów zapalić świeczkę. Wyciągnął ją z sakwy wraz z krzesiwem, modląc się, żeby nie upuścić ani jednego, ani drugiego podczas żonglerki krzesania iskry.

W końcu był gotów. Przystanął na chwilę, żeby sprawdzić, czy nikt go nie śledzi, i ruszył dalej korytarzem. Tunel wił się, zakręcał, a czasem, ku konsternacji Ezia, rozwidlał w osobne przejścia. Ezio kilka razy wybrał złą odnogę i trafiał na litą ścianę. Cofał się wtedy i zastanawiał, czy nie jest w jakimś labiryncie. Szedł coraz głębiej w ciemność, modląc się, by zapamiętać drogę powrotną i by księgarka nie zawiodła jego zaufania – aż ujrzał swą nagrodę. Słaby blask w oddali. Słaby jak nocny świetlik, ale wystarczający, by wyznaczyć kierunek.

Ezio szedł korytarzem, aż znalazł się w małej, okrągłej komorze, której sklepienie ginęło w mroku. W regularnych odstępach pod ścianami wmurowano półkolumny. Jedynym dźwiękiem było kapanie wody.

Na środku komory znajdował się niewielki, kamienny postument, na nim zaś leżała złożona mapa. Ezio otworzył ją. Zobaczył przed sobą zdumiewająco dokładny plan Konstantynopola, z wyraźnie zaznaczonym na środku punktem handlowym braci Polo. Mapę dzieliły cztery linie, a każda wydzielona część ukazywała jakiś charakterystyczny punkt miasta. Na marginesach wypisano tytuły czterech ksiąg, każdy z nich umieszczono na jednej ćwiartce mapy. Tytuły wykaligrafowano zielenią, błękitem, czerwienią i czernią.

Ezio starannie złożył mapę z powrotem i schował ją do sakwy. Potem skupił się na tym, co umieszczono na środku postumentu.

Był to rzeźbiony kamienny dysk o średnicy najwyżej czterech cali. Był cienki i zwężał się ku krawędzi; wykonano go z jakiegoś kamienia, być może obsydianu. W samym jego środku widniał idealnie okrągły otwór półcalowej średnicy. Jego powierzchnię pokrywały wzory – niektóre z nich Ezio rozpoznał z kart Kodeksu, znajdującego się w zbiorach jego ojca i wuja: słońce, którego promienie kończyły się wyciągniętymi do świata dłońmi; dziwne człekokształtne istoty nieokreślonej płci, z nienaturalnie dużymi oczyma, ustami, czołami i brzuchami; pismo, które wyglądało jak skomplikowane matematyczne symbole i obliczenia.

Wszystko to jarzyło się wątłym, delikatnym blaskiem.

Ostrożnie, niemal z nabożeństwem, Ezio wziął dysk w ręce. Nie czuł się tak mały, odkąd ostatnio trzymał w dłoniach Jabłko, a wtedy wiedział już przecież, czym było.

Kiedy obrócił dysk w dłoniach, jego blask się wzmógł...

Che sucede? – pomyślał Ezio. – Co się dzieje...?

Blask oślepił go jak promienie słońca. Musiał osłonić oczy przed zalewającym komorę huraganem światła.

27

W jakiś sposób pozostawał zarazem tu i gdzie indziej. Nie miał pewności, czy nie śni albo czy nie zapadł w jakiś trans. Wiedział jednak dokładnie, gdzie jest i w jakim czasie – setki lat przed swoim narodzeniem, pod koniec XII wieku. Przez jego świadomość przemknęła data – rok Pański 1189. Szedł – czy raczej dryfował – przez wirujące chmury i zygzaki nieziemskiego światła, które w końcu rozstąpiły się, ukazując w oddali potężną fortecę. Ezio od razu ją poznał: Masjaf. Chmury zdawały się nieść go bliżej. Słychać było odgłosy zaciętej bitwy. Ezio zobaczył konnych i pieszych sczepionych z sobą w śmiertelnym boju. Potem rozległ się tętent konia nadciągającego pełnym galopem. Młody asasyn, odziany na biało i w zawoju, z furią wtargnął między walczących.

Ezio patrzył – wydawał się przy tym zatracać siebie, swoją osobowość... Działo się coś, co jedynie na poły rozpoznawał, na poły pamiętał; wiadomość z przeszłości, o której nic nie wiedział, a która mimo to zdawała mu się tak znajoma...

Młody mężczyzna w bieli zaszarżował z dobytym mieczem przez bramę w sam środek kotłowaniny. Dwaj zwaliści krzyżowcy mieli właśnie dobić rannego asasyna. Wychylając się z siodła, młodzieniec powalił jednego z nich czystym cięciem, a potem ściągnął końskie wodze i w chmurze kurzu zeskoczył z siodła. Drugi krzyżowiec obrócił się błyskawicznie w jego stronę. W jednej chwili młody człowiek wyciągnął nóż do rzucania i cisnął go zabójczo celnie, tak że ostrze wbiło się mężczyźnie w szyję, tuż pod krawędzią hełmu. Żołnierz opadł na kolana, a potem runął twarzą do przodu.

Młody mężczyzna pobiegł na pomoc towarzyszowi, który leżał na wpół oparty o pień drzewa. Rannemu miecz wyślizgnął się z rąk; asasyn pochylał się do przodu, plecami wsparty o drzewo, i skrzywiony obmacywał kostkę.

– Co ci się stało? – spytał młodzieniec pospiesznie.

– Chyba złamałem nogę w kostce. Przyjechałeś w samą porę.

Młody człowiek schylił się nad towarzyszem i pomógł mu wstać. Jedną ręką obejmując go za ramiona, poprowadził go do ławki pod ścianą kamiennej przybudówki.

Zraniony asasyn popatrzył na niego.

– Jak się nazywasz, bracie?

– Altaïr, syn Umara.

Twarz rannego pojaśniała na dźwięk tego imienia.

– Umar. Dobry człowiek, który odszedł tak, jak żył, z honorem.

Od strony głównej bitwy kuśtykał ku nim trzeci asasyn, zakrwawiony i wyczerpany.

– Altaïrze! – zawołał. – Zdrada! Zdrada! Wróg zajął zamek!

Altaïr Ibn-La'Ahad skończył opatrywać rannego towarzysza.

– Będziesz żył – pocieszył go, poklepując po ramieniu, a potem odwrócił się do nowo przybyłego. Bynajmniej nie patrzyli na siebie przyjaźnie.

– To niedobra wiadomość, Abbasie. Gdzie Al Mualim?

Abbas pokręcił głową.

– Był w środku, kiedy krzyżowcy się przedarli. Teraz mu już nie pomożemy.

Altaïr nie odpowiedział od razu. Spojrzał na zamek, wznoszący się wśród poszarpanych szczytów pół mili dalej. Myślał.

– Altaïrze! – przerwał mu Abbas. – Musimy się wycofać!

Altaïr odwrócił się do niego spokojnie.

– Posłuchaj... Kiedy zamknę bramy zamku, uderz z flanki na oddziały krzyżowców w wiosce i zepchnij je do wąwozu na zachodzie.

– Ta twoja brawura! – warknął Abbas ze złością. – Nie masz szans!

– Abbasie! – odwarknął Altaïr surowo. – Po prostu... nie popełnij błędu.

Wskoczył z powrotem na konia i pojechał w stronę zamku. Jadąc znajomą drogą, z wielkim smutkiem patrzył na mijane obrazy zniszczenia. Wzdłuż traktu wlekli się wieśniacy. Jakaś kobieta obejrzała się za przejeżdżającym Altaïrem.

– Niech klątwa spadnie na tych krzyżowców! Oby polegli od twojego miecza, wszyscy co do jednego!

– Zostaw modły kapłanom, siostro.

Altaïr popędził konia; spowalniały go grupki krzyżowców, plądrujące i gnębiące mieszkańców Masjafu, którzy próbowali odbić wioskę wypadami z oblężonej fortecy. Trzy razy musiał tracić cenny czas i energię, żeby obronić swoich pobratymców przed ponurymi Frankami, którzy mienili się Żołnierzami Chrystusa. Ale słowa wdzięczności i zachęty dźwięczały mu w uszach, kiedy ruszał dalej, i dodawały mu sił.

– Bądź błogosławiony, asasynie!

– Byłam pewna, że mnie zabiją! Dziękuję!

– Zepchnijcie tych krzyżowców z powrotem do morza, raz na zawsze!

W końcu dotarł do bramy. Stała szeroko otwarta. Spojrzawszy w górę, Altaïr zobaczył innego asasyna, który gorączkowo kręcił kołowrotem jakieś sto stóp nad nim. Oddział żołnierzy asasynów stał u podnóża jednej z pobliskich wież.

– Dlaczego brama jest ciągle otwarta?! – zawołał Altaïr.

– Zacięły się oba kołowroty. W zamku roi się od wrogów.

Altaïr spojrzał na dziedziniec i zobaczył biegnącą w jego stronę grupę krzyżowców.

– Utrzymajcie tę pozycję – rozkazał dowódcy.

Schował miecz do pochwy, zeskoczył z siodła i zaczął się wspinać po zewnętrznym murze bramy. Po chwili znalazł się obok towarzysza, który szarpał się z kołowrotami. Pospiesznie wzięli się do pracy. Ich wspólne siły wystarczyły na tyle, by częściowo uwolnić bramę, która osunęła się kilka stóp w dół, z dygotem i jękiem.

– Prawie zrobione – powiedział Altaïr przez zaciśnięte zęby. Jego mięśnie napięły się jak postronki, kiedy wraz z innym asasynem usiłował odblokować zębatki drugiego mechanizmu. W końcu i ten ustąpił, a brama z hukiem opadła na walczących w dole. Asasyni zdołali odskoczyć, ale oddział krzyżowców rozdzielono – część została w zamku, część była teraz odcięta na zewnątrz.

Altaïr zbiegł po kamiennych schodach, prowadzących z wieży bramnej na główny dziedziniec Masjafu. Rozrzucone wszędzie ciała asasynów świadczyły o zaciętych walkach, które dopiero co się rozegrały. Kiedy się rozejrzał po murach i blankach, drzwi Wielkiej Cytadeli otworzyły się i ze środka wyszła grupa ludzi, na widok których aż sapnął. Elitarny oddział pieszych krzyżowców otaczał Mistrza Bractwa – Al Mualima. Starzec był półprzytomny. Brutalnie wlokło go dwóch żołnierzy. Obok nich Altaïr zauważył postać ze sztyletem. Wielkiego, silnego mężczyznę o ciemnych, nieprzeniknionych oczach i z głęboką blizną na brodzie. Rzadkie włosy związał czarną wstążką.

Haras.

Od dawna zastanawiał się, komu tak naprawdę Haras jest lojalny. Jako młody, niedoświadczony asasyn nigdy nie wydawał się zadowolony z rangi, jaką przydzielono mu w Bractwie. Należał do ludzi, którzy zawsze szukają szybkiej ścieżki na szczyt, zamiast awansu za rzeczywiste zasługi. Choć cieszył się reputacją dobrego wojownika, potrafił kupić sobie czyjeś zaufanie, jak kameleon dopasowując swoją osobowość do innych. Najwyraźniej poniosła go ambicja i widząc okazję, zdradziecko sprzymierzył się z krzyżowcami.

– Stój, Altaïrze! – krzyknął. – Jeszcze krok i twój Mistrz zginie!

Słysząc jego głos, Al Mualim zebrał siły i wyprostował się dumnie.

– Zabij tego łajdaka, Altaïrze! – zawołał. – Nie lękam się śmierci!

– Nie wyjdziesz stąd żywy, zdrajco! – zapowiedział Altaïr Harasowi.

Tamten się tylko zaśmiał.

– Nie. Nie rozumiesz. Nie jestem zdrajcą. – Odpiął od pasa i założył hełm, hełm krzyżowców! Znów się roześmiał. – Widzisz? Nie mogłem zdradzić tych, których nigdy nie kochałem!

Ruszył w stronę Altaïra.

– W takim razie jesteś łajdakiem po dwakroć – powiedział asasyn – bo żyłeś w kłamstwie.

Potem wszystko potoczyło się bardzo szybko. Haras dobył miecza i skoczył na Altaïra. W tej samej chwili Al Mualim wyrwał się żołnierzom i z siłą, która zadawała kłam jego wiekowi, odebrał jednemu z nich broń, a potem go nią zabił. Wykorzystując dezorientację Harasa, Altaïr wysunął ukryte ostrze i uderzył na zdrajcę. Ale Haras uskoczył i tchórzliwie ciął mieczem, zanim asasyn odzyskał równowagę. Altaïr przetoczył się po ziemi i szybko zerwał na nogi, bo w sukurs Harasowi biegła już grupa żołnierzy. Kątem oka zobaczył, że Al Mualim walczy z inną bandą.

– Zabić drania! – ryknął Haras, usuwając się w tył.

Altaïr poczuł smak furii. Rzucił się naprzód i poderżnął gardła dwóm krzyżowcom. Pozostali wycofali się w strachu, zostawiając Harasa samego, zamarłego z przerażenia. Altaïr zapędził go w kąt u zbiegu dwóch ścian. Musiał szybko zakończyć sprawę, żeby przyjść z pomocą Mistrzowi.

Haras, dostrzegając jego chwilowe zmieszanie, zadał szybki cios, którym rozciął Altaïrowi tunikę. Altaïr odpowiedział atakiem i wbił ukryte ostrze prosto w podstawę szyi wroga, tuż nad mostkiem. Ze zduszonym krzykiem zdrajca runął na ścianę. Asasyn stanął nad powalonym.

Haras podniósł wzrok na zasłaniającą słońce postać.

– Za dużo wiary pokładasz w sercach ludzi, Altaïrze – powiedział z trudem, bo w piersi bulgotała mu krew. – To templariusze znają prawdę. Ludzie są słabi, prymitywni i małostkowi.

Nie zdawał sobie sprawy, że opisuje samego siebie.

– Nie, Harasie. Nasze Credo dowodzi czegoś przeciwnego. Spróbuj do niego powrócić, nawet teraz, w swojej ostatniej godzinie. Błagam cię, odkup swoje winy.

– Przekonasz się, Altaïrze. I to na własnej skórze.

Haras mimo to zamilkł na krótką chwilę w namyśle; choć światło w jego oczach gasło, wciąż usiłował coś powiedzieć.

– Może nie jestem dość mądry, by to pojąć, ale sądzę, że twoje przekonania są błędne. Mam przynajmniej dość rozumu, żeby nie wierzyć w takie bzdury.

Jego oczy zrobiły się marmurowe, ciało opadło w bok, a z ust wyrwał się przeciągły, chrapliwy ostatni oddech.

Wątpliwość, którą Haras zasiał w umyśle Altaïra, nie od razu zapuściła korzenie. Wciąż miał za dużo do zrobienia, by tracić czas na rozmyślania. Młodzieniec odwrócił się i dołączył do swojego Mistrza. Walczyli ramię w ramię, aż wszyscy krzyżowcy legli w krwawym kurzu bądź pierzchli.

Szala bitwy przechyliła się na stronę asasynów. Armia krzyżowców wycofywała się z zamku, choć bitwa pod jego murami trwała dalej. Wkrótce przybyli posłańcy z wieściami, które to potwierdziły.

Odzyskując siły po ciężkich przejściach, Altaïr i Al Mualim przystanęli na chwilę, by odpocząć pod drzewem obok bramy Wielkiej Cytadeli.

– Ten człowiek, ten łajdak Haras, dałeś mu ostatnią szansę uratowania swojej godności, dostrzeżenia swojego błędu. Dlaczego?

Altaïr poczuł się zaszczycony tym, że Mistrz pyta go o zdanie.

– Nikt nie powinien odchodzić z tego świata bez szansy odkupienia – odparł.

– Ale on odrzucił to, co mu oferowałeś.

Altaïr wzruszył ramionami.

– Miał takie prawo.

Al Mualim przez chwilę przyglądał mu się uważnie, potem uśmiechnął się i skinął głową. Razem ruszyli w stronę bramy zamku.

– Altaïrze – zaczął Mistrz. – Patrzyłem, jak szybko wyrastasz z chłopca na mężczyznę, i muszę powiedzieć, że napełnia mnie to tyleż dumą, co smutkiem. Ale jedno jest pewne: wchodzisz w rolę Umara, jakby była stworzona właśnie dla ciebie.

Altaïr podniósł głowę.

– Nie znałem go jako ojca. Tylko jako asasyna.

Al Mualim położył mu dłoń na ramieniu.

– Ty też urodziłeś się w tym Zgromadzeniu, w tym Bractwie. – Przerwał. – Czy zdarzają ci się chwile, że... żałujesz?

– Mistrzu, jak mogę żałować jedynego życia, jakie znam?

Al Mualim pokiwał mądrze głową. Podniósł wzrok i dał znak asasynowi, który przycupnął wysoko na szczycie muru.

– Z czasem być może znajdziesz inną drogę, Altaïrze. A kiedy ta chwila nadejdzie, decyzja, którą ścieżkę wybrać, będzie należała wyłącznie do ciebie.

W odpowiedzi na sygnał Al Mualima ludzie na murze zaczęli znów podnosić bramę zamku.

– Chodź, chłopcze – powiedział starzec. – Szykuj broń. Ta bitwa nie jest jeszcze wygrana.

Razem ruszyli przez otwartą bramę ku jasnemu słońcu.

Ku jasnemu słońcu, białemu światłu tak silnemu, tak wszechobecnemu, że oślepiło Ezia. Zamrugał oczami, żeby pozbyć się wielokolorowych powidoków, i pokręcił energicznie głową, pragnąc uciec od wizji, która go pochłonęła. Zacisnął mocno powieki. Kiedy je otworzył, jego tętno zaczęło wracać do normy. Znów był w podziemnej komnacie, oświetlonej słabym blaskiem świecy. Zobaczył, że cały czas trzyma w dłoni kamienny dysk, ale teraz nie miał już żadnych wątpliwości, czym jest.

Znalazł pierwszy klucz.

Spojrzał na świecę. Zdawało mu się, że nie było go bardzo długo, ale płomień palił się równo i zużył niewiele łoju.

Ezio schował klucz razem z mapą w sakwie i ruszył w drogę powrotną, na światło dnia, do Sofii.

28

Sofia odłożyła pospiesznie książkę, którą próbowała czytać, i podbiegła do niego, prawie rzucając mu się na szyję.

– Ezio! *Salve*! Wydawało mi się, że nie ma cię całe wieki!

– Mnie też – odparł Ezio.

– Znalazłeś coś?

– Owszem. Coś, co może cię zainteresować.

Podeszli do dużego stołu. Sofia sprzątnęła z niego książki, a Ezio wydobył zdobytą mapę i rozłożył ją.

– *Dio Mio*, jaka piękna! – zawołała księgarka. – I popatrz, tu jest moja księgarnia. Na samym środku.

– Tak. Znajduje się w bardzo ważnym miejscu. Ale spójrz na marginesy.

Sofia wyjęła okulary i schyliwszy się, uważnie odcyfrowała tytuły książek.

– To rzadkie tomy. Co znaczą symbole, które je otaczają?

– Tego mam nadzieję się dowiedzieć.

– Niektóre z tych ksiąg są naprawdę bardzo rzadkie. A kilku z nich nie widziano od ponad tysiąca lat. Muszą być warte fortunę!

– Twoja księgarnia znajduje się w miejscu placówki handlowej, którą prowadzili kiedyś bracia Polo, Niccolò i Maffeo. Niccolò ukrył te księgi gdzieś w mieście. Ta mapa powinna nam podpowiedzieć gdzie, jeśli tylko dowiemy się, jak ją interpretować.

Sofia zdjęła powoli okulary i spojrzała na Ezia wyraźnie zaintrygowana.

– Hm. Zaczynasz mnie interesować. Troszkę.

Ezio uśmiechnął się i nachylił nad mapą.

– Z tego co widzę, z tych dwunastu tytułów muszę znaleźć trzy pierwsze.

– A co z pozostałymi?

– Zobaczymy. To mogą być fałszywe tropy. Ale jestem przekonany, że to na tych trzech muszę się skupić. Mogą zawierać wskazówki o położeniu pozostałych.

Wyjął z sakwy okrągły kamień. Sofia znów nałożyła okulary i przyjrzała mu się. Potem cofnęła się, kręcąc głową.

– *Molto curioso.*

– To klucz do biblioteki.

– Nie wygląda jak klucz.

– To bardzo wyjątkowa biblioteka. Jeden podobny został już znaleziony pod pałacem Topkapı. Ale, z boską pomocą, wciąż jest czas na odszukanie pozostałych.

– Został znaleziony? Przez kogo?

– Przez ludzi, którzy nie czytają.

Sofia uśmiechnęła się szeroko, ale Ezio nie żartował.

– Sofio, myślisz, że mogłabyś spróbować odcyfrować tę mapę? Pomóc mi znaleźć te księgi?

Księgarka jeszcze przez kilka chwil w milczeniu przyglądała się mapie. Potem wyprostowała się i spojrzała na Ezia z uśmiechem i błyskiem w oku.

– Mam tu mnóstwo encyklopedii i słowników. Przy ich pomocy chyba dam radę rozwikłać tę tajemnicę. Ale pod jednym warunkiem.

– Tak?

– Będę mogła pożyczyć te księgi, kiedy je znajdziesz?

Ezio zrobił rozbawioną minę.

– Myślę, że jakoś się dogadamy.

Wyszedł. Sofia zamknęła księgarnię na cały dzień. Wróciła do stołu z paroma tomami z pobliskich półek oraz papierem do notowania i ołówkami, przysunęła sobie krzesło i zabrała się z werwą za odcyfrowywanie mapy.

29

Następnego dnia Ezio spotkał się z Yusufem niedaleko Hipodromu, w południowo-wschodniej części półwyspu. Zastał go naradzającego się z grupą młodszych towarzyszy nad jakąś mapą. Przybycie Ezia przerwało rozmowę. Yusuf złożył mapę.

– Witaj, Mistrzu – powiedział. – O ile się nie mylę, mam dla ciebie miłą niespodziankę. A jeżeli jutro o tej porze nie będę martwy, wymienimy się niezłymi opowieściami.

– A jest szansa, że będziesz?

– Doszły nas słuchy o nowym planie Bizantyjczyków. Skoro młody książę Sulejman wrócił z hadżdżu, planują infiltrować pałac Topkapı. Postanowili zacząć to robić dziś wieczorem.

– Co jest tak wyjątkowego w dzisiejszym wieczorze?

– W pałacu jest uczta z okazji wystawy obrazów malarzy, takich jak bracia Bellini, a także artystów seldżuckich. Będzie też muzyka.

– Jaki mamy plan?

Yusuf popatrzył na Ezia ponuro.

– Bracie, to nie twoja walka. Nie ma potrzeby, żebyś wikłał się w sprawy Osmanów.

– Interesuje mnie Topkapı. Templariusze znaleźli pod

pałacem jeden z kluczy do biblioteki Altaïra i chciałbym wiedzieć jak.

– Ezio, planujemy ochraniać księcia, a nie przesłuchiwać go.

– Zaufaj mi, Yusufie. Pokaż mi tylko, dokąd mam iść.

Yusuf nie wyglądał na przekonanego.

– Spotykamy się pod główną bramą pałacu. Planujemy przebrać się za muzyków i wejść do środka razem z prawdziwymi grajkami – powiedział.

– Tam się spotkamy.

– Będziesz potrzebował przebrania. I instrumentu.

– Grałem kiedyś na lutni.

– Zobaczymy, co da się zrobić. I lepiej poślemy cię z włoskimi muzykantami. Nie przypominasz Turka na tyle, by uchodzić za jednego z nas.

O zmierzchu Ezio, Yusuf i jego doborowa drużyna asasynów, wszyscy w ceremonialnych strojach, zebrali się pod główną bramą.

– Podoba ci się twoje przebranie? – spytał Yusuf.

– Może być. Ale rękawy są ciasno skrojone, nie ma pod nimi miejsca na żadną ukrytą broń.

– Nie da się grać na lutni, mając luźne rękawy. A jesteś przecież lutnistą.

– To prawda.

– Zresztą my jesteśmy uzbrojeni. Wypatruj celów i zostaw nam ich likwidację. Oto twój instrument.

Yusuf wziął od swoich ludzi dobrej jakości lutnię i podał ją Eziowi, który z wahaniem szarpnął struny.

– Na Allaha, będziesz musiał się bardziej postarać! – powiedział Turek.

– Dawno nie grałem.

– Na pewno umiesz?

– Nauczyłem się kilku akordów, kiedy byłem młody.

– A byłeś kiedyś młody?

– Dawno temu.

Yusuf obciągnął własny kostium z zielono-żółtej satyny.

– Czuję się w tym idiotycznie. Wyglądam idiotycznie!

– Wyglądasz jak wszyscy inni muzycy i to jest najważniejsze. Chodźmy, orkiestra się zbiera.

Przeszli do grupy Włochów, którzy kręcili się, czekając na wejście do pałacu. Yusuf i jego ludzie byli wyposażeni jak tureccy muzykanci – w tamburyny, oudy, kanuny i kudümy, na których potrafili jako tako grać. Ezio patrzył, jak zostają wpuszczeni bocznym wejściem.

Odkrył, że dobrze się czuje wśród rodaków. Włączył się w niezobowiązującą rozmowę.

– Jesteś z Florencji? Witaj! To powinien być dobry występ – powiedział jeden.

– To ma być dobry występ? – wtrącił się wiolista. – Powinieneś zagrać we Francji! Grają tam wszyscy najlepsi. Byłem tam niecałe pół roku temu i słyszałem *Qui habitat* Josquina. To najpiękniejszy chorał, jakiego w życiu słuchałem. Znasz jego dzieła?

– Nie są mi obce.

– Josquin... – powiedział pierwszy muzyk, puzonista. – Tak, to prawdziwy skarb. Z pewnością w Italii nie ma nikogo, kto by mu dorównywał talentem.

– Nasz czas jeszcze przyjdzie.

– Widzę, że jesteś lutnistą – powiedział mężczyzna z gitarą. – Ostatnio eksperymentowałem z alternatywnymi strojeniami. To świetny sposób, żeby odzyskać natchnienie. Na przykład czwartą strunę stroiłem w małej tercji – dzięki temu uzyskałem bardzo majestatyczne brzmienie. Przy okazji, masz jakieś zapasowe struny? W tym miesiącu zerwałem już z sześć.

– Muzyka Josquina jest dla mnie zbyt eksperymentalna – oznajmił cytrzysta. – Mówię wam, polifonia się nigdy nie przyjmie.

– Przypomnij mi – ciągnął gitarzysta, ignorując słowa kolegi. – Chciałbym nauczyć się paru wschodnich strojeń, zanim wyjedziemy.

– Dobry pomysł. Muszę powiedzieć, że świetnie się tu pracuje. Ludzie są bardzo mili. Nie tak jak w Weronie. Nie da się tam przejść przez ulicę, żeby cię nie okradli – powiedział muzyk z szałamają.

– Kiedy zaczynamy? – spytał Ezio.

– Już niedługo – odparł cytrzysta. – Patrz, właśnie otwierają bramę.

Wiolista na próbę szarpnął struny swojego instrumentu i zrobił zadowoloną minę.

– To wspaniały dzień na występ, nie sądzisz?

– Taką mam nadzieję – odrzekł Ezio.

Podeszli do bramy, gdzie osmańscy urzędnicy przepuszczali ludzi.

Niefortunnie, kiedy przyszła kolej Ezia, jeden z nich go zatrzymał.

– Zagraj nam coś – powiedział. – Lubię lutnię.

Ezio patrzył bezradnie, jak pozostali muzycy przechodzą obok niego.

– *Perdonate, buon signore*, ale jestem częścią orkiestry, która ma grać dla księcia Sulejmana.

– Każdy stary *gerzek* może nosić instrument, a my nie pamiętamy, żebyś należał do tego zespołu. Dlatego zagraj nam coś.

Ezio wziął głęboki oddech i zaczął grać prostą ballatę, której uczył się, kiedy jego rodzina wciąż mieszkała w *palazzo* we Florencji. Brzdąkał okropnie.

– Wybacz mi, ale to straszne! – powiedział urzędnik. – A może to jakaś nowa, eksperymentalna muzyka?

– Równie dobrze mógłbyś grać na tarce do prania ze strunami, tak hałasujesz – stwierdził inny z rozbawieniem, podchodząc.

– Brzmiało to jak zdychający kocur.

– Nie mogę pracować w takich warunkach! – oznajmił Ezio wyniośle. – Dajcie mi szansę się rozgrzać.

– Dobrze! Ale przy okazji nastrój lutnię.

Ezio zmusił się do koncentracji i spróbował jeszcze raz. Po początkowych kilku wpadkach tym razem udało mu się znośnie odegrać prosty, stary kawałek Landiniego. Zabrzmiało to całkiem poruszająco, zwłaszcza końcówka, i osmańscy urzędnicy zabili mu brawo.

– *Pekala* – powiedział ten, który go zaczepił jako pierwszy. – Wchodź więc i męcz gości swoim hałasem.

Za bramą Ezio znalazł się w wielkim tłumie gości. Przestronny, marmurowy dziedziniec, częściowo zadaszony na kształt atrium, migotał światłem i kolorami pod tamaryszkami. Między gośćmi przeciskali się słudzy z tacami pełnymi słodyczy i odświeżających napojów. Obecnych było wielu osmańskich szlachciców, a także dyplomaci, słynni artyści i ludzie interesu z Italii, Serbii, Peloponezu, Persji i Armenii. W tak wyrafinowanym zgromadzeniu trudno było wypatrzeć bizantyjskich szpiegów.

Ezio uznał, że najlepiej będzie dołączyć do włoskiej trupy muzyków, z którymi rozmawiał, ale nie spieszył się; badał okolicę.

Strażnicy byli jednak bardzo czujni i po chwili jeden z nich go zaczepił.

– Wybacz, panie, zgubiłeś się?

– Nie.

– Jesteś muzykiem? Chyba płacą wam za granie, a nie za kręcenie się między gośćmi!

Ezio był wściekły, ale musiał powściągnąć gniew, żeby się nie zdemaskować. Na szczęście dla niego uratowała go grupa bogato odzianych miejscowych, czterech smukłych mężczyzn i cztery kobiety o zapierającej dech w piersiach urodzie.

– Zagraj nam coś – rozkazali, otaczając go kręgiem.

Ezio znów zagrał Landiniego, przypominając sobie inne utwory tego kompozytora i modląc się w duchu, by jego publiczność nie uznała ich za zbyt staroświeckie. Ale słuchacze byli jak w transie. Kiedy nabrał pewności siebie, z radością zauważył, że poprawiły się też jego umiejętności. Ośmielił się nawet trochę poimprowizować. I zaśpiewać.

– *Pek güzel* – skomentował jeden z mężczyzn, kiedy Ezio skończył.

– W istocie bardzo pięknie – zgodziła się jego partnerka, w której ciemnoniebieskich oczach Ezio chętnie by się zatracił.

– Hm. Technika mogłaby być nieco lepsza – skomentował drugi mężczyzna.

– Och, Muradzie, taki z ciebie purysta. Pomyśl o ekspresji! To najważniejsze.

– Gra prawie tak dobrze, jak się ubiera – powiedziała druga kobieta, mierząc Ezia wzrokiem.

– Dźwięki piękne jak szum deszczu – pochwaliła go trzecia.

– Rzeczywiście, włoska lutnia brzmi tak samo pięknie jak nasz oud – ustąpił Murad, odciągając swoją partnerkę od Ezia. – Teraz jednak musimy już iść.

– *Tesekkür ederim, efendim* – zaćwierkały kobiety, odchodząc.

Ezio, potwierdziwszy swoją tożsamość, od tej pory nie był już zaczepiany przez strażników i mógł nawiązać kontakt z Yusufem i jego ludźmi.

– Genialnie, Mistrzu! – powiedział Yusuf. – Jednak lepiej, żeby nikt nie widział, jak z nami rozmawiasz, bo będzie to podejrzane. Postaraj się przedostać na drugi dziedziniec, wewnętrzny, o tędy. Tam do ciebie dołączę.

– Dobry pomysł – zgodził się Ezio. – Ale czego możemy się tam spodziewać?

– Wewnętrznego kręgu. Świty księcia. Oraz, jeśli się nam poszczęści, samego Sulejmana. Ale bądź czujny, Mistrzu. Tam może czekać nas także niebezpieczeństwo.

30

Na drugim dziedzińcu było znacznie ciszej, ale ozdoby, jedzenie i napoje oraz jakość muzyki i obrazów były wykwintniejsze.

Ezio i Yusuf, trzymający się z tyłu, przyglądali się gościom.

– Nie widzę księcia Sulejmana – powiedział Yusuf.

– Zaczekaj! – ostrzegł Ezio.

Orkiestra zagrała fanfary i goście odwrócili się z wyczekiwaniem w stronę wrót na środku ściany w głębi dziedzińca, obwieszonej kosztownymi tapiseriami. Przed nią na ziemi leżały drogie, jedwabne isfahańskie dywany. Chwilę później z przejścia wyszła grupa ludzi, podążająca za dwoma mężczyznami idącymi na przedzie. Mieli na sobie białe, jedwabne stroje, a w turbanach szpile – jeden z brylantami, drugi ze szmaragdami. Spojrzenie Ezia spoczęło na młodszym z nich; rozpoznawszy go, rozdziawił usta.

– Kim jest ten młody? – spytał swojego towarzysza.

– To książę Sulejman – odparł Yusuf. – Wnuk sułtana Bajezida, namiestnik Kefe. A ma dopiero siedemnaście lat.

Ezia to rozbawiło.

– Poznałem go na statku, kiedy tu płynąłem. Mnie powiedział, że jest uczniem.

– Słyszałem, że lubi podróżować incognito. To także środek bezpieczeństwa. Wracał ze swojego hadżdżu.

– A ten drugi? Ten ze szmaragdami w turbanie?

– To jego wuj, książę Ahmet. Ulubiony syn sułtana. Szykuje się do objęcia tronu.

Dwaj książęta zatrzymali się i przedstawiono im wybranych gości. Potem przyjęli po szklanicy rubinowego napoju.

– Wino? – spytał Ezio.

– Sok żurawinowy.

– *Serefe! Sagliginiza!* – powiedział Ahmet, podnosząc głos wraz ze szklanicą w toaście na cześć przybyłych.

Po toastach Yusuf i Ezio dalej bacznie przyglądali się, jak atmosfera wśród gości i gospodarzy rozluźnia się, choć kiedy Sulejman wmieszał się w tłum, jego strażnicy wciąż dyskretnie go pilnowali. Byli wysocy i żaden z nich nie wyglądał na Turka. Nosili charakterystyczne białe szaty, a na głowach wysokie, spiczaste czapki, przypominające nakrycia głów derwiszy. Wszyscy mieli wąsy, żaden nie był ani gładko wygolony, ani brodaty. Ezio znał zwyczaje Osmanów na tyle, by wiedzieć, że to oznacza status niewolnika. Czy to była prywatna ochrona?

Nagle Yusuf złapał Ezia za ramię.

– Patrz! Tamten człowiek!

Chudy, blady, młody mężczyzna o rzadkich, jasnych włosach i ciemnych, pozbawionych wyrazu oczach przysunął się blisko do Sulejmana. Był kosztownie odziany i mógł być bogatym serbskim handlarzem broni – tak czy inaczej, kimś dość wpływowym, by znaleźć się wśród gości zaproszonych na drugi dziedziniec. Ezio szybko rozejrzał się w tłumie i wypatrzył jeszcze czterech elegancko ubranych ludzi, nie-Turków, sądząc z wyglądu, którzy wzajemnie się asekurowali i dawali sobie dyskretne sygnały.

Zanim on czy Yusuf zdążyli zareagować, suchy młodzieniec, stojący już obok Sulejmana, ze zdumiewającą prędkością wyciągnął cienką, zakrzywioną dżambiję i zamachnął się nią, celując w pierś księcia. W tej samej chwili zauważył go najbliżej stojący strażnik i skoczył pod ostrze.

Natychmiast wybuchł chaos i zamieszanie. Żołnierze biegnący na pomoc księciu i powalonemu towarzyszowi roztrącali bezceremonialnie gości, a pięciu niedoszłych zabójców próbowało uciec przez tłum kłębiący się w panice i wzburzeniu. Skrytobójca znikł, ale strażnicy rozpoznali jego towarzyszy i rzucili się za nimi w pościg. Bizantyjscy spiskowcy wykorzystywali zdezorientowanych gości jako przeszkody między sobą a swoimi prześladowcami. Zatrzaśnięto wszystkie wyjścia, ale zamachowcy próbowali wspiąć się na mury dziedzińca. W zamieszaniu książę Ahmet zniknął, a książę Sulejman został sam. Ezio zobaczył, że chłopak wyciągnął mały sztylet, ale zachował spokój i nie uciekał.

– Ezio! – syknął nagle Yusuf. – Patrz!

Ezio spojrzał we wskazanym przez niego kierunku i zobaczył, że chudzielec wrócił. Wyłonił się spomiędzy ludzi za księciem i szedł w jego stronę z uniesioną bronią.

Ezio był o wiele bliżej niż Yusuf i zrozumiał, że tylko on zdąży uratować księcia. Ale sam nie miał broni! Spojrzał na lutnię, którą trzymał w rękach; podjął decyzję i z westchnieniem żalu roztrzaskał ją o pobliską kolumnę.

Instrument połamał się, a w ręku Ezia pozostał ostry kawałek świerkowego drewna. W jednej chwili skoczył do przodu, złapał Bizantyjczyka za kościsty nadgarstek i szarpnął w tył, a potem, kiedy tamten zamachnął się do ciosu, wbił mu odłamek na cztery cale w lewe oko. Bizantyjczyk stanął jak skamieniały, a potem dżambija ze stukotem wypadła mu z dłoni na marmurową podłogę. On sam osunął się na ziemię tuż za nią.

Tłum umilkł i otoczył Ezia oraz Sulejmana kręgiem, zachowując stosowną odległość. Strażnicy próbowali interweniować, ale Sulejman powstrzymał ich gestem.

Książę schował własny sztylet i cicho westchnął. Potem postąpił krok ku Eziowi – ze strony księcia było to wyraźne uczynienie zaszczytu i tłum aż wstrzymał oddech.

– Dobrze cię znów widzieć, *mio bel menestrello*. Dobrze to powiedziałem?

– Mój przystojny minstrelu. Bardzo dobrze.

– Szkoda twojej lutni. To o wiele piękniejszy instrument niż miecz.

– Masz rację, ale nie ratuje życia.

– Można by się z tym spierać.

– Być może. W innych okolicznościach. – Obaj mężczyźni wymienili uśmiechy. – Podobno oprócz bycia księciem jesteś też namiestnikiem. Jest coś, czego nie robisz?

– Nie rozmawiam z nieznajomymi. – Sulejman ukłonił się nieznacznie samą głową. – Jestem Sulejman Osman.

– Auditore, Ezio. – Ezio również się ukłonił.

Wtedy podszedł jeden z odzianych na biało strażników. Sierżant.

– Wybacz, mój książę. Na rozkaz twego wuja musimy uzyskać twoje zapewnienie, że jesteś cały i zdrowy.

– Gdzie on jest?

– Czeka na ciebie.

Sulejman zmierzył strażnika zimnym wzrokiem.

– Powiedzcie mu, że dzięki temu człowiekowi nie zostałem ranny. Ale nie dzięki wam! Wam! Janczarom! Elitarna straż, a zawodzicie mnie, księcia królewskiego rodu. Gdzie wasz kapitan?

– Tarik Barleti wyjechał, załatwia pewne sprawy.

– Załatwia sprawy? Naprawdę chcecie zrobić z siebie takich amatorów w oczach tego nieznajomego?

Sulejman wyprostował się, a strażnik, umięśniony olbrzym, który musiał ważyć co najmniej trzysta funtów, zadrżał przed nim.

– Zabrać ciało i odesłać gości do domu. A potem wezwać Tarika do Dywanu!

Janczar odbiegł w pośpiechu, a Sulejman zwrócił się do Ezia:

– Co za wstyd. Janczarzy to ochrona sułtana.

– Ale nie jego rodziny?

– W tym wypadku na to wygląda. – Sulejman przerwał i przyjrzał się Eziowi badawczo. – Nie chciałbym zabierać ci czasu, ale pragnąłbym poznać twoją opinię na pewien temat. Ważny temat.

Yusuf dawał Eziowi znaki spośród rozchodzącego się tłumu.

– Pozwól tylko, że zdejmę to przebranie – odparł Ezio, dyskretnie kiwając głową przyjacielowi.

– Dobrze. I tak muszę najpierw coś załatwić. Spotkajmy się pod Dywanem, kiedy będziesz gotów. Moi słudzy cię odprowadzą.

Książę klasnął w dłonie i opuścił pałac tą samą drogą, którą wszedł.

– To był dopiero występ – powiedział Yusuf, kiedy wychodzili z pałacu w towarzystwie dwóch osobistych sług Sulejmana. – Zapewniłeś nam przedstawienie, o którym nawet nie śniliśmy.

– To przedstawienie – przypomniał mu Ezio – jest moje.

31

Sulejman już czekał, kiedy niedługo później Ezio dołączył do niego pod pałacowym Dywanem, komnatą rady. Młodzieniec wyglądał na skoncentrowanego i czujnego.

– Umówiłem spotkanie z moim wujem, księciem Ahmetem, i kapitanem Tarikiem Barletim – oznajmił bez wstępów. – Najpierw muszę ci coś wyjaśnić. Janczarzy są lojalni mojemu dziadkowi, ale gniewa ich jego wybór następcy tronu.

– Ahmeta.

– Tak jest. Janczarzy wolą mojego ojca, Selima.

– Hm – mruknął Ezio z namysłem. – Znalazłeś się w ciężkim położeniu. Ale powiedz mi, co w tym wszystkim robią Bizantyjczycy?

Sulejman pokręcił głową.

– Miałem nadzieję, że ty mi to powiesz. Jesteś skłonny pomóc mi się tego dowiedzieć?

– Sam ich śledzę. Dopóki nasze interesy nie są sprzeczne, pomaganie ci będzie dla mnie zaszczytem.

Sulejman uśmiechnął się enigmatycznie.

– A więc muszę brać, co dają. – Przerwał. – Posłuchaj. Na szczycie wieży, którą tam widzisz, jest klapa. Idź tam i otwórz ją. Zobaczysz i usłyszysz wszystko, o czym będzie się rozmawiało w Dywanie.

Ezio kiwnął głową i natychmiast ruszył, a Sulejman odwrócił się i wszedł do Dywanu.

Kiedy Ezio dotarł do swojego punktu obserwacyjnego, dyskusja w sali rady, mieszczącej się pod nim, już się zaczęła i zdążyła nabrać rumieńców. Trzech rozmawiających mężczyzn siedziało wokół podłużnego stołu przykrytego bergamskimi kobiercami. Za stołem na ścianie wisiała tapiseria przedstawiająca Bajezida w otoczeniu synów.

Ahmet, energiczny mężczyzna po czterdziestce, o krótkich, ciemnobrązowych włosach i pełnej brodzie, teraz z gołą głową i w bogatych, zielono-czerwono-białych szatach, wygłaszał właśnie tyradę.

– Popieram mojego bratanka, Tariku. Twoja niekompetencja zakrawa o zdradę. Pomyśleć tylko, że twoich janczarów przyćmił dzisiaj włoski lutnista! To niedopuszczalne!

Tarik Barleti, z dolną połową bliznowatej twarzy, ukrytą w siwej brodzie, miał ponurą minę.

– To niewybaczalna porażka, *efendim*. Zarządzę dokładne dochodzenie.

Sulejman mu przerwał.

– To ja pokieruję dochodzeniem, Tariku. Z powodów, które powinny być oczywiste.

Barleti krótko kiwnął głową.

– *Evet, Shehzadem*. Widać, że posiadłeś mądrość swojego ojca.

Ahmet rzucił kapitanowi wściekłe spojrzenie.

– A także jego niecierpliwość – odparował Sulejman i odwrócił się do swojego wuja. – *Shehzad* Ahmedzie – powiedział oficjalnym tonem – cieszy mnie, że przynajmniej ty jesteś bezpieczny.

– Nawzajem, Sulejmanie. Niech Bóg cię chroni.

Sulejman, Ezio to widział, rozgrywał jakąś długofalową grę. Młody książę wstał i wezwał sługi.

– Teraz was opuszczę – oznajmił. – Niedługo sporządzę swój raport na temat tego haniebnego incydentu, możecie być pewni.

Otoczony przez swoją świtę i strażników wyszedł z Dywanu. Tarik Barleti zamierzał wyjść za nim, ale książę Ahmet go zatrzymał.

– Tarik *bey*, można na słówko?

Żołnierz odwrócił się. Ahmet gestem kazał mu podejść bliżej.

Jego ton pozostawał serdeczny; Ezio musiał wytężyć słuch, by wychwycić słowa.

– Zastanawiam się, jaki był cel tego ataku? Ukazać moją słabość? Zrobić ze mnie nieskutecznego zarządcę miasta? – Przerwał. – Jeśli to był twój plan, drogi kapitanie, jeśli przyłożyłeś rękę do tego bałaganu, popełniłeś wielki błąd! Mój ojciec wybrał mnie na nowego sułtana, nie mojego brata!

Tarik nie odpowiedział od razu. Minę miał obojętną, prawie znudzoną.

– Książę Ahmecie – powiedział w końcu – nie jestem aż tak zdeprawowany, żeby choć wyobrazić sobie spisek, o który mnie oskarżasz.

Ahmet cofnął się o krok, choć jego ton pozostał spokojny i przyjazny.

– Cóżem uczynił, iż zasłużyłem na pogardę janczarów? Co takiego zrobił dla was mój brat, czego ja nie zrobiłem?

Tarik zawahał się.

– Czy mogę mówić otwarcie?

Ahmet rozłożył ręce.

– Tak chyba będzie najlepiej, nieprawdaż?

Tarik spojrzał mu w oczy.

– Jesteś słaby, Ahmecie. Niezdecydowany podczas wojny i niespokojny w czasie pokoju. Brakuje ci wiary w tradycje *ghazi*, Świętych Wojowników, i mówisz o braterstwie w obecności niewiernych. – Przerwał. – Byłbyś dobrym filozofem, Ahmecie, ale sułtanem będziesz kiepskim.

Twarz księcia spochmurniała. Pstryknął palcami, a jego strażnicy stanęli za nim na baczność.

– Możesz odejść – powiedział kapitanowi janczarów, a głos miał zimny jak lód.

Ezio wciąż obserwował, jak kilka minut później Ahmet sam wychodzi z Dywanu. Po chwili dołączył do niego książę Sulejman.

– Niezła rodzinka, co? – powiedział książę. – Nie przejmuj się. Też podsłuchiwałem.

Ezio zmartwił się.

– Twój wuj nie panuje nad ludźmi, którymi niedługo przyjdzie mu dowodzić. Czemu nie zabił tego człowieka na miejscu za jego bezczelność?

– Tarik jest twardy – odparł Sulejman, rozkładając ręce. – Zdolny, ale ambitny. Do tego bardzo podziwia mojego ojca.

– Ale nie udało mu się zabezpieczyć pałacu przed zamachem Bizantyjczyków na twoje życie, w samym jego środku! Ta sprawa zasługuje na dochodzenie.

– Otóż to.

– Czyli... od czego zaczniemy?

Sulejman zastanowił się. Ezio go obserwował. Stara głowa na młodym karku, pomyślał z respektem.

– Na razie – powiedział książę – będę miał oko na Tarika i jego janczarów. Dużo wolnego czasu spędzają w okolicach Bazaru. Poradzisz sobie z tym? Ty i twoi... wspólnicy?

Ostatnie słowo dobrał bardzo ostrożnie.

Ezio słyszał w myślach ostrzeżenie Yusufa, by nie mieszał się w osmańską politykę, ale jego własna misja i tutejsza walka o władzę wydawały się ze sobą powiązane. Podjął decyzję.

– Od tej pory, książę Sulejmanie, żaden z nich nie kupi choćby chustki bez naszej wiedzy.

32

Wydawszy Yusufowi i konstantynopolskim asasynom polecenie śledzenia janczarów na Wielkim Bazarze, Ezio, w towarzystwie Azize, udał się do południowego portu miasta, by zebrać materiały wybuchowe z listy przygotowanej dla niego przez Piriego Reisa.

Kupił wszystko, czego potrzebował, i właśnie wysłał Azize z rzeczami do siedziby asasynów, kiedy w tłumie na nabrzeżu zauważył Sofię. Rozmawiała z człowiekiem, który wyglądał na Włocha, mniej więcej w wieku Ezia.

Kiedy podszedł bliżej, nie tylko zobaczył, że Sofia była mocno speszona, ale też rozpoznał jej rozmówcę. Rozbawiło go to, ale zarazem zakłopotało. Niespodziewany widok mężczyzny obudził liczne wspomnienia i sprzeczne emocje.

Nie zdradzając swojej obecności, Ezio podkradł się nieco bliżej.

Był to Duccio Dovizi. Kilkadziesiąt lat wcześniej Ezio omal nie złamał mu prawej ręki, bo Duccio zdradzał Claudię, z którą był zaręczony. Zresztą jego ręka, jak dostrzegł Ezio, najprawdopodobniej z tego powodu ciągle była trochę krzywa. Sam Duccio brzydko się postarzał i wyglądał niechlujnie, najwyraźniej jednak mu to nie przeszkadzało. Widać było, że Sofia wpadła mu w oko i dopraszał się jej uwagi.

– *Mia cara* – mówił – splotły nas nici losu. Dwoje Włochów, zagubionych i samotnych w Oriencie. Nie czujesz tego *magnetismo*?

– Czuję wiele rzeczy, *Messer* – odparła Sofia, znudzona i zirytowana. – Głównie mdłości.

Z poczuciem *déjà vu* Ezio uznał, że pora wkroczyć.

– Czy ten mężczyzna ci się przypadkiem nie naprzykrza, Sofio? – spytał, podchodząc.

Duccio, rozeźlony tym, że ktoś mu przeszkadza, odwrócił się do nowo przybyłego.

– Wybacz, *Messer*, ale ta dama i ja... – urwał, rozpoznając Ezia. – Aaa! *Il diavolo* we własnej osobie! – Lewą ręką sięgnął mimowolnie do prawej. – Nie zbliżaj się!

– Duccio, jak miło znów cię widzieć.

Duccio nie odpowiedział. Zatoczył się w tył, potykając o bruk.

– Uciekaj, *buona donna*! – wrzasnął. – Ratuj życie!

Oboje patrzyli, jak znika w tłumie na nabrzeżu. Zapadła niezręczna cisza.

– Kto to był?

– Kundel – powiedział Ezio. – Był zaręczony z moją siostrą, wiele lat temu.

– I co się stało?

– Jego *cazzo* był zaręczony z sześcioma innymi.

– Wyrażasz się bardzo bezpośrednio. – Sofia wydawała się zaskoczona tym, że Ezio użył słowa „kutas", ale nie była obrażona.

– Wybacz. – Ezio zamilkł na chwilę, a potem spytał:

– Co cię sprowadza do portu?

– Zrobiłam sobie przerwę, żeby odebrać paczkę, ale celnicy twierdzą, że coś jest nie w porządku z dokumentami statku. Dlatego czekam.

Ezio rozejrzał się po dobrze pilnowanym porcie, rozeznając się w jego topografii.

– To duży kłopot – ciągnęła Sofia. – Mogę tu tkwić cały dzień.

– Zobaczę, co da się zrobić – powiedział Ezio. – Znam parę sposobów naginania zasad.

– Doprawdy? Muszę powiedzieć, że imponuje mi twoja brawura.

– Spotkamy się w księgarni.

– W takim razie – Sofia przetrząsnęła sakwę – tu masz papiery. Paczka jest dość cenna. Uważaj na nią, proszę, o ile uda ci się ją od nich wydostać.

– Dobrze.

– Cóż, wobec tego dziękuję.

Sofia rzuciła mu uśmiech i ruszyła z powrotem do miasta.

Ezio patrzył za nią przez chwilę, a potem skierował się do dużego, drewnianego budynku, w którym mieścił się urząd celny. W środku znajdowała się długa lada, a za nią półki z dużą ilością paczek. Na przedzie jednej z niższych półek widać było drewnianą tubę na mapy, z etykietą SOFIA SARTOR.

– *Perfetto* – mruknął Ezio do siebie.

– Mogę w czymś pomóc? – spytał krępy urzędnik, podchodząc.

– Owszem, jeśli można. Przyszedłem odebrać tamtą paczkę. – Asasyn pokazał, o którą mu chodzi.

Urzędnik obejrzał się.

– Cóż, obawiam się, że to niemożliwe! Wszystkie te paczki i przesyłki zostały zatrzymane do chwili akceptacji dokumentów.

– A ile to potrwa?

– Nie chciałbym zgadywać.

– Godziny?

Urzędnik wydął usta.

– Dni?

– To wszystko zależy. Oczywiście, za pewną opłatą... może coś by się dało załatwić.

– Do diabła!

Urzędnik zrobił się natychmiast mniej przyjazny.

– Nie przeszkadzaj mi w wypełnianiu moich obowiązków! – warknął. – Zejdź mi z drogi, starcze! I nie wracaj, jeśli wiesz, co dla ciebie dobre!

Ezio odepchnął go na bok i przeskoczył przez ladę. Chwycił drewnianą tubę i odwrócił się do wyjścia, ale urzędnik już gorączkowo dmuchał w gwizdek i na pomoc przybiegło mu natychmiast kilku kolegów – w tym członkowie uzbrojonej po zęby portowej straży.

– Ten człowiek – wrzasnął – próbował mnie przekupić, a kiedy mu się to nie udało, uciekł się do przemocy!

Ezio przyjął szarżę, stojąc na ladzie. Wymachując grubą tubą, rozbił parę głów, a potem przeskoczył nad napastnikami i pobiegł do wyjścia, zostawiając za sobą spory nieład.

– To jedyny sposób radzenia sobie z urzędasami – mruknął do siebie z zadowoleniem. Zniknął w krętym labiryncie ulic na północ od portu, zanim funkcjonariusze portowi zdążyli się pozbierać. Bez papierów Sofii, które wciąż miał bezpiecznie wetknięte pod tunikę, nigdy nie zdołają jej znaleźć.

33

Przed południem wszedł do księgarni na zachód od Hagii Sofii.

Sofia podniosła wzrok. Na półkach panował już o wiele większy porządek niż wtedy, kiedy Ezio był tu po raz pierwszy. Na zapleczu widział stół, na nim zaś starannie rozłożoną mapę z cystern i kilka grubych ksiąg.

– *Salute*, Ezio – przywitała go Sofia. – Wróciłeś o wiele szybciej, niż się spodziewałam. Udało się?

Ezio podniósł drewnianą tubę i przeczytał etykietę.

– *Madamigella* Sofia Sartor, *libraia*, Constantinopoli. To ty?

Z uśmiechem podał jej tubę. Sofia wzięła ją z radością, ale mina jej zrzedła, kiedy zobaczyła prezent z bliska.

– O nie! Popatrz, jak ją uszkodzili! Walczyli nią z piratami, czy jak?

Ezio wzruszył ramionami ze współczuciem. Sofia otworzyła tubę, wyjęła ze środka mapę i obejrzała ją.

– No, jak na razie wszystko w porządku.

Zaniosła rulon na stół i ostrożnie go rozwinęła. Była to kopia mapy świata.

– Czy nie jest piękna? – spytała Sofia.

– W istocie. – Ezio stanął obok niej i oboje nachylili się nad mapą.

– To kopia mapy Martina Waldseemüllera. Jest wciąż dość nowa, wydano ją ledwie cztery lata temu. I popatrz tu, po lewej! Nowe lądy, które *navigatore* Vespucci odkrył i opisał zaledwie cztery czy pięć lat przed tym, jak ją narysowano.

– Szybcy są ci Niemcy – powiedział Ezio. – Widzę, że ochrzcił te nowe lądy imieniem Vespucciego – Amerigo.

– Ameryka!

– Tak... biedny Cristoforo Colombo. Historia czasem dziwnie się toczy.

– Co myślisz o tym akwenie? – Sofia wskazała wody po drugiej stronie obu Ameryk. Ezio nachylił się bliżej.

– Może to nowy ocean? Większość znanych mi uczonych twierdzi, że glob jest większy, niż się powszechnie uważa.

– To niewiarygodne – powiedziała w zadumie Sofia. – Im więcej dowiadujemy się o świecie, tym mniej o nim wiemy.

Uderzeni tą myślą, oboje na dłuższą chwilę umilkli. Ezio pomyślał o nowym stuleciu, w którym żyli – szesnastym wieku. Dopiero co się zaczęło. Jak miało się zapisać na kartach historii, mógł się tylko domyślać; wiedział, że on, który ma swoje lata, wiele już nie zobaczy. Bez wątpienia XVI wiek przyniesie nowe odkrycia i nowe wojny, ale właściwie będzie powtórką tej samej sztuki, w której wystąpią ci sami aktorzy, tyle że w innych kostiumach i z innymi rekwizytami dla każdego kolejnego pokolenia, które wchłonie poprzednie, myśląc, że poradzi sobie ze wszystkim lepiej.

– Cóż, dotrzymałeś słowa – rzekła Sofia. – A ja dotrzymałam swojej obietnicy.

Zaprowadziła go na zaplecze i wzięła ze stołu kartkę.

– Jeśli się nie mylę, to powinno cię zaprowadzić do pierwszej księgi.

Ezio wziął kartkę i przeczytał, co było na niej napisane.

– Muszę przyznać – ciągnęła Sofia – że w głowie mi się kręci na samą myśl, że będę mogła zobaczyć te księgi. Zawierają wiedzę, którą świat stracił i powinien odzyskać. – Usiadła przy stole i oparła brodę na dłoniach, rozmarzona. – Może kazałabym wydrukować parę kopii, żeby je rozprowadzać. Mały nakład, jakieś pięćdziesiąt sztuk... To powinno wystarczyć.

Ezio uśmiechnął się, a potem szczerze roześmiał.

– Co w tym śmiesznego?

– Wybacz mi. To dla mnie radość widzieć kogoś z pasją tak osobistą i tak szlachetną. To... inspirujące.

– Mój Boże! – odparła Sofia, nieco zawstydzona. – O co ci chodzi?

Ezio podniósł kartkę.

– Zamierzam tam pójść i natychmiast to sprawdzić – powiedział. – *Grazie*, Sofia, niedługo wrócę.

– Będę czekała – odparła, patrząc za nim z podziwem i troską zarazem.

Co za tajemniczy człowiek, pomyślała, kiedy drzwi się za nim zamknęły, po czym wróciła do mapy Waldseemüllera i własnych marzeń o przyszłości.

34

Obliczenia Sofii były prawidłowe. Za drewnianym kasetonem w starym, opuszczonym budynku w dzielnicy Konstantyna Ezio znalazł to, czego szukał.

Była to starożytna, ale dobrze zachowana kopia *O naturze*, poematu napisanego ponad dwa tysiące lat wcześniej przez greckiego filozofa Empedoklesa, zawierająca całość jego przemyśleń.

Ezio wyjął niewielki wolumin z kryjówki i zdmuchnął z niego kurz. Potem otworzył go na pierwszej, pustej stronie. Na jego oczach karta zaczęła lśnić, a w jej blasku ukazała się mapa Konstantynopola. Kiedy przyjrzał się uważniej i skoncentrował, dostrzegł zaznaczony na mapie punkt. Była to Wieża Dziewic, latarnia morska na drugim brzegu Bosforu, a kiedy przypatrzył się jeszcze dokładniej, ściśle określone miejsce w piwnicach pod jej fundamentami.

Wedle wszelkiego prawdopodobieństwa, to właśnie było miejsce ukrycia drugiego klucza do biblioteki Altaïra w Masjafie.

Ezio pospiesznie ruszył przez miasto do Wieży Dziewic. Przekradłszy się obok osmańskich straży i przeprawiwszy się na „pożyczonej" łodzi, znalazł drzwi, za którymi w dół do piwnic prowadziły schody. Wziął księgę do ręki i odkrył, że prowadzi go ona przez labirynt korytarzy z niezliczonymi drzwiami wzdłuż ścian. Nie wydawało się możliwe, by było ich aż tyle na tak niewielkiej powierzchni. W końcu dotarł jednak do drzwi, nieodróżniających się niczym od wszystkich innych, przez których szpary przeświecał słaby blask. Otworzyły się pod jego dotykiem i oto na niskim kamiennym postumencie ujrzał okrągły kamień, podobnie jak pierwszy dysk cienki i pokryty innymi, choć tak samo tajemniczymi i dziwnymi symbolami. Były tam sylwetka kobiety – być może bogini – która wyglądała znajomo, a także wgłębienia, mogące być jakimiś wzorami albo miejscami na zęby zamka, takiego jak ten w bibliotece w Masjafie.

Kiedy Ezio wziął klucz w ręce, jego blask zaczął się nasilać, i asasyn przygotował się na przeniesienie w nieznane. Światło spowiło go i cisnęło przez wieki trzysta dwadzieścia lat wstecz, do roku Pańskiego 1191.

Masjaf. Wnętrze fortecy, dawno temu. Postacie w skłębionej mgle. Z tumanu wyłonili się stary i młody mężczyzna. Ślady walki, którą starzec – Al Mualim – przegrał.

Teraz leżał na ziemi, a młodszy mężczyzna klęczał nad nim okrakiem.

Jego dłoń, tracąca siły, wypuściła coś, co potoczyło się i znieruchomiało na marmurowej posadzce.

Ezio gwałtownie wciągnął powietrze, rozpoznając przedmiot. Jabłko Edenu. Skąd się tam wzięło? Młodym mężczyzną, zwycięzcą, w bieli i kapturze na głowie, był Altaïr.

– Trzymałeś w swoim ręku ogień, starcze – mówił. – Trzeba było go zniszczyć.

– Zniszczyć? – Al Mualim zaśmiał się. – Jedyną rzecz, która jest w stanie zakończyć krucjaty i zaprowadzić prawdziwy pokój? Nigdy!

– W takim razie ja ją zniszczę.

Obrazy zblakły, rozwiały się jak duchy, zastąpione kolejną sceną.

W Wielkiej Cytadeli w Masjafie Altaïr stał sam na sam z jednym ze swoich kapitanów. Niedaleko nich, ułożone z czcią na kamiennym piedestale, leżało ciało Al Mualima, nieruchome w ciszy śmierci.

– To naprawdę już koniec? – pytał kapitan asasynów. – Czy czarnoksiężnik nie żyje?

Altaïr odwrócił się w stronę zwłok.

– To nie był czarnoksiężnik – powiedział spokojnie – tylko zwykły człowiek władający... iluzjami.

Obrócił się z powrotem do towarzysza.

– Przygotowałeś stos?

– Tak. – Mężczyzna zawahał się. – Ale, Altaïrze, niektórzy z naszych... nie godzą się na to. Są niespokojni.

Altaïr pochylił się nad katafalkiem i dźwignął zwłoki starca.

– Ja się tym zajmę. – Wyprostował się, spowity długą szatą. – Jesteś gotów na podróż? – spytał kapitana.

– Tak.

– Kazałem Malikowi Al-Sayfowi pojechać do Jerozolimy z wieścią o śmierci Al Mualima. Pojedziesz do Akki i uczynisz to samo?

– Oczywiście.

– W takim razie jedź i niech Bóg będzie z tobą.

Kapitan skłonił głowę i odszedł.

Z ciałem martwego Mistrza w ramionach jego następca wyszedł przed pozostałych członków Bractwa.

Na jego widok natychmiast rozległ się chór głosów, odzwierciedlający zamęt w ich umysłach. Niektórzy zadawali sobie pytanie, czy śnią. Inni byli przerażeni namacalnym dowodem, że Al Mualim nie żyje.

– Altaïrze! Wytłumacz się!

– Jak do tego doszło?

– Co się stało?

Jeden z asasynów pokręcił głową.

– Umysł miałem jasny, ale moje ciało... nie mogłem się poruszyć!

W czasie tego zamieszania pojawił się Abbas. Abbas, przyjaciel Altaïra z dzieciństwa. Teraz przyjaźń ta nie była już taka pewna. Zbyt wiele się między nimi wydarzyło.

– Co tu się stało? – spytał zaskoczony Abbas.

– Nasz Mistrz wszystkich nas zwiódł – odparł Altaïr. – Templariusze go zdeprawowali.

– Masz na to dowody? – zapytał podejrzliwie Abbas.

– Chodź ze mną, Abbasie, to ci wyjaśnię.

– A jeśli uznam twoje odpowiedzi za niewystarczające?

– Będę mówił tak długo, aż cię przekonam.

Ruszyli w kierunku stosu pogrzebowego. Altaïr wciąż dźwigał zwłoki Al Mualima. Obok niego Abbas, nie wiedząc, dokąd idą, pozostawał czujny, spięty i wojowniczo nastawiony; nie potrafił ukryć braku zaufania wobec Altaïra.

Altaïr wiedział, z czego wynika jego nieufność, i czuł żal. Zamierzał jednak zrobić wszystko, co w jego mocy, aby go przekonać.

– Pamiętasz, Abbasie, ten artefakt, który odebraliśmy templariuszowi Robertowi de Sable'owi w Świątyni Salomona?

– Chodzi ci o artefakt, po który posłano c i e b i e, ale który odzyskali i n n i?

Altaïr puścił to mimo uszu.

– Tak. Narzędzie templariuszy. Nazywa się Jabłkiem Edenu. Oprócz wielu innych mocy posiada moc tworzenia iluzji i kontrolowania umysłów, a także człowieka, któremu się wydaje, że to on je kontroluje. To zabójcza broń.

Abbas wzruszył ramionami.

– W takim razie lepiej, że to my je mamy, a nie templariusze.

Altaïr pokręcił głową.

– To żadna różnica. Jabłko deprawuje każdego, kto się nim posługuje.

– I uważasz, że Al Mualim padł ofiarą jego magicznej siły?

Altaïr zrobił niecierpliwy gest.

– Owszem. Dziś użył Jabłka, żeby zniewolić Masjaf. Sam widziałeś.

Abbas nie był przekonany.

– Sam nie wiem, c o widziałem.

– Posłuchaj, Abbasie. Jabłko jest bezpieczne w komnacie Al Mualima. Kiedy zakończę tu sprawę, powiem ci wszystko, co wiem.

Dotarli do stosu. Altaïr wspiął się na jego stopnie i położył ciało Mistrza z szacunkiem na szczycie. Abbas był przerażony. Dopiero teraz zobaczył stos.

– Nie wierzę, że naprawdę chcesz to uczynić! – powiedział wstrząśnięty. Zebrane za nim Bractwo Asasynów zafalowało jak łan zboża na wietrze.

– Uczynię to, co muszę.

– Nie!

Ale Altaïr wyciągnął już zapaloną pochodnię, zatkniętą obok stosu, i wepchnął ją w jego podstawę.

– Muszę mieć pewność, że on nie wróci.

– Ale my tak nie postępujemy! Palenie ludzkich zwłok jest zakazane!

– Świętokradca! – krzyknął nagle z tłumu jakiś rozwścieczony głos.

Altaïr odwrócił się do swoich ludzi.

– Wysłuchajcie mnie! Ten trup może być jednym z widmowych ciał Al Mualima! Muszę mieć pewność!

– Kłamstwa! – wrzasnął Abbas. Kiedy płomienie ogarnęły stos, stanął obok Altaïra i podniósł głos, żeby wszyscy go słyszeli: – Całe życie kpiłeś sobie z naszego Credo! Naginasz zasady do swoich kaprysów, upokarzasz i poniżasz wszystkich wokół!

– Brać Altaïra! – krzyknął jakiś asasyn.

– Nie słyszałeś, co powiedział? – zaprotestował jego towarzysz. – Al Mualim to czarownik!

Odpowiedzią był wściekły atak pięściami. Wybuchła ogólna bijatyka, która rozpalała się równie szybko jak ogarniające stos płomienie.

Abbas brutalnie zepchnął Altaïra z podwyższenia, na którym stali, w środek kotłowaniny. Wściekły, pobiegł w stronę zamku, a Altaïr zerwał się na nogi wśród asasynów, którzy tymczasem dobyli już mieczy.

– Bracia! – krzyknął, usiłując zaprowadzić porządek. – Stójcie! Wstrzymajcie swoje ostrza!

Ale walka trwała dalej, a Altaïr, który zobaczył właśnie, że Abbas wraca do fortecy, zmuszony został do odpierania ataków własnych ludzi; rozbrajał ich i zmuszał do poddania się. Nie wiedział, jak długo walczył, ale zmagania przerwał nagle oślepiający błysk światła; wszyscy zachwiali się i zasłonili oczy.

Światło padało od strony zamku. Najgorsze obawy Altaïra właśnie się ziściły. Na szczycie wysokiej wieży stał Abbas, z Jabłkiem w dłoni.

– Co ci mówiłem, Altaïrze?! – krzyknął w dół.

– Abbasie! Stój!

– Co zamierzałeś uczynić po zamordowaniu naszego ukochanego Mistrza?

– Kochałeś Al Mualima mniej niż wszyscy inni! Winiłeś go za każde swoje niepowodzenie, nawet za samobójstwo swojego ojca!

– Mój ojciec był bohaterem! – wrzasnął Abbas wyzywająco.

Altaïr zignorował go i odwrócił się do asasynów, stojących wyczekująco dookoła.

– Słuchajcie! – powiedział im. – To nie pora na kłótnie o to, co się stało. Musimy zdecydować, co zrobić z tamtą bronią!

Wskazał Abbasa, stojącego z uniesionym wysoko Jabłkiem.

– Cokolwiek ten artefakt potrafi, Altaïrze – zawołał Abbas – nie jesteś godzien go dzierżyć!

– Nikt nie jest! – odparował Altaïr.

Ale Abbas już zapatrzył się w blask Jabłka. Światło nabrało mocy. Asasyn wydawał się zahipnotyzowany.

– Jest piękne, czyż nie? – powiedział, ledwie słyszalnie.

A potem nastąpiła w nim przemiana. Tryumfalny uśmiech zmienił się w grymas grozy. Abbas zaczął gwałtownie dygotać – moc Jabłka wtargnęła w jego ciało i zawładnęła nim. Sprzyjający mu wciąż asasyni ruszyli z pomocą, ale nieziemski artefakt, cały czas trzymany przez Abbasa, wyrzucił z siebie ledwie widoczny impuls. Powaleni przez niego na kolana, ściskali swe głowy w agonii.

Altaïr pobiegł ku Abbasowi; z nadludzką szybkością wspiął się na wieżę, gnany desperacją. Musiał dotrzeć do niego na czas! Kiedy zbliżył się do dawnego przyjaciela, Abbas zaczął wrzeszczeć, jakby wyrywano z niego duszę. Altaïr skoczył do przodu, obezwładnił go i powalił na ziemię. Abbas runął z krzykiem rozpaczy, a Jabłko wypadło z jego dłoni, śląc ze szczytu wieży jeszcze jedną okrutną falę mocy.

Potem zapadła cisza.

Asasyni na dole stopniowo dochodzili do siebie i podnosili się z ziemi. Patrzyli jeden na drugiego ze zdziwieniem. To, co się przed chwilą stało, wciąż rozbrzmiewało echem w ich ciałach i umysłach. Spojrzeli na mury. Nie było tam widać ani Altaïra, ani Abbasa.

– Co to było?

– Czy oni nie żyją?

Wtedy na blankach wieży pojawił się sam Altaïr. Wiatr szarpał jego białe szaty. Asasyn podniósł rękę. W jego dłoni bezpiecznie tkwiło Jabłko. Skwierczało i pulsowało energią niczym żywa istota, ale miał je pod kontrolą.

– Wybacz mi – wykrztusił Abbas, leżący na kamiennej posadzce za nim. Z trudem wymawiał słowa. – Nie wiedziałem.

Altaïr odwrócił spojrzenie z powrotem na trzymane w dłoni Jabłko, od którego po ręku przechodziło mu dziwne mrowienie, jakby przepływ energii.

– Możesz nas czegoś nauczyć? – skierował pytanie w stronę artefaktu, jakby to była rozumna istota. – Czy raczej zniszczysz nas wszystkich?

Wtem wiatr poderwał tuman kurzu – a może to wróciły zwiastujące nadejście wizji, wirujące kłęby chmur? Wraz z nimi zajaśniało zapowiadające je światło, coraz mocniejsze i mocniejsze, aż wszystko inne zniknęło. Po chwili znów przygasło, pozostawiając jedynie delikatny poblask klucza w ręku Ezia.

Wyczerpany Ezio osunął się na podłogę i oparł o kamienną ścianę komnaty. Na zewnątrz musiał już zapadać zmierzch. Pragnął odpoczynku, ale nie mógł sobie na niego pozwolić.

Po długiej chwili wstał, starannie zapakował klucz i egzemplarz Empedoklesa do sakwy, a potem wrócił na ulice miasta.

35

O świcie następnego dnia Ezio udał się na Wielki Bazar. Przyszła pora, żeby sam się przekonał, o czym rozmawiają janczarzy; nie mógł się też doczekać, aż ruszy tropem ich kapitana, Tarika Barletiego. Ale na miejscu okazało się, że nie sposób uniknąć natrętnych kupców, niezrównanych mistrzów handlu. Ezio musiał udawać jeszcze jednego podróżnego, by nie wzbudzić podejrzeń wśród osmańskich urzędników i bizantyjskich templariuszy.

– Spójrz tylko na ten kobierzec! – zaczepił go jakiś kupiec; złapał go za rękaw, jak często tu robiono, naruszając jego intymną przestrzeń. – Twoje stopy będą cię kochać mocniej niż twoja żona.

– Nie jestem żonaty.

– Ha! – Handlarz nie dał się zbić z tropu. – Szczęściarz z ciebie. Chodź! Tylko dotknij!

Ezio zauważył stojącą nieopodal grupę janczarów.

– Dobrze ci dziś idzie sprzedaż? – spytał kupca.

Tamten rozłożył ręce i ruchem głowy niechętnie wskazał janczarów.

– Nie sprzedałem ani jednej rzeczy! Janczarzy skonfiskowali większość moich towarów, tylko dlatego, że były sprowadzone.

– Znasz Tarika Barletiego, ich kapitana?

– Na pewno gdzieś tu jest. To arogancki człowiek, ale... – Kupiec chciał mówić dalej, lecz przerwał, zamarł na chwilę, a potem wrócił do swojej kupieckiej gadki, wpatrzony nie w Ezia, ale w punkt daleko za nim. – Obrażasz mnie, panie! Nie mogę za to wziąć mniej niż dwieście *akçe*! To moja ostateczna propozycja.

Ezio odwrócił się nieznacznie i podążył za jego spojrzeniem. Zbliżało się do nich trzech janczarów, niecałe pięćdziesiąt stóp dalej.

– Kiedy go znajdę, zapytam o twoje kobierce – obiecał cicho kupcowi i odwrócił się, by odejść.

– Twardo się targujesz, nieznajomy! – zawołał za nim handlarz. – Może zgodzimy się na sto osiemdziesiąt? Sto osiemdziesiąt *akçe* i rozchodzimy się jak przyjaciele!

Ale Ezio go już nie słuchał. Szedł za janczarami, w bezpiecznej odległości, w nadziei, że doprowadzą go do Tarika Barletiego. Nie szli ot tak sobie – wyglądali jak ludzie, którzy spieszą się na jakieś spotkanie. Ezio musiał jednak zachować czujność – nie tylko po to, by nie zgubić ofiar z pola widzenia, ale by uniknąć zdemaskowania, a zatłoczone uliczki suku zarazem ułatwiały mu to i utrudniały. Kupiec mówił, że kapitan jest gdzieś na Bazarze, ale Bazar był olbrzymi – ten pogmatwany labirynt kramów i sklepów był jak miasto w mieście.

W końcu jednak cierpliwość Ezia opłaciła się. Śledzeni przez niego janczarzy dotarli do miejsca, gdzie na przecięciu dwóch uliczek rozciągał się nieduży plac, z kawiarniami w każdym rogu. Przed jedną z nich stał wielki kapitan z siwą brodą. Broda była oznaką jego urzędu, tak samo jak wspaniały uniform. Od razu było widać, że nie jest niewolnikiem.

Ezio podkradł się jak najbliżej, żeby podsłuchać, o czym będą mówili.

– Jesteście gotowi? – spytał kapitan swoich ludzi, a oni pokiwali głowami. – To ważne spotkanie. Upewnijcie się, że nikt mnie nie śledzi.

Znów przytaknęli i rozdzielili się, rozchodząc w różnych kierunkach. Ezio wiedział, że będą wypatrywali asasynów w tłumie; przez moment, zdający się trwać wieki, jeden z żołnierzy patrzył mu w oczy, ale zaraz potem odwrócił się i zniknął. Ezio odczekał krótką chwilę i ruszył za kapitanem.

Barleti nie uszedł daleko, kiedy natknął się na następnego janczara, porucznika, który dla niepoznaki oglądał wystawę sklepu płatnerza. Ezio zdążył już zauważyć, że janczarzy byli jedynymi ludźmi, których nie zaczepiali handlarze.

– Jakie wieści? – spytał Barleti, kiedy zrównał się z żołnierzem.

– Manuel zgodził się z tobą spotkać, Tariku. Czeka przy Bramie Arsenału.

Ezio nadstawił uszu, słysząc tę nazwę.

– Ambitny stary szczur, co? – powiedział Tarik beznamiętnie. – Chodźmy.

Wyszli z Bazaru na ulice miasta. Do Arsenału była daleka droga; znajdował się na północnym krańcu Złotego Rogu na zachodzie, ale janczarzy nie zamierzali najwyraźniej korzystać z żadnego transportu i Ezio śledził ich pieszo. To była kwestia paru mil – musiał zachować ostrożność, kiedy wsiedli na prom przez Róg. Ale jego zadanie ułatwiał fakt, że dwaj mężczyźni byli pochłonięci rozmową, której większość mógł podsłuchać. Nietrudno było mu wtopić się w tłum – ulice zapełniali ludzie z całej Europy i Azji.

– Jak wyglądał Manuel? Denerwował się? Kręcił? – spytał Tarik.

– Był taki jak zwykle. Niecierpliwy i nieuprzejmy.

– Hm. Chyba ma prawo. Jakieś wiadomości od sułtana?

– Ostatnie przyszły kilka tygodni temu. List Bajezida był krótki i pełen smutnych wieści.

Tarik pokręcił głową.

– Nie wyobrażam sobie, że można tak się poróżnić z własnym synem.

36

Ezio śledził dwóch janczarów do budynku niedaleko Bramy Arsenału. Na Tarika i jego porucznika czekał tam wysoki, pulchny, kosztownie ubrany mężczyzna w wieku około sześćdziesięciu lat, o bujnej, siwej brodzie i wypomadowanych wąsach. Jego turban z piórami był wysadzany klejnotami, podobnie jak pierścienie na wszystkich tłustych palcach. Jego towarzysz – szczuplejszy, skromniej zbudowany, sądząc po stroju, pochodził z Turkmenistanu.

Ezio, wybrawszy sobie odpowiednie miejsce, by zniknąć – dyskretną kryjówkę w konarach rosnącego nieopodal tamaryszku – uważnie przyglądał się powitaniom. Dowiedział się, że gruby dandys to – jak podejrzewał – Manuel Paleolog. Zważywszy na to, co Yusuf opowiadał mu o ambicjach Manuela, spotkanie zapowiadało się bardzo interesująco. Towarzysz Paleologa i jego ochroniarz, jak wynikło z prezentacji, nazywał się Szachkulu.

Ezio słyszał o nim. Szachkulu zbuntował się przeciwko Osmanom władającym jego krajem; chodziły słuchy, że podżegał swój naród do buntu. Miał przy tym reputację człowieka wyjątkowo okrutnego, niemalże bandyty. Tak, spotkanie zdecydowanie zapowiadało się interesująco.

Kiedy zakończono uprzejmości – zawsze w tym kraju długie i skomplikowane, jak zauważył Ezio – Manuel dał znak Szachkulu. Ten wszedł do budynku za nimi, strażnicy, teraz najwyraźniej opustoszałej, i wyniósł z niego małą, ale ciężką drewnianą szkatułę, którą postawił u stóp Tarika. Porucznik janczarów otworzył ją i zaczął przeliczać złote monety, którymi była wypełniona.

– Możesz potwierdzić sumę, Tariku – powiedział Manuel głosem równie grubym jak on sam – ale pieniądze zostają u mnie, dopóki nie zobaczę ładunku na własne oczy i nie upewnię się co do jego jakości.

Tarik chrząknął.

– Rozumiem. Przebiegły z ciebie człowiek, Manuelu.

– Zaufanie bez cynizmu jest puste – wyrecytował Paleolog obleśnie.

Janczar szybko liczył. Wkrótce zamknął szkatułę.

– Kwota się zgadza, Tariku – powiedział. – Jest wszystko.

– Co teraz? – spytał Tarika Manuel.

– Umożliwię ci wejście do Arsenału. Kiedy będziesz już usatysfakcjonowany, ładunek zostanie dostarczony we wskazane przez ciebie miejsce.

– Czy twoi ludzie są gotowi do dalszej podróży?

– To żaden problem.

– *Poi kalà*. – Bizantyjskie książątko trochę się rozluźniło. – Bardzo dobrze. W ciągu tygodnia dostarczę ci sporządzoną mapę.

Rozstali się. Ezio zaczekał, aż znikną, zanim zszedł z drzewa i jak najszybciej wrócił do siedziby asasynów.

37

Nadszedł już zmierzch, kiedy Ezio dotarł do Arsenału. Zastał tam czekającego Yusufa.

– Jeden z moich ludzi twierdzi, że widział dostarczany tu wcześniej transport broni. Zaciekawiło nas to.

Ezio zastanowił się. Tak właśnie podejrzewał.

– Broń. – Przerwał. – Chcę ją zobaczyć na własne oczy.

Przyjrzał się zewnętrznym murom Arsenału. Były dobrze strzeżone. Główna brama wyglądała na nie do zdobycia.

– Możemy wybić wszystkich w zasięgu wzroku – powiedział Yusuf, odgadując myśli Mistrza – ale nie bardzo wiem, jak chcesz się dostać do środka.

Plac za nimi tętnił życiem – ludzie spieszyli się do domu po pracy, kawiarnie i tawerny otwierały swoje podwoje. Nagle ich uwagę zwróciła szamotanina, która wybuchła pod główną bramą Arsenału, między handlarzem i trzema nękającymi go janczarami.

– Ostrzegaliśmy cię dwa razy – mówił jeden z napastników, sierżant. – Żadnych kupców pod murami Arsenału! – Odwrócił się do swoich ludzi. – Zabrać jego rzeczy!

Janczarzy zaczęli dźwigać skrzynie owoców i odnosić je.

– Hipokryci! – zaprotestował sprzedawca. – Gdyby twoi ludzie nie kupowali moich produktów, to bym ich tu nie sprzedawał!

Sierżant zignorował go i żołnierze dalej robili swoje, ale kupiec nie dawał za wygraną. Podszedł do dowódcy i rzucił mu w twarz:

– Jesteś gorszy niż Bizantyjczycy, zdrajco!

W odpowiedzi janczar uderzył go pięścią. Handlarz z jękiem padł na ziemię, łapiąc się za krwawiący nos.

– Stul pysk, pasożycie! – warknął sierżant.

Odwrócił się, by nadzorować konfiskatę owoców. Jakaś kobieta z tłumu podbiegła do sprzedawcy. Yusuf i Ezio patrzyli, jak pomaga mu wstać i ociera zakrwawioną twarz chustką.

– Nawet w czasie pokoju – powiedział Yusuf ponuro – ubodzy są zawsze gnębieni.

Ezio nie odpowiedział; myślał o podobnej sytuacji w Rzymie, nie tak dawno temu.

– Może gdybyśmy ich natchnęli, by dali upust swojemu gniewowi, pomogłoby to naszej sprawie.

Yusuf popatrzył na niego.

– Chcesz zwerbować tych ludzi? Nakłonić ich do rebelii?

– Wystarczy sama demonstracja. Ale gdybyśmy przeciągnęli wystarczającą ich liczbę na naszą stronę...

Patrzyli, jak janczarzy, niezaczepiani, zabierają resztę towaru przekupnia, ogołacając jego kram. Zniknęli w furtce głównej bramy.

– Udawana solidarność, żeby załatwić swoje własne interesy? – powiedział Yusuf z nutką pogardy w głosie. – Oto człowiek z zasadami!

– Wiem, nie wygląda to chwalebnie. Ale na pewno podziała, uwierz mi.

– Wszystko jedno, byle poskutkowało – Yusuf wzruszył ramionami. – Zresztą nie widzę innego sposobu, żeby się tam dostać.

– Chodź, stoi tam spory tłumek, a ten sprzedawca wygląda, jakby ludzie go znali i lubili. Przejdźmy się i porozmawiajmy z nimi.

Przez ponad pół godziny Ezio i Yusuf krążyli w tłumie, podpowiadali i sugerowali, namawiali i przekonywali zwykłych pracujących ludzi, którzy okazali się bardzo podatni na pomysł przeciwstawienia się uciskowi. Potrzebowali tylko kogoś, kto pchnąłby ich do działania. Kiedy tłum zrobił się już wystarczająco liczny, Ezio przemówił do zebranych. Sprzedawca owoców stał obok niego z wyzywającą miną. Yusuf zadbał, by większość mężczyzn i kobiet jakoś się uzbroiła. Handlarz trzymał w ręku duży, zakrzywiony nóż do przycinania krzewów.

– Stańcie razem z nami, bracia – oznajmił Ezio – i pomścijmy tę krzywdę. Janczarzy nie mogą stać ponad prawem! Pokażmy im, że nie będziemy znosić ich tyranii.

– Tak! – ryknęło kilka głosów.

– Brzydzi mnie to, jak pomiatają ludźmi – ciągnął Ezio. – A was?

– Tak!

– Będziecie walczyć razem z nami?

– Tak!

– W takim razie idziemy!

Tymczasem z bramy wyłonił się oddział uzbrojonych janczarów; bramę następnie zatrzaśnięto. Janczarzy zajęli pozycje przed nią, z wydobytymi mieczami, i zwrócili się w stronę tłumu, którego nastrój osiągnął punkt wrzenia. Niespeszeni pokazem siły żołnierzy – a wręcz nim rozpaleni – ludzie, których przybywało z minuty na minutę, ruszyli falą ku bramie. Każdy janczar, który lekkomyślnie zwarł się z pierwszym ich szeregiem, ulegał pod naciskiem ich liczby i był odrzucany na bok albo deptany stopami nacierających. Po chwili tłum kłębił się pod bramą; Ezio i Yusuf zachowywali nad nim kontrolę na tyle, by rozkazać swoim zaimprowizowanym siłom uderzeniowym wyważyć wrota.

– Precz z janczarami! – krzyknęło sto głosów.

– Nie jesteście ponad prawem! – wrzasnęło sto kolejnych.

– Otwieraj bramę, tchórzu, zanim ją zburzymy!

– Brama nie pozostanie już długo zamknięta – powiedział Ezio do Yusufa.

– Ci ludzie wyświadczają ci przysługę, Mistrzu. Odwzajemnij ją i ustrzeż ich przed krzywdą.

Zanim Yusuf skończył mówić, z prawej i lewej flanki na tłum uderzyły dwa oddziały janczarów, które wyszły z bram w północnym i południowym murze.

– Czas powojować – powiedział Ezio. Wysunął hak i ukryte ostrze, a potem razem z Yusufem rzucił się do ataku.

Zachęceni pokazem umiejętności dwóch asasynów, ludzie na obrzeżach tłumu odważnie stawili czoła kontratakowi janczarów. Tych zaś zaskoczył tak zdecydowany opór; zawahali się, co przyniosło im zgubę i zostali odparci. Tymczasem atakujących bramę nagrodził widok grubych desek, które najpierw zatrzeszczały, a potem popękały i ustąpiły. Z donośnym trzaskiem główny skobel wrót, zamykający je od środka, pękł jak zapałka i brama otworzyła się, zwisając pijacko na żelaznych zawiasach.

Tłum zaryczał jednym głosem niczym olbrzymia, zwycięska bestia, i wlał się do Arsenału. Nad jazgot wyrywały się pojedyncze głosy.

– Naprzód!

– Jesteśmy w środku!

– Sprawiedliwość albo śmierć!

Broniący się janczarzy nie byli w stanie zatrzymać ludzkiej fali, ale dzięki swojej dyscyplinie zdołali ją związać i na głównym dziedzińcu Arsenału wybuchła zaciekła bitwa. Tymczasem Ezio jak duch prześliznął się w głąb ufortyfikowanej budowli.

38

Daleko od strzaskanej bramy, głęboko w zachodniej części Arsenału, Ezio w końcu znalazł miejsce, którego szukał. Panował tu spokój; większość żołnierzy z garnizonu była zajęta na głównym placu, a nielicznych napotkanych strażników, o ile nie zdołał się obok nich przekraść, sprawnie wykończył. Kiedy załatwi tu swoje sprawy, czeka go ostrzenie haka.

Szedł długim kamiennym korytarzem, tak wąskim, że nie sposób było wejść do komnaty na jego końcu niezauważonym. Podszedł powoli, cicho, do żelaznej drabiny przymocowanej do ściany obok wejścia i prowadzącej na galerię nad pomieszczeniem.

Przypiąwszy pochwę miecza do nogi, żeby nie hałasowała, wspiął się szybko na górę, nie czyniąc przy tym więcej hałasu niż otwierający się kwiat. Ze swojego punktu obserwacyjnego ponuro spojrzał na rozgrywającą się w dole scenę.

Manuel i Szachkulu stali na środku pomieszczenia, otoczeni stosami dużych skrzyń, z których kilka było otwartych. Tuż za drzwiami wartę trzymał mały oddział janczarów. Gdyby Ezio próbował wejść tą właśnie drogą, wpadłby w zasadzkę. Westchnął z ulgą. Instynkt i doświadczenie znów go uratowały.

Manuel przerwał oględziny zawartości skrzyń. Kąt widzenia nie pozwalał Eziowi zobaczyć, co w nich jest, choć łatwo mógł zgadnąć.

– Dwadzieścia lat żyłem w tym mieście, będąc nikim – mówił Manuel – i w końcu wszystko zaczyna się układać.

– Kiedy przywrócisz dynastię Paleologów, Manuelu – powiedział Szachkulu z groźbą w głosie – nie zapomnij, kto ci w tym pomógł.

Manuel obejrzał się na niego; jego małe oczy zalśniły zimno w fałdach tłuszczu.

– Oczywiście, że nie, przyjacielu! Nie śniłbym nawet o zdradzeniu kogoś tak wpływowego. Ale musisz być cierpliwy. *Nova Roma* nie została zbudowana w jeden dzień!

Szachkulu chrząknął wymijająco, a Manuel odwrócił się do kapitana swojej eskorty.

– Jestem zadowolony. Zaprowadźcie mnie teraz na mój statek.

– Idź za mną, książę. Przejście do zachodniej bramy pozwoli nam uniknąć zamieszek – odparł kapitan.

– Mam nadzieję i oczekuję, że wkrótce nad nimi zapanujecie.

– Już to robimy, książę.

– Jeśli choć jeden z tych przedmiotów zostanie uszkodzony, nie wypłacę ani grosza. Przekażcie to Tarikowi.

Ezio patrzył, jak odchodzą. Kiedy upewnił się, że został sam, zszedł do komnaty i szybko zajrzał do skrzyni, która była otwarta.

Rusznice. Sto albo i więcej.

– *Merda*! – mruknął pod nosem.

Jego myśli przerwał metaliczny szczęk – zachodnia brama musiała właśnie zamknąć się za Manuelem. Tuż potem Ezio usłyszał odgłos zbliżających się kroków na kamiennej posadzce. Janczarzy wracali pozamykać otwarte skrzynie. Ezio przywarł do ściany i kiedy tylko żołnierze weszli, zakłuł ich. Pięciu. Gdyby weszli razem, zamiast pojedynczo, potoczyłoby się to inaczej, ale wąski korytarz okazał się tu sprzymierzeńcem.

Ezio wrócił tą samą drogą, którą przyszedł. Bitwa na placu dobiegła końca, pozostawiając straszliwe pobojowisko. Ezio minął wolno morze ciał, w większości nieruchomych, czasem wijących się w przedśmiertnych skurczach. Słychać było jedynie zawodzenie kobiet klęczących przy poległych w niemiłosiernie porywistym wietrze wpadającym przez rozwartą bramę.

Z opuszczoną głową Ezio wyszedł z Arsenału. Cena zapłacona za zdobytą wiedzę okazała się zbyt wysoka.

39

Przyszła pora wracać do księgarni Sofii. Pospieszył tam bez zwłoki.

Sklep wciąż był otwarty, w środku jasno paliła się świeca. Kiedy Sofia zobaczyła wchodzącego Ezia, zdjęła okulary i wstała od stołu na zapleczu, gdzie pośród kilku otwartych ksiąg leżała mapa znaleziona w Yerebatanie.

– *Salute* – pozdrowiła go, zamknęła za nim drzwi i zaciągnęła zasłony. – Pora zamykać na dziś. Dwóch klientów przez całe popołudnie. Uwierzyłbyś? Nie warto czekać na wieczorny ruch.

Nagle dostrzegła wyraz twarzy Ezia i zaprowadziła go do krzesła, na którym ciężko usiadł. Przyniosła mu puchar wina.

– *Grazie* – powiedział z wdzięcznością, zadowolony, że nie zaczęła go wypytywać.

– Jestem bliska odnalezienia dwóch następnych ksiąg, jednej w pobliżu Topkapı Sarayı, a drugiej w dystrykcie Bajezida.

– Najpierw spróbujmy z Bajezidem. Topkapı to ślepa uliczka. To tam templariusze odszukali klucz.

– Ach, *sì*. Musieli go znaleźć przypadkiem albo innymi sposobami niż nasze.

– Mieli książkę Niccolò.

– W takim razie musimy dziękować Bogu, że im ją zabrałeś, zanim ponownie zdążyli zrobić z niej użytek.

Sofia wróciła do mapy, usiadła przy stole i kontynuowała pisanie. Ezio nachylił się, wyjął kopię Empedoklesa i położył ją na blacie obok. Drugi klucz, który zdobył, dołączył już do pierwszego – był pilnie strzeżony w siedzibie asasynów na Galacie.

– Co o tym sądzisz? – spytał.

Sofia podniosła książkę ostrożnie i z nabożeństwem obróciła w rękach. Dłonie miała delikatne, ale nie kościste, a palce długie i smukłe.

Otworzyła usta ze zdziwienia.

– Och, Ezio! *È incredibile*!

– To coś warte?

– Kopia *O naturze* w takim stanie? W oryginalnej koptyjskiej oprawie? To fantastyczne!

Sofia ostrożnie otworzyła książkę. Zakodowana mapa w środku już nie lśniła. Ezio zobaczył, że całkiem zniknęła.

– Niesłychane. To musi być odręczna kopia oryginału z III wieku. – Sofia entuzjazmowała się. – Nie sądzę, żeby istniała druga taka.

Ezio niespokojnie rozejrzał się po pomieszczeniu. Coś tu się zmieniło, nie umiał jednak powiedzieć co. W końcu jego spojrzenie padło na zabite deskami okno. Szyba w nim była wybita.

– Sofio – powiedział, zaniepokojony. – Co tu się stało?

Jej głos przybrał zirytowany ton, choć wyraźnie górę brało w nim rozżalenie.

– Och, raz czy dwa razy w roku to się zdarza. Ktoś próbuje się włamać, myśląc, że znajdzie tu jakieś pieniądze. – Przerwała. – Niewiele tu trzymam, ale tym razem udało im się i uciekli z obrazem, który miał pewną wartość. Nie dalej niż trzy godziny temu, kiedy wyszłam na chwilę z księgarni. – Zasmuciła się. – Tak się składa, że to był bardzo dobry portret mnie samej. Będzie mi go brakowało i to nie tylko z powodu jego wartości. Na pewno znajdę bezpieczne miejsce na to – dodała, stukając w Empedoklesa.

Ezio podejrzewał, że za kradzieżą obrazu mogło kryć się coś więcej. Przetrząsnął zaplecze, szukając jakichś śladów. Potem podjął decyzję. Nie czuł jeszcze zmęczenia, a był tej kobiecie winien przysługę. Ale nie tylko – po prostu chciał coś dla niej zrobić.

– Pracuj dalej – powiedział. – Znajdę twój obraz.

– Ezio, złodziej może być już gdziekolwiek.

– Jeśli przyszedł po pieniądze, żadnych nie znalazł i zabrał portret, powinien być wciąż w tej dzielnicy, niedaleko, próbując się go pozbyć.

– Niedaleko stąd jest parę ulic, gdzie sprzedają obrazy.

Ezio był już w połowie drogi do drzwi.

– Czekaj! – zawołała za nim. – Mam kilka spraw w tamtych okolicach. Pokażę ci drogę.

Zaczekał, aż zamknęła *O naturze* w okutej żelazem skrzyni pod ścianą, a potem wyszedł za nią z księgarni. Przekręciła klucz w zamku drzwi.

– Tędy – powiedziała. – Na pierwszym skrzyżowaniu rozdzielimy się. Stamtąd już trafisz.

Szli w milczeniu. Kilkadziesiąt kroków dalej, na przecięciu ulic, Sofia zatrzymała się.

– To tam – wskazała. Potem spojrzała na Ezia. W jej jasnych oczach zobaczył coś, o czym nie śmiał nawet marzyć. – Jeśli przypadkiem znajdziesz go w ciągu najbliższych dwóch godzin, spotkajmy się pod Akweduktem Walensa – powiedziała. – Odbywa się tam targowisko ksiąg, na które muszę się udać. Bardzo byłabym rada, gdybyś przyszedł.

– Zrobię, co w mojej mocy.

Spojrzała na niego jeszcze raz, a potem szybko odwróciła wzrok.

– Wiem – odparła. – Dziękuję ci, Ezio.

40

Kwartał sprzedawców obrazów nie był trudny do znalezienia – składały się na niego dwie wąskie, równoległe uliczki, przy których mieściły się małe sklepiki, rozświetlone blaskiem lamp, padającym na wystawione skarby.

Ezio szedł wolno, od jednego do drugiego, przyglądając się bardziej klientom niż samym malowidłom. Nie minęło dużo czasu, kiedy zauważył podejrzanie wyglądającego typa w jaskrawym odzieniu, wychodzącego z jednej z galerii i przeliczającego pieniądze w skórzanym mieszku. Podszedł do niego. Mężczyzna od razu przybrał obronną postawę.

– Czego chcesz? – spytał nerwowo.

– Właśnie coś sprzedałeś, prawda?

Tamten wyprostował się.

– Jeśli cię to interesuje, to...

– Portret pewnej damy?

Złodziej zamachnął się pięścią na Ezia, gotowy do uskoku i ucieczki, ale asasyn był dla niego zbyt szybki. Podciął mu nogi i powalił go na ziemię. Monety rozsypały się po bruku.

– Pozbieraj je i oddaj mi – rozkazał Ezio.

– Nic nie zrobiłem! – prychnął złodziej, mimo to wykonując polecenie. – Niczego mi nie udowodnisz!

– Nie muszę – syknął Ezio przez zaciśnięte zęby, pochylając się wymownie nad ofiarą. – Sam mi o wszystkim opowiesz.

Ton złodzieja przeszedł w skomlenie.

– Znalazłem ten obraz. To znaczy ktoś mi go dał.

Ezio zdzielił go po głowie.

– Ustal najpierw wersję, zanim zaczniesz kłamać w żywe oczy.

– Boże, pomocy! – zawodził bity.

– Bóg ma o wiele lepsze rzeczy do roboty, niż odpowiadać na twoje modlitwy.

Złodziej skończył zbierać monety i potulnie oddał sakiewkę Eziowi, który szarpnięciem postawił go na nogi i przyszpilił do pobliskiej ściany.

– Nie obchodzi mnie, jak zdobyłeś ten obraz – powiedział. – Mów tylko, gdzie on jest.

– Sprzedałem go handlarzowi, o tu. Za nędzne dwieście *akçe*. – Głos mu się załamał; wskazał sklep. – Jak inaczej mam się utrzymać?

– Następnym razem poszukaj przyjemniejszego sposobu, jeśli koniecznie chcesz pozostać *canaglią*.

Ezio wypuścił złodzieja, który przeklinając, pierzchnął co sił. Asasyn popatrzył za nim, a potem wszedł do galerii.

Starannie przejrzał wystawione na sprzedaż obrazy i rzeźby. Nietrudno było znaleźć to, czego szukał, bo właściciel właśnie skończył wieszać portret. Nie był on duży, ale piękny – popiersie, trzy czwarte profilu Sofii, kilka lat młodszej, z kręconymi włosami, naszyjnikiem z brylantami i gagatami, z czarną wstążką przywiązaną do prawego ramiączka satynowej sukni w kolorze brązu. Ezio domyślił się, że portret musiał zostać namalowany dla rodziny Sartor, kiedy *Meister* Dürer krótko mieszkał w Wenecji.

Właściciel galerii, widząc, że Ezio ogląda obraz, podszedł do niego.

– Oczywiście jest na sprzedaż, jeśli ci się podoba. – Cofnął się o krok, podziwiając portret razem z klientem. – Olśniewające dzieło. Sam widzisz, wygląda na nim jak żywa. Jej uroda aż jaśnieje!

– Ile za niego chcesz?

Marszand zacukał się.

– Trudno wycenić rzecz bezcenną, prawda? – Przerwał. – Ale widzę, że jesteś koneserem. Powiedzmy... pięćset?

– Zapłaciłeś dwieście.

Mężczyzna z przerażeniem podniósł ręce.

– *Efendim*! Gdzieżbym śmiał naciągać takiego człowieka jak ty! A zresztą skąd wiesz?

– Dopiero co rozmawiałem ze sprzedawcą. Ledwie pięć minut temu.

Właściciel galerii zrozumiał, że z Eziem nie ma żartów.

– Ha! Istotnie. Ale poniosłem pewne koszty.

– Dopiero co go zawiesiłeś. Widziałem.

– Dobrze więc... – Sprzedawca stracił całą pewność siebie. – W takim razie czterysta?

Ezio popatrzył na niego bez słowa.

– Trzysta? Dwieście pięćdziesiąt?

Ezio starannie włożył mu w dłoń sakiewkę.

– Dwieście. Proszę. Przelicz, jeśli chcesz.

– Będę musiał go zapakować.

– Mam nadzieję, że nie oczekujesz za to dodatkowej zapłaty.

Mamrocząc pod nosem, marszand zdjął obraz i zawinął go starannie w bawełnianą tkaninę, którą wyjął z pudełka przy ladzie. Potem podał go Eziowi.

– Interesy z tobą to sama przyjemność – powiedział sucho.

– Następnym razem nie przyjmuj tak skwapliwie kradzionego towaru – odparł Ezio. – Mogłeś trafić na klienta, który zażądałby dowodu pochodzenia tak dobrego obrazu. Na szczęście dla ciebie jestem gotów przymknąć na to oko.

– A czemu, jeśli wolno spytać?

– Przyjaźnię się ze sportretowaną.

Oniemiały ze zdumienia sprzedawca ukłonił się i pośpiesznie, acz z wielką uprzejmością odprowadził Ezia do wyjścia.

– Z tobą też przyjemnie robi się interesy – powiedział mu Ezio z przekąsem na odchodnym.

41

Nie mogąc udać się na spotkanie z Sofią tego wieczora, Ezio wysłał jej liścik z propozycją spotkania następnego dnia pod Meczetem Bajezida, gdzie zamierzał oddać jej obraz.

Kiedy tam przyszedł, już na niego czekała. W plamach słonecznych wyglądała tak pięknie, że Ezio pomyślał, iż portret, jakkolwiek mistrzowski, nie oddaje pełni jej urody.

– Ładnie uchwycone podobieństwo, nie sądzisz? – spytała, kiedy rozpakował obraz i wręczył go jej.

– Wolę pierwowzór.

Żartobliwie szturchnęła go łokciem.

– *Buffone* – powiedziała. Zaczęli iść. – To prezent od mojego ojca na moje dwudzieste ósme urodziny, byliśmy wtedy w Wenecji. – Zamilkła, wspominając. – Musiałam pozować *messer* Albrechtowi Dürerowi przez bity tydzień. Wyobrażasz to sobie? Mnie siedzącą bez ruchu przez siedem dni? W bezczynności?

– Nie wyobrażam sobie.

– *Una tortura*!

Przystanęli przy pobliskiej ławce i Sofia usiadła. Ezio stłumił śmiech na myśl o niej: pozującej, usiłującej się nie poruszyć przez cały ten czas. Ale efekt z pewnością był tego wart.

Śmiech zamarł mu na ustach, kiedy Sofia wyjęła kartkę papieru; Ezio natychmiast spoważniał, podobnie jak ona.

– Jedno przynajmniej wyszło... – powiedziała. – Zlokalizowałam dla ciebie następną księgę. Niedaleko stąd.

Podała mu złożony papier.

– *Grazie* – powiedział. Ta kobieta była geniuszem. Skinął jej z powagą głową i chciał odejść, ale zatrzymała go pytaniem.

– Ezio, o co w tym wszystkim chodzi? Nie jesteś uczonym, to jedno jest jasne. – Zerknęła na jego miecz. – Bez obrazy, oczywiście! – Przerwała. – Pracujesz dla Kościoła?

Ezio zaśmiał się, rozbawiony.

– Nie dla Kościoła, nie. Ale jestem nauczycielem... w pewnym sensie.

– Czyli kim?

– Któregoś dnia ci wyjaśnię, Sofio. Kiedy będę mógł.

Pokiwała głową, rozczarowana, ale zauważył, że niezbyt mocno. Miała dość rozsądku, by zaczekać.

42

Odczytany szyfr zaprowadził Ezia do starożytnej budowli, odległej o zaledwie trzy przecznice, w samym centrum dystryktu Bajezida. Kiedyś był to prawdopodobnie skład, teraz nieużywany; wyglądał na zamknięty dla bezpieczeństwa, ale kiedy Ezio pchnął drzwi, okazały się otwarte. Rozejrzał się czujnie po ulicy, wypatrując osmańskich strażników albo janczarów, a potem wszedł do środka.

Postępując według instrukcji z kartki, wszedł po schodach na pierwsze piętro i ruszył korytarzem, na końcu którego znalazł kantor – nieduże pomieszczenie, całe zakurzone. Na półkach wciąż jednak stały księgi obrachunkowe, a na stole leżał komplet piór i nóż do papieru. Ezio rozejrzał się uważnie, ale na ścianach nie było żadnych śladów tego, czego szukał. W końcu jego bystre oczy zauważyły nieciągłość płytek wokół kominka.

Obmacał to miejsce delikatnie, aż znalazł płytkę, która poruszyła się pod palcami. Podważył ją nożem do papieru, który wziął ze stołu, cały czas nasłuchując jakichkolwiek odgłosów z dołu – choć był pewien, że nikt nie widział, jak wchodził do budynku. Płytka ustąpiła po krótkiej chwili, odsłaniając drewniany panel. Ezio wyjął go i w słabym świetle ujrzał za nim książkę. Wyciągnął ją ostrożnie. Była mała i bardzo stara. Spojrzał na tytuł na grzbiecie: *Bajki* Ezopa, spisane przez Sokratesa, kiedy skazano go na śmierć.

Zdmuchnął z niej kurz i otworzył z podnieceniem na pierwszej, czystej karcie. Tak jak się spodziewał, ukazała się na niej mapa Konstantynopola. Przyjrzał się jej uważnie, cierpliwie skupiony. Kiedy karta rozjarzyła się nieziemskim blaskiem, zobaczył, że zaznaczono na niej Wieżę Galata. Ezio schował książkę w sakwie przy pasie, wyszedł z budynku i ruszył na północ. Promem pokonał Złoty Róg i dotarł do nabrzeża u podnóża wieży.

Musiał użyć całej swojej sprawności wtapiania się w tłum, by minąć straże, ale gdy znalazł się już w środku, książka pokazała mu drogę. Poprowadziła go krętymi, kamiennymi schodami na półpiętro. Na pierwszy rzut oka nie było tu niczego oprócz gołych, kamiennych ścian. Ezio zajrzał jeszcze raz do książki i upewnił się, że jest we właściwym miejscu. Obmacał ściany, szukając jakiegokolwiek charakterystycznego zagłębienia, które wskazywałoby na ukryty otwór. Cały czas nasłuchiwał przy tym kroków na schodach, ale nikt nie nadchodził.

W końcu znalazł szczelinę między kamieniami, która nie była wypełniona zaprawą. Przesuwając wzdłuż niej palcami, odkrył bardzo wąskie, ukryte przejście.

Po kolejnej chwili poszukiwań i naciskania otaczających drzwi kamieni, znalazł jeden, jakieś trzy stopy nad podłogą, który ustąpił lekko i pozwolił otworzyć przejście do środka. Oczom Ezia ukazało się schowane w grubym murze wieży pomieszczenie, tak małe, że ledwie dawało się do niego wejść. Wewnątrz, na wąskiej kolumnie spoczywał kolejny okrągły klucz – dla Ezia trzeci. Asasyn wcisnął się do środka, żeby go zabrać. Klucz zaczął świecić, szybko nabierając blasku. Samo pomieszczenie wydawało się powiększać, a Ezio poczuł, że jest przenoszony w inny czas i inne miejsce.

Kiedy światłość wróciła do normalnego natężenia – blasku słońca – Ezio znów ujrzał Masjaf. Upłynęło jednak sporo czasu. W sercu wiedział, że wiele lat. Nie miał pojęcia, czy to sen, czy jawa. Wydawało się, że sen, bo nie był jego częścią; ale jednocześnie jakimś sposobem brał udział w tym, co widział. Miał wrażenie, że śni, ale zarazem doświadczenie to przypominało mu w pewien sposób – Ezio nie umiał określić w jaki – wspomnienie.

Bezcielesny, zjednoczony ze sceną, która się przed nim rozgrywała, ale zarazem odrębny, patrzył i czekał... Aż znów ujrzał młodego mężczyznę w bieli, choć ten nie był już młody; musiało minąć kilkadziesiąt lat.

Twarz miał zatroskaną...

43

Po długiej nieobecności i podróży na wschód, Altaïr wrócił do siedziby Zgromadzenia Asasynów. Był rok Pański 1228. Altaïr, mający już sześćdziesiąt trzy lata, choć wciąż szczupły i żwawy, siedział na kamiennej ławce pod chatą w wiosce Masjaf i rozmyślał. W życiu przeszedł wiele, ale to nie był jeszcze czas, by mógł w końcu zaznać spokoju; miał nieodparte wrażenie, że nadciąga kolejne nieszczęście. Na razie udawało mu się chronić wspaniały, straszny artefakt. Na jak długo jeszcze starczy mu sił? Jak długo jeszcze jego kark pozostanie nieugięty pod ciosami przeznaczenia?

Jego rozmyślania przerwało pojawienie się jego żony, Marii Thorpe, Angielki, która kiedyś – dawno temu – była jego wrogiem; kobiety, która chciała należeć do Stowarzyszenia Templariuszy. Czas i przypadek wszystko to zmieniły. Teraz, po długim wygnaniu, wrócili do Masjafu i razem stawiali czoła losowi.

Maria usiadła na ławce obok męża, wyczuwając jego przygnębienie. Altaïr przekazał jej wieści.

– Templariusze odbili Bibliotekę na Cyprze. Abbas Sofian nie wysłał posiłków obrońcom. To była masakra.

Maria rozchyliła usta w grymasie zaskoczenia i rozczarowania.

– Jak to możliwe?

– Mario, posłuchaj mnie. Kiedy dziesięć długich lat temu opuszczaliśmy Masjaf, nasze Zgromadzenie było silne. Ale od tamtej pory wszystkie nasze postępy, wszystko, co zbudowaliśmy, zostało zniweczone, zaprzepaszczone.

Twarz Marii zastygła w skrywanej wściekłości.

– Abbas musi za to odpowiedzieć.

– Odpowiedzieć, tylko przed kim? – odparł Altaïr ze złością. – Asasyni są obecnie na jego wyłączne rozkazy.

Położyła mu dłoń na ramieniu.

– Pohamuj swoją żądzę zemsty, Altaïrze. Jeśli mówisz prawdę, dostrzegą niewłaściwość swojego postępowania.

– Abbas stracił naszego najmłodszego syna, Mario! Zasłużył na śmierć!

– Owszem, lecz jeśli nie odzyskasz Bractwa uczciwymi metodami, jego fundamenty skruszeją.

Altaïr przez chwilę nie odpowiadał, siedział w milczeniu, tocząc jakąś głęboko skrywaną, wewnętrzną walkę. W końcu jednak podniósł wzrok, a jego twarz się rozjaśniła.

– Masz rację, Mario – powiedział spokojnie. – Trzydzieści lat temu pozwoliłem, żeby namiętność zaćmiła mi rozum. Byłem uparty i ambitny i doprowadziłem w Bractwie do pęknięcia, które nigdy nie zniknęło.

Wstał, a Maria wraz z nim. Powoli, pogrążeni w rozmowie, szli przez wioskę.

– Mów rozsądnie, Altaïrze, a rozsądni ludzie cię wysłuchają – zachęciła Maria.

– Niektórzy być może. Ale nie Abbas.

Altaïr pokręcił głową.

– Powinienem był go wydalić trzydzieści lat temu, kiedy próbował skraść Jabłko.

– Ależ mój drogi, zaskarbiłeś sobie szacunek pozostałych, bo byłeś litościwy, pozwoliłeś mu zostać.

Altaïr uśmiechnął się do niej przebiegle.

– Skąd to wszystko wiesz? Nawet cię tam nie było.

Odwzajemniła jego uśmiech.

– Wyszłam za mistrza opowieści – odparła lekko.

Szli dalej, aż pojawiła się przed nimi bryła zamczyska. Spowijała go atmosfera zaniedbania, porzucenia.

– Popatrz tylko – warknął Altaïr. – Masjaf jest cieniem swojej dawnej świetności.

– Bardzo długo nas nie było – przypomniała mu łagodnie żona.

– Ale nie chowaliśmy się – odparł zdenerwowany. – Zagrożenie ze strony Mongołów, Burzy ze Wschodu, hord prowadzonych przez Dżyngis Chana – to wymagało naszej uwagi i z tym pojechaliśmy się zmierzyć. Kto inny może się pochwalić czymś podobnym?

Szli dalej. Po chwili Maria przerwała milczenie.

– Gdzie nasz najstarszy syn? Czy Darim wie, że jego brat nie żyje?

– Wysłałem mu wiadomość cztery dni temu. Przy odrobinie szczęścia powinna już do niego dotrzeć.

– W takim razie może go niedługo zobaczymy.

– Jeśli Bóg tak zechce. – Altaïr przerwał. – Wiesz, kiedy myślę o Abbasie, prawie mi go żal. Jego uraza wobec nas jest jak nieprzenikniony pancerz.

– Jego rana jest głęboka, kochany. Może... może to pomoże mu usłyszeć prawdę.

Ale Altaïr pokręcił głową.

– To nie będzie miało znaczenia, nie dla niego. Zranione serce w każdej mądrości dostrzega ostrze noża. – Znów przerwał i przyjrzał się garstce wieśniaków, którzy mijali go, odwracając albo spuszczając wzrok. – Idąc przez tę wioskę, wyczuwam w ludziach wielki strach, nie miłość.

– Abbas skradł całą radość.

Altaïr stanął jak wryty i spojrzał poważnie na żonę. Popatrzył na jej twarz, poznaczoną zmarszczkami, ale wciąż piękną, oczy wciąż jasne, choć wyobrażał sobie, że widzi w nich odbicie tego wszystkiego, co razem przeszli.

– Być może zdążamy na własną zgubę, Mario.

Wzięła go za rękę.

– Być może. Lecz zdążamy razem.

44

Maria i Altaïr dotarli do zamku i zaczęli napotykać asasynów – członków Bractwa – którzy ich znali. Ale nie były to bynajmniej przyjazne spotkania. Kiedy jeden zbliżył się do nich i zaczął ich mijać, nie zwracając na nich uwagi, Altaïr zatrzymał go.

– Bracie. Pomów z nami chwilę.

Asasyn niechętnie się odwrócił, a wyraz jego twarzy pozostał nieprzystępny.

– Po cóż mam z tobą gadać? Żebyś namieszał mi w głowie tym swoim diabelskim artefaktem?

I oddalił się pospiesznie, nie chcąc więcej rozmawiać.

Tuż za nim szedł następny. On także wyraźnie chciał uniknąć jakiegokolwiek kontaktu z byłym Mistrzem i jego żoną.

– Wszystko u ciebie dobrze, bracie? – spytał Altaïr, stając mu na drodze, a w jego tonie było coś wyzywającego.

– Kto pyta? – odparł tamten gburowato.

– Nie poznajesz mnie? Jestem Altaïr.

Asasyn zmierzył go wzrokiem.

– To imię brzmi pusto, a ty... ty jesteś nikim. Więcej dowiedziałbym się, mówiąc z wiatrem.

Niezaczepiani, dotarli do zamkowych ogrodów. Tam zrozumieli, dlaczego wpuszczono ich tak daleko – nagle otoczyli ich odziani na ciemno asasyni, lojalni bezwzględnemu uzurpatorowi, Abbasowi. Byli gotowi do uderzenia. Nagle na murze powyżej ukazał się sam Abbas, kpiąco tryumfujący.

– Niechaj mówią! – rozkazał władczym tonem. – Po co tu przyszliście? – spytał Altaïra i Marię. – Po co wróciliście, nieproszeni, do tego miejsca? Żeby sprofanować je jeszcze bardziej?

– Chcemy poznać prawdę o śmierci naszego syna – odparł Altaïr spokojnym, donośnym głosem. – Dlaczego Sef został zabity?

– Chcecie prawdy czy pretekstu do zemsty? – odpowiedział pytaniem na pytanie Abbas.

– Jeśli prawda da nam pretekst, wykorzystamy go – rzuciła Maria.

Abbas zawahał się, ale po chwili ściszonym głosem powiedział:

– Oddaj Jabłko, Altaïrze, a powiem ci, czemu wasz syn został skazany na śmierć.

Altaïr pokiwał głową, jakby do siebie, i odwrócił się do zebranego Bractwa Asasynów. Rozkazująco podniósł głos.

– Zatem prawda już wyszła na jaw! Abbas chce posiąść Jabłko. Nie po to, żeby otworzyć wasze umysły, lecz żeby je kontrolować!

– Obcowałeś z tym artefaktem przez trzydzieści lat, Altaïrze – odparował szybko Abbas. – Napawałeś się jego mocą i gromadziłeś jego sekrety. Wypaczył cię!

Altaïr powiódł wzrokiem po morzu twarzy, w większości zwróconych przeciwko niemu, niektórych – nielicznych –

zdradzających wątpliwości. Szybko obmyślił plan, który miał szansę się powieść.

– Dobrze, Abbasie – powiedział. – Weź je.

Wyjął Jabłko z sakwy przy boku i podniósł je do góry.

– Co...? – zaczęła Maria, zaskoczona.

Na widok Jabłka oczy Abbasa rozbłysły, ale zawahał się, zanim dał znak swojemu strażnikowi, by podszedł i wyjął je ze szczupłej dłoni Altaïra.

Ten zbliżył się. Kiedy stanął obok Altaïra, zawładnął nim demon: z szyderczym wyrazem twarzy pochylił się ku dawnemu Mistrzowi i wyszeptał mu do ucha:

– To ja straciłem twojego syna Sefa. Nim go zabiłem, powiedziałem mu, że to ty skazałeś go na śmierć.

Nie zobaczył błysku w oczach Altaïra i mówił dalej, zadowolony z siebie, z trudem powstrzymując śmiech.

– Sef umarł, wierząc, że go zdradziłeś.

Altaïr zwrócił na niego płonące spojrzenie. Jabłko w jego ręku eksplodowało jasnością wybuchającej gwiazdy.

– Aaaaaaaa! – wrzasnął strażnik z bólu. Całe jego ciało zaczęło się wić w niekontrolowanych drgawkach. Złapał się za głowę, wpił palce w skronie. Wyglądał jakby próbował oderwać sobie głowę, żeby tylko przerwać cierpienia.

– Altaïrze! – krzyknęła Maria.

On jednak pozostał głuchy na jej słowa. Oczy miał czarne z wściekłości. Pchany niewidzialną siłą strażnik, choć próbował hamować własne odruchy, wyciągnął zza pasa długi nóż i drżącymi z wysiłku rękami uniósł go w górę, żeby wbić go sobie w serce.

Maria chwyciła męża za ramię i potrząsnęła nim.

– Altaïrze! – zawołała znów. – Nie!

Jej słowa w końcu poskutkowały. Chwilę później Altaïr wyrwał się z transu. Jego oczy wróciły do normalnego stanu, a Jabłko wchłonęło swoje światło, stało się ciemne i matowe, nieruchome w jego dłoni.

Ale strażnik, uwolniony od siły, która trzymała go w uścisku, otrząsnął się jak pies, potoczył dookoła wściekłym spojrzeniem strachu i złości, a potem z okrutnym bluźnierstwem na ustach rzucił się na Marię i wbił jej nóż głęboko w plecy. Odskoczył, puszczając sztylet. Z ust Marii dobiegł cichy jęk. Wszyscy asasyni stali jak skamieniali. Sam Abbas milczał z otwartymi ustami.

Altaïr poruszył się pierwszy. Strażnikowi wydawało się, że dawny Mistrz wyjmuje swoje ukryte ostrze niezwykle wolno. Wysunęło się z dźwiękiem, który zabrzmiał głośno jak trzask pękającej w słońcu skały. Strażnik widział, jak zbliża się do niego, cal po calu, chwila po chwili, jak mu się zdawało. Nagle z szybkością i siłą błyskawicy ostrze rozłupało mu twarz między oczami. Coś wybuchło w jego głowie – a potem nastała pustka.

Altaïr stał przez moment, patrząc, jak strażnik osuwa się na ziemię, bryzgając krwią spomiędzy zmiażdżonych oczu. Po czym chwycił upadającą żonę i opuścił ją łagodnie na ziemię, która – wiedział to – wkrótce miała ją przyjąć. W sercu czuł przejmujący chłód. Nachylił się nad Marią, ich twarze były tak blisko, że wyglądali jak kochankowie pragnący się pocałować. Cisza spowiła ich jak zbroja. Maria próbowała mówić. Altaïr wytężył słuch.

– Altaïrze. Moja miłości. Siło.

– Mario…

Jego głos był zaledwie udręczonym szeptem.

Nagle brutalnie na powrót otoczyły go dźwięki, pył i smród, strzaskały ochronny pancerz, a nad tym wszystkim rozległ się piskliwy wrzask Abbasa:

– Jest opętany! Zabić go!

Altaïr wstał, wyprostował się i powoli wycofał.

– Brać Jabłko! – wrzeszczał Abbas. – Szybko!

45

Altaïr zbiegł, zanim zdążyli zareagować – pierzchnął z zamku przez rozwartą bramę, w dół po skarpie w rzadkie zarośla, porastające teren między fortecą i wioską od północy. Tam, na polanie, jakby cudem, napotkał innego mężczyznę, podobnego do niego, ale o pokolenie młodszego.

– Ojcze! – zawołał nowo przybyły. – Przyjechałem, jak tylko przeczytałem twoją wiadomość. Co się stało? Spóźniłem się?

W zamku za nimi na alarm zagrały rogi.

– Darim! Synu! Zawracaj!

Darim spojrzał za ojca nad jego ramieniem. Na skałach za lasem widział zbierające się gromady asasynów, szykujących się, by na nich zapolować.

– Czy oni wszyscy poszaleli?

– Darimie, wciąż mam Jabłko. Musimy jechać. Nie może wpaść w ręce Abbasa.

W odpowiedzi Darim odpiął sakwę od siodła, wyciągnął z niej futerał z nożami do rzucania i położył go na ziemi.

– Mam tam więcej noży, bierz, jeśli potrzebujesz.

Asasyni lojalni Abbasowi zobaczyli ich; niektórzy biegli prosto na nich, inni rozproszyli się na boki, żeby zajść ich z flanki.

– Będą próbowali się na nas zasadzić – powiedział Altaïr ponuro. – Miej przy sobie spory zapas noży. Musimy być gotowi.

Ruszyli przez las, zapuszczali się coraz głębiej.

Była to niebezpieczna droga. Często musieli się kryć, kiedy zauważali grupy asasynów, którzy ich wyprzedzili albo którzy próbowali zajść ich z boku czy z tyłu.

– Nie oddalaj się – powiedział Darim. – Wyjdziemy z tego razem.

– Zawróćmy. W wiosce są konie. Kiedy zdobędziemy wierzchowce, spróbujemy się dostać na wybrzeże.

Aż do tej pory Darim był zbyt przejęty bezpośrednim zagrożeniem, by myśleć o czymś innym, teraz jednak zapytał:

– Gdzie matka?

Altaïr ze smutkiem pokręcił głową.

– Nie żyje, Darimie. Przykro mi.

Darim głęboko odetchnął.

– Co? Jak?!

– Później. Później będzie czas na rozmowę. Teraz musimy im uciec. Musimy walczyć.

– Ale to są nasi bracia. Asasyni. Przecież możemy z nimi pomówić, przekonać ich.

– Zapomnij o rozsądku, Darimie. Zatruło ich kłamstwo.

Zapadła cisza.

– Czy to Abbas zabił mojego brata? – spytał w końcu Darim.

– Zabił twojego brata. Zabił naszego wspaniałego towarzysza, Malika Al-Sayfa. I niezliczonych innych – odparł ponuro Altaïr.

Darim pochylił głowę.

– To szaleniec. Bez skrupułów. Bez sumienia.

– Szaleniec dowodzący armią.

– Umrze – powiedział Darim zimno. – Któregoś dnia zapłaci za to, co uczynił.

Dotarli na obrzeża wioski. Poszczęściło im się – dostali się do stajni niezaczepiani, choć wioska roiła się od asasynów. Pospiesznie osiodłali konie i wsiedli na nie. Kiedy odjeżdżali, usłyszeli głos Abbasa, ryczącego jak zranione zwierzę. Stał na szczycie małej wieży na wioskowym placu.

– Będę miał Jabłko, Altaïrze! I będę miał twoją GŁOWĘ za hańbę, którą ściągnąłeś na moją rodzinę! Nie możesz uciekać w nieskończoność! Ani przed nami, ani przed swoimi kłamstwami!

Jego głos ucichł w oddali, kiedy galopem zostawili wioskę za sobą.

Pięć mil dalej ściągnęli wodze. Jak dotąd nikt ich nie ścigał. Zyskali na czasie. Darim, jadący z tyłu, spostrzegł, że jego ojciec siedzi w siodle pochylony, wyczerpany i udręczony. Podjechał bliżej i z troską spojrzał w twarz Altaïra.

Dawny Mistrz Bractwa, zgarbiony, bliski był płaczu.

– Maria. Ukochana. – Darim usłyszał jego szept.

– Ojcze – powiedział. – Musimy jechać dalej.

Altaïr z ogromnym wysiłkiem wziął się w garść i pogonił konia do galopu. Ruszyli przed siebie, znikając w nieprzyjaznym krajobrazie.

46

Złożywszy klucz wraz z pozostałymi w bezpiecznym miejscu w konstantynopolskiej siedzibie asasynów i dostarczywszy *Ezopa* Sokratesa wdzięcznej i pełnej podziwu Sofii, Ezio uznał, że pora donieść księciu Sulejmanowi, czego dowiedział się w Arsenale.

Zyskał pewne wskazówki, gdzie go szukać. Udał się do wytwornego parku niedaleko Meczetu Bajezida, gdzie zastał Sulejmana i jego wuja Ahmeta siedzących w cieniu platanu. Słońce podkreślało zieleń wielkich liści drzewa. W dyskretnej odległości od grających w szachy książąt stał na straży janczar. Ezio ustawił się tak, by móc ich obserwować, sam pozostając niezauważonym. Chciał porozmawiać z księciem na osobności. Interesowały go też szachy – gra nauczyła go wielu umiejętności, które przydały mu się gdzie indziej – i z uwagą śledził przebieg rozgrywki.

Zdawało się, że żaden z graczy nie ustępuje drugiemu. Po jakimś czasie Sulejman, dumający nad ruchem wuja, który zagroził jego królowi, odpowiedział roszadą.

– To niedozwolony ruch – zaprotestował zaskoczony Ahmet.

– To europejska odmiana *arrocco*.

– Interesujące, ale to chyba niezbyt uczciwe, kiedy grasz według innych zasad niż twój przeciwnik.

– Będziesz myślał inaczej, kiedy zostaniesz sułtanem – powiedział beznamiętnie Sulejman.

Ahmet wyglądał, jakby ktoś wymierzył mu policzek, ale nic nie powiedział. Sulejman wziął swojego króla.

– Mam cofnąć ruch? – spytał.

Ahmet w odpowiedzi wstał.

– Sulejmanie – powiedział. – Wiem, że jest ci ciężko patrzeć, jak twój ojciec i ja spieramy się o tron Bajezida.

Młodzieniec wzruszył ramionami.

– Dziadek wybrał ciebie, a jego słowo jest prawem, *kanun*. O co tu się kłócić?

Książę Ahmet popatrzył na bratanka z niechętnym podziwem.

– Twój ojciec i ja byliśmy kiedyś blisko, ale jego okrucieństwo i ambicja...

– Słyszałem plotki, wuju – przerwał mu stanowczo Sulejman.

Zakłopotany Ahmet odwrócił wzrok i przez chwilę patrzył na park. Potem znów przyjrzał się szachownicy.

– Cóż – powiedział w końcu. – Niedługo mam spotkanie z radą wezyrów. Dokończymy innym razem?

– Kiedy tylko zapragniesz – odparł serdecznie Sulejman.

Wstał, ukłonił się wujowi, który odpowiedział mu tym samym, i odszedł ze swoim wartownikiem. Ezio zaczekał chwilę; spojrzał na Sulejmana, który usiadł z powrotem, przyglądając się szachownicy.

Potem ruszył naprzód.

Sulejman zobaczył go i gestem polecił swoim żołnierzom nie zatrzymywać gościa.

– Ezio.

Ezio przeszedł prosto do rzeczy.

– Tarik sprzedaje rusznice temu kutwie, Manuelowi Paleologowi.

Twarz Sulejmana pociemniała. Zacisnął dłoń w pięść.

– Paleolog. Przykro mi to słyszeć. – Znów wstał. – Ostatnim cesarzem Bizancjum był Konstantyn Paleolog. Jeśli jego spadkobierca uzbraja jakieś bojówki, dojdzie do konfliktu i jego eskalacji. I to teraz, kiedy mój ojciec i dziadek walczą ze sobą.

Ucichł i zamyślił się. Ezio zgadywał, że Sulejman rozważa jedną z najtrudniejszych decyzji, jaką musiał podjąć w swoim krótkim życiu.

– Tarik wie, dokąd rusznice mają być dostarczone – powiedział. – Jeśli znajdę go pierwszy, będę mógł w ślad za bronią trafić prosto do Bizantyjczyków.

Sulejman spojrzał na niego.

– Tarik będzie ze swoimi janczarami w koszarach. Jeśli chcesz się do niego zbliżyć, sam będziesz musiał zostać janczarem.

Ezio uśmiechnął się.

– To nie problem.

– *Güzel* – stwierdził Sulejman. – Doskonale. – Zamyślił się jeszcze na chwilę i było jasne, że decyzja, którą właśnie podejmuje, nie przychodzi mu łatwo; kiedy jednak już ją podjął, był stanowczy. – Zdobądź potrzebne informacje, a potem go zabij.

Ezio uniósł brew.

Z tej strony Sulejmana jeszcze nie znał.

– Jesteś pewien, Sulejmanie? Mówiłeś, że Tarik i twój ojciec to bliscy przyjaciele.

Książę z trudem przełknął ślinę, a potem zrobił wyzywającą minę.

– To prawda. Ale taka jawna zdrada wobec mojego dziadka zasługuje na śmierć.

Ezio patrzył na niego przez dłuższą chwilę.

– Rozumiem – rzekł.

Nie pozostało nic więcej do omówienia. Ezio odszedł. Kiedy się obejrzał, Sulejman dalej wpatrywał się w szachownicę.

47

Z niewielką pomocą asasynów Yusufa Ezio zdołał wciągnąć w pułapkę niczego niepodejrzewającego janczara na Bazarze i pozbawić go munduru. Nie przyszło im to jednak łatwo. Janczar zaciekle się bronił i ciężko ranił dwóch asasynów, nim został pokonany śmiertelnym pchnięciem. Ezio musiał z pomocą Azize sprać plamę krwi z białej szaty, zanim ją założył. Potem mógł uchodzić za janczara, bez dwóch zdań, o ile tylko zasłonił białym szalem brodę, odsłaniając jedynie wąsy.

W drodze do koszar bawiła go i zarazem niepokoiła reakcja miejscowych, zarówno mężczyzn, jak i kobiet, Osmanów i Bizantyjczyków, choć wszystkie napotkane nacje przejawiały takie same zachowania. Jedni otwarcie go podziwiali, wręcz podlizywali się. Inni odnosili się do niego z subtelnym lekceważeniem, jeszcze inni – ze strachem i niepewnością.

Było jasne, że janczarzy są w najlepszym razie tolerowani, w najgorszym – nienawidzeni. Ezio nie napotkał ani śladu autentycznej sympatii czy szacunku. Zdołał się zorientować, że największą niechęć żywiono do janczarów z koszar Tarika. Zapamiętał to sobie, pewny, że kiedyś przyda mu się ta informacja, tymczasem skupił się na swoim zadaniu.

Dzięki mundurowi nikt go nie zaczepiał ani nie zatrzymywał w drodze do koszar, o czym Ezio przekonał się z ulgą, tym bardziej że – jak wkrótce miał się dowiedzieć – zabójstwo janczara przez asasynów zostało już odkryte. Po drodze minął plac, na którym seldżucki herold obwieszczał śmierć janczara tłumowi zainteresowanych gapiów.

– Złe wieści, obywatele Konstantiniyye! – wołał. – Sługa naszego sułtana padł z rąk złoczyńców i został odarty z szat. – Rozejrzał się dookoła i podniósł głos jeszcze bardziej. – Wypatrujcie jakichkolwiek podejrzanych działań!

Ezio przeszedł przez plac, starając się nie rzucać w oczy, ale nie mógł uniknąć wszystkich spojrzeń. Modlił się o wejście do koszar niezaczepiany. Skoro wiedzieli o morderstwie i o tym, że janczara zabito dla jego munduru, na pewno natychmiast wzmogli czujność.

– Biada temu, kto odebrał życie naszemu janczarowi – zawodził dalej herold. – Trzeba znaleźć tego złoczyńcę i wymierzyć mu sprawiedliwość! Jeśli go zobaczycie, mówcie!

Potoczył po tłumie znaczącym spojrzeniem i dla większego efektu potrząsnął swoim zwojem.

– Strzeżcie się, obywatele! Na naszych ulicach grasuje morderca, człowiek bez sumienia, polujący na sługi naszego sułtana. Janczarzy poświęcili swe życie w obronie cesarstwa. Odwdzięczcie się im i znajdźcie jego zabójcę, zanim uderzy ponownie!

Furta w bramie koszar janczarów była otwarta, choć pilnowało jej dwóch wartowników. Na widok Ezia stanęli na baczność, a on zrozumiał, że szczęśliwym zbiegiem okoliczności pozbawił munduru podoficera albo oficera. Jego strój wzbudzał respekt, choć dla niewtajemniczonych mundury oficerów i zwykłych żołnierzy niczym się nie różniły. Ezio wszedł do kompleksu koszarowego bez trudu, ale kiedy tylko się tam dostał, zaczęły do niego docierać urywki rozmów o zabójstwie.

– *Khardeshlerim*, niecałą godzinę temu znaleźli jednego z naszych, zabitego i odartego z ubrania. Ktoś podobno rzucił jego ciało na stertę łajna, jakby było śmieciem – mówił jeden z janczarów do swoich towarzyszy, którzy zamruczeli groźnie na tę wieść. – Rozglądajcie się bacznie – ciągnął. – Ktoś planuje zaatakować, przebrany w ten mundur. Musimy być czujni, dopóki nie zostanie pojmany.

– I wypatroszony – dodał inny.

Ezio przez cały czas zachowywał wzmożoną ostrożność, jak długo się da. Ze spuszczoną głową penetrował koszary, zapoznając się z ich rozkładem i podsłuchując rozmowy. To, co usłyszał, było bardzo cenne i pouczające.

– Selim rozumie naszą niedolę. Bizantyjczycy, mamelucy, safawidzi – tylko on ma odwagę stawić czoła zagrożeniom, jakie stwarzają te ludy – powiedział jeden z żołnierzy.

– Prawdę mówisz. Selim to wojownik, tak jak Osman i Mehmet przed nim – odparł inny.

– To dlaczego nasz sułtan Bajezid wybrał domowego kotka, zamiast lwa?

– Książę Ahmet odziedziczył po sułtanie swoje łagodne usposobienie. Oto dlaczego. Obawiam się, że są do siebie zbyt podobni.

Do rozmowy włączył się trzeci żołnierz.

– Sułtan Bajezid to dobry człowiek i łagodny władca... Ale stracił ogień, który czynił go wielkim.

– Nie zgadzam się – powiedział czwarty. – Wciąż ma wolę walki. Spójrzcie tylko, jaką armię wystawił przeciwko Selimowi.

– To tylko kolejny dowód jego upadku! Występować zbrojnie przeciwko własnemu synowi? Hańba.

– Nie naginaj prawdy do swoich przekonań, *efendim* – napomniał go czwarty. – W końcu to Selim pierwszy zaatakował sułtana.

– *Evet, evet.* Ale Selim zrobił to dla chwały imperium, nie dla siebie.

– Skoro o wojnie mowa, czy są jakieś wieści z północy? – zapytał piąty.

– Podobno siły Selima wycofały się do Warny – odparł szósty. – Słyszałem, że z ciężkimi stratami.

– Nie do wiary, prawda? Modlę się o szybkie zakończenie.

– Pomyślne dla kogo?

– Nie umiem powiedzieć. Sercem stoję za naszym sułtanem, ale rozum ma nadzieję na zwycięstwo Selima.

– A młody syn Selima, książę Sulejman? – odezwał się siódmy janczar. – Poznaliście go?

– Nie osobiście – powiedział ósmy – ale widziałem go. To wyjątkowy chłopak.

– Nie chłopak, raczej zdolny młody mężczyzna. O wielkim umyśle.

– Poszedł w ślady ojca?

Siódmy janczar wzruszył ramionami.

– Być może. Choć podejrzewam, że jest zupełnie innym człowiekiem.

Do grupy rozmawiających podeszło jeszcze dwóch żołnierzy. Ezio trzymał się w pobliżu. Jeden z nowo przybyłych był wyraźnie typem żartownisia.

– Po co książę Ahmet ciągle siedzi w mieście? – spytał kpiąco. – Wie przecież, że go tu nie chcemy.

– Jest jak ćma latająca wokół płomienia. Czeka, aż jego ojciec umrze, żeby mógł objąć tron.

– Słyszałeś – powiedział żartowniś – że zaproponował Tarikowi łapówkę w zamian za naszą lojalność?

– Niech go Bóg pokarze. Co zrobił Tarik?

Drugi żołnierz zaśmiał się.

– Połowę wydał na paszę dla koni, a resztę odesłał Selimowi!

48

Na otoczonym wysokimi murami placu koszar stało kilka zdobionych namiotów. Ezio zostawił janczarów i ruszył dalej, zbliżając się do środka kompleksu, gdzie, jak się domyślał, musiały znajdować się kwatery Tarika. I rzeczywiście, kiedy podszedł bliżej, usłyszał znajomy głos kapitana, mówiącego coś do posłańca. Towarzyszył im trzeci janczar, najwyraźniej adiutant.

– Tarik *bey* – powiedział posłaniec. – List do ciebie.

Tarik wziął pismo bez komentarza, złamał pieczęć i zaczął czytać. Zanim doczytał do końca, zaśmiał się z zadowoleniem.

– Doskonale – powiedział, składając papier i chowając go pod tunikę. – Rusznice dotarły do Kapadocji, do garnizonu wojsk Manuela Paleologa.

– Czy nasi ludzie wciąż są z nim? – spytał adiutant.

– *Evet.* Skontaktują się z nami, kiedy Bizantyjczycy zwiną obóz. Spotkamy się z nimi, kiedy dotrą do Bursy.

Adiutant uśmiechnął się.

– W takim razie wszystko idzie zgodnie z planem, *efendim.*

– Tak, Chagataiu – odparł Tarik. – Wreszcie.

Machnięciem ręki odprawił pozostałych i ruszył między namioty. Zachowując bezpieczną odległość, Ezio zaczął go śledzić. Nie mógł jednak pozostać całkowicie niezauważony i cieszył się, że od przybycia do Konstantynopola podchwycił trochę tureckiego – żołnierze albo stawali na baczność, albo go pozdrawiali, jeśli dorównywali mu rangą. Nie szło mu jednak gładko. Raz czy dwa zgubił się i zauważył skierowane na niego podejrzliwe spojrzenia, zanim znów odnalazł drogę; raz też został zaczepiony: drogę zastąpiło mu dwóch strażników.

– Z którego jesteś pułku, *efendim*? – spytał pierwszy uprzejmie, choć wystarczająco stanowczo, by Ezio miał się na baczności.

Zanim zdążył odpowiedzieć, naskoczył na niego drugi.

– Chyba cię nie znam. Nie widzę twoich imperialnych insygniów. Jesteś z jazdy?

– Kiedy się tu dostałeś? – spytał pierwszy, już z otwartą wrogością.

– Gdzie twój kapitan?

Turecki Ezia był na to za kiepski. Zresztą widać było, że takich podejrzeń i tak nie rozwieje. Szybko wysunął hak i podciął nim jednego żołnierza, który runął na drugiego. Potem pobiegł między namiotami, przeskakując przez odciągi i wciąż nie spuszczając oka z Tarika, teraz już w oddali.

Za sobą usłyszał krzyki.

– Intruz!

– Oszust! Zginiesz!

– Zatrzymać go!

– To ten bandyta zabił Nazara! Brać go!

Kompleks był jednak bardzo rozległy i Ezio w pełni wykorzystał fakt, że w swoich mundurach i prawie identycznych wąsach janczarzy byli do siebie bardzo podobni. Uciekł przed pościgiem, szybko odnalazł trop i dojrzał Tarika w cichym zakątku koszar, gdzie znajdowały się kwatery sztabowe najwyższych oficerów.

Patrzył, jak Tarik wchodzi do jednej z nich. Upewnił się, że jest sam i że zgubił pościg na dobre, a potem wszedł za śledzonym do środka. Zamknął za sobą drzwi na skobel.

Zebrał już wszystkie potrzebne informacje. Wiedział, że Tarik planuje spotkać się z Manuelem w Bursie i że transport broni dotarł do garnizonu Manuela w Kapadocji. Kiedy więc Tarik wyciągnął miecz i rzucił się na niego, Ezio nie musiał zadawać mu żadnych pytań. Zwinnie uskoczył w lewo przed pchnięciem, a potem wysunął lewe ukryte ostrze i wbił je w prawą stronę pleców kapitana janczarów, rozrywając mu nerkę.

Tarik runął na stół z mapami, rozrzucił leżące na nim plany, a pozostałe zalał krwią. Złapał oddech i ostatkiem sił podniósł się na prawym łokciu, żeby spojrzeć na napastnika.

– To koniec twoich knowań, żołnierzu – powiedział Ezio surowo.

Ale Tarik wyglądał na zrezygnowanego, niemal rozbawionego. Ezia nagle ogarnęły wątpliwości.

– Co za gorzka ironia losu – powiedział kapitan. – To wynik śledztwa Sulejmana?

– Spiskujesz z wrogami sułtana – odparł Ezio, tracąc na chwilę pewność siebie. – Czego się spodziewałeś po takiej zdradzie?

Tarik popatrzył na niego z żalem.

– To przeze mnie. – Przerwał; oddychał z trudem, a z jego boku ciekła krew. – Nie przez moją zdradę, ale przez pychę. – Popatrzył na Ezia, który podszedł bliżej, by słyszeć jego głos, już ledwie szept. – Przygotowywałem zasadzkę. Chciałem uderzyć na bizantyjskich templariuszy w chwili, kiedy będą się czuli najbezpieczniejsi.

– Jaki masz na to dowód?

– Popatrz.

Z wysiłkiem wyciągnął zza pasa mapę.

– Weź ją – powiedział.

Ezio tak uczynił.

– To zaprowadzi cię do Bizantyjczyków w Kapadocji – ciągnął Tarik. – Zniszcz ich, jeśli zdołasz.

Ezio również zniżył głos do szeptu.

– Dobrze się spisałeś, Tariku. Wybacz mi.

– Nie winię cię – odparł Tarik, z trudem już wymawiając słowa. Wysiłkiem woli mówił jednak dalej, wiedząc, że to jego ostatnie chwile. – Obroń mój kraj. *Allah ashkina*! W imię Boga, odzyskaj honor, który straciliśmy w tej walce.

Ezio zarzucił sobie jego rękę na ramię i podźwignął go na stół, a potem pospiesznie zerwał szarfę z szyi i ciasno zawiązał ją na ranie, którą zadał.

Ale było już za późno.

Na zewnątrz znów usłyszał krzyki, tym razem blisko. Nie było czasu na roztrząsanie swojego błędu. Szybko ściągnął mundur, zostając w prostej, szarej tunice i nogawicach. Sala sztabowa była tuż obok muru koszar. Wiedział, że z pomocą haka da radę się na niego wspiąć.

Przyszła pora się stąd zbierać.

49

Ezio wrócił do siedziby asasynów, przebrał się i z ciężkim sercem udał do Topkapı Sarayı. Wartownicy najwyraźniej dostali rozkaz, żeby go wpuścić; został wprowadzony do prywatnej komnaty, gdzie po kilku minutach przyszedł do niego Sulejman. Młody książę wydawał się zaskoczony – i poruszony.

Ezio uprzedził dostrzeżone w jego oczach pytanie.

– Tarik nie był zdrajcą, Sulejmanie. On też śledził Bizantyjczyków.

– Co? – Książę wyraźnie się zdenerwował. – Czy zatem ty?…

Ezio z powagą kiwnął głową.

Sulejman ciężko usiadł. Wyglądał, jakby cierpiał.

– Niech Bóg mi wybaczy – powiedział cicho. – Nie powinienem go tak pochopnie osądzać.

– Książę, Tarik był lojalny twemu dziadkowi aż do końca; a dzięki jego wysiłkom możemy uratować twoje miasto.

Ezio pokrótce wytłumaczył, czego się dowiedział, powiedział księciu, co podsłuchał u janczarów i pokazał mu mapę otrzymaną od Tarika.

– Tarik… – westchnął Sulejman. – Niepotrzebnie był taki skryty, Ezio. Żeby zrobić coś dobrego w tak okropny sposób…

– Broń została wywieziona do Kapadocji. Musimy natychmiast działać. Możesz mnie tam przewieźć?

Sulejman otrząsnął się z rozmyślań.

– Co? Przewieźć cię tam? Tak, oczywiście. Załatwię statek, który zawiezie cię do Mersinu, dalej będziesz mógł pojechać lądem.

Przerwało im pojawienie się księcia Ahmeta. Na szczęście przed wejściem zawołał Sulejmana zniecierpliwionym głosem, więc Ezio zdążył wycofać się w kąt komnaty, gdzie mniej rzucał się w oczy.

Ahmet wszedł do komnaty i zaczął bez ogródek:

– Sulejmanie, zrobiono ze mnie zdrajcę! Pamiętasz Tarika, tego janczara?

– Tego, z którym się pokłóciłeś?

Ahmet zdenerwował się nie na żarty.

– Został zamordowany. To nie tajemnica, że mieliśmy ze sobą na pieńku. Teraz janczarzy oskarżą mnie o tę zbrodnię.

– To okropna wiadomość, wuju.

– To prawda, straszna. Kiedy dowie się o tym mój ojciec, wypędzi mnie z miasta!

Sulejman nie zdołał powstrzymać nerwowego spojrzenia nad ramieniem wuja na Ezia. Ahmet to zauważył i odwrócił się gwałtownie. Natychmiast powściągnął emocje.

– Wybacz, bratanku. Nie wiedziałem, że masz gościa.

Sulejman zawahał się.

– To... Marcello. Jeden z moich europejskich doradców w Kefe.

Ezio nisko się skłonił.

– *Buona sera.*

Ahmet ze zniecierpliwieniem machnął ręką.

– Marcello, mój bratanek i ja mamy prywatne sprawy do omówienia – powiedział surowo.

– Oczywiście. Proszę o wybaczenie.

Ezio ukłonił się jeszcze niżej i wycofał do drzwi. Wymienił po drodze szybkie spojrzenie z Sulejmanem, modląc się, by udało mu się ich z tego wyplątać. Na szczęście młody książę podchwycił sygnał.

– Znasz swoje rozkazy – powiedział krótko oficjalnym tonem. – Jak powiedziałem, kiedy będziesz gotowy wyruszyć, statek będzie na ciebie czekał.

– *Grazie, mio principe* – odparł Ezio.

Wyszedł z komnaty, ale został pod drzwiami, chcąc dowiedzieć się, jak skończy się rozmowa. To, co usłyszał, wcale go nie przekonało, że kłopoty ma już za sobą.

– Znajdziemy sprawcę tej zbrodni, wuju – mówił Sulejman. – Cierpliwości.

Ezio przetrawił te słowa. Czy to możliwe, że sytuacja była aż tak zła? Nie znał Sulejmana zbyt dobrze. A przed czym to ostrzegał go Yusuf? Żeby nie mieszał się w osmańską politykę?

Opuścił pałac w ponurym nastroju. Było tylko jedno miejsce, w którym chciał się teraz znaleźć. Jedno miejsce, w którym mógł się uspokoić – a bardzo tego potrzebował – i zebrać myśli.

50

Wódz i ja w otwór wstąpiliśmy ciasny;
Zniecierpliwieni oglądać świat jasny,
Nic się nie troszcząc o trud naszej jazdy,
Szliśmy bez przerwy, on pierwszy, ja drugi;
Przez otwór błysły niebios piękne smugi,
W końcu wychodząc, witaliśmy gwiazdy.

Ezio zaczął czytać Dantego od *Piekła* kilka dni wcześniej, za namową Sofii. Czytał go za czasów młodzieńczych, ale nigdy się do tej lektury nie przekonał, ponieważ w tamtych dniach głowę zaprzątały mu inne rzeczy. Teraz jednak zdała mu się objawieniem. Kiedy skończył, odłożył książkę z westchnieniem ulgi. Spojrzał na Sofię. Siedziała z okularami na nosie, ze spuszczoną głową, wodząc wzrokiem między mapą, książkami i notesem, w którym coś zapisywała. Ezio patrzył na nią, ale nie śmiał jej przerywać, tak głęboko wydawała się pogrążona w pracy. Zamiast tego sięgnął po książkę jeszcze raz. Może powinien zacząć od *Czyśćca*.

Wtedy Sofia podniosła wzrok znad mapy. Uśmiechnęła się do niego.

– Podoba ci się poemat?

Ezio odpowiedział uśmiechem, położył książkę na stole przy swoim fotelu i wstał.

– Kim byli ci ludzie, których skazał na piekło?

– Politycznymi przeciwnikami, ludźmi, którzy mu się narazili. Pióro Dantego Alighieri tnie głęboko, prawda?

– *Sì* – odparł Ezio z namysłem. – To bardzo wysublimowana zemsta.

Nie chciał wracać do rzeczywistości, ale ciążyła mu pilna podróż, w którą miał niedługo wyruszyć. Nie mógł nic zrobić bez sygnału od Sulejmana. W dodatku musial założyć, że księciu można zaufać. Uspokoił się jednak. Co Sulejman mógłby zyskać, zdradzając go? Wrócił na fotel, wziął znów *Boską komedię* i otworzył ją w miejscu, gdzie skończył.

Sofia przeszkodziła mu.

– Ezio... – zaczęła z wahaniem. – Planuję za kilka tygodni udać się do Adrianopola, zobaczyć tam nową prasę drukarską.

Ezio zwrócił uwagę na jej nieśmiały ton. Zastanawiał się, czy zauważyła łagodność, która wkradała się w jego głos za każdym razem, kiedy się do niej odzywał. Czy zdawała sobie sprawę, jak wielkim zaczął ją darzyć... uczuciem? Próbował to zamaskować.

– Powinnaś się dobrze bawić – powiedział z rozmyślną nonszalancją.

Sofia wciąż się wahała.

– To pięć czy sześć dni jazdy stąd, będę potrzebowała eskorty.

– *Prego?*

Natychmiast się zawstydziła.

– Przepraszam. Jesteś bardzo zajęty.

Teraz on z kolei się zawstydził.

– Sofio, bardzo chciałbym z tobą pojechać, ale mam coraz mniej czasu.

– To dotyczy nas wszystkich.

Nie wiedział, co na to odpowiedzieć, bo zabrzmiało to wieloznacznie, więc zamilkł. Myślał o dzielącej ich różnicy dwudziestu lat.

Sofia na chwilę spuściła wzrok na mapę, a potem znów go podniosła.

– Cóż, mogę spróbować dokończyć ostatni szyfr teraz, ale przed zachodem słońca muszę coś jeszcze załatwić. Możesz zaczekać do jutra?

– A czego potrzebujesz?

Odwróciła na chwilę wzrok.

– To głupie, ale... bukietu świeżych kwiatów. Ściślej białych tulipanów.

Ezio wstał.

– Przyniosę ci kwiaty. *Nessun problema.*

– Na pewno?

– To będzie przyjemna odmiana.

Sofia uśmiechnęła się ciepło.

– *Bene!* Posłuchaj, spotkajmy się w parku na wschód od Hagii Sofii. Wymienimy się: kwiaty za... informację!

51

Targ Kwiatowy był jak barwna plama, pełna przyjemnych zapachów, a w zasięgu wzroku Ezio nie dojrzał ani jednego janczara. Szedł przez targowisko coraz bardziej zaniepokojony, bo nigdzie nie udało mu się znaleźć kwiatów, których szukał.

– Wyglądasz jak ktoś, kto chce wydać pieniądze – powiedział sprzedawca kwiatów, kiedy Ezio podszedł do jego kramu. – Czego potrzebujesz, przyjacielu?

– Szukam tulipanów. Białych, jeśli masz.

Sprzedawca zasmucił się.

– Tulipany. Wybacz, ale właśnie mi się skończyły. Może coś innego?

Ezio pokręcił głową.

– Niestety...

Sprzedawca przez chwilę się zastanawiał, a potem pochylił ku niemu.

– Dobrze, podzielę się z tobą swoim sekretem – powiedział konspiracyjnym tonem. – Wiele białych tulipanów, które sprzedaję, zbieram sam w okolicach hipodromu. Nie kłamię. Idź i sam się przekonaj.

Ezio uśmiechnął się, wyjął sakiewkę i hojnie zapłacił sprzedawcy.

– *Grazie.*

Pospiesznie przedostał się nagrzanymi od słońca ulicami do hipodromu i rzeczywiście w trawie wzdłuż toru znalazł mnóstwo białych tulipanów. Zadowolony, schylił się i swoim ukrytym ostrzem naciął ich tyle, ile – miał nadzieję – pragnęła Sofia.

52

Cesarski Park na wschód od Hagii Sofii był zaplanowany jak publiczne ogrody, z zielonymi trawnikami, na których stały białe, marmurowe ławki i altany, idealne, by się w nich spotykać na osobności. W jednej z nich wkrótce znalazł Sofię.

Przygotowała nieduży posiłek. Ezio od razu zobaczył, że jedzenie i napitki nie były miejscowe. Sofii udało się przygotować obiad, który łączył specjały ich rodzinnych miast. Było tam więc *moleche* i *rixoto de gò* z Wenecji oraz *panzanella* i *salame toscano* z Florencji. Sofia przyniosła także figi z Tuscolo i oliwki z Piceno, a także tacę makaronu i turbota. Do tego kupiła wino Frescobaldi. Wiklinowy kosz z przysmakami stał obok nieskazitelnie czystego, białego obrusu.

– Cóż to? – spytał Ezio, zdumiony.

– Prezent. Siadaj.

Ukłonił się, podał jej kwiaty i zrobił, o co prosiła.

– Bardzo piękne, dziękuję – powiedziała Sofia, przyjmując wielki bukiet tulipanów.

– Tak samo jak ta uczta – odparł. – Nie myśl, że nie wiem, ile trudu cię to kosztowało.

– Chciałam ci podziękować za to, że pozwoliłeś mi odegrać niewielką rolę w swojej przygodzie.

– Nie określiłbym jej tak, ale niewielka rola w tej przygodzie to i tak za dużo, uwierz mi.

Sofia zaśmiała się cicho.

– Jesteś bardzo tajemniczy, Ezio Auditore.

Zasmucił się.

– Przepraszam, nie miałem takiego zamiaru.

Znów się zaśmiała.

– Nie szkodzi! – Przerwała, a potem dodała: – To pociągające.

Ezio nie wiedział, co na to powiedzieć, więc skupił się na jedzeniu.

– Wygląda pysznie.

– Ależ dziękuję.

Uśmiechnął się. Nie chciał psuć nastroju, ale na jego myśli padł cień. Nie mógł świętować niczego – ani mieć żadnych nadziei – przedwcześnie. Spojrzał na Sofię z większą powagą, a ona od razu podchwyciła jego nastrój.

– Poszczęściło ci się z ostatnim szyfrem? – spytał, starając się o swobodny ton.

– Ach, szyfr – odparła Sofia, wciąż nieco figlarnie, co ulżyło Eziowi. – Tak, rozwiązałam go kilka godzin temu. Ale musisz być cierpliwy. Dostaniesz go wkrótce.

Spojrzała na niego tak, że jego ostatnie opory zniknęły.

53

Ostatnia książka znajdowała się w miejscu, do którego najtrudniej było się dostać. Niccolò Polo zdołał ją ukryć wysoko na frontowej fasadzie Hagii Sofii, nad wielkim łukiem przed główną kopułą dawnej bazyliki.

Ezio postanowił przeprowadzić tę misję przed świtem, ponieważ wtedy w okolicy było najmniej ludzi. Dotarł do świątyni niezatrzymywany, ostrożnie wdrapał się na egzonarteks i spojrzał w górę na kamienne urwisko, na które musiał się wspiąć. Na ścianie było niewiele szczelin, o które mógł zaczepić swój hak, ale po kilku nieudanych próbach udało mu się w końcu dostać do wskazanego przez Sofię miejsca. Tam znalazł zmurszały, drewniany panel, obrośnięty pajęczynami.

Zaczepił się o jakieś rury, które okazały się dość mocne, by go utrzymać, i hakiem podważył panel. Drewniana deska spadła w dół na ziemię z ogłuszającym, jak mu się zdawało, hukiem; zawisł w szarym świetle przedświtu, modląc się w duchu, by hałas nikogo nie zaalarmował. Kiedy jednak odczekał chwilę i nikt nie zareagował, sięgnął do odsłoniętego wgłębienia i wyciągnął z niego książkę, której szukał.

Wróciwszy na ziemię, znalazł ustronne miejsce w tym samym parku, w którym zaledwie dzień wcześniej jadł obiad z Sofią. Tam obejrzał swoje znalezisko. Książka była kopią *Misji w Konstantynopolu* Liutpranda z Cremony. Ezio wyobraził sobie przez chwilę zadowolenie Sofii, kiedy zobaczy taki rarytas, a potem otworzył zdobycz na pierwszej stronie.

Puste karty zaświeciły równie jasno jak cienkie smugi świtu na wschodzie, nad Bosforem. Pojawiła się mapa miasta, na niej zaś kolejne jasne światło, wyraźnie wskazujące Forum Wołu.

Idąc tropem wskazanym w książce, Ezio dotarł do Forum, daleko na zachodzie miasta, za Drugim i Trzecim Wzgórzem, między Akweduktem Walensa na północy a Portem Teodozjusza na południu. Był to dość długi spacer, ale kiedy dotarł na miejsce, wciąż było na tyle wcześnie, że nikt się tam jeszcze nie kręcił. Ezio rozejrzał się po wielkim, pustym placu, szukając wskazówek. Oznaczone miejsce w książce jaśniało ostrym blaskiem – asasyn przypomniał sobie o systemie podziemnych cystern pod miastem. Skoncentrował się i po chwili znalazł klapę, pod którą w głąb ziemi prowadziły kamienne schody.

Zamknął książkę i schował ją ostrożnie do sakwy. Hak zamienił na pistolet, sprawdził ukryte ostrze i czujnie ruszył w dół.

Wkrótce znalazł się w sklepionej jaskini na kamiennym nabrzeżu, wzniesionym nad podziemną rzeką. W uchwytach na ścianach płonęły pochodnie, a kiedy wolno ruszył wąskim, zawilgłym korytarzem, usłyszał przez szum wody echo podniesionych głosów. Idąc za nimi, natknął się na dwóch bizantyjskich templariuszy.

– Co znalazłeś? – spytał jeden. – Następny klucz?

– Jakieś drzwi – odparł jego towarzysz. – Zamurowane kamiennymi blokami.

Wyjrzawszy za róg, Ezio zobaczył przed sobą grupę żołnierzy, stojących na starym, wysuniętym nad rzekę pomoście. Jeden z nich staczał beczkę z jednej z dwóch czekających tratw.

– Brzmi obiecująco – powiedział stojący bliżej templariusz. – Pierwszy klucz został znaleziony za podobnymi drzwiami.

– Doprawdy? A jak je otworzyli?

– Nie otworzyli. Zrobiło to trzęsienie ziemi.

Na znak stojących blisko Ezia mężczyzn pozostali żołnierze podtoczyli beczkę pod drzwi i tam ją wklinowali. Ezio zobaczył, że przejście jest zamurowane dopasowanymi ciasno blokami twardego, czarnego kamienia, ciętego i układanego przez murarskiego mistrza.

– Trzęsienie ziemi! Akurat się przydało – powiedział drugi templariusz. – A my mamy tylko kilka beczek prochu.

– Ta powinna wystarczyć – odparł pierwszy.

Ezio zmrużył oczy.

Cicho wysunął pistolet i odciągnął kurek.

– Jeśli nie, przywieziemy po prostu więcej – ciągnął templariusz.

Ezio podniósł rękę i wycelował, a lufa pistoletu zalśniła przy tym w blasku pochodni; niezwykłe zjawisko zwróciło uwagę jednego z żołnierzy.

– Co to? – warknął.

Zobaczył pistolet i skoczył przed lufę w tej samej chwili, w której Ezio wystrzelił. Kula trafiła go i padł trupem na miejscu.

Ezio zaklął.

Żołnierze już go zobaczyli.

– To asasyn! Wynośmy się stąd!

Ezio próbował przeładować pistolet, ale żołnierze już biegli do tratw. Popędził za nimi, chcąc ich powstrzymać, zanim podniosą alarm, lecz kiedy dotarł do pomostu, już odbijali.

Wskoczył na tratwę i zaczął szamotać się z cumami. Żołnierze wypłynęli tymczasem na środek nurtu.

Ezio odbił i ruszył w pościg. Nagle uderzyła go myśl – bali się czy wciągali go w pułapkę? Cóż, i tak było już za późno. Musiał rozegrać to do samego końca.

Ponieważ jego tratwa była lżejsza, prąd zaczął go znosić w stronę ściganych. Żołnierze wyglądali na spanikowanych, ale nie przeszkodziło im to przygotować bomb i nabić rusznic.

– Mamy na pokładzie proch, powinniśmy go użyć! – zawołał jeden.

– Wysadzimy go w powietrze granatami – oznajmił drugi i cisnął bombę, która wybuchła na powierzchni wody, tuż przed dziobem tratwy Ezia.

– Zróbcie mi miejsce! – krzyknął inny, usiłując złapać równowagę i wycelować z rusznicy.

– Zastrzel go!

– Skończ z nim!

– Po prostu drania zabij!

Pędzili z prądem. Eziowi udało się chwycić rumpel tratwy i zapanować nad nią; cały czas musiał się przy tym uchylać przed kanonadą kul z rusznic, choć kołysanie tratwy uniemożliwiało żołnierzom dokładne wycelowanie. Nagle jedna z beczek obluzowała się w mocowaniach i zaczęła turlać po pokładzie. Strąciła do rzeki dwóch żołnierzy – w tym sternika. Tratwa szarpnęła dziko, zrzuciła jeszcze jednego, a potem uderzyła o brzeg. Ocaleli wygramolili się na nabrzeże. Ezio spojrzał w górę, pod sklepienie znajdujące się jakieś dwadzieścia stóp nad wodą. W półmroku zobaczył, że przeciągnięto wzdłuż niego napiętą linę; bez wątpienia podczepiano do niej barki czy tratwy, żeby kierować je podczas spływu. Wystarczyłby jeden człowiek na pokładzie, który drągiem przeczepiałby zaczep przy każdym pierścieniu, do których lina była przymocowana w regularnych odstępach. Ezio widział, że lina stopniowo opada w dół – to sprzyjało jego planom.

Przygotował się, pokierował własną tratwę do brzegu, a kiedy uderzyła w tę, którą ścigał, przeskoczył na kamienną ścieżkę biegnącą wzdłuż nabrzeża.

Uratowani żołnierze zdążyli tymczasem wysforować się daleko przed niego. Uciekali, by ratować życie i zapewne wezwać posiłki. Ezio nie miał czasu do stracenia. Pospiesznie zmienił pistolet na hak, wspiął się na boczną ścianę groty i skoczył w stronę biegnącej nad rzeką liny. Rozpęd pozwolił mu ledwo zaczepić o nią hakiem; po chwili sunął w dół rzeki tuż nad wodą, o wiele szybciej, niż mogli biec żołnierze, choć musiał przeczepiać się z idealną precyzją przy każdym pierścieniu, żeby nie spaść w wartki, szumiący nurt.

Kiedy dogonił templariuszy, powtórzył swój pierwszy manewr. Wyczepił się w odpowiednim momencie, skoczył w bok i wylądował na nabrzeżu tuż przed żołnierzami. Stanęli jak wryci, zdyszani.

– To szaleniec – powiedział pierwszy.

– To nie człowiek, to demon! – zawołał drugi.

– Zobaczmy, czy demony krwawią! – ryknął odważniejszy od tamtych i rzucił się na Ezia, wywijając mieczem.

Ezio wykonał sztuczkę z hakiem, przetoczył się po plecach templariusza i wytrąconego z równowagi zepchnął do rzeki. Zostało trzech. Wola walki zupełnie z nich uszła, ale Ezio wiedział, że nie może sobie pozwolić na łaskę. Starcie było krótkie i krwawe; kiedy się skończyło, asasyn ściskał rozciętą lewą rękę, a przed nim leżały trzy trupy.

Ciężko dysząc, wrócił do zamurowanych drzwi. Woda zniosła ich dość daleko i potrzebował około kwadransa, by wrócić do pomostu, do którego na początku przycumowane były tratwy. Wiedział przynajmniej, że nie musi się obawiać pościgu, a beczka z prochem wciąż tkwiła tam, gdzie zostawili ją templariusze.

Ponownie wymienił hak na pistolet, załadował go, po czym schował się za przyporą, wycelował dokładnie i wystrzelił.

Rozległ się trzask pistoletu i syk kuli, a nawet stuk, z którym trafiła w cel, ale potem zdawało się, że zapadła trwająca wieczność cisza.

I nic. Wtem jednak...

Eksplozja w tak ograniczonej przestrzeni przypominała uderzenie pioruna. Ezio ogłuchł. Obsypywany żwirem pomyślał, że mógł zawalić sklepienie, że być może nieodwracalnie uszkodził to, co było za drzwiami. Kiedy jednak opadł kurz, zobaczył, że mimo siły wybuchu mur w wejściu został tylko częściowo naruszony.

Wystarczająco jednak, by Ezio mógł za niego sięgnąć i zobaczyć znajomy postument, na którym – ku jego ogromnej uldze – leżał nietknięty okrągły, obsydianowy klucz, pasujący do pozostałych dotąd zebranych. Asasyn nie miał jednak czasu na odpoczynek. Kiedy tylko sięgnął po klucz, zobaczył bijący od niego blask, taki sam, jakiego doświadczył już wcześniej. Jasność nabrała mocy, a on tym razem spróbował się jej oprzeć. Dziwne wizje następujące po oślepiającym świetle sprawiały, że czuł się niepewnie i nieswojo.

Jego opór na nic się jednak nie zdał – po raz kolejny musiał się poddać sile znacznie przekraczającej jego własną.

54

Eziowi zdało się, że przemieścił się w czasie o dwadzieścia długich lat. Znał krajobraz, na który patrzył – oto niczym olbrzymi szpon wyrastała przed nim ze skał znajoma już twierdza Masjaf. Niedaleko bramy, przy ognisku siedziało trzech asasynów...

Mężczyźni mieli wyraz twarzy ludzi, których marzenia o lepszym jutrze zmieniły się w koszmar. Kiedy się odzywali, mówili cichymi, czujnymi głosami.

– Mówią, że krzyczy przez sen, woła swojego ojca, Ahmada Sofiana – powiedział jeden z nich.

– Tak, Cemalu? Przywołuje ojca? Żałosny człowiek z tego Abbasa – gorzko prychnął drugi.

Siedzieli twarzami do ogniska i nie zauważyli starca w kapturze i białych szatach, który zbliżał się do nich w ciemności.

– Nie do nas należy go osądzać, Teragani – rzekł drugi zimno.

– Wręcz przeciwnie – przerwał mu Cemal. – Jeśli nasz Mistrz oszalał, chcę o tym wiedzieć.

Starzec był już blisko i wreszcie go spostrzegli.

– Cicho, Cemalu – powiedział Tazim. Odwrócił się do przybysza. – *Masa'il kher.*

Głos starca był suchy jak opadły liść.

– Wody.

Teragani wstał i podał mu małą tykwę, którą napełnił uprzednio z dzbana.

– Siadaj. Napij się – powiedział Cemal.

– Stokrotne dzięki – odrzekł starzec.

Pozostali w milczeniu patrzyli, jak pił.

– Co cię tu sprowadza, starcze? – spytał Tazim, kiedy gość zaspokoił pragnienie.

Nieznajomy zastanowił się chwilę nad odpowiedzią.

– Współczujcie Abbasowi, lecz nie kpijcie z niego – powiedział w końcu. – Przez większość życia był sierotą, zhańbiony przeszłością swojej rodziny.

Tazimem wyraźnie wstrząsnęły te słowa, ale Teragani tylko się uśmiechnął. Zerknął na dłoń starca i zobaczył, że brakuje mu serdecznego palca lewej dłoni. O ile więc nie był to zbieg okoliczności, przybysz był asasynem. Teragani ukradkiem spojrzał na pomarszczoną, wychudłą twarz. Było w niej coś znajomego...

– Abbas rozpaczliwie pragnie władzy, ponieważ jest bezsilny – ciągnął starzec.

– Ale to nasz Mistrz! – zawołał Tazim. – I w przeciwieństwie do Al Mualima czy Altaïra Ibn-La'Ahada nigdy nas nie zdradził!

– Bzdura – zaprotestował Teragani. – Altaïr nie był zdrajcą. – Uważnie przyglądał się starcowi. – Został wypędzony niesłusznie.

– Nie wiesz, o czym mówisz! – krzyknął Tazim i oburzony usunął się w mrok.

Starzec popatrzył spod kaptura na Teraganiego i Cemala, ale nic nie powiedział. Teragani jeszcze raz przyjrzał się jego twarzy. Większa jej część ginęła w cieniu, ale oczu nie dało się ukryć. Zauważył też, że prawy rękaw przybysza nie zakrywa całkowicie uprzęży ostrza.

– Czy to... – zaczął niepewnie. – Czy to ty? – Przerwał. – Słyszałem pogłoski, ale im nie wierzyłem.

Starzec uśmiechnął się blado.

– Ciekaw jestem, czy mogę sam pomówić z Abbasem. Minęło tak dużo czasu.

Cemal i Teragani popatrzyli po sobie. Cemal głęboko odetchnął. Wziął od starca tykwę, nabrał jeszcze wody i oddał ją z szacunkiem.

– To niemożliwe – powiedział zakłopotany. – Abbas najął fedainów renegatów, żeby nie wpuszczali nas do swojego azylu w samym sercu zamku...

– Ledwie połowa wojowników to prawdziwi asasyni – dodał Teragani. – Altaïrze.

Starzec uśmiechnął się i prawie niedostrzegalnie skinął głową.

– Ale widzę, że prawdziwi asasyni się jeszcze ostali.

– Długo cię nie było, Mistrzu. Gdzież się podziewałeś?

– Podróżowałem. Studiowałem. Studiowałem dogłębnie. Odpoczywałem. Dochodziłem do siebie po stratach, uczyłem się z nimi żyć. Krótko mówiąc, robiłem wszystko to, co robiłby każdy na moim miejscu. – Przerwał, a potem ciągnął zmienionym już nieco tonem. – Odwiedziłem także naszych braci w Alamucie.

– W Alamucie? Co u nich?

Altaïr pokręcił głową.

– Dla nich to już koniec. Mongołowie pod Hulagu-chanem najechali ich i zajęli fortecę. Zniszczyli bibliotekę. Mongołowie prą na zachód niczym plaga szarańczy. Jedyna nadzieja we wzmocnieniu naszej obecności tu i na zachodzie. Musimy być silni. Ale być może powinniśmy odtąd mieć nasze bazy pośród ludzi, a nie w fortecach takich jak Masjaf.

– Czy to naprawdę ty? – spytał Cemal.

– Cicho! – przerwał mu Teragani. – Żeby go tylko przez nas nie zabili.

Cemal nagle zdrętwiał.

– Tazim! – powiedział.

Teragani uśmiechnął się szeroko.

– Tazim głośniej szczeka niż kąsa. Niczego tak nie lubi, jak kłócić się dla samej zasady. Do tego podupadł na duchu tak samo jak my... A teraz odszedł, nim nasze małe przedstawienie dobiegło końca...

Odwrócił się do Altaïra; całe jego dotychczasowe przygnębienie zniknęło.

– Widzę jasno, że mamy zadanie do wykonania.

– Dobrze więc – rzekł starzec. – Od czego zaczynamy?

Cemal znów spojrzał na Teraganiego. Obaj wstali i naciągnęli na głowy kaptury.

– Z nami, Altaïrze – powiedział.

Altaïr uśmiechnął się i także wstał. Podnosił się jak starzec, ale kiedy już był na nogach, stał na nich twardo.

55

Razem udali się w stronę zamku.

– Mówicie, że ludzie ci są okrutni – powiedział Altaïr. – Czy któryś z nich podniósł rękę na niewinnych?

– Niestety tak – odparł Cemal. – Okrucieństwo wydaje się ich jedynym źródłem przyjemności.

– W takim razie muszą zginąć, naruszyli bowiem zasady Zakonu – powiedział Altaïr. – Lecz tych, którzy wciąż żyją w zgodzie z Credo, należy oszczędzić.

– Możesz nam zaufać.

– Jestem pewien. A teraz mnie zostawcie. Chcę się udać na samotny zwiad, a miejsce nie jest mi przecież obce.

– Pozostaniemy tu na zawołanie.

Altaïr kiwnął głową i odwrócił się do zamkowej bramy. Jego dwaj towarzysze opuścili go. Podszedł do wejścia, trzymając się w cieniu. Bez trudu minął strażników, ze smutkiem myśląc, że prawdziwi asasyni tak łatwo by go nie przepuścili. Prześlizgując się przy ścianach zewnętrznego dziedzińca, dotarł do oświetlonej pochodniami strażnicy niedaleko bramy prowadzącej na wewnętrzny, gdzie dojrzał dwóch starszych asasynów pogrążonych w rozmowie. Przystanął, by ich posłuchać. Po kilku słowach zorientował się, że to ludzie wierni Abbasowi. Dlaczego – pomyślał – okazałem temu człowiekowi litość? Jakim zapobiegłbym cierpieniom, gdybym tego nie uczynił! Ale może litość była Abbasowi pisana, bez względu na cenę.

– Słyszałeś opowieści, jakie krążą po wiosce? – spytał pierwszy oficer.

– O Abbasie i jego koszmarach?

– Nie, nie. – Pierwszy ściszył głos. – O Altaïrze.

– O Altaïrze? Co takiego?

– Ludzie mówią, że jakiś stary asasyn uratował życie kupcowi w dolinie. Mówią, że walczył ukrytym ostrzem.

Drugi oficer lekceważąco pokręcił głową.

– Plotki. Nie wierzę w ani jedno słowo.

– Prawda to czy nie, lepiej nie wspominaj o tym Abbasowi. Cierpi na paranoję.

– Jeśli Altaïr gdzieś tu jest, powinniśmy działać szybko, odszukać go i zabić jak parszywego, starego kundla. Będzie tylko szerzył ferment jak poprzednio i każdego obarczał odpowiedzialnością za swoje decyzje. Będzie podkopywał autorytet, dzięki któremu Abbas osiągnął wielkość.

– Żelazna pięść. To wszyscy zrozumieją.

– Masz rację. Nie ma porządku bez kontroli.

Altaïr niespiesznie ocenił sytuację. Wiedział, że Cemal i Teragani są gdzieś w ciemności za jego plecami. Zdawało się, że tylko dwaj oficerowie dzielą go od wewnętrznego dziedzińca, a ich słowa dowiodły, że zaprzysięgli życie metodom Abbasa – metodom, które miały o wiele więcej wspólnego z myśleniem templariuszy niż prawdziwych asasynów.

Zakaszlał bardzo cicho i wstąpił w krąg światła.

Dwaj oficerowie odwrócili się do niego.

– Kim jesteś, do diabła?

– Wynoś się stąd, dziadzie, jeśli ci życie miłe.

Pierwszy zaśmiał się chrapliwie.

– Może go po prostu sprzątniemy? Świnie ucieszą się z dodatkowej porcji żarcia.

Altaïr milczał. Wyciągnął do nich tylko lewą dłoń, by zobaczyli, że nie ma serdecznego palca.

Cofnęli się o krok, jednocześnie dobywając sejmitarów.

– Uzurpator powrócił! – warknął drugi kapitan.

– Kto by pomyślał? Po tak długim czasie.

– Co cię sprowadza?

– Pies wraca do swoich wymiocin.

– Za dużo gadacie – powiedział Altaïr. Oszczędnymi ruchami, których musi się nauczyć każdy stary człowiek, ale pozbawionymi starczej powolności, wysunął ukryte ostrze, zrobił krok w przód i uderzył – raz, drugi – ze śmiercionośną precyzją.

Ruszył w stronę bramy wewnętrznego dziedzińca wciąż czujny – ostrożność mu się opłaciła. Zobaczył stojącego pod nią trzeciego kapitana i ledwie zdążył uskoczyć w mrok, nim ten go zauważył. Gdy tak patrzył, usłyszał za sobą cichy krzyk i z ciemności wybiegł młody asasyn, pędzący w kierunku oficera. Szepnął mu coś; kapitan szeroko otworzył oczy z zaskoczenia i gniewu. Najwyraźniej odkryto zwłoki zdeprawowanych asasynów, zabitych przez Altaïra. Jego obecność nie była już sekretem. Pospiesznie wymienił ukryte ostrze na pistolet o sprężynowym naciągu, który zbudował z planów znalezionych podczas swoich studiów na Wschodzie.

– Szybko, przekaż mu wiadomość! – rozkazał kapitan swojemu młodemu podwładnemu. Podniósł głos. – Asasyni Bractwa Abbasa, do mnie!

Altaïr stał i w milczeniu rozważał możliwości, kiedy tuż obok siebie usłyszał przyjazny głos:

– Mistrzu!

Odwrócił się i ujrzał Cemala z Teraganim. Za nimi stało pół tuzina innych.

– Nie mogliśmy przeszkodzić w odkryciu zabitych przez ciebie oficerów, dwóch najokrutniejszych z całej bandy, nigdy by nie awansowali, służąc pod kimś innym niż Abbas – wyjaśnił pospiesznie Cemal. – Ale sprowadziliśmy posiłki. A to dopiero początek.

– Witajcie. – Altaïr uśmiechnął się.

Cemal odpowiedział uśmiechem. Stojący za nim prawdziwi asasyni z małego oddziału niemal jednocześnie zdjęli kaptury.

– Lepiej go uciszmy – powiedział Teragani, ruchem głowy wskazując nawołującego kapitana.

– Pozwólcie – rzekł Altaïr. – Przyda mi się rozgrzewka.

Wystąpił przed oficera. Na pomoc zdążyła mu już przybiec grupa renegatów.

– Tam jest! – wrzasnął kapitan. – Zabić go! Zabić wszystkich zdrajców!

– Pomyślcie, nim zaczniecie działać – powiedział Altaïr. – Każdy czyn ma swoje konsekwencje.

– Żałosny psie! Poddaj się albo giń!

– Mogłeś zachować życie, przyjacielu.

Poplecznicy Altaïra wyszli z ciemności za nim.

– Nie jestem twoim przyjacielem, starcze – odparował kapitan i rzucił się na asasyna. Ciął mieczem, zdawałoby się nim stary Mistrz zdążył się przygotować. Lecz Altaïr był gotów. Walka okazała się krótka. Kiedy dobiegła końca, kapitan i większość jego ludzi leżeli martwi pod bramą.

– Za mną, do cytadeli – zawołał Altaïr. – Nie rozlewajcie więcej krwi bez potrzeby. Pamiętajcie o prawdziwym Credo!

W wejściu na wewnętrzny dziedziniec stał kolejny kapitan, w czarno-szarych szatach. Na jego pasie lśnił w świetle pochodni symbol asasynów. Był starszym mężczyzną, w wieku około pięćdziesięciu lat.

– Altaïrze Ibn-La'Ahadzie – powiedział mocnym, nieznającym strachu głosem. – Minęły dwie dekady, odkąd widzieliśmy cię w tych murach. Dwadzieścia lat, które jak widzę, były łagodniejsze dla twojej twarzy niż dla naszego upadłego Zakonu! – Przerwał. – Abbas mówił nam o Altaïrze aroganckim. Altaïrze kłamcy. Altaïrze zdrajcy. Lecz ja nigdy w to nie wierzyłem. A teraz widzę przed sobą Altaïra Mistrza. I czuję pokorę.

Postąpił do przodu i wyciągnął rękę w przyjaznym geście. Altaïr chwycił ją za nadgarstek w rzymskim uścisku. Za mężczyzną ustawili się liczni asasyni, najwyraźniej jego ludzie.

– Przyda nam się twoja mądrość, wielki Mistrzu. Teraz bardziej niż kiedykolwiek. – Cofnął się i odwrócił do swojego oddziału. – Nasz Mistrz powrócił!

Żołnierze schowali broń i zrzucili kaptury. Dołączywszy do idącej za Altaïrem grupy, ruszyli w stronę mrocznych wież cytadeli Masjafu.

56

Kiedy tylko znaleźli się na wewnętrznym dziedzińcu, pojawił się Abbas z oddziałem renegatów. Wciąż rozpoznawalny, choć również postarzały, z zapadniętymi oczami i policzkami – zaszczuty, przerażony, wycieńczony człowiek.

– Zabić go! – wrzasnął. – Zabić go natychmiast!

Jego ludzie zawahali się.

– Na co czekacie? – ryknął Abbas głosem łamiącym się z emocji.

Ich jednak sparaliżowało niezdecydowanie. Patrzyli po sobie i na stojących przed nimi towarzyszy.

– Głupcy! Rzucił na was czar!

Wciąż nic. Abbas spojrzał na asasynów, splunął i zniknął w cytadeli.

Sytuacja była patowa, asasyn stał naprzeciw asasyna. W napiętej ciszy Altaïr podniósł lewą rękę – okaleczoną podczas obrzędu inicjacji w Bractwie.

– Nie ma tu żadnych czarów – powiedział. – Róbcie, jak nakazuje wam sumienie. Ale śmierć krąży nad tym miejscem już zbyt długo. My zaś mamy zbyt wielu prawdziwych wrogów, żebyśmy miast przeciw nim, zwracali się przeciwko sobie.

Jeden z wahających się obrońców Abbasa ściągnął kaptur i wystąpił do przodu, klękając przed Altaïrem.

– Mistrzu – rzekł.

Zaraz dołączył do niego następny.

– Witaj w domu – dodał.

Potem trzeci.

– Będę walczył za ciebie. Za Bractwo.

Pozostali szybko poszli za przykładem tych trzech: witali Altaïra jak dawno utraconego brata i jednali się z dotychczasowymi przeciwnikami. Ledwie garstka, wciąż ciskając przekleństwa, wycofała się za Abbasem.

Altaïr poprowadził swój oddział do cytadeli. Zatrzymali się w wielkiej sieni. Abbas stał na szczycie głównych schodów. Otaczali go wierni mu asasyni, a na galerii w górze ustawili się łucznicy i włócznicy.

Altaïr popatrzył na nich spokojnie. Pod jego spojrzeniem renegaci zachwiali się. Ale nie złamali szyku.

– Każ swoim ludziom złożyć broń, Abbasie – rozkazał.

– Nigdy! Będę bronił Masjafu! Czy ty nie postąpiłbyś tak samo?

– Abbasie, wypaczyłeś wszystko, co sobą reprezentowaliśmy, i zaprzepaściłeś wszystko, co wypracowaliśmy. Poświęciłeś te rzeczy na ołtarzu własnej nienawiści.

– A ty – odwarknął Abbas – zmarnowałeś życie, gapiąc się w przeklęte Jabłko, marząc tylko o własnej chwale.

Altaïr zrobił krok do przodu. Dwaj włócznicy Abbasa wysunęli się ku niemu, unosząc broń.

– Abbasie, to prawda, że dowiedziałem się dzięki Jabłku wielu rzeczy. O życiu i śmierci, o przeszłości i przyszłości. – Przerwał. – Żałuję, stary towarzyszu, ale widzę, że nie mam innego wyjścia, jak tylko zademonstrować ci jedną z nich. Nic innego cię nie powstrzyma. A ty nigdy już się nie zmienisz i nie poznasz światła, które jeszcze mógłbyś ujrzeć.

– Zabić zdrajców! – krzyknął Abbas w odpowiedzi. – Zabić ich co do jednego, a trupy wrzucić do gnojówki!

Jego ludzie się najeżyli, ale wciąż zwlekali. Altaïr wiedział, że nie ma już odwrotu. Podniósł rękę z pistoletem, wysunął go z mocowań, a kiedy ten wskoczył mu w dłoń, wycelował i wystrzelił do człowieka, który siedemdziesiąt lat temu przez krótki czas był jego najlepszym przyjacielem. Abbas zachwiał się, trafiony kulą, a jego pomarszczona twarz zastygła w grymasie niedowierzania i zaskoczenia. Sapnął, stracił równowagę, zamłócił rękami, szukając podparcia, ale nikt nie przyszedł mu z pomocą. A potem upadł, potoczył się po stopniach długich schodów i znieruchomiał u stóp Altaïra. Spadając, połamał nogi, które teraz sprawiały wrażenie karykaturalnie powykręcanych.

Ale nie był martwy. Jeszcze nie. Udało mu się, choć w bólu, unieść głowę i spojrzeć Altaïrowi w oczy.

– Nigdy ci nie wybaczę, Altaïrze – wychrypiał. – Kłamstw, które rozgłaszałeś o mojej rodzinie, o moim ojcu. Upokorzeń, które wycierpiałem.

Altaïr spojrzał na niego, ale w jego oczach dostrzegł wyłącznie żal.

– To nie kłamstwa, Abbasie. Miałem dziesięć lat, kiedy twój ojciec przyszedł do mnie. Był we łzach, błagał, bym mu wybaczył zdradę mojej rodziny. – Altaïr przerwał. – Potem poderżnął sobie gardło.

Abbas wytrzymał spojrzenie wroga, ale nie odezwał się. Na jego twarzy malował się ból człowieka skonfrontowanego z prawdą, której nie może znieść.

– Patrzyłem, jak życie uchodzi z niego u moich stóp – ciągnął Altaïr. – Nigdy nie zapomnę tego widoku.

Abbas jęknął.

– Nie!

– Ale nie był tchórzem, Abbasie. Odzyskał swój honor.

Abbas wiedział, że nie pozostało mu wiele czasu. Światło w jego oczach już gasło.

– Mam nadzieję, że jest jakieś życie po śmierci. Przynajmniej wtedy go spotkam i poznam prawdę o jego ostatnich dniach...

Zakaszlał. Jego ciałem targnął spazm. Odzyskał oddech i chciał powiedzieć coś jeszcze, choć w płucach bulgotała mu już krew. Gdy jednak odzyskał głos, zabrzmiał twardo i nieugięcie.

– A kiedy przyjdzie czas na ciebie, Altaïrze, wtedy cię odnajdziemy. I nie będzie już żadnych wątpliwości.

Potem opadł bezwładnie na kamienną podłogę.

Altaïr stał nad nim ze spuszczoną głową. Otaczała ich cisza, a jedynym ruchem był taniec cieni rzucanych przez migotliwe płomienie pochodni.

57

Kiedy Ezio doszedł do siebie, obawiał się, że wstał już świt, ale zobaczył zaledwie blade odcienie czerwieni na wschodzie nieba, a słońce nie wychynęło jeszcze nawet znad niskich, brązowych wzgórz na azjatyckim brzegu, wznoszących się w pewnej odległości za miastem.

Znużony i zmęczony przeżytą wizją, wrócił do siedziby asasynów, by oddać klucz na przechowanie Azize. Potem, ledwie powłócząc nogami, niemal odruchowo skierował się do księgarni Sofii. Było jeszcze wcześnie, ale zamierzał dzwonić tak długo, aż ją obudzi w jej mieszkaniu nad sklepem. Miał nadzieję, że Sofia ucieszy się na jego widok – a przynajmniej na widok nowego skarbu do jej biblioteki; po prawdzie czuł się zbyt zmęczony, by przejmować się tym, co powie na tak wczesną wizytę. Chciał się tylko położyć i przespać. Później miał spotkać się z Yusufem na Targu Przyprawowym i musiał nieco wypocząć.

Niecierpliwie wyczekiwał wieści o statku, który miał go zawieźć do Mersinu, skąd dalej wyruszyłby do Kapadocji. A ta podróż wymagała mobilizacji wszystkich jego sił.

*

Gdy Ezio dotarł na Targ Przyprawowy, było tam już gwarno i tłoczno. Znalazł się tu po ledwie dwóch godzinach odpoczynku; teraz przepychał się przez tłum kłębiący się wokół kramów, aż kilka kroków przed sobą zobaczył złodzieja, który chwycił duży, wypchany wór przypraw, odepchnął brutalnie starego handlarza i rzucił się do ucieczki.

Szczęśliwym zbiegiem okoliczności zmierzał w kierunku Ezia, z wyjątkową zręcznością uskakując między ludźmi. Kiedy zrównał się z asasynem, ten podciął go hakiem. Złodziej upuścił worek i popatrzył gniewnie na Ezia, ale jedno spojrzenie jego przeciwnika kazało mu porzucić wszelkie myśli o odwecie. Pozbierał się z ziemi i zniknął w tłumie niczym szczur w norze.

– Dziękuję, *efendim* – powiedział wdzięczny kramarz, kiedy Ezio oddał mu worek. – Szafran. Uratowałeś mnie przed wielką stratą. Może przyjmiesz...?

Ale Ezio wypatrzył właśnie w tłumie Yusufa. Pokręcił więc tylko głową, uśmiechnął się do sprzedawcy i podszedł do swojego porucznika.

– Jakie wieści? – spytał.

– Dostaliśmy wiadomość, tajną, że twój statek jest gotowy do wypłynięcia – powiedział Yusuf. – Nie wiedziałem, że planujesz nas opuścić.

– Czy już nic, co robię, nie jest tajemnicą? – Ezio zaśmiał się, ale był wdzięczny, że Sulejman dotrzymał słowa.

– Szpiedzy młodego księcia są prawie tak samo dobrzy jak nasi – rzekł Yusuf. – Domyślam się, że przekazał wiadomość mnie, bo wiedział, że ty będziesz... zajęty czym innym.

Ezio wrócił myślą do tych dwóch godzin, które spędził z Sofią. Cieszył się z nich, bo nie wiedział, kiedy znów ją zobaczy – ani czy w ogóle ją jeszcze kiedyś zobaczy. Wciąż nie ośmielił się powiedzieć jej o rosnącym w nim uczuciu, którego nie dało się już stłumić. Czy to możliwe, że jego długie oczekiwanie na miłość wreszcie się skończyło? Jeśli tak, to z pewnością warto było tyle czekać.

Ale teraz miał na głowie inne, pilniejsze sprawy.

– Mieliśmy nadzieję, że zdążymy z naprawą twojego złamanego ukrytego ostrza – ciągnął Yusuf. – Ale jedyny zbrojmistrz, który potrafiłby to zrobić, wyjechał do Salonik i wróci dopiero w przyszłym miesiącu.

– Zatrzymajcie ostrze, a kiedy zostanie naprawione, włączcie je do własnej zbrojowni – powiedział Ezio. – W zamian za hak. To chyba uczciwa wymiana.

– Cieszę się, że doceniasz jego możliwości. Widziałem, jak rozprawiłeś się z tym złodziejem; osiągnąłeś już mistrzowską wprawę.

– Nie poradziłbym sobie bez niego.

Uśmiechnęli się do siebie. Potem Ezio spoważniał.

– Mam jednak nadzieję, że wiedza o mojej planowanej podróży nie jest powszechna.

Yusuf zaśmiał się krótko.

– Nie przejmuj się, bracie. Kapitan twojego statku to przyjaciel, a poza tym już go znasz.

– Kto to jest?

– Piri Reis. Spotkał cię zaszczyt. – Yusuf przerwał, nagle zmartwiony. – Tyle że żaden z was na razie nigdzie nie wypłynie.

– Co masz na myśli?

– Janczarzy podnieśli łańcuch w ujściu Złotego Rogu i zarządzili pełną blokadę, aż nie zostaniesz złapany. Dopóki ten łańcuch nie opadnie, żaden statek nie wpłynie ani nie wypłynie.

Ezio poczuł pewną dumę.

– Chcesz powiedzieć, że podnieśli łańcuch ze względu na mnie?

Yusufa to rozbawiło.

– Później będziemy świętować. Proszę, mam coś dla ciebie.

Wciągnął Ezia w dyskretny załom muru, wyjął bombę i ostrożnie mu ją podał.

– Traktuj ją z szacunkiem. Ma moc pięćdziesiąt razy większą niż zwykła.

– Dziękuję. A ty lepiej zbierz swoich ludzi. To ściągnie trochę uwagi.

– Masz tu dwie bomby dymne. Też ci się przydadzą.

– *Bene*. Już wiem, co robić.

– Nie wątpię. Napięcie jest wręcz namacalne – zażartował Yusuf.

– Wezmę wieżę na południowym brzegu. Jest bliżej.

– Dołączę do ciebie na nabrzeżu i pokieruję ku tobie twój statek. *Sinav icin iyi sanslar*!

Ezio uśmiechnął się.

– Ja tobie też życzę powodzenia, przyjacielu.

Yusuf odwrócił się, by odejść, ale Ezio go zatrzymał.

– Yusufie, zaczekaj. *Un favore*.

– Tak?

– W starej faktorii Polo jest księgarnia; prowadzi ją kobieta... imieniem Sofia. Zaopiekuj się nią. To wyjątkowa dama.

Yusuf przyjrzał mu się uważnie.

– Masz moje słowo – przyrzekł.

– Dziękuję. A teraz czeka nas praca.

– Im szybciej, tym lepiej!

Ezio schował bombę ostrożnie do sakwy przy boku, zaczepił granaty dymne u pasa, lewe ukryte ostrze wymienił na pistolet i natychmiast pospieszył na północ, w stronę wieży na południowym brzegu Rogu, naprzeciwko Galaty. Między dwoma nabrzeżami rozpięty był olbrzymi łańcuch.

Tam dołączył do niego Yusuf.

– Moi łucznicy są na pozycjach. Będą osłaniali twoją ucieczkę – powiedział. – A teraz popatrz tam, na zewnętrzny port. Widzisz ten czerwony dau z białymi, zwiniętymi żaglami i srebrnym proporcem? To statek Piriego. Jest gotowy. Czeka na ciebie.

Wieżę otaczały mury, na wschodnim i zachodnim skraju były zwieńczone małymi wieżyczkami strażniczymi. Z ich szczytów w dół, na pomosty, biegły napięte liny. Na końcu jednego z nich Ezio zauważył stanowisko ogniowe. Wielka squitatoria, miotacz greckich ogni, była rozgrzana i gotowa do działania. Obsługiwała ją trzyosobowa załoga. Wokół samej wieży na straży stali osmańscy żołnierze. Ezio musiał ich wszystkich unieszkodliwić, zanim podłoży bombę; w duchu podziękował Yusufowi za granaty dymne. Nie miał się gdzie schować, więc śmiało przypuścił frontalny atak.

Kiedy tylko strażnicy go zobaczyli, podnieśli krzyk i rzucili się na niego kupą. Ezio nie cofnął się, pozwolił im podejść, zawinął jednak ciasno na nosie i ustach szarfę, a kaptur opuścił nisko na oczy.

Kiedy tylko znaleźli się w zasięgu rzutu, wyciągnął zawleczki z obu granatów i cisnął je między atakujących. Bomby natychmiast eksplodowały i buchnął z nich gęsty dym, w jednej chwili spowijając żołnierzy. Ezio zanurkował w tę zasłonę dymną; mrużąc oczy przed gryzącymi oparami, dobył sejmitara i zaczął ścinać nim bezbronnych strażników, zdezorientowanych nagłym pojawieniem się mgły. Musiał działać szybko, lekki wiatr znad Bosforu wkrótce miał rozwiać dym. Udało mu się jednak; umieścił bombę na występie u podstawy wieży, tuż pod pierwszymi, olbrzymimi ogniwami łańcucha, który przebiegał nad jego głową do kołowrotu wewnątrz. Potem odsunął się daleko nad brzeg wody. Tam wysunął pistolet, strzelił do ładunku i natychmiast skoczył za wielki, żelazny pachołek na nabrzeżu.

Eksplozja była ogromna. Pył i gruz rozprysły się na wszystkie strony, a zerwany monstrualny łańcuch przemknął ze świstem nad głową Ezia i runął do wody, ścinając po drodze maszty statków. Wieża zachwiała się w posadach raz, drugi, na chwilę znieruchomiała i zapadła się w stertę rozbitych cegieł i pyłu.

Chwilę później na plac wpadł oddział uzbrojonych janczarów. Biegli prosto na Ezia, który tymczasem wyskoczył zza osłony. Wyminął ich, za pomocą haka wspiął się na wschodnią wieżyczkę, strącił wartownika z góry, a potem zaczepił hak o linę biegnącą na pomost, na którym umieszczono miotacz ognia greckiego. Kiedy przygotował się do zjazdu w dół, zobaczył, że janczarzy napinają łuki. Zanim zdążyli wycelować, skosiła ich chmura strzał wypuszczonych przez asasynów. Następni żołnierze Bractwa wysypali się na plac wokół zrujnowanej wieży, przeskakując lekko nad zgliszczami, i zwarli się z janczarami, którzy przeżyli ostrzał.

Wśród nich był Yusuf. Spojrzał w górę.

– Pamiętaj! – krzyknął do Ezia. – Czerwony dau! Statki między tobą a nim są uzbrojone, będą próbowały cię zatrzymać.

– Zajmę się nimi – odkrzyknął Ezio z zaciętością w głosie.

– My oczyścimy port!

Ezio zawisł całym ciężarem na linie i nogami odepchnął się od wieży. Zjechał nad stanowisko miotacza ognia; zeskoczył tuż przed nim. Rzucił się na najbliżej stojącego członka obsługi, która próbowała obrócić broń przeciwko asasynom walczącym pod wieżą. Strącił go do wody, gdzie zmiażdżyły go uderzające o siebie burty dwóch zacumowanych barek. Pozostałych sprawnie powalił hakiem.

Obejrzał miotacz płomieni, szybko zapoznając się z jego mechanizmem. Broń była zamontowana na obrotowej podstawie, kierowało się nią kołowrotem po lewej stronie. Samo działo było zrobione z mosiądzu, wylot lufy miało stylizowany na łeb lwa, z którego wystawała końcówka mosiężnej rury. Na jej krawędzi zamocowano krzesiwo, które uruchamiał mechanizm spustowy, uwalniający jednocześnie opary będącego pod ciśnieniem oleju z podgrzanej kadzi u podstawy.

Ezio usłyszał głos dobiegający z kłębowiska walczących na ruinach wieży. To był Yusuf.

– Właśnie tak! Podpal statki greckim ogniem! – krzyczał. – Podoba mi się twój tok myślenia, Ezio!

Na drugim brzegu Rogu Osmanowie ustawiali dwa działa, wymierzone w asasynów walczących w pobliżu Ezia. Chwilę potem, kiedy Ezio obracał miotacz ognia na najbliższe statki, zobaczył chmurki dymu, buchające z ich luf, a potem usłyszał huk wystrzałów. Pierwsza kula spadła do wody, ale druga uderzyła w pomost, który niebezpiecznie się zachybotał.

Jednak nie zawalił się.

Ezio złapał równowagę i nacisnął spust. Z głośnym rykiem z lufy wystrzelił natychmiast długi jęzor ognia. Ezio przesunął nim po pokładach trzech statków na wodzie między nim a dau Piriego. Natychmiast stanęły w płomieniach. Ezio naciskał spust, aż zużył cały olej w zbiornikach, potem porzucił broń, zeskoczył na jedną z barek pod pomostem, przebiegł po jej pokładzie, wybił się i złapał się relingu pierwszego z płonących statków. Hakiem wciągnął się na jego pokład, a tam powalił dwóch zdesperowanych marynarzy, którzy zaatakowali go kołkami do lin. Wspiął się na maszt, zjechał po linie i zeskoczył na następny statek, dosłownie w ostatniej chwili – maszt za nim trzasnął w ogniu i zwalił się w chaos pożaru.

Drugi statek też płonął; zaczynał tonąć, pochylając się rufą. Ezio pobiegł do dziobu, odpychając spanikowanych marynarzy i z bukszprytu przeskoczył na trzeci, mniej uszkodzony niż dwa poprzednie. Jego załoga obracała właśnie działa w stronę czerwonego dau, unoszącego się na wodzie ledwie dwadzieścia sążni dalej. Ku swojemu zaniepokojeniu Ezio zobaczył, że Piri wydaje rozkaz rozwinięcia żagli. Jego marynarze nawoływali się gorączkowo, by złapać wiatr i uciec z zasięgu ostrzału.

Ezio głośno wezwał Bractwo na pomoc. Kiedy się obejrzał, zobaczył, że grupa asasynów podążyła jego niebezpieczną trasą i była tuż za nim, gotowa do ataku. Wspólnie rzucili się na obsługę dział. Po krótkiej, krwawej potyczce na pokładzie zostało kilku martwych asasynów i wszyscy marynarze. Na czerwonym dau Piri podniósł rękę, zatrzymał swoich ludzi i wrzasnął, by Ezio się pospieszył, choć jego głos zagłuszyły odgłosy walki o armaty.

W końcu Ezio znalazł się przy burcie statku. Z kuszy wystrzelił na dau bełt z przywiązaną liną, którą załoga Piriego przymocowała do pokładu, a potem zsunął się po niej nad wzburzoną wodą. Asasyni pomachali mu na pożegnanie, wsiedli do szalup i popłynęli do brzegu. Ezio odwzajemnił ich pozdrowienie i odetchnął, zdyszany. Rozprostował zesztywniałe stawy. Potem otoczyła go grupa ludzi Piriego, którzy sprawdzili, czy nie jest ranny i zaprowadzili go do sterówki, gdzie pod wypełnionym wiatrem grotem stał Piri.

– Nie spieszyłeś się – powiedział z szerokim uśmiechem, przez który jednak przebijała troska.

– Tak. Przepraszam za zwłokę.

Marynarze na dziobie wciągali już kotwice. Chwilę później dau nabrał wiatru w żagle i ruszył wolno, ale niezatrzymywany, wzdłuż rzędu płonących statków z blokady. Wiatr, który pchał ich naprzód, zadbał także, by wzniecony przez Ezia ogień rozprzestrzenił się; statki były zacumowane zbyt blisko siebie, by mogły ujść z tego cało.

– Szczęście, że byłem od nich z wiatrem – powiedział Piri. – Rozumiem, że od razu to spostrzegłeś.

– Naturalnie.

– Hm. Zapowiada się interesująca podróż.

Dau wypłynął z Rogu na wody Bosforu i obrał kurs na południe.

CZĘŚĆ DRUGA

Lecz psalm chór pieniem zagłuszał zmieszanem,
Jak gdy w kościelnej uroczystej ciszy
Grzmi pieśń swą nutę żeniąca z organem,
Raz ucho słyszy, to znów słów nie słyszy.

Dante, *Czyściec*

58

W Mersinie Ezio opuścił tureckiego admirała. Słońce roziskrzało morskie fale.

– Niech Allah cię strzeże, przyjacielu – powiedział żeglarz.

– Przyjmij moje podziękowania, Piri Reisie.

– Będę tu czekał na twój powrót. Ale nie mogę czekać w nieskończoność.

– Wiem.

– Zabierzesz z sobą trochę moich ludzi?

– Nie, najlepiej będzie, jeśli wyruszę sam.

– W takim razie pozwól przynajmniej, że ofiaruję ci konia. Twoja podróż przebiegnie szybciej i bezpieczniej.

– Będę wdzięczny.

– Jesteś dzielnym człowiekiem, Ezio Auditore, i godnym spadkobiercą wielkiego Mistrza Altaïra.

– Czynisz mi zbyt wielki zaszczyt. – Ezio z zaciętym wyrazem twarzy spojrzał na ląd. – Jeśli nie wrócę za dwa cykle księżyca...

Piri Reis z powagą kiwnął głową.

– Idź z tym bogiem, który cię prowadzi – powiedział i uścisnęli sobie na pożegnanie dłonie.

Po dwóch tygodniach żeglugi nastąpiły kolejne dwa tygodnie podróży lądem na północ, najpierw przez góry Taurus, a potem, po odpoczynku w Niğde, między pasmami Taurusu i Melendiz, znów na północ przez niskie, brunatne wzgórza do Derinkuyu, gdzie, jak wiedział Ezio, zbierała się armia Manuela Paleologa.

Kolejny przystanek asasyn zrobił w ponurej, małej wiosce Nadarim, w zasięgu wzroku od miasta, które było jego celem. Brzydota wsi kontrastowała z pięknem okolicznego krajobrazu. Było tuż przed świtem, a nieliczni znajdujący się na ulicach mieszkańcy patrzyli na Ezia podejrzliwie, gdy wjeżdżał na główny plac, z jednej strony zamknięty bryłą kościoła.

Nigdzie nie było widać śladów aktywności wojsk. Ezio, oddawszy konia do stajni, postanowił wspiąć się na kościelną wieżę, by lepiej przyjrzeć się samemu Derinkuyu.

Orlim wzrokiem ogarnął jaśniejące niebo i niskie budynki, składające się na leżące nieopodal miasto. Spomiędzy nich w górę strzelało kilka wież. Tam również nie było widać żadnego garnizonu.

Wiedział jednak, że może być ku temu powód.

Zszedł z powrotem na dół. Plac był opustoszały i Ezio natychmiast wzmógł czujność. Zamierzał jechać dalej, ale teraz zaczął się zastanawiać, czy powrót po konia jest bezpieczny. Nabrał jeszcze większych podejrzeń, gdy wypatrzył samotną postać, przyczajoną w cieniu pod zaniedbanym kościelnym murem. Postanowił do niej podejść.

Kiedy to zrobił, nieznajomy odwrócił się do niego gwałtownie, wyciągając przed siebie sztylet.

Była to młoda kobieta – twarda, żylasta, opalona. Niemal dzika.

– Nie tak blisko, *adi herif*! – warknęła.

Ezio podniósł ręce.

– Kogo nazywasz świnią? – spytał spokojnie. Zobaczył w jej oczach błysk wątpliwości.

– Kim jesteś? Jednym z łotrów Manuela?

– Spokojnie. Przysłał mnie Tarik.

Dziewczyna zawahała się, a potem opuściła sztylet.

– Kimże więc jesteś?

– Ezio Auditore.

Rozluźniła się jeszcze bardziej.

– Dostaliśmy wiadomość od młodego księcia – powiedziała. – Mam na imię Dilara, jestem tu głównym szpiegiem Tarika. Dlaczego wysłał tylko ciebie? Czemu nie posłał więcej ludzi? Czy moje meldunki nie dotarły do Konstantiniyye?

– Ja wystarczę. – Ezio rozejrzał się. – Gdzie są twoi ludzie?

Dilara splunęła.

– Ponad tydzień temu pojmali ich Bizantyjczycy. Byłam ubrana jak niewolnica i zdołałam zbiec. Ale pozostali... – Urwała i pokręciła głową. Potem rzuciła Eziowi spojrzenie. – Umiesz walczyć?

– Lubię myśleć, że tak.

– Kiedy się zdecydujesz, znajdź mnie. Tam, w mieście. Będę czekać przy zachodniej bramie do podziemnego miasta.

Błysnęła w uśmiechu zębami i czmychnęła zwinnie jak jaszczurka.

59

Ezio uzbroił się w pistolet na lewym nadgarstku, ukryte ostrze na prawym i zestaw granatów dymnych przy pasie. Hak włożył do sakwy.

Dwie godziny później znalazł Dilarę czekającą w umówionym miejscu. Brama, o której mówiła, była wielka, okuta żelazem i zamknięta.

Dziewczyna przywitała go krótko.

– Bizantyjczycy kilka dni temu zabrali moich ludzi do tych jaskiń – powiedziała bez wstępów. – Z tego co wiem, ta brama jest najsłabsza ze wszystkich. Co jakiś czas żołnierze wynoszą przez nią odpadki, ale zazwyczaj nie jest używana.

– Czyli wkradamy się do środka, uwalniamy twoich ludzi i wyprowadzamy ich tędy?

– Otóż to...

Ezio pchnął wrota. Nawet nie drgnęły. Odwrócił się z krzywym uśmiechem do Dilary, nieco zawstydzony.

– Chciałam powiedzieć „po tym, jak otworzymy ją od środka" – dokończyła sucho.

– Oczywiście.

– Chodź ze mną.

Zaprowadziła Ezia do miejsca, z którego mogli zobaczyć następne, większe wejście, zamykane przetaczanym, kamiennym kręgiem. Na ich oczach właśnie został odsunięty. Ze środka wyszli żołnierze, ustawili się w szyku i ruszyli na patrol.

– Główne wejście jest tam, u podnóża tego wzgórza. Ale jest dobrze strzeżone.

– Zaczekaj tu – powiedział Ezio.

– Dokąd idziesz?

– Muszę się rozejrzeć.

– Będziesz potrzebował przewodnika.

– Dlaczego?

– To labirynt. Widzisz te wieże?

– Tak.

– To szyby wentylacyjne. I wodociągi. Miasto ma jedenaście poziomów i ciągnie się trzysta stóp w głąb ziemi.

– Poradzę sobie.

– Jesteś okropnie arogancki.

– Nie. Jestem ostrożny. I przygotowany. Wiem, że miasto zbudowali Frygijczycy tysiąc pięćset lat temu, znam też trochę jego topografię.

– W takim razie wiesz też, co jest na dole: podziemny system rzek na najniższym poziomie, a nad nim dziesięć kolejnych poziomów kościołów, kramów, sklepów, magazynów, nawet stajnie i kwatery dla pięćdziesięciu tysięcy ludzi.

– Wystarczy, żeby ukryć tam garnizon.

Dilara popatrzyła na Ezia znacząco.

– Będziesz potrzebował przewodnika – powtórzyła.

– Potrzebuję kogoś, kto zostanie tutaj.

– W takim razie idź z Bogiem – powiedziała. – Ale pospiesz się. Kiedy tylko wszystkie patrole wyjdą, zamkną wejście. Przy odrobinie szczęścia dostaniesz się do środka razem z wozami z zaopatrzeniem, o tamtymi. Zaczekam przy zachodniej bramie.

Ezio kiwnął głową i bez słowa odszedł.

Wtopił się w tłum miejscowych Greków, którzy nie wydawali się zadowoleni z obecności wojska. Bez trudu przeszedł przez bramę, idąc obok wozu ciągniętego przez woła.

Płonące wewnątrz pochodnie ukazywały żółtawo-beżowe ściany z miękkiej, wulkanicznej skały, pokryte zbierającą się przez stulecia sadzą; mimo to powietrze było świeże. Ulice – jeśli można tak nazwać szerokie, brudne tunele – roiły się od żołnierzy i mieszkańców, przepychających się między sobą i zajętych własnymi sprawami. Ezio szedł wśród nich, coraz dalej w głąb podziemnego miasta.

Na drugim poziomie pod ziemią trafił do przestronnej komory o beczkowatym sklepieniu zdobionym wyblakłymi freskami. Poszedł jedną z galerii i spojrzał na postacie w głównej sali, dwadzieścia stóp niżej. Akustyka była tu dobra i z łatwością słyszał, co mówią dwaj mężczyźni. Natychmiast rozpoznał zwalistą sylwetkę Manuela Paleologa i chudego Szachkulu. Niedaleko nich stał na baczność oddział strażników. Ezio zauważył odbiegający na zachód tunel – być może drogę do zachodniej bramy, którą wcześniej pokazała mu Dilara.

– Kiedy moi żołnierze nauczą się posługiwać rusznicami? – spytał Manuel.

– Najwyżej za kilka tygodni – odparł ponury Turkmen.

Manuel zamyślił się.

– Do tej pory janczarzy będą wiedzieli, że ich zdradziłem. Ale czy mają wystarczające siły, żeby wziąć odwet?

– Wątpię. Ich uwagę zaprząta głównie wojna sułtana z Selimem.

Manuel zaczął się śmiać, ale śmiech ten szybko przeszedł w kaszel i charkot.

– Ha! – sapnął. – Co to za smród, u diabła? Wentylacja się zatkała?

– Wybacz, Manuelu. Może wiatr zmienił kierunek. Niektórzy z osmańskich jeńców, których pojmaliśmy tydzień temu, okazali się... delikatni. Musieliśmy ich gdzieś wynieść, po tym jak... spotkał ich nieszczęśliwy wypadek.

Manuela prawie to rozśmieszyło, ale był też zaniepokojony.

– Szachkulu, postaraj się poskromić swój gniew. Wiem, że sułtan upokorzył twój lud. Ale nie ma potrzeby opluwać tych, którzy stoją niżej od nas.

– Upokorzył mój lud! – krzyknął Szachkulu. – Próbował nas zgnieść, jakbyśmy byli karaluchami! To dlatego sprzymierzyłem się z Izmailem z Persji i przybrałem imię Szachkulu – „sługa Szacha". Pod tym imieniem pokonam wszystko, co Seldżucy rzucą przeciwko Turkmenom i tym z nas, którzy sprzyjają Safawidom i przestrzegają prawa Szia.

– Oczywiście, oczywiście, ale mimo to pozbądź się dowodów – powiedział Manuel, zbierając się do wyjścia z przytkniętą do nosa perfumowaną chustką.

Szachkulu popatrzył za nim ponuro, a potem pstryknął palcami na pozostałych strażników.

– Wy trzej, zbierzcie trupy i wyrzućcie je na zewnątrz, na zachodnie śmietnisko.

Sierżant straży zaniepokoił się.

– Szachkulu, nie mam klucza do zachodniej bramy – wyjąkał.

Szachkulu kipiał ze wściekłości.

– To go znajdź, durniu! – ryknął, odwrócił się i wypadł z sali.

Strażnicy popatrzyli po sobie.

– Kto ma klucz? Ktoś wie? – spytał sierżant gniewnie. Nie lubił być nazywany durniem przy swoich ludziach, nie podobały mu się też ich uśmieszki.

– Chyba Nikolos go ma – odparł jeden z nich. – Dzisiaj ma wolne.

– W takim razie będzie na targu na trzecim poziomie – dodał drugi.

– Bez wątpienia się obżera – stwierdził z przekąsem pierwszy. – *Hristé mou!* Z chęcią przebiłbym tego Szachkulu włócznią!

– Hej, hej! – upomniał go surowo sierżant. – Zachowaj to dla siebie, *edáxi*?

Ezio ledwie dosłyszał ostatnie słowa. Biegł już na targ poziom niżej.

60

Poza tym, że hala znajdowała się głęboko pod ziemią, targowisko wyglądało jak każde inne – kramy z mięsem, warzywami, przyprawami – roztaczające wszędzie wokół swoje zapachy, tu jeszcze wyrazistsze niż na otwartym powietrzu. Ubrania, buty – wszystko, czego potrzebowali mieszkańcy. Były tu też małe tawerny i winiarnie. Niedaleko jednej z nich, na otwartej przestrzeni, wybuchła pijacka sprzeczka – najwyraźniej o jasnoskórą ladacznicę. Koścista, starsza kobieta, która siedziała wytwornie na krześle przy jednym ze stolików winiarni, dobrze się bawiła, oglądając przedstawienie.

Wokół dwóch okładających się pięściami mężczyzn ustawił się krąg gapiów, którzy zachęcali ich bezładnymi okrzykami. Ezio stanął na obrzeżach grupy.

– Lej go!

– Wal go!

– Zabij drania!

– Tylko na tyle cię stać?

– Krwi! Krwi!

– Zmasakruj go!

Wśród gapiów, z których większość była równie pijana jak walczący, stał tłusty, rumiany żołnierz z niechlujną brodą i cofniętym podbródkiem. W ręku trzymał bukłak z winem i ryczał razem ze wszystkimi. Ezio zauważył już rozpiętą, skórzaną kaletkę u jego pasa i wystający z niej duży, żelazny klucz. Rozejrzał się i zobaczył, że z drugiej strony targowiska zbliżają się trzej żołnierze, których widział w malowanej sali.

Nie było czasu do stracenia. Ezio przysunął się do grubego strażnika i wyłowił klucz z jego kaletki w tej samej chwili, kiedy towarzysze zawołali żołnierza po imieniu.

Nikolos będzie się musiał gęsto tłumaczyć – pomyślał Ezio, wracając na Drugi Poziom, do tunelu, z którego dobiegał smród i który, jak się domyślał, prowadził do zachodniej bramy.

61

– Nie spieszyłeś się zbytnio – powiedziała Dilara chrapliwym szeptem, kiedy Ezio ją wpuścił, otworzywszy zachodnią bramę od środka.

– Nie ma za co – mruknął ponuro.

Dilara zrobiła wtedy dokładnie to, czego się spodziewał: poderwała rękę do twarzy.

– *Aman Allahim*! Co to?

Ezio odsunął się i wskazał stos trupów, ułożonych w szerokiej wnęce tuż za wejściem.

– Nie wszystkich wzięli do niewoli.

Dilara podbiegła do stosu, a potem stanęła jak wryta.

– Biedacy! Niech Bóg ma ich w opiece! – Zgarbiła się, przybita. Kiedy opadła z niej zadziorna poza, zrobiła się bardziej ludzka. – To robota tego turkmeńskiego renegata Szachkulu – ciągnęła.

Ezio kiwnął głową.

– Zabiję go!

Odbiegła.

– Zaczekaj! – zawołał za nią asasyn, ale było już za późno.

Zniknęła.

Ezio ruszył za nią i znalazł ją kawałek dalej w odludnym miejscu wychodzącym na nieduży, publiczny plac.

Zbliżył się ostrożnie. Dilara stała plecami do niego i patrzyła na coś, co działo się na placu.

– Współpraca nie jest twoją mocną stroną – rzekł.

Nie odwróciła się.

– Przyszłam tu uratować resztkę moich ludzi – powiedziała chłodno – a nie szukać przyjaciół.

– Nie trzeba się przyjaźnić, żeby współpracować – odparł Ezio, przysuwając się bliżej. – Powiedz mi, gdzie są twoi ludzie, a ja pomogę ci ich odbić.

Przerwał mu przeraźliwy krzyk, jakby ktoś znosił nieludzkie męki; podbiegł do boku Dilary. Jej rysy stężały.

– Tam! – powiedziała, pokazując palcem.

Ezio popatrzył we wskazanym kierunku i na placu zobaczył grupę osmańskich jeńców, siedzących na ziemi ze związanymi rękoma. Na ich oczach bizantyjscy strażnicy pchnęli jednego z nich na ziemię. Nieopodal stała prowizoryczna szubienica; zwisał z niej inny Osman, zawieszony za nadgarstki wykręconych w tył rąk. Obok stał Szachkulu, natychmiast rozpoznawalny mimo katowskiej maski. Mężczyzna wrzeszczał, a Szachkulu wymierzał mu cios za ciosem.

– To Janos – powiedziała Dilara, w końcu odwracając się do Ezia. – Musimy mu pomóc!

Ezio przyjrzał się dokładniej temu, co działo się na placu.

– Mam pistolet, ale nie mogę go użyć – stwierdził. – Zbroja, którą on ma na sobie, jest za gruba dla kul. Muszę dostać się bliżej.

– Mamy mało czasu. To nie jest przesłuchanie. Szachkulu chce zamęczyć Janosa na śmierć. Potem będzie następny. I następny...

Dilara krzywiła się przy każdym ciosie, każdym krzyku. Oboje słyszeli śmiech i wyzwiska ludzi Szachkulu.

– Chyba już wiem, co możemy zrobić – rzekł Ezio. Odczepił od pasa granat dymny. – Kiedy go rzucę, biegnij w prawo. Spróbuj poprzecinać więzy swoich ludzi pod osłoną dymu.

Dilara kiwnęła głową.

– A Szachkulu?

– Zostaw go mnie.

– Wykończ tego szczura.

Ezio odbezpieczył granat, odczekał, aż ze środka zacznie buchać dym, a potem, starannie mierząc, rzucił bombę w stronę szubienicy. Bizantyjczycy myśleli, że poradzili sobie już z wszelkim oporem, i nie spodziewali się ataku. Zostali całkowicie zaskoczeni.

W zamieszaniu Ezio i Dilara zbiegli z pochyłości i rozdzielili się. Ezio zastrzelił pierwszego żołnierza, który stanął mu na drodze, drugiemu zgruchotał szczękę karwaszem na lewym przedramieniu. Potem wysunął ukryte ostrze i szybko pobiegł w kierunku Szachkulu, który wyciągnął ciężki sejmitar i obracał się na wszystkie strony, nie wiedząc, skąd nadejdzie atak. Kiedy tylko spojrzał w inną stronę, Ezio skoczył na niego i wbił mu ukryte ostrze w pierś między katowską maską a zbroją. Wokół jego pięści zabulgotała ciemna krew. Szachkulu upadł; Ezio chwycił go i osunął się razem z nim na kolana. Ranny przestawał się szamotać. W końcu jego oczy zamknęły się.

– Ludzie, którzy czynią fetysz z mordu, nie zasługują na litość – szepnął mu Ezio do ucha.

Wtedy jednak oczy Szachkulu otworzyły się szaleńczo, a opancerzona pięść skoczyła do gardła Ezia i zacisnęła się na nim. Powalony zaczął się obłąkańczo śmiać. Krew popłynęła z jego rany szerszym strumieniem, a Ezio wbił ostrze głębiej i zakręcił nim brutalnie. Wraz z ostatnim spazmem Szachkulu odepchnął go od siebie. Potem wygiął się w agonii, zacharczał i opadł nieruchomo na ziemię.

Ezio podniósł się i wytarł ostrze o jego płaszcz. Dilara uwolniła już kilku swoich ludzi; Ezio odwrócił się w porę, by zobaczyć, jak rzuciła się na plecy ostatniego uciekającego Bizantyjczyka. Powaliła go i poderżnęła mu gardło jednym płynnym ruchem. Zeskoczyła z ofiary, lądując jak kot, i odwróciła się do uratowanych.

Ezio kopnął trupa, żeby upewnić się, że tym razem Szachkulu na pewno nie żyje. Dilara pomagała wstać uwolnionym.

– Dziękuję, Dilaro – powiedział Janos, kiedy go odcięła.

– Możesz iść?

– Chyba tak.

Ezio podszedł do nich.

– To twój oddział przywiózł rusznice Manuelowi?

Dilara kiwnęła głową.

– W takim razie trzeba je zniszczyć.

Znów przytaknęła.

– Ale większość z nich nie działa. Chociaż proch jest akurat prawdziwy – jego się nie da podrobić.

– *Bene* – powiedział Ezio. Spojrzał na otaczających go Osmanów. – Schowajcie się gdzieś, dopóki nie usłyszycie wybuchu, a potem uciekajcie!

– Wybuchu? – powtórzyła Dilara. – Jeśli to zrobisz, rozpęta się piekło. Całe miasto wpadnie w panikę.

– Na to właśnie liczę – odparł Ezio. – Wybuchy zniszczą wszystkie sprawne rusznice, a co do paniki, ta może nam tylko pomóc.

Dilara zamyśliła się.

– W porządku. Zabiorę swoich ludzi w bezpieczne miejsce. Ale co z tobą?

– Ze mną? Kiedy bomby wybuchną, poszukam Manuela Paleologa.

62

W podziemnym mieście znajdowały się olbrzymie groty – wykute przez ludzi jaskinie, gdzie magazynowano proch i broń dla armii Manuela. Zamontowano w nich układ wielokrążków do przenoszenia beczek z prochem za pomocą rozciągniętych, napiętych lin. Z punktu obserwacyjnego na galerii poziomu piątego Ezio spoglądał na grupę bizantyjskich cywilów, którzy właśnie tym się zajmowali pod czujnym okiem renegatów Manuela. Była to idealna okazja; podziękował Bogu, że mieli tak słabą ochronę. Najwyraźniej byli przekonani, że nic im nie grozi, a Ezio przemieszczał się tak szybko, że wieść o odnalezieniu trupa Szachkulu i jego oprawców nie zdążyła go jeszcze wyprzedzić.

Ukryte ostrze zastąpił hakiem i przeładował pistolet. Wmieszał się w grupę robotników i patrzył, jak po jednej z lin, między dwoma wielokrążkami, przesuwano beczkę. Wszędzie dookoła całe ich setki stały jedna na drugiej, pod ścianami zaś poustawiano drewniane skrzynie z rusznicami.

– Spokojnie! Powoli! – wołał nadzorca. – To proch strzelniczy, a nie proso!

– Mam już! – odkrzyknął mężczyzna obsługujący kołowrót.

Ezio rozejrzał się dokoła, układając plan. Gdyby udało mu się wywołać jeden wybuch tak, by spowodował reakcję łańcuchową w trzech magazynowych grotach, o których wiedział...

To się musiało udać.

Ruszył przez jaskinie, wtapiając się między robotników i nasłuchując ich rozmów, żeby ocenić nastroje. Odkrył, że nie wszyscy Bizantyjczycy są łotrami. Jak zwykle za nieszczęścia wszystkich innych odpowiedzialność ponosili tylko ci, którzy mieli zbyt wielkie ambicje, za bardzo łaknęli władzy.

– Mogło być gorzej – powiedziała jakaś kobieta do mężczyzny.

– Gorzej?

– Lepszy turban Turka niż tiara papieża. Osmanowie przynajmniej szanują nasz Kościół ortodoksyjny.

– Ćśśś! Gdyby ktoś cię usłyszał...! – ostrzegła inna.

– To wariatka! – Mężczyzna odwrócił się do tej pierwszej. – Posłuchaj tylko, co mówisz!

– No i dobrze, może i jestem wariatką. A jeśli ty lubisz być zmuszany do pracy i żyć pod ziemią jak kret, to twoja sprawa!

Mężczyzna rozważył te słowa.

– To prawda, nie mam ochoty iść na żadną wojnę. Chcę tylko wykarmić rodzinę.

Inny mężczyzna, nadzorca w stroju templariusza, usłyszał te słowa.

– Nikt nie chce wojny, przyjacielu – powiedział nie bez współczucia. – Ale co możemy zrobić? Spójrz na nas!

Popatrz, jak żyjemy! Turcy zabrali naszą ziemię. Uważasz, że powinniśmy się poddać bez walki?

– Nie, nie – zaprzeczył pierwszy. – Ja tylko... sam nie wiem. Mam już tego dość. Wszyscy mamy już dość walki!

Święte słowa – pomyślał Ezio i wśliznął się między dwa dwudziestostopowe rzędy beczek.

Kiedy został sam, sejmitarem rozłupał beczkę przy samej ziemi, nabrał prochu do mieszka, a potem usypał z niego ślad między rzędami do wejścia drugiej jaskini. To samo zrobił i w trzeciej, aż dotarł do sklepionych wrót wyjścia. Potem zaczekał, aż wszyscy zwykli robotnicy bezpiecznie pójdą na noc do domu.

Zostali tylko strażnicy.

Ezio upewnił się, że ma wolną drogę odwrotu, ustawił się kilka kroków od wyjścia, wysunął pistolet i strzelił do najbliższej beczki. Potem odwrócił się i pobiegł.

Potężna seria wybuchów, która nastąpiła, zakołysała podwalinami podziemnego miasta niczym trzęsienie ziemi. Sklepienia pękały i waliły się za nim, wszędzie unosił się dym i kurz, spadał gruz, panował chaos.

63

Ezio dotarł do wielkiej komnaty na drugim poziomie mniej więcej w tym samym czasie co Manuel, który wpadł do środka otoczony dużym oddziałem doborowych gwardzistów. Ezio ukrył się za przyporą, patrzył i czekał. Zamierzał to skończyć tego wieczora. Widział, że Manuel miał brakujący klucz do Masjafu – ten, który templariusze wykopali pod pałacem Topkapı. Skoro miał go przy sobie, to niedoszły cesarz Bizancjum musiał planować ucieczkę.

– Co się dzieje, do diabła?! – ryknął Manuel, na wpół z wściekłością, na wpół z przerażeniem.

– To sabotaż, Manuelu – powiedział kapitan templariuszy stojący obok niego. – Musisz się schronić.

Jeden koniec komnaty wypełnił już tłum zawodzących, spanikowanych ludzi. Manuel wepchnął klucz do sakwy przewieszonej przez tłuste ramię i łokciem odepchnął oficera.

– Z drogi! – warknął.

Wspiął się na podwyższenie i zwrócił do tłumu. Ezio wmieszał się między ludzi i przesunął bliżej przemawiającego Manuela.

– Mieszkańcy! – zaczął Manuel piskliwym głosem. – Żołnierze! Uspokójcie się. Nie ulegajcie trwodze! Jesteśmy prawdziwymi pasterzami Konstantynopola. Jesteśmy panami tych ziem. Jesteśmy Bizantyjczykami! – Przerwał dla efektu, ale jeśli spodziewał się aplauzu, nie dostał go. Brnął więc dalej. – *Kouráyo*! Odwagi! Nie uciekajcie. Niech nikt nie złamie...

Przerwał, kiedy zauważył zbliżającego się Ezia. Musiał go zaalarmować szósty zmysł, zaklął bowiem wściekle pod nosem i zwinnie zeskoczył z podwyższenia.

– Zatrzymać tego człowieka! – wrzasnął do swoich żołnierzy. – Tego wysokiego, w kapturze ze szpicem! Zabić go!

Ezio przedostał się przez zdezorientowany tłum i ruszył w pościg za Manuelem, omijając i przewracając templariuszy. W końcu uwolnił się od nich i obejrzał za siebie. Żołnierze byli równie zdezorientowani jak mieszkańcy, rozglądali się bezradnie dookoła, ale nie wiedzieli, w którą stronę pobiegł Manuel. Wykrzykiwali przekleństwa i rozkazy, biegli gdzieś i zaraz wracali. Manuel czmychnął zbyt szybko, by ktoś z jego ludzi zdążył zareagować. Tylko bystry wzrok Ezia pozwalał mu nie stracić go z oczu.

Jak na tak grubego człowieka Manuel był bardzo zwinny. Ezio biegł długim, słabo oświetlonym korytarzem-ulicą, przystając tylko po to, by zajrzeć w boczne odgałęzienia i upewnić się, że jego ofiara tam nie skręciła. Daleko w przedzie mignęła mu w świetle pochodni błyszcząca, jedwabna szata – to Manuel wspinał się wyciętymi w skale wąskimi schodami na pierwszy poziom. Niedoszły król szukał najszybszej drogi ucieczki – stracił zapasy broni, a jego armia była w całkowitej rozsypce.

Ezio popędził za nim.

Dopadł go w końcu w pustym domu, wykutym w skale na pierwszym poziomie. Manuel odwrócił się do niego z zagadkowym uśmiechem na lubieżnych ustach.

– Przyszedłeś po klucz do Masjafu? – spytał. – O to chodzi? Chcesz nam ukraść dwa lata wysiłku i odzyskać to, co odrzucili sami asasyni?

Ezio nie odpowiadał, lecz uważnie mu się przyglądał. Nie wiadomo, jakie jeszcze sztuczki Manuel mógł mieć w rękawie.

– Toczysz walkę bez szans na zwycięstwo, asasynie! – ciągnął tamten, choć w jego głosie pojawiła się nuta desperacji. – Rośniemy w siłę, rosną nasze wpływy. Jesteśmy ukryci na widoku!

Ezio zrobił krok do przodu.

– Zatrzymaj się na chwilę i pomyśl – rzekł Manuel, podnosząc upierścienioną dłoń. – Pomyśl o tym, ilu niewinnym dzisiaj odebrałeś życie, o anarchii, jaką tu zasiałeś! Ty! To ty wykorzystałeś biednych i wypędzonych dla swoich próżnych celów! Ale my walczymy o godność, asasynie! Walczymy, by przywrócić pokój tej zwaśnionej krainie.

– Templariuszom łatwo przychodzi gadka o pokoju – odparł Ezio. – Zrzeczenie się władzy – o wiele trudniej.

Manuel lekceważąco machnął ręką.

– To dlatego, że władza sprowadza pokój. Durniu! Odwrotnie się nie da. Ci ludzie utonęliby, gdyby nie podtrzymywała ich i nie pokazywała im drogi czyjaś silna ręka!

Ezio uśmiechnął się.

– I pomyśleć, że to ty jesteś tym potworem, którego przybyłem zabić.

Manuel spojrzał mu w oczy; Ezio odniósł nieprzyjemne wrażenie, że jego ofiara pogodziła się z losem. Obwieszony klejnotami grubas o wypomadowanych wąsach miał w sobie swego rodzaju godność. Ezio wysunął ukryte ostrze i dźgnął go prosto w pierś, a potem podtrzymał, kiedy ten osunął się na kolana. Ale Manuel nie upadł. Oparł się o kamienną ławę i spokojnie spojrzał na Ezia. Kiedy się odezwał, w jego głosie słychać było tylko zmęczenie.

– Powinienem być następcą Konstantyna. Miałem tyle planów. Wiesz, jak długo czekałem?

– Twoje marzenie umiera wraz z tobą, Manuelu. Twojego imperium już nie ma.

Choć wyraźnie cierpiał, Manuel zdołał się roześmiać.

– Ha, ale nie tylko ja jeden miałem tę wizję, asasynie. Marzenie naszego Zakonu jest powszechne. Osmanowie, Bizantyjczycy... to tylko etykiety, kostiumy i pozory. One są nieistotne – wszyscy templariusze są częścią tej samej rodziny.

Ezio poczuł, że traci cierpliwość; zdawał sobie sprawę z upływu czasu. Musiał zdążyć uciec.

– Dość gadania. Przyszedłem po klucz do Masjafu.

Schylił się i zabrał sakwę, która wciąż wisiała na ramieniu Manuela. Umierający pięćdziesięcioośmioletni templariusz wydał się nagle o wiele starszy, niż był w rzeczywistości.

– To go weź – powiedział, rozbawiony mimo bólu. – Weź go i szukaj szczęścia. Zobaczymy, czy dostaniesz się na sto lig do Biblioteki Masjafu, zanim któryś z nas cię wykończy.

Potem cały zesztywniał, rozprostował ręce, jakby budził się ze snu, i runął twarzą w ciemność bez wymiarów i dźwięków.

Ezio przez chwilę patrzył na zwłoki, pogrążony we własnych rozmyślaniach, a później szybko przetrząsnął jego sakwę. Nie wziął niczego poza kluczem, który przełożył do własnej, a pustą kaletę rzucił na ziemię obok zwłok.

Potem odwrócił się i odszedł.

64

Górne poziomy podziemnego miasta zostały odcięte przez templariuszy i Bizantyjczyków, którzy słuchali rozkazów swoich oficerów i nie wiedzieli, co się może jeszcze wydarzyć. Wkrótce ktoś musiał znaleźć zwłoki Manuela. Ezio uznał, że najlepszym – i być może jedynym – sposobem ucieczki będzie system podziemnych rzek na jedenastym poziomie.

Dolne poziomy Derinkuyu przypominały piekło na ziemi. Podziemne ulice wypełniał dym i wyziewy, w różnych miejscach wybuchły pożary, zarówno nad, jak i pod magazynami, w których Ezio zniszczył zbrojownię i skład amunicji Manuela. Zawalone sklepienia i ściany zablokowały wiele przejść i asasyn musiał je obchodzić. Kilka razy, mijając sterty gruzu, widział wystające spod nich kończyny przysypanych. Bezskutecznie próbował nie myśleć o konsekwencjach tego, co zrobił. Żołnierze i mieszkańcy błąkali się jak odurzeni; z załzawionymi oczami przyciskali do twarzy szarfy i chusty. Ezio, sam czasem z trudem łapiąc oddech, uparcie brnął coraz niżej, rampami, tunelami i schodami wyrąbanymi w skale, aż dotarł na najniższy poziom.

Tu powietrze było czystsze, ale stęchły zapach wody w zamkniętej przestrzeni docierał do Ezia już od dziewiątego poziomu.

Dzięki zamieszaniu wywołanemu eksplozjami Ezio przedostał się przez miasto niezaczepiany i stał teraz na pomoście nad sztucznym podziemnym jeziorem. Daleko na południu – chyba, ciężko było bowiem rozeznać kierunki – zobaczył migotanie światła w miejscu, gdzie wpadająca do jeziora rzeka wypływała z niego dalej ku otwartej przestrzeni. Musiało to być bardzo daleko i poniżej miejsca, w którym wzniesiono Derinkuyu. Ezio nie miał czasu się nad tym zastanawiać, ponieważ od następnego pomostu, jakieś czterdzieści kroków od niego, odbiła właśnie tratwa z pół tuzinem bizantyjskich żołnierzy. Ale jego uwagę przykuł pasażer. Na tylnym pokładzie stał strojny, brodaty mężczyzna.

Książę Ahmet Osman.

Ahmet również dostrzegł Ezia i kazał swoim wioślarzom do niego podpłynąć. Kiedy znalazł się w zasięgu głosu, zawołał szyderczo do asasyna:

– Biedny Manuel! Ostatni z Paleologów.

Ezio był przez chwilę zbyt zaskoczony, by odpowiedzieć.

– Wieści szybko się rozchodzą – odparł w końcu.

– Nie tylko asasyni mają szpiegów. – Ahmet wzruszył ramionami. – Niepotrzebnie postawiłem Manuela na czele wyprawy do Masjafu. To był arogancki człowiek, nie dało się nad nim zapanować.

– Rozczarowałeś mnie, Ahmecie. Czemu templariusze?

– Cóż, Ezio, a może powinienem zachować pozory i dalej nazywać cię Marcellem? To jest tak: dość mam bezsensownych krwawych waśni, które popychają ojca przeciwko synowi i brata przeciwko bratu. Żeby osiągnąć prawdziwy pokój, ludzkość musi myśleć i działać jak ciało zjednoczone z kontrolującym je umysłem. – Przerwał. – Sekrety Wielkiej Świątyni nam to umożliwią. A Altaïr nas do niej doprowadzi.

– Łudzisz się! Sekrety Altaïra nie są przeznaczone dla was! I nigdy nie znajdziecie Wielkiej Świątyni!

– Zobaczymy.

Ezio zauważył, że Ahmet spogląda nad jego ramieniem. Odwrócił się i zobaczył zmierzający w jego stronę oddział Bizantyjczyków.

– Nie interesuje mnie roztrząsanie z tobą kwestii moralności i etyki, asasynie. Przyszedłem po klucze do Masjafu.

Ezio uśmiechnął się kpiąco i wyjął klucz, który dopiero co zabrał Manuelowi.

– Chcesz powiedzieć, że jest ich więcej niż ten jeden?

– Tak słyszałem – odparł Ahmet uprzejmie. – Ale może powinienem zapytać kogoś lepiej poinformowanego niż ty. Sofii Sartor? Dobrze zapamiętałem nazwisko?

Ezio wpadł w przerażenie, choć starał się tego nie okazać.

– Ona nic nie wie! Zostaw ją w spokoju!

Ahmet uśmiechnął się.

– Zobaczymy.

Dał znak swoim ludziom, którzy zaczęli wiosłować.

– Zabiję cię, jeśli ją tkniesz.

– Wiem, że spróbujesz, mój drogi Ezio. Ale wątpię, czy ci się uda. – Ahmet podniósł głos i krzyknął do żołnierzy na brzegu: – Zabić go i zabrać klucz. A potem przynieść mi go natychmiast.

– Nie zostaniesz, by popatrzeć? – spytał Ezio chłodno.

– Za bardzo cenię sobie własne bezpieczeństwo – odparł książę. – Znam twoją reputację i widziałem tu dziś przykład twoich umiejętności. Zapędzony w kąt jak teraz, z pewnością jesteś w dwójnasób niebezpieczny. Poza tym brzydzę się przemocą.

Tratwa odpłynęła, pozostawiając Ezia sam na sam z Bizantyjczykami. Asasyn rozważył swoje szanse.

Nie miał żadnych.

Stał na końcu pomostu, nie mógł się wycofać, ani uciec wpław. Żołnierzy musiało być dwudziestu albo trzydziestu. Niektórzy trzymali rusznice, które ocalały z magazynów. Ich kapitan podszedł bliżej.

– Daj nam klucz, *kyrie* – powiedział z sarkazmem. – Chyba nie masz wyboru.

Strzelcy za nim podnieśli broń do ramion.

Ezio popatrzył na nich. Wiedział, że tym razem został pokonany. Miał pistolet, z którego mógł oddać najwyżej dwa strzały, ukryte ostrze i sejmitar. Ale nawet gdyby skoczył najszybciej jak mógł, rusznice naszpikowałyby go kulami. Pewnie i tak by strzelali – tak najprościej zdobyliby klucz. Może zdążyłby rzucić go do jeziora, zanim by upadł.

Ezio mógł się tylko modlić, by Yusuf nie pozwolił pozostałym kluczom wpaść w ręce templariuszy i by Sofii oszczędzone zostały niepotrzebne tortury. Nie powiedział jej bowiem, dla jej własnego bezpieczeństwa, gdzie ukryte są klucze.

Najwyraźniej nie był wystarczająco ostrożny.

Cóż, każda droga gdzieś się kończy.

Kapitan podniósł rękę, a strzelcy zacisnęli palce na spustach.

65

Kiedy rusznice wypaliły, Ezio rzucił się płasko na pomost.

Na Bizantyjczyków niczym deszcz posypały się strzały, z tyłu i z góry. Po chwili wszyscy żołnierze księcia Ahmeta leżeli martwi albo ranni na brzegu jeziora.

Jedna kula osmaliła Eziowi kaptur, ale poza tym był niedraśnięty i dziękował Bogu za to, że wiek nie przytępił mu refleksu. Kiedy wstał, ujrzał stojącą na drugim końcu pomostu Dilarę. Ze szczytu prowadzących na pomost schodów zeszli jej ludzie. Ci, którzy znaleźli się już na dole, chodzili między Bizantyjczykami, oglądali martwych i opatrywali rannych.

– Nie można cię ani na chwilę zostawić samego – powiedziała Dilara.

– Na to wygląda. Dziękuję.

– Masz to, po co przyszedłeś?

– Tak.

– W takim razie lepiej się stąd zabierajmy. Narobiłeś niezłego zamieszania.

– Zdaje się, że tak.

Dilara pokręciła głową.

– Miną lata, zanim się z tego podźwigną. O ile w ogóle. Ale zostało im dość sił, żeby cię ukatrupić, jeśli cię dopadną. Chodź!

Ruszyła w górę.

– Zaczekaj! Nie powinniśmy popłynąć łodzią?

– Oszalałeś? Będą na ciebie czekali u ujścia rzeki. To wąski przesmyk. Natychmiast by cię zabili, a ja nie chcę, by mój wysiłek poszedł na marne.

Ezio posłusznie poszedł za nią.

Wrócili kilka poziomów wyżej, a potem poszli krętą ulicą na południe. Dym trochę się tu przerzedził, ale ludzie byli zbyt zajęci gaszeniem pożarów, by zwracać na nich uwagę. Dilara narzuciła bardzo szybkie tempo i wkrótce dotarli do bramy podobnej do tej, którą Ezio otworzył po zachodniej stronie miasta. Wyjęła klucz i otworzyła okute, drewniane wrota.

– Jestem pod wrażeniem – powiedział Ezio.

– I słusznie. Powiedz im w Konstantiniyye, że mogą być spokojni. Robimy tu, co do nas należy.

Ezio zmrużył oczy przed słońcem, które wpadało przez wrota, oślepiającym po półmroku podziemnego miasta. Zobaczył drogę biegnącą na południe, z przycupniętą przy niej brzydką, małą wioską Nadarim.

– Twoja klacz jest osiodłana, nakarmiona i napojona. Jedzenie i picie masz w jukach. Możesz ją odebrać ze stajni bez obaw. Wioska została wyzwolona i już zaczęli tam bielić ściany. Allah świadkiem, że przyda się ją trochę rozweselić – powiedziała Dilara, tryumfalnie rozdymając nozdrza. – Ale teraz stąd znikaj. Nie minie dużo czasu, zanim Ahmet się dowie, co tu się stało. Oczywiście sam nie ośmieli się wrócić, ale możesz być pewny, że wyśle za tobą pościg.

– To ktoś mu jeszcze został?

Dilara uśmiechnęła się z przymusem.

– Jedź już, jedź. Pod koniec tygodnia powinieneś być w Niğde. Jeśli po drodze nikt cię nie zabije, będziesz w Mersinie o pełni księżyca.

– Przed czasem.

– Gratulacje.

– A co z tobą?

– Nasza praca tutaj jeszcze się nie skończyła. Zresztą nie przenieślibyśmy się nigdzie bez rozkazu z Konstantiniyye. Pozdrów ode mnie Tarika.

Ezio przez chwilę patrzył na nią w ponurym milczeniu.

– Powiem w Wysokiej Porcie, siedzibie osmańskiego parlamentu, ile ci zawdzięczają.

– Powiedz. A teraz muszę już wracać do swoich ludzi, zebrać ich na nowo. Twoje fajerwerki zniszczyły między innymi naszą siedzibę.

Zniknęła, zanim Ezio zdążył dodać coś więcej.

66

Podróż powrotna na wybrzeże była krótka i fortunnie pozbawiona przygód.

– Wcześnie wróciłeś – powiedział Piri Reis, kiedy Ezio stanął na trapie czerwonego dau.

– I bardzo dobrze. Musimy jak najszybciej wracać do Konstantiniyye.

– Masz piąty klucz?

Ezio uśmiechnął się i poklepał po sakwie przy boku.

– Świetnie – rzekł Piri, też uśmiechnięty. – A Manuel?

– Nie będzie nam już sprawiał kłopotów.

– Coraz lepiej. W tym tempie niedługo zrobią z ciebie *süvalye*.

– Bitwa jeszcze niewygrana. Powinniśmy się spieszyć.

– Statek musi uzupełnić zapasy, czekamy też na sprzyjający przypływ. Ale możemy się zająć jednocześnie jednym i drugim. – Piri odwrócił się i wydał kilka zwięzłych poleceń kapitanowi, który do nich dołączył. – Trzeba też będzie pozbierać załogę. Nie spodziewaliśmy się, że tak szybko załatwisz sprawy w Derinkuyu.

– Szczęśliwie miałem wyjątkowo sprawną pomoc.

– Słyszałem o szefowej szpiegów, których umieściła tam Wysoka Porta. Jej reputacja ją wyprzedza – stwierdził Piri.

– W takim razie mam powód, by podziękować osmańskiej władzy.

– Za czasów Bajezida Wysoka Porta stała się wzorem praktycznej administracji. Bardzo dobrze się stało, że działa bez przeszkód mimo waśni w rodzinie królewskiej.

– Skoro o nich mowa, musimy mieć oko na Ahmeta – wyszeptał Ezio. – Dowiedziałem się, że wpadł w bardzo złe towarzystwo.

– Asasyni nie powinni mieszać się w sprawy Osmanów.

– Przyjaciele Ahmeta sprawiają, że te sprawy są też naszymi.

Piri uniósł brew, ale nic więcej na ten temat nie powiedział.

– Twoja kajuta jest gotowa – oznajmił. – Z pewnością zechcesz odpocząć, nim wypłyniemy.

Kiedy Ezio został sam, zdjął z siebie całe wyposażenie, a potem wyczyścił i naostrzył broń. Gdy już wszystko było gotowe, zamknął drzwi kajuty, wyjął piąty klucz i położył go na składanym pulpicie. Był ciekaw, czy artefakt zachowa się tak samo jak pozostałe. Musiał się przekonać, co jeszcze może mu zdradzić o Altaïrze, zwłaszcza że nie miał jak sprawdzić, czy kamień roztoczył jakąś mistyczną wizję przed templariuszami, którzy go znaleźli. Czego mogli się już z niego dowiedzieć? A może posiadał zdolność rozróżniania, kiedy przemawiać, a kiedy milczeć?

Eziowi nie dawały też spokoju myśli o Sofii i nie mógł się doczekać powrotu do Konstantynopola. Chciał ją chronić – ją i pozostałe cztery klucze. Tymczasem jednak musiał być cierpliwy, wszystko bowiem zależało od łaski morza i wiatru.

Klucz przypominał pozostałe – miał tę samą średnicę, zdobiły go takie same dziwne, tajemnicze symbole i pokrywały precyzyjne żłobienia. Ezio przygotował się i wyciągnął do niego dłoń. Artefakt go nie zawiódł. Wkrótce słabe światło kajuty zmieniło się w półmrok, a potem blask obsydianowego dysku zaczył jarzyć się coraz mocniej i mocniej…

67

Wciągnięty w obserwowaną scenę – zjednoczony z nią, a zarazem całkowicie odrębny – Ezio wiedział, że minęło co najmniej dziesięć lat, odkąd był ostatnio w Masjafie. Patrzył, patrzył, aż pochłonął go rozwój wydarzeń...

Mężczyźni stali na rozświetlonym słońcem wewnętrznym dziedzińcu Masjafu, w cieniu wielkiego, starego cynamonowca.

Altaïr, o skórze jak papier, spowity szatami, tak że widać było tylko jego twarz i długie, blade dłonie, stał obok dwóch krępych wenecjan tuż po trzydziestce. Starszy z dwójki miał na rękawie herb – niebieską tarczę, widniał na niej żółty dzban pod krokwią, na której rzędem umieszczono trzy gwiazdy. Całość wieńczył srebrny hełm. Nieco dalej spora grupa asasynów przygotowywała się do bitwy.

Mistrz dotknął rękawa mężczyzny w znajomy, przyjazny sposób. Każdy jego ruch był ostrożny i precyzyjny jak to u bardzo starego człowieka, ale nie miał w sobie drżenia i słabości, jakich można by się spodziewać u kogoś, kto przeżył dziewięćdziesiąt jeden zim, zwłaszcza kogoś, kogo życie nie oszczędzało.

– Niccolò – powiedział Altaïr – od dawna darzymy

rodzinę Polo, ciebie i twojego brata, wielką miłością, chociaż spędziliśmy razem, wiem, bardzo mało czasu. Ale mam wiarę, że Kodeks, który właśnie przekazuję w wasze ręce, odpowie na wiele pytań, nawet jeszcze niezadanych.

Altaïr dał znak pomocnikowi, który wystąpił do przodu i włożył w dłonie Niccolò Polo oprawiony w skórę tom.

– Altaïrze – powiedział Włoch – dar ten jest... bezcenny. *Grazie.*

Altaïr kiwnął głową, a pomocnik podał mu małą sakiewkę.

– Cóż – powiedział, odwracając się z powrotem do starszego z braci Polo. – Dokąd teraz?

– Maffeo i ja wracamy na razie do Konstantynopola. Przed powrotem do Wenecji zamierzamy założyć tam gildię.

Altaïr uśmiechnął się.

– Twój syn, Marco, z chęcią posłucha szalonych opowieści ojca.

– Ma trzy lata, na razie jest trochę za mały. Ale któregoś dnia, owszem, usłyszy je.

Przerwało im pojawienie się Darima, który wbiegł przez wewnętrzną bramę.

– Ojcze! Przednia straż Mongołów Hulagu przedarła się! Wioska jest zagrożona!

– Tak szybko? – Altaïr zesztywniał. Kiedy znów się odezwał, ton miał naglący. – Niccolò, twój ładunek i zaopatrzenie czekają przy bramie wioski. Tam cię odprowadzimy. Potem musisz się spieszyć.

– Dziękuję, Mistrzu.

Altaïr odwrócił się do dwóch asasynów, którzy odłączyli się od większej grupy, wyjeżdżającej już w pole w gotowości do walki.

– Przygotować katapulty – rozkazał – i czekać na mój sygnał.

Asasyni skłonili się i pobiegli wykonać polecenie.

– Trzymajcie się blisko – rzekł Altaïr do braci Polo.

– Musimy natychmiast zejść do wioski, ojcze – ponaglał Darim. – Lepiej zostań tu z Niccolò i Maffeo. Ja oczyszczę drogę.

– Uważaj na siebie, Darimie. I miej oko na trebusze. – Stary Mistrz obejrzał się na wielkie machiny miotające, które obsługa właśnie przetaczała na pozycje.

Darim uśmiechnął się.

– Jeśli mnie trafią, to razem ze mną tuzin Mongołów.

– Hulagu-chan to nie przeciwnik, którego można lekceważyć.

– Jesteśmy gotowi na jego przyjęcie.

Altaïr odwrócił się do swoich gości.

– Chodźcie – powiedział.

Wsiedli na konie, które im podstawiono, i wyjechali z fortecy wolnym tempem, omijając z dala główną bitwę toczącą się na zboczach pobliskich wzgórz.

– Zatrzymacie ich? – spytał Niccolò, nie potrafiąc ukryć zdenerwowania.

– Tak długo, ile będzie trzeba – zapewnił go spokojnie Altaïr. – Zazdroszczę wam podróży – ciągnął. – Bizancjum to piękne miasto.

Niccolò uśmiechnął się z przymusem, był bowiem aż

nadto świadom zagrożenia, jakkolwiek lekko traktował je Altaïr. Bywał już jednak wcześniej w opałach i wiedział, co Mistrz próbuje zrobić – obrócić je w żart. Postanowił przystać na tę grę.

– Widzę, że wolisz starożytną nazwę. Byłeś tam kiedyś?

– Wiele lat temu. Kiedy wy, wenecjanie, posłaliście frankijskich krzyżowców tam, zamiast do Jerozolimy.

– Konstantynopol był wtedy największym rywalem handlowym Wenecji. To było świetne posunięcie.

– Pod wieloma względami otworzyło Europę na wschód.

– Mongołowie nigdy nie dotrą tak daleko – powiedział Niccolò, ale głos miał niepewny.

Altaïr nie podchwycił tematu.

– Tamten drobny konflikt z 1204 roku uniemożliwił mi przekazanie Credo do Europy – rzekł.

– Przy odrobinie szczęścia i cierpliwości dokończymy, co zacząłeś.

– Jeśli będziecie mieli okazję, najlepszy widok na miasto jest ze szczytu Hagii Sofii.

– A jak się wchodzi na szczyt?

Altaïr uśmiechnął się.

– Trzeba ćwiczyć i mieć cierpliwość. – Przerwał. – Rozumiem, że nie będziecie próbowali dostać się tam lądem? Że do Bizancjum popłyniecie?

– Tak. Pojedziemy do Latakii i tam znajdziemy statek. Drogi w Anatolii pełne są bolesnych pamiątek po krucjatach.

– Najgłębsze namiętności potrafią być najbardziej zabójcze.

– Odwiedź nas, Altaïrze. Będziemy mieli pod dostatkiem miejsca dla ciebie i twojej świty.

– Nie. Dziękuję wam, ale to nie jest kraj dla starych ludzi, Niccolò. Muszę zostać tutaj, jak zawsze, tak i teraz.

– Cóż, gdybyś zmienił zdanie, nasze drzwi stoją przed tobą otworem.

Altaïr obserwował bitwę. Trebusze weszły do gry i osiągnęły optymalny zasięg. Kamienie ciskane w szeregi Mongołów siały spustoszenie.

Jakiś jeździec odłączył się od głównej grupy konnych asasynów i podjechał do nich galopem. Był to Darim.

– Zatrzymamy się na chwilę w wiosce – powiedział do niego Altaïr . – Wygląda na to, że trzymacie wroga w szachu.

– Ale jak długo jeszcze, ojcze?

– Wierzę w ciebie. W końcu nie jesteś już małym chłopcem.

– Mam sześćdziesiąt dwa lata.

– Przy tobie czuję się okropnie stary – zażartował Altaïr. Ale Darim zauważył bladość jego policzków i zrozumiał, jak bardzo jego ojciec jest zmęczony.

– Oczywiście, odpoczniemy i należycie odprawimy twoich przyjaciół.

Pojechali naokoło do wioskowych stajni. Bracia Polo pospiesznie przeładowali swój dobytek na juczne konie, zapewnione im wraz z dwoma świeżymi rumakami na podróż na zachód, do wybrzeża. Altaïr, w końcu mogąc odpocząć, zgarbił się nieznacznie i wsparł na Darimie.

– Ojcze, jesteś ranny? – spytał Darim z troską i zaprowadził go na ławkę pod drzewem.

– Daj mi chwilę – wysapał Mistrz, nie chcąc poddawać się bólowi. Usiadł ciężko, wziął głęboki oddech i obejrzał się na zamek. Stary człowiek, pomyślał, jest jak śmieć, jak poszarpany płaszcz na kiju, ale przynajmniej jego dusza może się radować i śpiewać.

– Koniec epoki – szepnął.

Spojrzał na syna i uśmiechnął się. Wziął sakwę, którą wcześniej dał mu pomocnik, i wyjął jej zawartość – pięć misternie rzeźbionych obsydianowych dysków. Ułożył je w równy stosik.

– Kiedy byłem bardzo młody – powiedział – wierzyłem, głupi, że nasze Credo położy kres wszystkim konfliktom. – Przerwał. – Gdybym tylko miał dość pokory, by powiedzieć sobie: „Zrobiłem wystarczająco dużo jak na jedno ludzkie życie. Odegrałem swoją rolę". – Z wysiłkiem wstał. – Z drugiej strony nie ma większej chwały niż walka o odnalezienie prawdy.

Spojrzał na wioskę i dalej za nią, na bitwę.

Podszedł do nich Niccolò Polo.

– Jesteśmy gotowi.

– Ostatnia przysługa, Niccolò – rzekł Altaïr, wręczając mu kamienne dyski. – Strzeż ich dobrze. Schowaj, jeśli będziesz musiał.

Niccolò spojrzał na niego ze zdziwieniem.

– Czy to jakieś artefakty?

– Rzeczywiście, w pewnym sensie tak. To klucze, a w każdym z nich jest zawarta wiadomość.

Niccolò przyjrzał się uważnie jednemu dyskowi. Nic nie rozumiał.

– Wiadomość? Dla kogo?

Altaïr wziął klucz w dłoń.

– Gdybym tylko wiedział…

Podniósł klucz w górę, a ten zaczął świecić. Altaïr w skupieniu zamknął oczy.

68

Ezio na powrót zdał sobie sprawę, gdzie jest. Światło w kajucie znów było łagodnym półmrokiem. Czuł zapach cedrowego drewna ścian i mebli, widział drobinki kurzu w promieniach słońca w iluminatorze, słyszał tupot stóp na pokładzie, krzyki żeglarzy i skrzypienie naciąganych lin. Wypłynęli.

Na morzu zobaczyli żagiel berberyjskiego pirata, który obu im skojarzył się z ich starym znajomym, al-Scarabem, ale piracki statek trzymał się na dystans i nie zaatakował. Przez większość piętnastodniowej podróży byli sami na ciemnej jak wino wodzie, pełnej ławic makreli. Ezio spędzał czas, na próżno usiłując odcyfrować symbole na dyskach i żałując, że nie ma z nim Sofii. Martwił się o jej bezpieczeństwo i nie mógł się już doczekać końca podróży.

Wstał dzień. Na horyzoncie ukazały się kopuły, ginące w chmurach wieże, mury, dzwonnice i minarety Konstantynopola.

– Będziemy tam późnym popołudniem – powiedział Piri Reis.

– Im szybciej, tym lepiej.

Port był tłoczny jak zwykle, mimo ciężkiej duchoty i trwającej akurat sjesty.

Wyjątkowo gęsty tłum otaczał herolda, który stał na podwyższeniu przy głównym nabrzeżu. Towarzyszył mu oddział janczarów w powłóczystych, białych szatach. Kiedy czerwony dau został rozładowany, Ezio poszedł posłuchać, o czym mówi herold.

– Mieszkańcy imperium i podróżni z dalekich stron, słuchajcie! Z rozkazu janczarów niniejszym nałożone zostają nowe ograniczenia na wszystkich, którzy przybywają do naszego miasta i opuszczają je. Ogłaszam niniejszym, że dziesięć tysięcy *akçe* zostanie wręczone bez pytania każdemu, kto przyniesie informacje, które doprowadzą do natychmiastowego aresztowania asasyna Ezia Auditore.

Ezio obejrzał się na Piriego Reisa. Piri zbliżył się dyskretnie.

– Lepiej się stąd wynoś – powiedział. – Masz przy sobie swój klucz?

– Tak.

– To bierz broń i idź. Zajmę się resztą twoich rzeczy.

Ezio kiwnął w podzięce głową i sprawnie zniknął w tłumie.

Okrężną drogą udał się do księgarni Sofii, co jakiś czas sprawdzając, czy ktoś go nie śledzi albo czy nie został rozpoznany. Kiedy był blisko, poczuł ulgę i przyjemne oczekiwanie. Gdy jednak skręcił za róg, stanął jak wryty. Drzwi księgarni były szeroko otwarte, w pobliżu zebrał się mały tłumek, a na straży stała grupka asasynów, w tym Dogan i Kasim.

Ezio podbiegł do nich, czując suchość w gardle.

– Co się stało? – spytał Kasima.

– W środku... – odparł ten krótko.

Ezio zobaczył, że asasyn ma łzy w oczach.

Wszedł do księgarni. Wnętrze wyglądało tak, jak kiedy widział je ostatnio, gdy jednak wyszedł na wewnętrzny dziedziniec, serce omal nie stanęło mu w piersi.

Z ławki, twarzą w dół, zwisał Yusuf. Spomiędzy łopatek sterczała mu rękojeść sztyletu.

– Przybili mu tym sztyletem wiadomość do pleców – powiedział Dogan, który wszedł za Eziem. – Jest zaadresowana do ciebie. Proszę, oto ona.

Podał mu zakrwawiony pergamin.

– Czytałeś?

Dogan kiwnął głową.

– Kiedy to się stało?

– Dzisiaj... Raczej niedawno, bo nie zleciały się jeszcze muchy.

Ezio, rozdarty między rozpaczą a wściekłością, wyciągnął sztylet z pleców Yusufa. Nie popłynęła świeża krew.

– Zasłużyłeś na odpoczynek, bracie – powiedział cicho. – *Requiescat in pace.*

Potem rozłożył pergamin.

Wiadomość od Ahmeta była krótka, ale jej treść sprawiła, że Ezio zawrzał z gniewu.

Na dziedziniec weszli następni asasyni. Ezio powiódł po nich wzrokiem.

– Gdzie jest Sofia? – wycedził przez zęby.

– Nie wiemy, dokąd ją zabrał.

– Kogoś jeszcze brakuje?

– Nie możemy znaleźć Azize.

– Bracia! Siostry! Wygląda na to, że Ahmet chce podburzyć przeciwko nam całe miasto, podczas gdy morderca Yusufa siedzi w Arsenale, czeka i się śmieje. Pójdźcie za mną; pokażemy im, co to znaczy zadrzeć z asasynami!

69

Całą grupą udali się do Arsenału, a tam, nie mając ochoty na subtelności, krótko i brutalnie rozprawili się ze stojącymi na straży janczarami wiernymi Ahmetowi. Ahmet nie mógł się spodziewać tak nagłego, frontalnego ataku, albo nie docenił siły gniewu asasynów, którzy pod wodzą Yusufa stopniowo rośli w potęgę. Może uważał, że wciąż ma asa w rękawie, bowiem kiedy Ezio go dopadł, Ahmet nie wyglądał na przestraszonego.

Ezio, gnany wściekłością, w ostatniej chwili powstrzymał się przed zabiciem osmańskiego księcia. Cisnął go na podłogę i złapał za gardło, ale ukryte ostrze wbił nie w jego głowę, lecz w płytki podłogi tuż obok. Śmierć Ahmeta oznaczałaby, że nie mógłby uratować Sofii. Tyle wynikało z listu. Ale na tę krótką chwilę wściekłość odebrała mu jasność myślenia.

Przysunął twarz do twarzy księcia. W jego oddechu poczuł fiołki.

Ahmet odwzajemnił jego pełne wściekłości spojrzenie z pełnym spokojem

– Gdzie ona jest? – zapytał sztywno Ezio.

Ahmet zaśmiał się cicho.

– Cóż za szał!

– Gdzie! Ona! Jest!

– Mój drogi Ezio, jeśli ci się wydaje, że możesz dyktować warunki, to zabij mnie od razu i miejmy to z głowy.

Ezio ani na chwilę nie rozluźniał uchwytu, nie schował też ukrytego ostrza, ale po chwili się opamiętał. Wstał i poruszył nadgarstkiem; ukryte ostrze z sykiem wsunęło się w uprząż.

Ahmet usiadł, pocierając szyję, pozostał jednak na miejscu, wciąż rozbawiony. Ezio pomyślał, z pogardą i frustracją zarazem, że wyglądało to tak, jakby książę brał udział w jakiejś przyjemnej zabawie.

– Przykro mi, że do tego doszło – powiedział Ahmet. – Dwaj ludzie, którzy powinni być przyjaciółmi, kłócący się... O co? O klucze do jakiejś zakurzonej, starej biblioteki. – Wstał i otrzepał się. – Obaj dążymy do tego samego celu, *Messer* Auditore. Różnią nas tylko metody. Nie dostrzegasz tego?

Przerwał. Ezio wiedział, co teraz nastąpi. Zbyt często wysłuchiwał usprawiedliwień dla despotycznych ambicji templariuszy.

– Pokój. Stabilność. Świat, w którym ludzie żyją bez strachu. Ludzie, owszem, pragną prawdy, ale nawet gdy ją dostają, nie chcą przejrzeć na oczy. Jak walczyć z taką ignorancją?

Głos księcia nabrał mocy. Ezio zastanawiał się, czy Ahmet istotnie wierzy w to, co mówi.

– Wolność potrafi być nieuporządkowana, *principe* – odparował – ale jest bezcenna.

Tyrania – pomyślał w duchu Ezio – zawsze jest lepiej zorganizowana niż wolność.

– Oczywiście – przytaknął sucho Ahmet. A kiedy wszystko się wali, kiedy gasną światła cywilizacji, Ezio Auditore może stanąć ponad ciemnością i powiedzieć z dumą: „Pozostałem wierny swojemu Credo". – Ahmet odwrócił się, żeby zapanować nad sobą. – Otworzę bibliotekę Altaïra, splądruję ją i znajdę Wielką Świątynię. A potem, z mocą tam ukrytą, zniszczę zabobony, które dzielą ludzi.

– Nie w tym życiu, Ahmecie – odparł spokojnie Ezio.

Ahmet niecierpliwie prychnął i ruszył do wyjścia. Ezio nie próbował go zatrzymywać. W drzwiach książę odwrócił się.

– Przynieś klucze do Wieży Galata – powiedział. – Zrób to, a Sofia Sartor zostanie oszczędzona. – Przerwał. – I nie zwlekaj, Ezio. Armia mojego brata niedługo tu nadciągnie. Kiedy przybędzie, wszystko się zmieni. A ja muszę być gotów.

Z tymi słowy wyszedł. Ezio patrzył za nim; dał swoim ludziom znak, by go nie zatrzymywali.

Myśli przerwało mu uprzejme kaszlnięcie za plecami. Odwrócił się i zobaczył księcia Sulejmana.

– Jak długo tu jesteś? – spytał ostro.

– Wystarczająco długo. Zza arrasu słyszałem waszą rozmowę. Kazałem też śledzić mojego drogiego wuja, odkąd tylko wrócił ze swojej zagranicznej podróży. Właściwie miałem na niego oko, odkąd próbował mnie zabić, co tak skutecznie udaremniłeś swoją lutnią. – Przerwał. – Mimo to nie spodziewałem się usłyszeć… czegoś takiego.

– I co myślisz?

Sulejman zastanawiał się chwilę przed odpowiedzią. Potem westchnął.

– To uczciwy człowiek, ale jego templariuszowskie mrzonki są niebezpieczne. Kłócą się z obrazem rzeczywistości. – Przerwał. – Posłuchaj, Ezio, nie żyję długo, ale wystarczająco długo, by wiedzieć, że świat to tkanina o wielu barwach i wzorach. Godny przywódca wolałby to raczej świętować, niż próbować ją rozplatać.

– Ahmet obawia się chaosu, który płynie z różnic.

– Po to właśnie stanowimy prawa, *kanun*, które dotyczą wszystkich w jednakowym stopniu.

Przerwało im nadejście patrolu janczarów, których asasyni stojący na zewnątrz wpuścili, ponieważ byli to żołnierze wierni Sulejmanowi. Kiedy jednak ich porucznik zobaczył Ezia, dobył sejmitara.

– Cofnij się, mój *prens*! – powiedział, chcąc aresztować asasyna.

– Stój, żołnierzu! – zatrzymał go Sulejman. – Ten człowiek nie jest naszym wrogiem.

Porucznik zawahał się, a potem wybąkał przeprosiny i kazał swoim ludziom wyjść.

Sulejman i Ezio uśmiechnęli się do siebie.

– Wiele zmieniło się od czasu naszej pierwszej podróży – powiedział książę.

– Myślałem, jakim wyzwaniem byłoby mieć takiego syna jak ty.

– Jeszcze nie jesteś martwy, przyjacielu. Może jeszcze będziesz miał godnego siebie potomka. – Sulejman ruszył do wyjścia, ale nagle uderzyła go pewna myśl. – Ezio, wiem, że będziesz działał pod wielką presją, ale oszczędź mojego wuja, jeśli zdołasz.

– Czy twój ojciec by go oszczędził?

Sulejman nie wahał się.

– Nie myślałem o tym, ale nie.

70

Ezio udał się w pośpiechu do siedziby stambulskich asasynów. Na miejscu dodał klucz zabrany Manuelowi w Derenkuyu do pozostałych czterech. Spakował je bezpiecznie do sakwy, którą zarzucił na ramię. Na prawym nadgarstku przypiął hak, na lewym pistolet, a na wypadek konieczności szybkiej ucieczki ze szczytu wieży do plecaka włożył spadochron Leonarda.

Zanim jednak wyruszył na wieżę, musiał wypełnić naglący obowiązek. Pospieszył na cmentarz na Galacie, gdzie zabrano już na pochówek ciało Yusufa.

Dogan przejął obowiązki kapitana stambulskich asasynów. Przywitał Ezia.

– Mistrzu...

– Mistrzu... – powiedziała Irini, kiedy przyszła jej kolej go pozdrowić.

Ezio przemówił do nich krótko nad trumną.

– To powinien być czas wspominania i żałoby. Wiem. Ale nasi wrogowie nie pozwalają nam na to. – Odwrócił się do Dogana. – Wiem, że Yusuf wysoko cię cenił, i nie mam powodu podważać jego opinii. Czy pragniesz kierować tymi mężczyznami i kobietami oraz dbać o godność naszego Bractwa, jak to z oddaniem czynił Yusuf?

– Byłby to dla mnie zaszczyt – odparł Dogan.

– Tak samo, jak zaszczytem będzie działać dla dobra naszej sprawy i szerzenia naszego Credo – powiedział Evraniki, stojący obok.

– *Bene* – oznajmił Ezio. – Cieszę się.

Cofnął się i spojrzał nad otaczającymi cmentarz budynkami na Wieżę Galata.

– Nasz wróg jest blisko – ciągnął. – Kiedy skończy się ceremonia pogrzebowa, zajmijcie pozycje dookoła wieży i czekajcie na mój rozkaz.

Pospiesznie się oddalił. Im szybciej Sofia będzie bezpieczna, tym lepiej.

Ahmeta, w towarzystwie jednego żołnierza, spotkał na murze u podnóża wieży.

– Gdzie ona jest? – spytał.

Ahmet uśmiechnął się swoim irytującym uśmieszkiem.

– Podziwiam cię, Ezio – powiedział – ale twoja krwiożerczość nie pozwala mi nazwać cię przyjacielem.

– Krwiożerczość? Dziwnie brzmi to słowo w ustach człowieka, który zorganizował zamach na własnego bratanka.

Ahmet na chwilę stracił zimną krew.

– Miał być porwany, asasynie, a nie zabity.

– Rozumiem. Porwany przez Bizantyjczyków, by jego wuj mógł go uratować i zostać ogłoszony bohaterem. Taki był plan?

Książę wzruszył ramionami.

– Mniej więcej.

Potem kiwnął głową. Wtem, nie wiadomo skąd, pojawiło się pół tuzina żołnierzy templariuszy, otaczając Ezia.

– A teraz, *Messer* Auditore, klucze, jeśli można.

Ahmet wyciągnął dłoń.

Ezio dał sygnał. Za półkolem templariuszy pojawili się liczniejsi asasyni z sejmitarami w dłoniach.

– Najpierw dziewczyna – powiedział Ezio chłodno.

Ahmet parsknął śmiechem.

– Jest twoja.

Wskazał w górę. Ezio spojrzał tam i zobaczył na szczycie wieży kobietę stojącą obok żołnierza, który w każdej chwili gotów był zepchnąć ją z krawędzi. Kobieta miała na sobie zieloną suknię, głowę zasłaniał jej jutowy worek. Związano jej ręce i nogi.

– Sofia! – wykrztusił mimowolnie Ezio.

– Każ swoim ludziom się wycofać! – warknął Ahmet.

Zachmurzony, Ezio dał asasynom znak, by to uczynili. Potem rzucił Ahmetowi sakwę z kluczami.

Książę chwycił ją zręcznie, zajrzał do środka i uśmiechnął się szeroko.

– Jak powiedziałem, jest twoja!

Z tymi słowy zniknął z muru, a wraz z nim jego ludzie. Wsiadł do czekającego powozu, który popędził na północ przez miasto do Północnej Bramy.

Ezio nie miał czasu mu się przyglądać.

Z rozbiegu skoczył na wieżę i zaczął się wspinać. Gniew i obawa popędzały go i kilka chwil później znalazł się na najwyższych blankach obok kobiety. Żołnierz wycofał się do schodów biegnących w dół. Ezio skoczył naprzód, szarpnięciem odsunął kobietę od krawędzi i ściągnął jej worek z głowy.

To była Azize!

Zakneblowali ją, by nie wykrzyczała ostrzeżenia. Ezio wyrwał jej gałgan z ust.

– *Tesekkür, Mentor. Chok tesekkür ederim*! – wykrztusiła.

Żołnierz zarechotał i zbiegł po schodach. Na dole czekało go niewesołe powitanie.

Ezio uwalniał właśnie Azize z więzów, kiedy przerwał mu kobiecy krzyk. Obejrzał się i zobaczył, że w innym miejscu na blankach, niezbyt daleko, wzniesiono prowizoryczną szubienicę. Na rusztowaniu, na stołku już z pętlą na szyi stała Sofia. Na oczach Ezia bizantyjski żołnierz brutalnie zacisnął sznur.

Ezio ocenił odległość między szczytem Wieży Galata a murem, na który musiał się dostać. Zostawiwszy Azize, by sama się wyswobodziła z reszty więzów, zrzucił plecak i szybko rozłożył spadochron. Kilka chwil później leciał już w powietrzu, ciężarem ciała kierując spadochron na rusztowanie. Bizantyjczyk umocował linę i wykopał stołek spod nóg Sofii. Wciąż w powietrzu Ezio wysunął hak i przeciął nim sznur tuż nad jej głową. Ułamek chwili później wylądował i złapał jej spadające ciało w ramiona.

Bizantyjscy żołnierze uciekli, mamrocząc przekleństwa. Asasyni pędzili ulicami między Wieżą Galata a murem, ale Ezio zobaczył, że Bizantyjczycy przecinają im drogę. Musiał działać sam.

Najpierw jednak odwrócił się do Sofii i ściągnął jej pospiesznie pętlę z szyi. Czuł, jak jej pierś unosi się i opada w oddechu.

– Jesteś ranna? – spytał pośpiesznie.

Sofia zakaszlała i zacharczała, łapiąc oddech.

– Nie, ranna nie. Ale nic nie rozumiem.

– Nie chciałem cię w to wciągać. Przepraszam.

– Nie odpowiadasz za to, co robią inni – powiedziała ochryple.

Ezio pozwolił, by doszła do siebie. Nie odrywał od niej wzroku. Że też potrafiła w takiej chwili tak racjonalnie myśleć...!

– Wszystko to będzie... za nami, już niedługo. Ale najpierw muszę odzyskać to, co zabrali. To bardzo ważne!

– Nie rozumiem, co się dzieje, Ezio. Kim są ci ludzie?

Przerwał jej wystrzał z armaty. Chwilę później mur zadygotał od uderzenia dwudziestofuntowej kuli. Sofia upadła, dokoła posypał się gruz.

Ezio postawił ją na nogi i spojrzał w dół. Jego wzrok padł na pusty powóz, pilnowany przez dwóch osmańskich żołnierzy, którzy schowali się, gdy tylko usłyszeli strzały.

Jeszcze raz ocenił odległość. Czy spadochron utrzyma ich łączny ciężar? Musiał zaryzykować.

– Chodź! – krzyknął, mocno objął Sofię w ramionach i zeskoczył z muru.

Przez krótką, mrożącą krew w żyłach chwilę wydawało się, że spadochron zaczepi o blanki, ale minął je o włos i opadli – bardzo szybko, ale na tyle wolno, by bezpiecznie wylądować obok powozu.

Ezio poskładał czaszę i wepchnął ją do plecaka, nie zawracając sobie głowy odwiązywaniem linek, a potem oboje rzucili się do wozu. Ezio pchnął Sofię na kozioł, plasnął dłonią zad jednego z koni i skoczył za nią. Złapał wodze i odjechał na złamanie karku; osmańscy żołnierze na próżno wołali, by się zatrzymał.

Ezio popędzał konie bez litości. Przejechał przez Galatę i pognał dalej na północ, za miasto.

71

Nie ujechali daleko, kiedy – tak jak miał nadzieję – Ezio zobaczył na drodze przed nimi powóz Ahmeta.

– To jego ścigasz? – spytała Sofia bez tchu.

Ezio zgarbił się nad wodzami.

– To on. Doganiamy ich! Trzymaj się!

Ahmet też ich zobaczył. Wychylił się z okna.

– No, no! – krzyknął. – Przyjechałeś mnie odprowadzić?

Dwaj żołnierze na tylnym, zewnętrznym siedzisku jego powozu odwrócili się i próbowali wycelować z kusz do Ezia i Sofii.

– Zabić ich! – rozkazał Ahmet. – Szybko!

Ale Ezio popędził konie i po chwili oba pojazdy się zrównały. W odpowiedzi woźnica Ahmeta skręcił tak, że uderzył bokiem w ścigającego. Żaden powóz się nie przewrócił, ale Eziem i Sofią brutalnie rzuciło w bok. Sofii udało się złapać za kozioł, lecz Ezio wyleciał w powietrze i w ostatniej chwili chwycił sznur do wiązania bagaży na dachu. Poczuł, że uderza o ziemię, a potem powlókł go jego własny powóz, teraz niekontrolowany, choć Sofia ujęła wodze i usiłowała zatrzymać szaleńczy galop koni.

To mi zaczyna wchodzić w nawyk – pomyślał ponuro Ezio i spróbował wspiąć się po linie, ale powóz skręcił i wyrzuciło go gwałtownie za drogę; o włos minął rosnące na poboczu sękate drzewo. Nie puścił sznura, uświadomił sobie jednak, że przy tej prędkości nie zdoła się po nim wspiąć. Zgrzytnął zębami, złapał się liny jedną ręką, a drugą sięgnął do plecaka i wydobył spadochron. Siła podmuchu powietrza otworzyła go, a zacisk mocujący linki do plecaka nie puścił.

Ezio poczuł, że się unosi; po chwili leciał już za powozem, który zjechał za karocę Ahmeta i pozostawał za nią. Teraz Eziowi łatwiej było przemieścić się wzdłuż liny, choć musiał zmagać się z wiatrem. W końcu, kiedy był już blisko, wysunął hak, sięgnął za siebie i odciął spadochron. Z łomotem zwalił się na siedzisko obok Sofii.

– Jezus naprawdę musi cię lubić – powiedziała.

– Zapanowałaś nad końmi, mało kto by to potrafił – odparł Ezio, łapiąc oddech. – Może ciebie też lubi. – Zauważył krew na jej sukni. – Jesteś ranna?

– Zadrapanie. Uderzyłam o bok kozła.

– Bądź silna!

– Robię, co w mojej mocy!

– Chcesz, żebym przejął wodze?

– Nie ośmielę się ich puścić!

Znów doganiali Ahmeta.

– Twoja determinacja byłaby nawet urocza, gdyby mnie tak nie irytowała! – wrzasnął do Ezia Ahmet. Najwyraźniej niebezpieczeństwa pościgu nie pozbawiły go manier.

Z hukiem pędzili w stronę miasteczka, w którym widać było stacjonujący oddział osmańskich żołnierzy, strzegących drogi. Ustawili w poprzek niej szlaban, ale jego ramię było uniesione.

– Zatrzymać ich! – ryknął Ahmet, kiedy jego powóz minął zdumionych żołnierzy. – Próbują zabić waszego księcia!

Wartownicy rzucili się opuszczać szlaban, ale Sofia nie zwolniła – przebiła się przez niego, a żołnierze prysnęli spod zaprzęgu w ostatniej chwili.

– Przepraszam! – krzyknęła, a potem obaliła po kolei cały rząd straganów przy głównej ulicy.

– Och! Wybaczcie!

– Sofio, musisz uważać – powiedział Ezio.

– Ani słowa o kobietach woźnicach – warknęła, obnażając zęby, kiedy ich powóz skosił słupy podtrzymujące rozpięty w poprzek ulicy pas tkaniny i zrzucił go na głowy goniących ich rozwścieczonych mieszkańców.

– Co robisz?! – wrzasnął Ezio z pobladłą twarzą.

– A jak ci się zdaje? Trzymam nas na drodze!

Tymczasem woźnica Ahmeta zdołał powiększyć dystans i pierwszy powóz wystrzelił właśnie z miasteczka. Ezio obejrzał się i zobaczył, że w pościg ruszył konny patrol. Kusznicy powozu księcia znów szykowali się do strzału; tym razem udało im się wypuścić dwie strzały. Jeden z bełtów musnął ramię Sofii.

– *Aië*! – zawołała. – Ezio!

– Trzymaj się!

Ezio przesunął palcami po niewielkiej ranie, dotknął miękkiej skóry. Mimo tego, co się działo, poczuł w opuszkach mrowienie. Wcześniej odczuwał coś takiego tylko raz, podczas eksperymentu, który pokazywał mu Leonardo, kiedy zajmował się czymś, co nazywał elektrycznością.

– To draśnięcie, nic poważnego.

– Jedno draśnięcie za dużo! Mogłam zginąć! W coś ty mnie wpakował?!

– Teraz nie mogę wyjaśnić!

– Typowe! Zwykła wymówka!

Ezio odwrócił się na siedzisku i spojrzał na konnych za nimi.

– Pozbądź się ich! – poprosiła Sofia.

Wysunął pistolet, sprawdził go i starannie wycelował w pierwszego jeźdźca, próbując zrównoważyć szarpanie i rzucanie powozu. Teraz albo nigdy! Wziął głęboki oddech i wystrzelił.

Żołnierz wyrzucił w górę ręce, a jego koń nagle skręcił, zajeżdżając drogę pozostałym. Rozległ się łomot i kwik, zderzyło się kilka wierzchowców. Poprzewracały się, zrzuciły jeźdźców – ci z tyłu nie zdążyli ich ominąć i sami wpadli w kłębowisko. W chaosie wrzeszczących ludzi, rżących koni i kurzu pościg nagle się zakończył.

– Dobrze, że w końcu na coś się przydałeś! – powiedziała Sofia.

Ezio zobaczył, że droga przed nimi wbiega w bardzo wąski wąwóz między dwoma wysokimi urwiskami. Powóz Ahmeta właśnie w nim zniknął, ale ich własny był szerszy.

– Za wąsko! – jęknął Ezio.

– Trzymaj się! – nakazała Sofia i strzeliła lejcami.

Wpadli w wąwóz z maksymalną prędkością. Goła skała mignęła cale od ramienia Ezia.

A potem wyjechali z drugiej strony.

Ezio sapnął.

Sofia rzuciła mu tryumfalny uśmiech.

Zmniejszyli dystans na tyle, by usłyszeć, jak Ahmet przeklina swoich strzelców; choć znów udało im się naciągnąć kusze i wystrzelić, chybili.

– Nieudolni idioci! – wrzeszczał. – Co się z wami dzieje? Gdzie wyście się uczyli walczyć?

Za wąwozem droga skręcała na zachód i wkrótce po prawej zobaczyli migoczące wody Morza Czarnego na północy.

– Zróbcie coś z sobą albo skoczcie do morza! – ryczał Ahmet.

– O nie! – krzyknął Ezio, patrząc w przód.

– Co? – spytała Sofia. Potem zobaczyła to co on i sama z kolei powiedziała: – O nie.

Następna wioska. A za nią kolejny posterunek Osmanów. Jeszcze jeden szlaban w poprzek drogi.

– Muszę powiedzieć, że nieźle panujesz nad końmi – pochwalił ją Ezio, z trudem ładując pistolet. – Większość ludzi do tej pory dawno już by je straciła. Całkiem dobrze, jak na wenecjankę.

– Powinieneś zobaczyć, jak sobie radzę z gondolą – odparła Sofia.

– Pora znów sprawdzić, co potrafisz.

– Tylko patrz.

Choć był dzień targowy, tłum rozstąpił się przed pędzącymi powozami jak Morze Czerwone przed Mojżeszem.

– Przepraszam! – krzyknęła Sofia, kiedy zawalił się za nią stragan z rybami. Potem przyszła kolej na kram z ceramiką. Odłamki poleciały na wszystkie strony, powietrze zrobiło się gęste od przekleństw i pogróżek kramarzy.

Zaraz potem na kolanach Ezia wylądowała gdacząca kura.

– Kupiliśmy ją?

– Bez wysiadania.

Kura wyrwała się z rąk Ezia, dziobnęła go z oburzeniem i ni to poleciała, ni to zeskoczyła z powrotem na w miarę bezpieczną ziemię.

– Uważaj! Z przodu! – krzyknął Ezio.

Żołnierze przepuścili Ahmeta, ale tym razem opuścili za księciem szlaban, przed którym stanęli z nastawionymi pikami. Ich nikczemne, ogorzałe oblicza rozjaśniły tryumfalne, wyczekujące uśmiechy.

– To jakiś absurd – powiedziała Sofia.

– Co takiego?

– Spójrz, postawili szlaban na środku drogi, ale po obu stronach jest pusto. Biorą nas za durniów?

– Może sami nimi są – stwierdził z rozbawieniem Ezio.

Potem musiał szybko złapać się kozła, bo Sofia ściągnęła mocno wodze i zmusiła konie do ostrego skrętu. Galopem objechali szlaban; Sofia skręciła ostro w prawo i wróciła na drogę trzydzieści sążni za żołnierzami. Paru z nich bezsilnie cisnęło za nimi swoje piki.

– Widzisz jakichś konnych? – spytała.

– Tym razem nie.

– Dobrze.

Strzeliła lejcami i znów zaczęli zmniejszać dystans do Ahmeta.

Ale przed nimi pojawiła się trzecia wioska, tym razem bardzo mała.

– No nie! – zawołała Sofia.

– Widzę – powiedział Ezio. – Postaraj się teraz do niego zbliżyć!

Sofia popędziła konie, ale kiedy dotarli do wsi, woźnica Ahmeta przebiegle zwolnił. Żołnierze z tyłu wymienili kusze na krótkie, groźnie wyglądające halabardy. Ich topory lśniły w słońcu. Choć Sofia też próbowała zwolnić, to zaprzęgi zrównały się, a woźnica Ahmeta znów uderzył ich bokiem. Tym razem skutecznie: powóz zaczął się przechylać. Ale zderzenie wywarło taki sam skutek na powozie Ahmeta.

W chwili zderzenia Ezio wyskoczył z kozła w powietrze i wylądował na dachu karety księcia. Wysunął hak, ciął wściekle dwóch żołnierzy po lewej i powalił ich, zanim zdołali użyć swoich halabard. Woźnica znów popędził konie, próbując postawić powóz na koła. Zaprzęg Sofii przewrócił się i rozbił za nimi w chmurze kurzu. Jechali wzdłuż ostrej pochyłości i koła powozu Ahmeta wyjechały za jej krawędź. Powóz uderzył bokiem o ziemię.

Ezio, wyrzucony w powietrze, chwiejnie wstał na nogi i rozejrzał się, ale wszystko zasłaniał mu duszący kurz. Skądś dobiegały krzyki zdezorientowanych mieszkańców wsi. Kiedy pył zaczął opadać, Ezio zobaczył ciało woźnicy, leżące nieruchomo wśród kamieni.

Nigdzie nie było ani śladu Ahmeta.

Ani Sofii.

Ezio na próżno wołał jej imię.

72

Kiedy kurz opadł, Ezio rozejrzał się po okolicy. Wystraszeni wieśniacy stali nieco dalej i spoglądali niepewnie po sobie. Gniewny wzrok Ezia trzymał ich na dystans, ale asasyn wiedział, że musi działać szybko. Wkrótce osmańscy żołnierze, zostawieni w tyle, mogli ich dogonić.

Ahmet leżał na plecach kilka kroków od roztrzaskanej karocy. Jęczał, musiał bardzo cierpieć. Obok spoczywał worek z kluczami. Wtedy, ku ogromnej uldze Ezia, zza kępy krzaków wyszła Sofia. Była poobijana i wstrząśnięta, ale poza tym cała. Rzucili sobie pokrzepiające spojrzenia. Ahmet z wysiłkiem przetoczył się na brzuch i podparł na rękach.

Ezio chwycił sakwę i otworzył ją. Klucze były nieuszkodzone. Spojrzał na powalonego księcia.

– I co teraz, Ezio? Jak to się skończy? – spytał Ahmet, z trudem łapiąc powietrze.

Sofia stanęła za Eziem i położyła mu rękę na ramieniu.

– Sam się zastanawiam – odparł Ezio.

Ahmet zaczął się śmiać i nie mógł przestać, choć wyraźnie sprawiało mu to ból. Udało mu się podźwignąć na kolana.

– Cóż, jeśli przypadkiem znajdziesz odpowiedź...

Nie wiadomo skąd pojawił się oddział Bizantyjczyków. Otoczyli ochronnym pierścieniem swojego księcia.

– ...nie zapomnij nam o niej powiedzieć!

Ezio skrzywił się. Dobył miecza i gestem kazał Sofii się cofnąć.

– Jesteś głupcem, Ezio. Naprawdę myślałeś, że będę podróżował bez posiłków?

Ahmet znów miał wybuchnąć śmiechem, ale przerwał mu grad strzał, które spadły znienacka na Bizantyjczyków. Jedna trafiła księcia w udo; padł z powrotem na ziemię, wyjąc z bólu.

Ezio był tak samo zaskoczony jak Ahmet. Wiedział, że w okolicy nie ma żadnych asasynów, nie było też szans, by na pomoc przyszła mu jakaś miejscowa Dilara.

Obrócił się gwałtownie i nieopodal zobaczył kilkunastu konnych janczarów, zakładających nowe strzały na cięciwy. Dowodził nimi mężczyzna o królewskiej aparycji, w wieku około czterdziestu pięciu lat, odziany w czerń i czerwień. Miał futrzany płaszcz i bujne wąsy. Podniósł rękę.

– Stać! – rozkazał.

Janczarzy opuścili łuki. Dowódca i dwaj kapitanowie zsiedli z koni i ruszyli w stronę Ahmeta, wciąż wijącego się na ziemi. Nie zwracali uwagi na Ezia, który przyglądał się im uważnie, niepewny, co robić. Wymienił spojrzenia z Sofią; ta znów przysunęła się blisko niego.

Nadludzkim wysiłkiem Ahmet podniósł się na nogi, wspierając o suchą gałąź. Wyprostował się, ale jednocześnie cofnął przed przybyszami.

Zauważając rodzinne podobieństwo między dwoma mężczyznami, Ezio zaczął dodawać dwa do dwóch. Jednocześnie Ahmet przemówił do janczarów głosem, który miał być stanowczy i rozkazujący.

– Żołnierze! Selim nie jest waszym panem! Służycie sułtanowi! Wykonujecie tylko jego rozkazy! Gdzie on jest? Gdzież jest nasz sułtan?

Ahmet wycofał się pod ogrodzenie na krawędzi urwiska nad morzem i nie mając gdzie uciekać, ciężko się o nie oparł. Drugi mężczyzna, idący cały czas za nimi, stanął przed Ahmetem.

– Twój sułtan stoi przed tobą, bracie – powiedział. Położył dłonie na ramionach Ahmeta i nachylił się do niego. – Nasz ojciec podjął decyzję – ciągnął cichym głosem. – Zanim abdykował. Tak było najlepiej.

– Co zamierzasz zrobić, Selimie? – wybełkotał Ahmet, dostrzegając wyraz oczu brata.

– Chyba najlepiej będzie wyrugować wszelką sposobność do dalszych waśni, prawda?

Dłonie Selima skoczyły do gardła Ahmeta i przyparły go do bariery.

– Selimie! Przestań! Proszę! – zawołał Ahmet, a potem zaczął się dusić.

Sułtan Selim Osman pozostawał obojętny na krzyki brata. Wręcz zdawały się go podniecać. Ezio zobaczył, że ściskał gardło Ahmeta o wiele mocniej, niż było to konieczne. Ahmet daremnie bił go po twarzy, aż w końcu ogrodzenie, niebezpiecznie wygięte pod jego ciężarem, pękło. Selim puścił brata, a Ahmet, z wrzaskiem przerażenia, runął tyłem z urwiska na czarne skały dwieście stóp poniżej.

Selim przez chwilę stał na krawędzi i patrzył w dół z obojętnym wyrazem twarzy. Potem odwrócił się i podszedł spokojnym krokiem do Ezia.

– Ty musisz być tym asasynem, Eziem Auditore.

Ezio kiwnął głową.

– Jestem Selim, ojciec Sulejmana. Mój syn bardzo pochlebnie się o tobie wyraża.

– To wyjątkowy młodzieniec, *ekselânslari*, i znakomity umysł.

Ale tu serdeczność Selima skończyła się. Jego przyjazna poza zniknęła; zmrużył oczy, a twarz mu pociemniała. Ezio wyczuł w nim bezwzględność, dzięki której Selim zdobył władzę.

– Niech to będzie jasne – powiedział sułtan, z twarzą blisko twarzy Ezia. – Gdyby nie wstawiennictwo mojego syna, kazałbym cię na miejscu zabić. Nie potrzeba nam tu wpływów obcych. Opuść tę krainę i więcej nie wracaj.

Nie mogąc się powstrzymać, Ezio poczuł, że na tę obelgę wzbiera w nim gniew. Zacisnął pięści, co nie uszło uwagi Selima, ale wtedy Sofia uratowała mu życie, kładąc rękę na jego ramieniu.

– Ezio – szepnęła – daj spokój. To nie twoja walka.

Selim jeszcze raz spojrzał mu w oczy – wyzywająco. Potem odwrócił się i odszedł do czekających w pobliżu oficerów i żołnierzy.

Chwilę później odjechali w kierunku Konstantynopola.

Ezio i Sofia zostali z zabitymi i tłumem wytrzeszczających oczy gapiów.

– Owszem, to nie moja walka – przytaknął Ezio. – Ale gdzie jedna się kończy, a druga zaczyna?

73

Miesiąc później, już po Nowym Roku, Ezio znów stał u podnóży wielkiej fortecy Masjaf.

Odkąd był tu ostatni raz, wiele się wydarzyło i po osmańskich podbojach w tym regionie zamek stał pusty. W górze krążył samotny orzeł, ale nigdzie nie było żywej duszy. Forteca, opuszczona i cicha, strzegła swoich sekretów. Ezio ruszył długą, stromą ścieżką, która biegła po zboczu do zewnętrznej bramy. Po jakimś czasie przystanął i odwrócił się, zatroskany o towarzyszkę, która została z tyłu, lekko zdyszana. Zaczekał na nią w cieniu starego, sękatego tamaryndowca.

– Ale stromizna! – wysapała Sofia, doganiając go.

Ezio uśmiechnął się.

– Wyobraź sobie, że jesteś żołnierzem w zbroi, obładowanym zapasami.

– I bez tego jest wystarczająco ciężko. Ale to o wiele zabawniejsze niż przesiadywanie w księgarni. Mam tylko nadzieję, że Azize jakoś sobie radzi.

– Bez obaw. Proszę. – Podał jej bukłak z wodą.

Napiła się z wdzięcznością.

– Ten zamek od dawna jest pusty?

– Templariusze próbowali się włamać do jego sekretnych kryjówek, ale nie udało im się. Tak samo jak nie udało im się ostatecznie zdobyć kluczy, które zebrane razem, pozwoliłyby im dostać się tam. A teraz...

Przez chwilę milczeli.

Sofia chłonęła majestatyczny widok.

– Tak tu pięknie – powiedziała w końcu. – Tu powstało wasze Bractwo?

Ezio westchnął.

– Zakon powstał tysiące lat temu, ale tutaj się odrodził.

– A jego *levatrice* był ten człowiek, o którym mówiłeś, Altaïr?

Ezio kiwnął głową.

– Altaïr Ibn-La'Ahad. Zbudował naszą potęgę, a potem nas uwolnił. – Przerwał. – Wiedział, że utrzymywanie takiego zamku to głupota. Forteca stała się symbolem pychy i celem wszystkich naszych wrogów. Ostatecznie Altaïr zrozumiał, że najlepiej służy się sprawiedliwości poprzez sprawiedliwe życie. Nie ponad ludźmi, których chronimy, ale razem z nimi.

Sofia kiwnęła głową.

– A te obowiązkowe groźne kaptury – spytała lekko – to też pomysł Altaïra?

Ezio zaśmiał się.

– Wcześniej wspominałeś o Credo – ciągnęła Sofia. – Co to jest?

Ezio chwilę się namyślał.

– Altaïr w ostatnich latach życia sporządził dokładne studium pewnych... zasad, które mu powierzono. Jeden ustęp jego pism znam na pamięć. Zacytować ci go?

– Proszę.

– Altaïr napisał: „Z czasem każde zdanie, powtarzane odpowiednio często i głośno, staje się niepodważalne. Pod warunkiem wszak, że obroni się je przed kontrargumentami i uciszy przeciwników. Ale jeśli ci się powiedzie i wyrugujesz tych, co je kwestionują, co pozostanie? Prawda! Prawda w znaczeniu obiektywnym? Nie. Czy można zatem osiągnąć obiektywny punkt widzenia? Odpowiedź brzmi: nie. To dosłownie, fizycznie niemożliwe. Zbyt wiele jest zmiennych. Zbyt wiele dziedzin i prawidłowości, które trzeba brać pod uwagę. Obejmuje to metoda sokratejska; opisuje asymptotę zbliżania się do prawdy. Linia nigdzie, na żadnym skończonym odcinku, nie pokrywa się z krzywą. Lecz sama definicja asymptoty implikuje wieczne zmagania. Zbliżamy się do objawienia, ale nigdy go nie dostępujemy. Nigdy... Dlatego uświadomiłem sobie, że dopóki templariusze istnieją, będą usiłowali nagiąć rzeczywistość do swojej woli. Wiedzą, że nie ma czegoś takiego, jak absolutna prawda albo – jeśli istnieje – nie możemy mieć nadziei na jej poznanie z braku odpowiedniego aparatu. Dlatego w jej miejsce usiłują narzucić własne wytłumaczenie. To podstawowa zasada tego, co nazywają Nowym Światowym Porządkiem: przeobrażenie istnienia na ich »własny« obraz. Nie chodzi o artefakty. Nie chodzi o ludzi. To tylko narzędzia. Liczą się koncepcje. To bardzo sprytne z ich strony, jak bowiem toczyć wojnę z koncepcją? To broń doskonała. Nie ma fizycznej postaci, a mimo to potrafi zmieniać świat wokół nas na liczne, często brutalne sposoby. Podobnie, nie da się zabić Credo. Nawet jeśli zabijesz wszystkich, którzy je przestrzegają, nawet jeśli zniszczysz wszystkie pisma, zyskasz co najwyżej trochę czasu. Któregoś dnia odkryjemy je na nowo. Na nowo ułożymy. Wierzę, że nawet my, asasyni, po prostu odkryliśmy na nowo Zakon starszy niż Starzec z Gór... Cała wiedza to ułuda. Wszystko sprowadza się do czasu. Nieskończonego. Niepowstrzymanego. Trzeba tu postawić pytanie: cóż jest naszą nadzieją? Moja odpowiedź brzmi: musimy dotrzeć do miejsca, w którym owa kwestia przestaje mieć znaczenie. Samo dążenie jest asymptotą. Zbliża się do rozwiązania, ale nigdy go nie osiąga. Najlepsze, na co możemy mieć nadzieję, to wygładzić trochę krzywą. Sprowadzić stabilność i pokój, niechby chwilowe. I zrozum, Czytelniku, że zawsze i po wieki wieków to będzie tylko chwilowe. Jak długo bowiem się mnożymy, będziemy rodzić wątpiących i przeciwników. Ludzi, którzy będą powstawać przeciwko *status quo* czasem tylko dlatego, że wśród ich zajęć nie znajdziesz niczego lepszego. Niezgoda leży w naturze Człowieka. Wojna jest tylko jednym z wielu sposobów jej emanacji. Myślę, że wielu ludzi jeszcze nie rozumie naszego Credo. Ale tak przebiega ten proces. Zdumienie. Frustracja. Poznawanie. Oświecenie. Na końcu zrozumienie. I pokój".

Ezio umilkł.

– Czy to brzmi składnie? – spytał po chwili.

– *Grazie*. Owszem, to ma sens. – Sofia patrzyła na niego, jak stoi zamyślony ze wzrokiem utkwionym w fortecy. – Żałujesz swojej decyzji? Tego, że tak długo żyłeś jako asasyn?

Westchnął.

– Nie pamiętam, żebym podejmował jakąś decyzję. To życie zdecydowało za mnie.

– Rozumiem – odparła, spuszczając wzrok.

– Przez trzydzieści lat służyłem pamięci swojego ojca i braci, walczyłem za tych, którzy doznali niesprawiedliwości. Nie żałuję tych lat, ale teraz... – Wziął głęboki oddech, jakby jakaś potężna siła uwolniła go z uścisku, i przeniósł spojrzenie z zamku na orła, wciąż szybującego wysoko w górze. – Teraz przyszedł czas, by zacząć żyć dla siebie, a im dać odejść. Zostawić to wszystko. Przestać się tak kurczowo tego trzymać.

Sofia wzięła go za rękę.

– Puść się więc tego, Ezio. Puść. Daleko nie spadniesz.

74

Późnym popołudniem dotarli do bramy zewnętrznego dziedzińca. Była otwarta; pnącza oplatały kolumny i spowijały mechanizmy kołowrotów. Weszli na wewnętrzny dziedziniec. Jego brama również stała otworem, a rozpościerający się za nią podworzec nosił ślady pospiesznego odwrotu. Na wpół załadowany, porzucony wóz stał niedaleko olbrzymiego, uschniętego platanu i pękniętej kamiennej ławy.

Ezio poszedł przodem do cytadeli, a potem schodami do podziemi zamku. Pochodnią oświetlał drogę przez kolejne zapuszczone korytarze, aż w końcu stanęli przed wielkimi wrotami z gładkiego, zielonego kamienia. Na ich powierzchni widniało pięć otworów, ułożonych w łuk na wysokości ramion.

Ezio odłożył sakwę i wyjął z niej pięć kluczy.

Zważył pierwszy w dłoni.

– Koniec drogi – powiedział, tyleż do siebie, co do Sofii.

– Niezupełnie – odparła. – Najpierw musimy odkryć, jak otworzyć te wrota.

Ezio przyjrzał się kluczom i otworom, do których musiały pasować. Pierwszą wskazówką były symbole otaczające każde wgłębienie.

– Muszą pasować do symboli na kluczach – stwierdził. – Wiem, że Altaïr powziąłby wszelkie możliwe środki ostrożności, żeby zabezpieczyć swoją bibliotekę, musi istnieć właściwa kolejność. Jeśli jej nie odgadnę, obawiam się, że przejście może pozostać zamknięte na zawsze.

– Co masz nadzieję tam znaleźć? – Sofia mówiła szeptem, prawie z nabożeństwem.

Głos Ezia także zniżył się do szeptu, choć mogła go usłyszeć tylko ona.

– Wiedzę, przede wszystkim. Altaïr był mędrcem i dużo pisał. Zbudował to miejsce jako skarbnicę całej swojej mądrości. – Spojrzał na Sofię. – Wiem, że widział w życiu wiele rzeczy i poznał wiele tajemnic, niezgłębionych i trudnych. Posiadł wiedzę, która człowieka małego ducha wpędziłaby w rozpacz.

– A więc czy mądrze jest z niej czerpać?

– Boję się, to prawda. Ale z drugiej strony – uśmiechnął się – nie jestem, co powinnaś już wiedzieć, człowiekiem małego ducha.

– Ezio... Jak zwykle trzymają się ciebie żarty. – Sofia odpowiedziała uśmiechem; to nagłe rozładowanie atmosfery przyniosło jej ulgę.

Ezio włożył pochodnię w uchwyt na ścianie. Dawała dość światła, by można było przy nim czytać. Ezio zauważył, że symbole na wrotach zaczęły lśnić nieokreślonym blaskiem, ledwie dostrzegalnym, choć z drugiej strony wyraźnym. Same klucze również zalśniły, jakby w odpowiedzi.

– Przyjrzyj się dokładnie symbolom na dyskach. Spróbuj opisać je na głos, kiedy ja będę przyglądał się tym na wrotach.

Sofia założyła okulary i wzięła pierwszy podany klucz. Kiedy zaczęła mówić, Ezio uważnie przyjrzał się znakom na drzwiach.

Nagle wciągnął gwałtownie powietrze.

– Oczywiście. Altaïr dużo czasu spędził na wschodzie i wiele się tam nauczył. – Przerwał. – Chaldejczycy!

– Chcesz powiedzieć, że to może mieć coś wspólnego z gwiazdami?

– Tak, z gwiazdozbiorami. Altaïr podróżował do Mezopotamii, gdzie mieszkali Chaldejczycy.

– Owszem, ale oni żyli dwa tysiące lat temu. Mamy księgi Herodota, Diodora Sycylijskiego, które świadczą o tym, że byli świetnymi astronomami, ale nie mamy szczegółowej wiedzy o ich dokonaniach.

– Altaïr miał i zapisał ją tu, zaszyfrowaną. Musimy dostosować naszą mizerną wiedzę o gwiazdach do ich wiedzy.

– To niemożliwe! Wiemy tylko, że udało im się obliczyć długość roku słonecznego z dokładnością do czterech minut, czyli dość precyzyjnie, ale jak to zrobili, to już inna rzecz.

– Interesowały ich konstelacje i ruchy ciał niebieskich. Uważali, że będą mogli odczytywać z nich przyszłość. Budowali wielkie obserwatoria...

– To legenda!

– Nic więcej nie mamy, a poza tym popatrz tu: poznajesz?

Sofia spojrzała na symbol wyryty na jednym z kluczy.

– Rozmyślnie go zamaskował, ale czy nie jest to przypadkiem gwiazdozbiór Lwa?

Sofia popatrzyła we wskazane miejsce.

– Chyba tak! – powiedziała z podnieceniem, podnosząc wzrok.

– A tutaj... – Ezio odwrócił się do drzwi i spojrzał na oznaczenia wokół otworu, który właśnie badał. – Tutaj, jeśli się nie mylę, jest rycina gwiazdozbioru Raka.

– Ale to konstelacja sąsiadująca z Lwem, prawda? A także znak poprzedzający Lwa w zodiaku?

– Który wymyślili...

– Chaldejczycy!

– Zobaczmy, czy ta teoria ma ręce i nogi – powiedział Ezio, patrząc na następny otwór. – Tu mamy Wodnika.

– Bardzo sprytnie – zażartowała Sofia, ale z powagą popatrzyła na klucze. W końcu jeden z nich podniosła. – Wodnika otaczają Ryby i Koziorożec – powiedziała – ale Ryby są później. I zdaje się, są tu!

– Zobaczmy, czy pozostałe działają tak samo.

Wzięli się do pracy i po niecałym kwadransie odkryli, że ich założenie raczej się sprawdza. Na każdym kluczu był symbol odpowiadający znakowi Zodiaku, a każdy klucz pasował do otworu oznaczonego konstelacją bezpośrednio poprzedzającą.

– Niezwykły człowiek był z tego Altaïra – stwierdziła Sofia.

– Jeszcze nie weszliśmy – odparł Ezio. Ale ostrożnie umieścił pierwszy klucz we właściwym, miał nadzieję, otworze. Pasował. Tak samo jak cztery pozostałe.

A wtedy – z zadziwiającą łatwością, niweczącą całą aurę tajemniczości – powoli, gładko i bezgłośnie zielone wrota wsunęły się w kamienną podłogę.

Ezio stanął w wejściu. Przed nim ciągnął się długi korytarz; na jego oczach dwie pochodnie w ścianach samoistnie zapłonęły.

Wyjął jedną z uchwytu i ruszył naprzód. Potem zawahał się i odwrócił do Sofii.

– Lepiej wróć stamtąd żywy – powiedziała.

Ezio uśmiechnął się figlarnie i mocno ścisnął jej dłoń.

– Taki mam plan.

Wszedł do korytarza.

A kiedy to uczynił, wrota krypty na powrót zamknęły się, tak szybko, że Sofia nie zdążyła nawet zareagować.

75

Ezio szedł powoli tunelem, który biegł cały czas w dół i wciąż się rozszerzał. Właściwie nie potrzebował pochodni; przymocowane do ścian w regularnych odstępach, zapalały się w tajemniczy sposób, kiedy je mijał. Nie czuł jednak niepokoju ani lęku. Miał wrażenie, że wraca do domu. Jakby coś zbliżało się do zakończenia.

W końcu korytarz przeszedł w olbrzymią, okrągłą salę o średnicy stu pięćdziesięciu stóp i takiej samej wysokości do szczytu kopuły, przypominającą nawę jakiejś fantastycznej bazyliki.

Wszędzie stały gabloty, które kiedyś musiały zawierać artefakty, teraz jednak były puste. Wielopoziomowe galerie dookoła zastawiono półkami na książki – w ogóle nie widać było ścian.

Ezio, ku swojemu zdumieniu, zauważył, że wszystkie co do jednej były puste.

Nie miał jednak czasu zastanawiać się nad tym, ponieważ jego wzrok przyciągnęło olbrzymie, dębowe biurko na wysokim podwyższeniu, stojące w drugim końcu pomieszczenia, na wprost wejścia. Było jasno oświetlone z góry; światło padało prosto na siedzącą za nim wysoką postać.

Teraz Ezio poczuł nieokreślony, nabożny lęk, od razu bowiem domyślił się, kim jest owa postać. Podszedł powoli, a kiedy znalazł się w zasięgu ręki zakapturzonego człowieka, padł na kolana.

Siedzący nie żył – był martwy już od bardzo dawna. Ale płaszcz i białe szaty pozostały nietknięte pomimo upływu wieków. Nawet w bezruchu mężczyzna promieniował jakąś nieziemską mocą.

Ezio, oddawszy pokłon, wstał. Nie śmiał podnieść kaptura, żeby zobaczyć twarz asasyna; wpatrywał się tylko jak zahipnotyzowany w długie szkieletowe kości dłoni rozpostarte na powierzchni biurka jak zahipnotyzowany. Na blacie leżało pióro i czyste karty starożytnego pergaminu, a także wyschnięty kałamarz. Pod prawą dłonią szkieletu leżał okrągły kamień – podobny do kluczy do wrót, ale bardziej misterny i wykonany, pomyślał Ezio, z najdelikatniejszego alabastru, jaki w życiu widział.

– Nie ma książek – powiedział w ciszę. – Nie ma artefaktów... Tylko ty, *fratello mio*.

Położył delikatnie dłoń na ramieniu nieżyjącego. Nie byli spokrewnieni, ale więzy Bractwa spajały ich mocniej niż gdyby byli rodziną.

– *Requiescat in pace*, Altaïrze.

Ezio spuścił wzrok – wydawało mu się, że kątem oka zauważył jakiś ruch. Ale nie zobaczył niczego oprócz kamienia na stole leżącego obok dłoni, którą Ezio wcześniej sobie wyobraził. Trik światła. Nic więcej.

Ezio instynktownie wiedział, co zrobić.

Krzesiwem zapalił krótką świecę w świeczniku na blacie i uważniej przyjrzał się kamieniowi. Wyciągnął rękę, podniósł go.

Kiedy tylko kamień znalazł się w jego dłoni, zaczął świecić.

Ezio przysunął go do twarzy, a znajome już chmury skłębiły się i spowiły go…

76

– Mówisz, że Bagdad został złupiony?

– Tak, ojcze. Mongołowie Hulagu-chana przemknęli przez miasto jak pożoga. Nikogo nie oszczędzili. Hulagu postawił koło od wozu i kazał mieszkańcom przejść obok niego. Każdego, kogo głowa sięgała ponad óśkę, zabili.

– Zostawił tylko młodych i nadających się do zniewolenia?

– Tak właśnie.

– Hulagu nie jest głupi.

– Zniszczył miasto. Spalił jego biblioteki. Zburzył uniwersytet. Zabił wszystkich myślicieli razem z pozostałymi mieszkańcami. W mieście nigdy nie było takiego pogromu.

– Modlę się, żeby nigdy więcej się to nie powtórzyło.

– Amen, ojcze.

– Muszę cię pochwalić, Darimie. Dobrze, że podjąłeś decyzję o wypłynięciu do Aleksandrii. Zająłeś się moimi księgami?

– Tak, ojcze, te, których nie odesłałeś z braćmi Polo, wysłałem już do Latakii na wozach, by załadowano je na statek.

Altaïr siedział zgarbiony w otwartym wejściu swojej wielkiej, sklepionej biblioteki i archiwum. Pustych teraz, zamiecionych do czysta. Ściskał małe, drewniane pudełko. Darim miał dość rozumu, by nie pytać ojca, co w nim jest.

– Dobrze. Bardzo dobrze – powiedział Altaïr.

– Ale jest jedna rzecz, jedna podstawowa rzecz, której nie rozumiem – rzekł Darim. – Po co przez tyle dziesięcioleci budowałeś tak wielką bibliotekę i archiwum, skoro nie zamierzasz zatrzymać swoich ksiąg?

Altaïr przerwał mu machnięciem ręki.

– Darimie, dobrze wiesz, że żyję o wiele dłużej, niż powinienem. Wkrótce będę musiał wyruszyć w podróż, na którą nie zabiera się żadnego bagażu. Ale sam odpowiedziałeś na swoje pytanie. To, co Hulagu zrobił w Bagdadzie, zrobi i tu. Raz ich odparliśmy, ale oni wrócą, a wtedy Masjaf musi być pusty.

Darim zauważył, że mówiąc to, jego ojciec jeszcze mocniej przyciska pudełko do piersi, jakby chciał je ochronić. Spojrzał na Altaïra, tak kruchego, że wyglądał jak stary pergamin, w środku jednak twardego niczym welin.

– Rozumiem – powiedział. – W takim razie to już nie biblioteka, lecz krypta.

Jego ojciec z powagą kiwnął głową.

– Musi pozostać ukryta, Darimie. Z dala od chciwych dłoni. Przynajmniej dopóki nie przekaże tajemnicy, którą zawiera.

– Jakiej tajemnicy?

Altaïr uśmiechnął się i wstał.

– Nie teraz, mój synu. Wracaj już... Idź do swojej rodziny i żyj dobrze.

Darim objął go.

– Wszystko, co we mnie dobre, pochodzi od ciebie – rzekł.

Odsunęli się od siebie. Potem Altaïr przestąpił próg. Z wysiłkiem pociągnął dużą dźwignię tuż przy odrzwiach. W końcu ustąpiła i zatoczywszy łuk, ze szczękiem wskoczyła na swoje miejsce. Ciężkie, zielone wrota uniosły się powoli i zamknęły przejście.

Ojciec i syn patrzyli na siebie bez słów, kiedy drzwi się unosiły. Darim z całych sił starał się zapanować nad sobą, ale nie zdołał powstrzymać łez, kiedy wrota zamykały się, grzebiąc jego ojca żywcem w grobowcu. Wreszcie zobaczył przed sobą pustą powierzchnię, tylko odcieniem odróżniającą się od koloru ścian – oraz wyżłobione w niej tajemnicze zagłębienia.

Z sercem wypełnionym nieopisanym żalem, odwrócił się i odszedł.

Kim byli ci, którzy byli wcześniej? – pomyślał Altaïr, niespiesznie wracając długim tunelem do swojej podziemnej komory.

Mijane pochodnie na ścianach zapalały się, zasilane specjalnym gazem, doprowadzonym do nich przez ukryte rurki, i rozniecane krzemieniami, które iskrzyły, kiedy ciężar jego ciała przesuwał zapadki pod podłogą. Przez chwilę płonęły, potem na powrót gasły.

Co ich tu sprowadziło? Co ich wygnało? A ich artefakty? Fragmenty Edenu. Wiadomości w butelkach. Narzędzia pozostawione po to, by nam pomagać i nami kierować. A może walczymy o władzę nad ich odpadkami, przypisujemy boskie znaczenie zaledwie wyrzuconym zabawkom?

Szedł korytarzem, powłócząc nogami. Ściskał swoje pudełko. Ręce i nogi bolały go ze znużenia.

W końcu doszedł do wielkiej, ciemnej sali i bezceremonialnie ją przemierzył. Dotarł do swojego biurka z ulgą człowieka, który tonąc w morzu, natrafia na odłamek masztu i może się go chwycić. Usiadł, postawił szkatułkę obok siebie, w zasięgu ręki, niechętnie pozbywając się jej z dłoni. Przyciągnął do siebie papier i pergamin, umoczył pióro, ale nie zaczął pisać. Zamiast tego pomyślał o tym, co napisał wcześniej – o fragmencie swojego dziennika.

Jabłko to coś więcej niż zapis tych, którzy byli przed nami. W jego wirującym, iskrzącym wnętrzu dostrzegłem wyrywki tego, co nastąpi. To nie może mieć miejsca! I może nie będzie miało. Może to tylko sugestia? Rozmyślam nad konsekwencjami tych wizji: czy to obrazy tego, co nadejdzie, czy tylko zapowiedź, co może się wydarzyć? Czy możemy wpłynąć na ostateczny wynik? Czy ośmielimy się spróbować? A robiąc to, czy jedynie urzeczywistniamy to, co widzieliśmy? Jestem rozdarty – jak zawsze – między działaniem i bezczynnością, nie wiem, które z nich – o ile któreś w ogóle – może coś zmienić. A przede wszystkim: czy powinienem coś zmieniać? Mimo to prowadzę ten dziennik. Czy to nie jest próba zmiany – bądź zapisania – tego, co widziałem?

Jakże naiwnie jest wierzyć, że na każde pytanie istnieje jedna odpowiedź. Jedno rozwiązanie każdej tajemnicy. Że istnieje samotne, boskie światło, wszystkim rządzące. Mówią, że to światło przynosi prawdę i miłość. Ja twierdzę, że nas oślepia – i zmusza do błądzenia po omacku. Wyczekuję dnia, kiedy ludzie odwrócą się od niewidzialnych potworów i na nowo przyjmą bardziej racjonalny sposób widzenia świata. Ale te nowe religie są takie wygodne – i grożą tak strasznymi karami tym, którzy je odrzucą... Martwię się, że strach każe nam pozostać przy tym, co tak naprawdę jest największym kłamstwem na świecie...

Starzec siedział przez chwilę w milczeniu, nie wiedząc, czy czuje nadzieję, czy rozpacz. Być może nie czuł ani jednego, ani drugiego. Może wyrósł już z nich obu, może je przeżył. Cisza wielkiej sali i jej półmrok tuliły go niczym objęcia matki. Wciąż jednak nie potrafił odciąć się od przeszłości.

Odsunął od siebie przybory do pisania i przyciągnął szkatułkę. Położył na niej obie dłonie, chroniąc...

Wtedy wydało mu się, że stoi przed nim Al Mualim. Jego dawny Mistrz. Ktoś, kto przed laty go zdradził. Kogo ostatecznie zdemaskował i zniszczył. Kiedy jednak odezwał się, w jego głosie zabrzmiała wrogość i władczość.

– Wielka wiedza oznacza wielki smutek. A ten, kto powiększa wiedzę, smutek powiększa. – Duch nachylił się ku Altaïrowi i wyszeptał mu nagląco do ucha: – Zniszcz je! Zniszcz, jak zapowiadałeś!

– Nie... Nie mogę!

Wtedy rozległ się inny głos. Taki, który chwycił go za serce. Al Mualim zniknął. Ale gdzie była ona? Nie widział jej!

– Stąpasz po cienkim lodzie, Altaïrze – powiedziała Maria Thorpe. Jej głos był młody, silny. Taki jak wtedy, kiedy ją poznał, siedemdziesiąt lat temu.

– Rządziła mną ciekawość, Mario. Choć ten artefakt jest przerażający, może zdziałać cuda. Chciałbym go jak najlepiej zrozumieć.

– O czym ci mówi? Co możesz dzięki niemu zobaczyć?

– Dziwne wizje i przekazy. O tych, którzy byli przed nami, o ich potędze i upadku...

– A o nas? Co z nami?

– My jesteśmy tylko ogniwami łańcucha, Mario.

– Ale co z nami będzie, Altaïrze? Z naszą rodziną? Co Jabłko mówi o nas?

– Kim byli ci, którzy byli tu przed nami? – odparł Altaïr. – Co ich tu sprowadziło? Jak dawno temu?

Mówił jednak bardziej do siebie niż do Marii, która znów wtargnęła w jego myśli:

– Pozbądź się go!

– To mój obowiązek, Mario – powiedział Altaïr smutno do swojej żony.

Wtedy przeraźliwie krzyknęła.

A potem umarła z okropnym charkotem.

– Siły, Altaïrze. – Szept.

– Mario! Gdzie... gdzie jesteś? – Altaïr krzyknął w ciemność wielkiej sali. – Gdzie ona jest?!

Ale odpowiedziało mu tylko echo. Wtedy usłyszał trzeci głos, zdenerwowany, choć starający się go uspokoić.

– Ojcze, ona odeszła. Nie pamiętasz? Odeszła – powiedział Darim.

Rozpaczliwy skowyt.

– Gdzie moja żona?!

– Minęło dwadzieścia pięć lat, stary durniu! Ona nie żyje! – krzyknął na niego z gniewem syn.

– Zostaw mnie. Daj mi pracować!

Teraz już ciszej.

– Ojcze, co to za miejsce? Do czego służy?

– To biblioteka. I archiwum. Żeby bezpiecznie przechować wszystko to, czego się dowiedziałem. Wszystko, co mi objawili.

– Cóż ci objawili, ojcze? – Milczenie. – Co się stało w Alamucie, nim przybyli Mongołowie? Co znalazłeś?

Zapadła cisza, która spowiła Altaïra niczym ciepłe, czyste niebo.

– Ich cel jest mi teraz znany. Ich tajemnice stały się moimi. Ich motywy są jasne. Lecz ich wiadomość nie jest przeznaczona dla mnie. Jest dla kogoś innego – rzekł w końcu.

Spojrzał na szkatułkę na biurku przed sobą. *Nie dotknę więcej tego ohydztwa. Wkrótce odejdę z tego świata. Nadszedł mój czas. Wszystkie godziny dnia są natłokiem myśli i strachu zrodzonymi z tej świadomości. Wszystkie objawienia, które mi powierzono, wypełniły się. Nie ma następnego świata. Nie ma powrotu do tego. Będzie po prostu... koniec. Na zawsze.*

I otworzył szkatułę. Wewnątrz, na brązowym aksamicie, leżało Jabłko. Fragment Edenu.

Rozpuściłem wieść, że Jabłko było wpierw ukryte na Cyprze, a potem zaginęło w morzu... Nie może zostać znalezione, dopóki nie nadejdzie czas...

Przez chwilę się w nie wpatrywał, potem wstał i odwrócił do ciemnej wnęki w ścianie za nim. Nacisnął dźwignię, która otworzyła ciężkie wrota. Ukazała się ukryta komora, a w niej postument. Altaïr wyjął ze szkatułki Jabłko i szybko przełożył je na piedestał. Działał w pośpiechu, by nie zmogła go pokusa. Znów pociągnął dźwignię. Drzwi komory zasunęły się ze szczękiem. Altaïr wiedział, że dźwignia nie zadziała przez najbliższe dwa i pół wieku. Być może przyszła pora, by świat poszedł dalej. On jednak uwolnił się od pokusy.

Usiadł ponownie przy biurku i z szuflady wyjął biały, alabastrowy dysk. Zapalił świecę, ujął dysk w obie dłonie i podniósł go do oczu. Skupił się i zaczął przenosić na alabaster swoje myśli – swój testament.

Kamień zajaśniał, na długi czas oświetlając jego twarz. W końcu dysk przestał emanować poświatą. Zapadł mrok.

*

Ezio obrócił dysk w rękach przy blasku świecy. Nie miał pojęcia, w jaki sposób posiadł wiedzę. Czuł głęboką więź, wręcz pokrewieństwo, z Altaïrem, którego martwe ciało miał teraz przed oczami. Spojrzał na nie z niedowierzaniem.

– Kolejny artefakt? – powiedział. – Kolejne Jabłko?

77

Wiedział, co ma uczynić, i postępował, jakby wciąż śnił. Odłożył dysk ostrożnie na biurko i odwrócił się do ciemnej wnęki za nim. Wiedział, gdzie szukać dźwigni. Poruszyła się natychmiast, gdy tylko lekko ją pociągnął. Kiedy drzwi otworzyły się, gwałtownie wciągnął powietrze. *Myślałem, że jest tylko jedno. To, które Machiavelli i ja zagrzebaliśmy na zawsze w krypcie pod kościołem Świętego Mikołaja w Więzieniu. A tu – jego bliźniak!*

Przez chwilę przyglądał się Jabłku. Było ciemne i zimne – pozbawione życia. Ale czuł, że jego ręka, niezależnie od jego woli, wyciąga się po nie.

Najwyższym wysiłkiem woli powstrzymał się.

– Nie! Zostaniesz tutaj!

Cofnął się o krok.

– To, co widziałem, wystarczy mi na całe życie!

Położył dłoń na dźwigni.

Wtedy jednak Jabłko ożyło, wybuchło ostrym blaskiem. Ezio zatoczył się w tył, odwrócił i zobaczył na środku oślepiająco jasnej sali świat – cały świat! – obracający się w przestrzeni, dwadzieścia stóp nad podłogą, olbrzymią kulę błękitu, brązu, bieli i zieleni.

– Nie! – wrzasnął, zasłaniając oczy dłońmi. – Zrobiłem już dość! Przeżyłem swoje życie jak mogłem najlepiej, nie znając jego celu, ale gnany naprzód jak ćma do dalekiego księżyca. Koniec!

Słuchaj. Jesteś kanałem wiadomości, której zrozumienie nie tobie jest przeznaczone.

Ezio nie miał pojęcia, skąd dobiegał głos, ani do kogo należał. Oderwał ręce od oczu i zakrył nimi uszy; odwrócił się do ściany, całym jego ciałem miotały mocne uderzenia. Jakaś siła odwróciła go z powrotem do wnętrza sali. W powietrzu, w jaskrawym blasku, unosiły się miliardy liczb i ikon, obliczeń, wzorów, słów i liter, przemieszanych, miejscami składających się w jakąś sensowną całość, a potem znów rozpadających się w chaos. Z ich środka dobiegł głos starego człowieka, chwilami wpadający w drżenie. Nie był pozbawiony autorytetu – to najbardziej władczy głos, jaki Ezio słyszał.

Słyszysz mnie, pionku? Słyszysz mnie?

A potem – coś na kształt człowieka, idącego ku niemu jakby z oddali, przez wirujące morze wszystkich symboli, jakich ludzkość kiedykolwiek użyła, żeby wszystkiemu nadać jakiś sens. Człowiek szedł w powietrzu, po wodzie, nigdy – po ziemi. Ezio wiedział, że ta postać nigdy do niego nie dojdzie. Znajdowali się po dwóch stronach nieprzekraczalnej otchłani.

Ach. Tu jesteś.

Liczby wokół postaci zmieniły się, zapulsowały i zaczęły uciekać od siebie, nie mogąc się uwolnić z tego koszmarnego chaosu. Postać stała się wyraźniejsza. Był to mężczyzna. Wyższy i szerszy w barkach niż większość mężczyzn. Eziowi przypomniał się jeden z posągów greckich bogów, które pokazał mu Michał Anioł, kiedy papież Juliusz przejmował zbiory Borgiów. Antyczny bóg. Zeus albo Posejdon. Bujna broda. Oczy jaśniejące nieziemską mądrością. Kłębiące się wokół niego cyfry i równania przestały się z sobą zmagać i w końcu zaczęły ulatywać, coraz szybciej i szybciej, aż zniknęły, i cały świat zniknął, i został tylko on – ten człowiek. Jak inaczej Ezio miał go nazywać?

Tinia. Nazywam się Tinia.

Poznałeś już chyba moje siostry.

Ezio patrzył na istotę, ta jednak przyglądała się ostatnim wzorom czmychającym w eter.

Głos, który się następnie odezwał, brzmiał dziwnie, jakby trochę niepewnie.

Dziwne miejsce, ten węzeł Czasu. Nie przywykłem do... obliczeń. To zawsze była domena Menrvy.

Spojrzał na Ezia ze zdumieniem. Ale w jego wzroku było coś jeszcze – dojmujący smutek i ojcowska duma.

Widzę, że wciąż masz wiele pytań. Kim byliśmy? Co się z nami stało? Czego od ciebie chcemy? Tinia uśmiechnął się. *Dostaniesz swoje odpowiedzi. Słuchaj tylko, a ja ci powiem.*

Światło w całej sali zbladło i za Tinią znów pojawiła się nierzeczywista, błękitna, obracająca się kula. Powiększała się powoli, aż zajęła prawie całe pomieszczenie.

Przed końcem i po nim staraliśmy się uratować świat.

Na wirującym globie zaczęły pojawiać się małe kropki, jedna za drugą.

Te punkty oznaczają miejsca, w których zbudowaliśmy krypty. W każdej z nich pracowaliśmy nad innym rodzajem zbawienia.

Ezio zobaczył, że jeden z punktów jasno rozbłyska. Znajdował się blisko wschodniego wybrzeża olbrzymiego kontynentu, którego istnienia Ezio nie potrafił sobie wyobrazić, choć wiedział, że przed dziesięcioma laty jego przyjaciel Amerigo Vespucci odkrył tam linię brzegową, i widział mapę Waldseemüllera, przedstawiającą cały odkryty świat.

Ale wszystko to, co pokazywała mapa, znajdowało się na południu. Czy mogło być coś więcej? Wielki ląd? Wydawało się to nieprawdopodobne.

Zostały także umiejscowione pod ziemią, żeby uniknąć szalejącej na powierzchni wojny oraz jako zabezpieczenie na wypadek, gdyby nasze wysiłki się nie powiodły.

Ezio zobaczył, że ze wszystkich innych punktów na wolno wirującym globie zaczęły wydobywać się intensywne linie światła, prowadzące do tego jednego na dziwnym, nowym kontynencie, aż cały świat pokryła ich misterna siatka.

Wiedza każdej krypty została przesłana w jedno miejsce...

Punkt widzenia Ezia zmienił się. Miał wrażenie, że leci w stronę globu, w dół przestrzeni. A kiedy już miał uderzyć w pędzącą mu na spotkanie Ziemię, coś jakby uniosło go w ostatniej chwili i pomknął nad jej powierzchnią; potem znów w dół, szybem przypominającym kopalniany, aż zatrzymał się w olbrzymiej, podziemnej budowli, jakby świątyni albo pałacowej sali.

Naszym obowiązkiem – moim i moich sióstr, Menrvy i Uni – było porządkowanie i próbowanie wszystkiego, co zebrano. Wybraliśmy najlepiej rokujące rozwiązania i skupiliśmy się na sprawdzaniu ich przydatności.

Istotnie, Ezio znalazł się w wielkiej sali, w tajemniczej krypcie, w tajemniczym kraju, a obok Tinii stały Menrva i Uni, które rzeczywiście wcześniej spotkał...

Wypróbowaliśmy sześć po kolei, każde lepsze niż poprzednie. Ale żadne nie działało.

A potem – świat się skończył.

Ostatnie zdanie zostało wypowiedziane tonem tak zwyczajnym i rzeczowym, że Eziem wstrząsnęło. Zobaczył Menrvę, przybitą, i Uni – rozgniewaną, patrzące na Tinię, który uruchamiał skomplikowany mechanizm wielkich wrót i zamykał ich w środku. A potem...

Potem w sklepienie nieba uderzyła wielka fala nieopisanej mocy i rozświetliła je jak dziesięć tysięcy zórz. Ezio znalazł się wśród setek tysięcy ludzi, w pięknym mieście; wszyscy patrzyli na nadnaturalny pokaz. Ale owiewająca ich lekka bryza w okamgnieniu zmieniła się w burzę, a potem w huragan. Ludzie spoglądali po sobie z niedowierzaniem, później z paniką, i nagle rzucili się szukać schronienia.

Niebo, wciąż rozpalone falami zielonego ognia, zaczęło skwierczeć i iskrzyć się od błyskawic. Gromy przetaczały się i huczały, choć nigdzie nie było widać chmur, pioruny uderzały z nieba w drzewa, budowle i ludzi. Odłamki przecinały powietrze, niszcząc wszystko, co napotkały na swojej drodze.

Potem ziemia zadrżała w kolosalnym wstrząsie. Ci, którzy zostali pod gołym niebem, stracili grunt pod nogami i zostali zgnieceni kamieniami i głazami, niesionymi przez wicher niczym suche liście, zanim zdołali wstać. Ziemia znów się zatrzęsła, tym razem gwałtowniej. Wrzaski i krzyki rannych utonęły w grzmotach błyskawic i ogłuszającym wyciu wichury. Nieliczni pozostali bez dachu nad głową usiłowali znaleźć jakieś schronienie. Niektórzy walczyli, by utrzymać równowagę. Chwytali się ścian wciąż stojących budynków, sunęli wzdłuż nich uczepieni zsiniałymi z wysiłku palcami.

Ale w tym powszechnym zniszczeniu wielkie świątynie stały niewzruszenie, nietknięte przez katastrofę, oddając hołd technicznej biegłości swoich budowniczych. Ziemią jednak targnął jeszcze jeden wstrząs, potem następny. Szeroka droga pękła wzdłuż, ludzie uciekali od powstałej rozpadliny. Niebo stanęło w ogniu, zygzaki błyskawic uderzały na całym widnokręgu, a firmament wyglądał tak, jakby miał się zapaść.

Wtedy Eziowi wydało się, że znów widzi Ziemię z daleka, spowitą intensywnym słonecznym rozbłyskiem, uwięzioną w sieci gigantycznych kul ognia – a potem, w niewyobrażalny sposób, Ziemia została wytrącona ze swojej osi, obróciła się... Piękne miasto, wysmakowany, wyrafinowany kompleks wysokich budynków i zadbanych parków, przeorały ziejące rany; ziemia pod nim pękała i rozstępowała się, obalała nietknięte dotąd budowle i obracała je w pył. Nieliczni pozostali na ulicach ludzie krzyczeli, wydając z siebie ostatnie rozpaczliwe jęki agonii, kiedy zmiana ziemskich biegunów wydała powierzchnię planety na łup zabójczego promieniowania słonecznych rozbłysków. Ostatnie budynki runęły niczym domki z kart na wietrze.

A potem – równie nagle, jak się zaczęło – wszystko ucichło. Zorze zgasły jak zdmuchnięta świeca, wichura niemal natychmiast się uspokoiła. Ale zniszczenie było całkowite. Nie ocalało prawie nic. Wszystko spowijał ogień i dym, ciemność i rozkład.

Przez miazmaty dobiegł Ezia głos Tinii. Albo kogoś podobnego. Nic już nie było pewne.

Posłuchaj. Musisz się tam udać. W miejsce, gdzie się trudziliśmy... Trudziliśmy i przegraliśmy. Przyjmij moje słowa. Przekaż je z głowy do rąk. Tak otworzysz Drogę. Ale strzeż się. Bardzo wiele wciąż pozostaje w ruchu. A ja nie wiem, jak wszystko się skończy – ani w moim czasie, ani w twoim.

Pyłowe burze cichły, lawa stygła. Czas przyspieszył – maleńkie pędy wystrzeliły z ziemi i zakorzeniły się. Wejście do podziemnej krypty otworzyło się, a ze środka wyszli ludzie Pierwszej Cywilizacji. Zaczęli odbudowę. Było ich jednak niewielu, a z biegiem stuleci coraz mniej – kilkuset, potem kilkudziesięciu, aż wreszcie nie został już nikt...

To, co odbudowali, zajęły puszcze. Nowe budowle zniknęły, zniszczone upływem czasu. Niskie, gęsto zalesione wzgórza pokryły wielkie przestrzenie, gdzie indziej powstały równiny. A potem pojawili się mieszkańcy – ale inni niż Pierwsi. Ludzka rasa. Ci, których Pierwsi stworzyli jako niewolników, teraz, wolni, mieli zostać ich spadkobiercami. Niektórych z nich Pierwsi uczynili swoimi kochankami i tak powstała nieliczna grupa mieszańców posiadających nadludzkie moce. Lecz prawdziwymi dziedzicami byli ludzie. Najpierw w tej nieznanej krainie pojawili się mężczyźni i kobiety o śniadej skórze i prostych, czarnych, długich włosach. Dumny lud, który polował na brunatne, dzikie zwierzęta, jeździł na oklep na wytrzymałych kucach i posługiwał się łukami i strzałami. Lud ten żył w oddzielnych plemionach, walczących z sobą, ale nie rozlewał zbyt wiele krwi.

Potem przybyli następni. O jaśniejszej karnacji, w innych, bardziej zakrywających ciało ubraniach. Ludzie, którzy przypłynęli na statkach z Europy, przez Mare Occidentalis. Ludzie, którzy polowali na tych pierwszych i wypędzali ich z ich ziem, zakładając tam własne gospodarstwa, wioski, a wreszcie miasta dorównujące utraconej cywilizacji, pogrzebanej pod ziemią wiele tysięcy lat wcześniej.

Patrz i zapamiętuj. Wyrzeczenie się walki o sprawiedliwość to nigdy nie jest wybór. Nawet kiedy wydaje się, że nie można jej wygrać, że cała nadzieja przepadła, sama walka zapewnia przetrwanie sprawiedliwości, przetrwanie świata. Balansujecie na skraju urwiska, nie możecie na to nic poradzić. Waszym zadaniem jest dopilnować, żeby szale nigdy nie przechyliły się za bardzo na niewłaściwą stronę. A robiąc to, możecie jeszcze jedno: możecie kochać.

Ezio trzymał się krawędzi biurka. Obok niego Altaïr wciąż siedział w swoim fotelu. Na blacie nic się nie poruszyło, nie drgnęła ani jedna karta pergaminu, a ogarek świecy wciąż palił się równym płomieniem.

Ezio nie wiedział, jak przeniósł się ze świata wizji do biurka, ale teraz cofnął się o kilka kroków. Jabłko wciąż spoczywało na podwyższeniu w środku, martwe. Z trudem dostrzegał jego obrys w półmroku. Zakurzona szkatułka leżała na biurku.

Zebrał się w sobie i przeszedł przez wielką salę do korytarza, który prowadził z powrotem na światło dnia, do Sofii.

Ale w wejściu do wielkiej biblioteki odwrócił się raz jeszcze. Z oddali popatrzył po raz ostatni na Altaïra, siedzącego po wieki wieków pośrodku swojego archiwum, z którego pozostał jedynie cień, duch.

– Żegnaj, Mistrzu.

78

Kiedy dotarł do wrót, znalazł dźwignię przy framudze i pociągnął ją. Zielone drzwi posłusznie skryły się w podłodze. Za nimi, czytając książkę, czekała na niego Sofia.

Uśmiechnęła się, kiedy wyszedł, wstała, podeszła do niego i wzięła go za rękę.

– Wróciłeś – powiedziała, nie mogąc ukryć ulgi w głosie.

– Przecież obiecałem.

– Znalazłeś, czego szukałeś?

– Znalazłem... dość.

Sofia zawahała się.

– Myślałam...

– Co?

– Myślałam, że już nigdy cię nie zobaczę.

– Czasem najgorsze przeczucia są najmniej wiarygodne.

Popatrzyła na niego.

– Musiałam zwariować. Lubię cię nawet wtedy, gdy popadasz w ten nadęty ton. – Przerwała. – Co teraz?

Ezio uśmiechnął się.

– Wracamy do domu.

CZĘŚĆ TRZECIA

Światłości wieczna, co w sobie zamknięta,
Jedna pojmujesz siebie i pojęta
Kochasz się w sobie, uśmiechasz się do siebie!

Dante, *Raj*

79

Ezio przez większość drogi powrotnej do Konstantynopola milczał. Sofia, pamiętając ostrzeżenie Selima, powątpiewała w sens powrotu, ale Ezio powiedział:

– Mam tam jeszcze coś do zrobienia.

Martwiła się o niego – był zamknięty w sobie, wydawał się chory. Ale kiedy na północy, nad morzem, ukazały się złote kopuły i białe minarety, ożywił się, a w jego ciemnoszarych oczach pojawił się dawny błysk.

Wrócili do księgarni.

Zmieniła się nie do poznania. Azize wprowadziła w niej nowy ład i porządek. Asasynka z prawie przepraszającą miną oddała Sofii klucze, choć nie miała za co przepraszać: księgarnia pełna była klientów.

– Dogan chce się z tobą zobaczyć, Mistrzu – powiedziała Azize, witając Ezia. – Bądź spokojny. Książę Sulejman wie o twoim powrocie i zapewnił ci bezpieczeństwo. Ale jego ojciec twardo obstaje, że nie powinieneś tu długo zabawiać.

Ezio i Sofia popatrzyli po sobie.

Byli ze sobą już długo, przynajmniej sześć miesięcy, odkąd Sofia stwierdziła, że chciałaby towarzyszyć Eziowi w podróży do Masjafu, na co, ku jej zaskoczeniu, przystał bez oporu. Był wręcz zadowolony.

U Dogana Ezio upewnił się, że tureccy asasyni mają mocną pozycję w mieście za zgodą i pod nieoficjalną ochroną Sulejmana. Rozpoczęło się oczyszczanie miasta i imperium z niedobitków osmańskich renegatów i Bizantyjczyków, którzy po śmierci Ahmeta i Manuela byli pozbawieni przywództwa, a janczarzy, trzymani krótko przez Selima, zaniechali buntu w swoich szeregach. Nie mieli ku temu powodu, ulubiony książę został bowiem ich dowódcą.

Co do templariuszy, kiedy ich bazy w Italii i na wschodzie zostały zniszczone, zniknęli. Ezio wiedział jednak, że ten wulkan jest tylko uśpiony, a nie wygasły. Jego niespokojne myśli biegły na Daleki Wschód – Orient; zastanawiał się, co wiedza przekazana mu przez Tinię i widmowy glob może oznaczać dla nieodkrytych kontynentów – o ile istniały – daleko za Morzem Zachodnim.

Dogan, choć brakowało mu charyzmy Yusufa, nadrabiał umiejętnościami organizacyjnymi i całkowitym oddaniem Credo. Któregoś dnia pewnie zostanie Mistrzem, pomyślał Ezio. Ale jego własne uczucia były w zupełnym bezładzie. Nie wiedział już, w co wierzy, więcej: czy w ogóle w coś wierzy, i to właśnie gnębiło go podczas długiej podróży do domu.

Dom... Co mógł nazwać domem? Rzym? Florencję? To, co robił? Nie miał prawdziwego domu i w głębi duszy wiedział, że to, czego doświadczył w ukrytej sali Altaïra w Masjafie, było końcem pewnego etapu jego życia. Zrobił, co mógł, osiągnął pokój i stabilność – chwilowo – w Italii i na wschodzie. Czy nie powinien teraz poświęcić trochę czasu sobie? Wiedział, że ma coraz mniej życia przed sobą, ale wciąż wystarczająco dużo, by zebrać plon. O ile ośmieliłby się zaryzykować.

Swoje pięćdziesiąte trzecie urodziny, w Świętego Jana 1512 roku, Ezio spędził z Sofią. Limit dni pobytu przyznanych mu przez Selima szybko się kurczył. Asasyn był w ponurym nastroju. Oboje byli niespokojni, jakby wisiało nad nimi jakieś ogromne brzemię.

Na cześć Ezia Sofia wydała typowo florenckie przyjęcie, na którym podawano: *salsicce di cinghiale* i *fettuntę*, potem *carciofini sott'olio*, do tego *spaghetti allo scoglio* i *bistecca alla fiorentina*, na koniec zaś dobry, suchy *pecorino*. Na deser upiekła *castagnaccio*, do którego dorzuciła *brutti ma buoni*. Wino zaś pochodziło z Wenecji.

Wszystko to było zbyt wystawne; przygotowała za dużo dań. I choć Ezio bardzo się starał, widziała, że jedzenie, nawet to z rodzinnego miasta, którego sprowadzenie kosztowało ją fortunę, było ostatnią rzeczą, o jakiej myślał.

– Co teraz zrobisz? – spytała.

Ezio westchnął.

– Wrócę do Rzymu. Moja praca tutaj dobiegła końca. – Przerwał. – A ty?

– Pewnie tu zostanę. Będę działać dalej, jak zawsze. Chociaż Azize jest lepszą księgarką niż ja kiedykolwiek.

– Może powinnaś spróbować czegoś nowego.

– Nie wiem, czy bym się ośmieliła, tak na własną rękę. To już znam. Chociaż… – Urwała.

– Chociaż co?

Spojrzała na niego.

– Te ostatnie kilka miesięcy, teraz to już prawie rok, nauczyły mnie, że istnieje życie poza książkami.

– Całe życie toczy się poza książkami.

– Powiedziane jak na prawdziwego uczonego przystało!

– Życie przenika do książek. Nie na odwrót.

Sofia przyjrzała się Eziowi. Zastanawiała się, jak długo jeszcze będzie się wahał. Czy w ogóle przejdzie do rzeczy. Czy się ośmieli. Czy w ogóle tego chce – choć starała się nie dopuszczać do siebie tej myśli – i czy ona odważy się go zachęcić. Wyprawa do Adrianopola bez niego uświadomiła jej po raz pierwszy, co się z nią dzieje; Sofia miała pewność, że z Eziem jest tak samo. Byli kochankami – oczywiście, że byli. Ale to, czego naprawdę pragnęła, jeszcze się nie wydarzyło.

Siedzieli przy jej stole długą chwilę w milczeniu. Bardzo napiętym milczeniu.

– Azize, w przeciwieństwie do ciebie, nie otrząsnęła się z krzywd doznanych z rąk Ahmeta – powiedział Ezio w końcu, bardzo powoli, nalewając im obojgu po kieliszku Soave. – Prosiła, żebym spytał, czy będzie mogła tu pracować.

– A jaki ty masz w tym interes?

– Księgarnia byłaby doskonałym centrum wywiadowczym dla seldżuckich asasynów. To znaczy, oczywiście pełniłaby drugorzędną funkcję – poprawił się pospiesznie – a Azize mogłaby odgrywać w Zakonie spokojniejszą rolę. To znaczy, o ile ty…

– A co będzie ze mną?
Ezio z trudem przełknął ślinę.
– Za… zastanawiałem się, czy…
Ukląkł na jedno kolano. Serce Sofii zabiło jak oszalałe.

80

Zdecydowali, że najlepiej będzie pobrać się w Wenecji. Wuj Sofii był wikariuszem generalnym Santa Maria Gloriosa dei Frari w dzielnicy San Polo i zaoferował im, że poprowadzi ceremonię. Kiedy tylko uświadomił sobie, że nieżyjącym ojcem Ezia był słynny bankier Giovanni Auditore, dał małżeństwu najszczersze błogosławieństwo. Znajomość Ezia z Pietrem Bembo też się w końcu przydała, a choć były kochanek Lukrecji Borgii nie mógł się stawić, przebywając w tym czasie w Urbino, wśród gości pojawili się doża Leonardo Loredan i wschodzący talent malarski Tycjan Vecelli, który, urzeczony urodą Sofii i zazdrosny o obraz Dürera, zaoferował, za przyjacielską opłatą, namalować portret ich obojga jako ślubny prezent.

Bractwo Asasynów hojnie zapłaciło Sofii za księgarnię. Pod nią, w cysternie odkrytej przez Ezia, zamurowano i zapieczętowano pięć kluczy do Masjafu. Azize radowała się ze swojego nowego zajęcia.

W Wenecji zostali kilka miesięcy. Sofia zapoznała się z nieznaną ojczyzną i zaprzyjaźniła z żyjącymi krewnymi. Ale w okolicach Nowego Roku Ezio zaczął być niespokojny. Z Rzymu nadchodziły niecierpliwe listy od Claudii. Papież Juliusz II, długoletni protektor asasynów, zbliżał się do sześćdziesiątych dziewiątych urodzin i niedomagał.

Jego następca wciąż nie był wybrany i Bractwo potrzebowało Ezia na miejscu, żeby zajął się sprawami w okresie przejściowym po śmierci Juliusza.

Ale Ezio, choć zmartwiony, wciąż odkładał wszelkie przygotowania do wyjazdu.

– Nie chcę już brać udziału w tych misjach – powiedział Sofii w odpowiedzi na jej pytanie. – Muszę mieć w końcu czas spokojnie pomyśleć.

– Być może pomyśleć o sobie.

– To też.

– Mimo wszystko masz obowiązki.

– Wiem.

Spokoju nie dawały mu też inne rzeczy. Przywódca północnoeuropejskiej filii Bractwa, Desiderius Erasmus, napisał do Claudii z Queens' College w Cambridge, że w Wittenberdze mianowano nowego doktora biblistę, młodego człowieka nazwiskiem Luter. Jego religijnym poglądom z pewnością należało się przyjrzeć – wydawały się prowadzić do rewolucji, do przemian, które mogły na nowo zagrozić kruchej stabilizacji Europy.

Ezio opowiedział Sofii o swoich troskach.

– Co Erazm robi?

– Obserwuje. Czeka.

– Będziesz werbował nowych członków do Zakonu, kiedy na północy szykuje się schizma Kościoła rzymskiego?

Ezio rozłożył ręce.

– Zdam się na radę Desideriusa. – Pokręcił głową. – Wszędzie, zawsze, pączkuje niezgoda i podziały.

– Takie jest życie...

Uśmiechnął się.

– Być może. Ale to już chyba nie moja walka.

– Te słowa nie brzmią jak twoje – Sofia urwała. – Kiedy mi opowiesz, co się naprawdę stało w krypcie pod Masjafem?

– Któregoś dnia.

– Czemu nie teraz?

Ezio popatrzył na nią.

– Powiem ci tyle: zrozumiałem, że postęp ludzkości w kierunku pokoju i jedności pozostanie wieczną podróżą, nigdy nie dotrzemy do celu. To tak samo jak podróż przez życie każdego mężczyzny i kobiety. Śmierć zawsze przerywa tę podróż. Nie ma zakończenia. Zawsze pozostają niezałatwione sprawy. – Ezio przekartkował *Sonety do Laury* Petrarki. – Właśnie tak. Śmierć nie czeka, aż skończysz książkę.

– W takim razie czytaj, ile możesz, póki jeszcze masz czas.

Z nową determinacją Ezio zaczął przygotowania do podróży powrotnej do Rzymu.

Sofia była już w ciąży.

81

– Co tak długo? – warknęła Claudia, a potem przyciągnęła Ezia do siebie i ucałowała mocno w oba policzki. – *Fratello mio*! Przytyłeś. To przez weneckie jedzenie. Nie służy ci.

Przebywali w siedzibie asasynów na wyspie na Tybrze. Był koniec lutego. Przyjazd Ezia do Rzymu zbiegł się z pogrzebem papieża Juliusza.

– Mam chyba dobre wieści – ciągnęła Claudia. – Wybrany ma zostać Giovanni di Lorenzo de' Medici.

– Ale on jest zaledwie diakonem.

– Czy kiedykolwiek taka błahostka przeszkodziła komuś zostać papieżem?

– Cóż, jeśli go wybiorą, to będzie dobra wiadomość.

– Popiera go prawie całe kolegium kardynałów. Wybrał sobie nawet imię, Leo.

– Będzie mnie pamiętał?

– Nie zapomni raczej tego dnia w *duomo* we Florencji, kiedy uratowałeś życie jego ojcu. Przy okazji jemu samemu.

– Hm – powiedział Ezio, wspominając. – Pazzi. Wydaje się, że to było tak dawno.

– Bo to było dawno. Ale mały Giovanni już dorósł, ma trzydzieści osiem lat, uwierzyłbyś? I twardy z niego gracz!

– Byle tylko pamiętał o przyjaciołach.

– Jest silny. To najważniejsze. I chce nas mieć po swojej stronie.

– Jeśli jest sprawiedliwy, poprzemy go.

– Potrzebujemy go tak samo, jak on nas.

– To prawda.

Ezio przerwał i rozejrzał się po starej sali. Tyle wspomnień... Czuł się jednak, jakby go już nie dotyczyły.

– Muszę z tobą coś omówić, siostro.

– Tak?

– Kwestię mojego... następcy.

– Mistrza? Rezygnujesz?

Nie wydawała się zaskoczona.

– Opowiedziałem ci już o Masjafie. Uczyniłem wszystko, co mogłem.

– Zmiękłeś przez małżeństwo.

– Ty nie, a byłaś mężatką dwukrotnie.

– Podoba mi się ta twoja żona. Mimo że to wenecjanka.

– *Grazie.*

– Kiedy szczęśliwe rozwiązanie?

– W maju.

Claudia westchnęła.

– To prawda. To zajęcie potrafi zmęczyć. Bóg mi świadkiem, robiłam to za ciebie tylko dwa lata, ale zrozumiałam, jaki ciężar dźwigałeś na swoich barkach przez tak długi czas. Myślałeś już, kto mógłby przejąć płaszcz przywódcy?

– Owszem.

– Machiavelli?

Ezio pokręcił głową.

– Nigdy by się nie zgodził. Jest przede wszystkim myślicielem, a nie przywódcą. Ale ta praca, i mówię to z pełną pokorą, wymaga silnego umysłu. Jest wśród nas ktoś, kto nigdy dotąd nie był wzywany do żadnych zadań poza misjami dyplomatycznymi, a kogo sprawdziłem i moim zdaniem jest gotowy.

– I myślisz, że pozostali: sam Niccolò, Bartolomeo, Rosa, Paola i Il Volpe wybiorą go?

– Tak sądzę.

– Kogo masz na myśli?

– Lodovica Ariosto.

– Naprawdę?

– Dwukrotnie był ambasadorem Ferrary w Watykanie.

– I niewiele brakowało, a Juliusz kazałby go zabić.

– To nie jego wina. Juliusz był wtedy skonfliktowany z księciem Alfonsem.

Claudia osłupiała.

– Ezio, czyś ty postradał rozum? Nie pamiętasz, z kim Alfonso się ożenił?

– Owszem, z Lukrecją.

– Z Lukrecją Borgią!

– Ostatnio wiedzie spokojny żywot.

– Powiedz to Alfonsowi! Poza tym Ariosto jest chory, i, na świętego Sebastiana, to poeta z bożej łaski! Podobno pracuje nad jakąś bzdurą o Sieur Rolandzie.

– Poetą był Dante. Bycie poetą nie pozbawia człowieka męskości, Claudio. A Lodovico ma dopiero trzydzieści osiem lat, ma odpowiednie kontakty i przede wszystkim pozostaje wierny Credo.

Claudia spochmurniała.

– Równie dobrze mogłeś poprosić Castiglione – mruknęła. – Taki z niego aktor, jak z Lodovica poeta.

– Podjąłem już decyzję – odparł stanowczo Ezio. – Jej zatwierdzenie pozostawimy Radzie Asasynów.

Claudia przez długą chwilę milczała, potem uśmiechnęła się.

– Rzeczywiście, przyda ci się odpoczynek, Ezio. Może nam wszystkim. Co planujesz?

– Jeszcze nie wiem. Chyba chciałbym pokazać Sofii Florencję.

Claudia posmutniała.

– Nie zostało tam po Auditorich zbyt wiele do pokazywania. Annetta nie żyje, wiesz?

– Annetta? Kiedy zmarła?

– Dwa lata temu. Zdawało mi się, że ci o tym pisałam.

– Nie.

Oboje umilkli, myśląc o starej ochmistrzyni, która pozostała im wierna i pomogła ich uratować po tym, jak ponad trzydzieści lat temu ich dom i rodzinę zniszczyli wysłannicy templariuszy.

– Mimo wszystko zabiorę ją tam.

– I co będziecie tam robić? Zostaniecie?

– Siostro, naprawdę nie wiem. Ale myślałem, że... Jeśli tylko znajdę odpowiednie miejsce...

– Tak?

– Mógłbym uprawiać winorośl.

– Nie masz o tym bladego pojęcia!

– Mogę się nauczyć.

– Ty w winnicy?! Przycinający winne krzewy?

– Przynajmniej umiem posługiwać się ostrzem.

Claudia spojrzała na niego z pogardą.

– Brunello di Auditore! A pomiędzy zbiorami? Czym się będziesz zajmował?

– Myślałem, że może spróbuję swoich sił w pisaniu.

Claudia omal nie wybuchła.

82

Później jednak Claudia miała pokochać wizyty w posiadłości na wzgórzach nad Florencją, którą Ezio i Sofia zastali w ruinie, ale którą kupili i odnowili za pieniądze ze sprzedaży księgarni w Konstantynopolu oraz z kapitału Ezia. W ciągu dwóch lat stworzyli tam małą, ale całkiem dochodową winnicę.

Nieco później pojawiły się dzieci – Flavia urodziła się w maju 1513 roku, a rok po niej, w październiku, przyszedł na świat Marcello.

Claudia pokochała swoją bratanicę i bratanka bardziej, niż się spodziewała. Zadbała jednak, zważywszy na dwadzieścia lat różnicy między nimi, by nie zmienić się w namiastkę teściowej dla Sofii. Nigdy się nie wtrącała i pilnowała, by odwiedzać posiadłość Auditore pod Fiesole o połowę rzadziej, niż by tego chciała. Poza tym miała w Rzymie nowego męża.

Claudia jednak nie mogła kochać dzieci bardziej niż Ezio. W nich i w Sofii ostatecznie znalazł sens, którego szukał całe życie.

83

Machiavelli miał kłopoty natury politycznej, a nawet jakiś czas siedział w więzieniu, ale kiedy już mógł znów pokierować swoim życiem we Florencji, był częstym gościem w Villa Auditore. Ezio tęsknił za nim pod jego nieobecność, choć niezbyt dobrze znosił kąśliwe uwagi na temat bezustannie odkładanych prób spisania swoich wspomnień.

Raccolto roku 1518 nie były dobre, do tego Ezio złapał jakąś infekcję płucną, którą zlekceważył i która ciągnęła się za nim przez całą zimę.

Pewnego wieczoru, u progu wiosny, Ezio siedział sam przy ogniu w swojej jadalni z pucharem czerwonego wina. Miał przed sobą pióro i papier i po raz kolejny próbował zacząć *Rozdział XVI*, ale wspomnienia okazały się o wiele mniej interesujące niż rzeczywistość i po chwili jak zwykle ze zniecierpliwieniem odsunął rękopis.

Sięgnął po puchar, ale dostał napadu kaszlu i przewrócił go. Naczynie upadło z głośnym brzękiem, wino rozlało się po całym blacie biurka z oliwnego drewna, ale szkło się nie stłukło. Ezio wstał, chwycił kielich, zanim ten potoczył się do krawędzi, i postawił go z powrotem. Nadbiegła Sofia, zaalarmowana hałasem.

– Wszystko dobrze, *amore*?

– Nic się nie stało. Przepraszam za bałagan. Podaj mi ścierkę.

– Zapomnij o ścierce. Musisz odpocząć.

Ezio ręką poszukał krzesła. Sofia stanęła obok niego i pomogła mu usiąść.

– Siadaj – rozkazała łagodnie. Kiedy to uczynił, wzięła butelkę bez opisu, z owiniętym wokół szyjki ręczniczkiem, i sprawdziła, ile trunku w niej zostało.

– Najlepsze lekarstwo na przeziębienie – powiedział Ezio, usprawiedliwiając się. – Niccolò już przyjechał?

– Jest tuż za mną – odparła Sofia i dodała sucho: – Przyniosę ci lepiej następną butelkę. Widzę, że ta już prawie pusta.

– Pisarz potrzebuje natchnienia.

Machiavelli wszedł do komnaty bez ceremonii, miał do tego prawo jako stary przyjaciel i częsty gość. Wziął od Sofii ścierkę.

– Daj mi to.

Wytarł puchar, potem stół. Ezio patrzył na niego z nieco niezadowoloną miną.

– Zaprosiłem cię tu, byś się napił, a nie po mnie sprzątał.

Machiavelli, zanim odpowiedział, skończył wycierać.

– Mogę robić jedno i drugie – uśmiechnął się. – Czysta komnata i odrobina dobrego wina to wszystko, czego trzeba do szczęścia.

Ezio zaśmiał się kpiąco.

– Bzdury! Mówisz jak postać z którejś z twoich sztuk.

– Przecież nie widziałeś żadnej jego sztuki – wtrąciła Sofia, kręcąc głową.

Ezio zawstydził się.

– Tak, ale mogę sobie wyobrazić.

– Tak? To dlaczego nie zrobisz użytku ze swojej wyobraźni? Może przysiądziesz fałdów i się za to zabierzesz?

Machiavelli wskazał porzucony rękopis.

– Przerabialiśmy to już, Niccolò. Ja nie piszę. Jestem ojcem, mężem, winiarzem. To mi wystarczy.

Machiavelli rozłożył ręce.

Sofia przyniosła nową butelkę wina i postawiła ją przed nimi, razem z dwoma czystymi kielichami, serwetkami i koszykiem *pandiramerino*.

– Zostawię was, żebyście sobie porozmawiali o literaturze – powiedziała. – Pomogę Andrei położyć dzieci spać, a potem sama muszę popisać.

– Co takiego? – spytał Machiavelli.

– Nie bądź taki ciekawy – odparła. – Zaczekam tylko, co powiesz o winie. Ezio strasznie się tym przejmował. Przez kilka butelek.

– Ona skończy, nim ty zaczniesz – powiedział Machiavelli.

– Trudno – odparł Ezio. – A teraz spróbuj. Zeszłoroczne zbiory. Katastrofa.

– Skoro prosisz o mój osąd...

Machiavelli napił się wina, którego Ezio mu nalał, przepłukał nim usta, posmakował i przełknął.

– Rozkoszne – uśmiechnął się. – Znów Sangiovese, czy zmieniłeś szczep?

Sofia roześmiała się szeroko i pomasowała ramię Ezia.

– Widzisz?

– Mieszanka – odparł Ezio, zadowolony. – Ale głównie moje stare Sangiovese. Wcale nie uważałem, że jest aż takie złe. Moje winogrona są najlepsze.

– Oczywiście.

Machiavelli wypił jeszcze jeden głęboki łyk. Ezio uśmiechnął się, choć Sofia zauważyła, że jego dłoń ukradkiem przesunęła się na pierś, żeby ją rozmasować.

– Chodź – powiedział. – Zostało jeszcze trochę dnia. Pokażę ci...

Wyszli na zewnątrz i poszli alejką prowadzącą do winnic.

– Trebbiano na białe – wyjaśnił Ezio, wskazując rząd winorośli. – Musisz spróbować przy kolacji. Będzie *tonno al cartoccio.* Specjalność Sereny.

– Uwielbiam, jak przyrządza tuńczyka – odparł Machiavelli. Rozejrzał się. – Dobrze sobie poradziłeś, Ezio. Leonardo byłby dumny, widząc, co tu zbudowałeś.

– Tylko dlatego, że używam narzędzi, które od niego dostałem. – Ezio zaśmiał się. – Byłby zazdrosny. Sprzedaję dwa razy więcej wina niż on ze swoich winnic w Porta Vercinella. Z drugiej strony nie powinien był wysyłać tego łajdaka Salaia z Amboise, żeby nimi kierował. – Przerwał. – Co to znaczy, że b y ł b y dumny?

Machiavelli przybrał grobową minę.

– Dostałem list. Właściwie jest adresowany do nas obu, ale poczta idzie tu, do Fiesole, całe wieki. Widzisz, Ezio, nie jest z nim najlepiej. Chciałby się z nami zobaczyć.

Ezio wyprostował się.

– Kiedy ruszamy?

Dotarli do Clos Lucé, posiadłości niedaleko zamku w Amboise, którą król Franciszek podarował Leonardowi w ramach swojego patronatu, pod koniec kwietnia. Loara płynęła niespiesznie, brzegi jej brązowych wód porastały gęste drzewa, okrywające się świeżym listowiem.

Przejechali przez bramę posiadłości, aleją wśród cyprysów, gdzie powitał ich sługa. Zostawiwszy konie pod opieką stajennego, poszli za sługą do domu. W dużej, przewiewnej sali, której otwarte okna wychodziły na park z tyłu, na szezlongu leżał Leonardo, ubrany w żółtą, jedwabną szatę, do pasa przykryty niedźwiedzią skórą. Długie, siwe włosy i brodę miał splątane, wyłysiał na czubku głowy, ale jego oczy wciąż jasno świeciły. Widząc ich, na wpół uniósł się w powitaniu.

– Moi drodzy przyjaciele, tak się cieszę, że przyjechaliście! Etienne! Przynieś nam wino i ciastka.

– Nie wolno ci jeść ciastek. O winie nie wspominając.

– Słuchaj no, kto ci płaci? Nieważne, nie odpowiadaj. Ten sam człowiek, który płaci mnie, wiem! Rób po prostu, co mówię!

Sługa ukłonił się, wyszedł i po chwili wrócił z tacą, którą postawił z namaszczeniem na polerowanym stoliku.

– Musicie nam wybaczyć nieporządek – powiedział do gości Leonarda, wychodząc. – Tak już mamy.

Machiavelli i Ezio uśmiechnęli się do siebie. Polerowany stolik i lśniąca taca były wyspą na wzburzonym morzu chaosu. Nawyki Leonarda nie zmieniły się.

– Co u ciebie, stary przyjacielu? – spytał Ezio, siadając obok artysty.

– Nie mogę narzekać, ale zamierzam się stąd zabrać – odparł Leonardo, starając się, by jego głos wydał się silniejszy niż w rzeczywistości.

– Co masz na myśli? – Ezio przestraszył się, że jego przyjaciel używa eufemizmu.

– Nie mówię o umieraniu – wyjaśnił Leonardo z irytacją. – Mówię o Anglii. Ich nowy król jest bardzo zainteresowany rozbudową floty. Chciałbym tam pojechać i sprzedać mu moją łódź podwodną. wenecjanie w końcu mi za nią nie zapłacili.

– Nie zbudowali jej.

– To bez znaczenia!

– Za mało rzeczy zaprząta cię tutaj? – zapytał Machiavelli.

Leonardo spojrzał na niego z oburzeniem.

– Budowa mechanicznego lwa ma mnie zaprzątać! – warknął. – To ostatnie zlecenie mojego mecenasa. Mówię wam, mechaniczny lew, który chodzi i ryczy, a na końcu jego pierś się otwiera i ukazuje koszyk lilii! – Prychnął z pogardą. – Żeby żądać takich zabawek ode mnie! Ode mnie! Wynalazcy machin latających i czołgów!

– I spadochronów – dodał cicho Ezio.

– Przydał się?

– Bardzo.

– Świetnie. – Leonardo machnięciem ręki wskazał tacę. – Częstujcie się. Ale ja podziękuję. – Jego głos trochę przycichł. – Etienne ma rację, ostatnio toleruję właściwie tylko ciepłe mleko.

Zamilkli.

– Dalej malujesz? – spytał po chwili Machiavelli.

Leonardo posmutniał.

– Chciałbym... ale straciłem siły. Nie jestem w stanie już niczego dokończyć. „Giocondę" zostawiłem w testamencie Salaiowi. Mam nadzieję, że przyda mu się na starość. Mam wrażenie, że Franciszek bardzo chciałby ją kupić, choć sam nie dałbym za nią złamanego grosza. Na pewno nie jest to moje najlepsze dzieło. Wolę ten obraz, na którym namalowałem drogiego Salaia jako Jana Chrzciciela... – Urwał i zapatrzył się w pustkę. – Kochany chłopak. Taka szkoda, że musiałem go odesłać. Bardzo mi go brakuje. Ale był tu okropnie nieszczęśliwy. Dużo lepiej mu w winnicach.

– Ostatnio sam uprawiam winorośl... – rzekł Ezio.

– Wiem! I bardzo dobrze. To o wiele rozsądniejsze zajęcie dla człowieka w twoim wieku niż bieganie i obcinanie głów templariuszom. – Leonardo przerwał. – Obawiam się, że zawsze tu będą, nieważne, co zrobimy. Może lepiej ustąpić przed nieuniknionym.

– Nie mów tak! – zawołał Ezio.

– Czasami nie ma wyboru – powiedział smutno Leonardo.

Znów zapadła cisza.

– Co to za gadanie o testamentach, Leonardo? – spytał w końcu Machiavelli.

Przyjaciel spojrzał na niego znacząco.

– Och, Niccolò, po cóż udawać? Umieram. Dlatego prosiłem, żebyście przyjechali. Tak dużo razem przeszliśmy. Chciałem się pożegnać.

– Myślałem, że planujesz odwiedzić króla Henryka w Anglii.

– To zawzięte szczenię i bardzo bym chciał... – odparł Leonardo. – Ale nie zrobię tego. Nie mogę. Ta komnata to ostatnie miejsce, jakie dane mi będzie widzieć. I drzewa za oknami... Pełne ptaków, wiecie, zwłaszcza że znów wiosna.

Opadł na poduszki i tak długo leżał w milczeniu i bezruchu, że obaj przyjaciele popatrzyli po sobie zaniepokojeni. Wtedy jednak się poruszył.

– Przysnąłem? – spytał. – Nie powinienem. Nie mam czasu na sen. Wyśpię się już niedługo.

Potem znów zamilkł. Znów zasnął.

– Wrócimy jutro – powiedział Ezio łagodnie. Wraz z Machiavellim wstał i razem ruszyli do drzwi.

– Przyjdźcie jutro! – Zatrzymał ich głos Leonarda. – Jeszcze porozmawiamy.

Odwrócili się do niego. Podparł się na łokciu, niedźwiedzia skóra zsunęła mu się z kolan i Machiavelli schylił się, żeby ją poprawić.

– Dziękuję, Niccolò. – Leonardo popatrzył na nich. – Zdradzę wam sekret. Przez całe życie, kiedy myślałem, że uczę się żyć, tak naprawdę uczyłem się po prostu, jak umrzeć.

Byli z nim tydzień później, kiedy wydał ostatnie tchnienie, nad ranem drugiego maja. Ale już ich nie poznał. Odszedł wcześniej.

– Krąży plotka – powiedział Machiavelli, kiedy smutni jechali do domu – że król Franciszek trzymał na kolanach jego głowę, gdy umierał.

Ezio splunął.

– Niektórzy, nawet królowie, zrobią wszystko dla rozgłosu.

84

Pory roku zatoczyły koło jeszcze cztery razy. Mała Flavia skończyła dziesięć lat; Marcello zbliżał się do dziewiątych urodzin. Ezio nie mógł uwierzyć, że dożył sześćdziesięciu czterech lat. Czas, myślał, pędzi tym bardziej nieubłaganie, im mniej się go ma. Ale uprawiał swoje winorośle i cieszył się tym, a także, bezustannie naciskany przez Machiavellego i Sofię, pracował nad pamiętnikiem. Dotarł już do *Rozdziału XXIV.*

Wciąż też ćwiczył, mimo uciążliwego kaszlu, który nigdy mu nie przeszedł. Jednak swoją broń asasyna oddał Ariostowi już dawno. Nie było żadnych wieści z Rzymu ani Konstantynopola, ani też od Erazma z Rotterdamu; słowem: nie było niczego, co kazałoby mu się niepokoić, choć przewidywany rozłam w Kościele nastąpił i młody Luter stanął na czele ruchu reformacyjnego na północy. Światu znów zagroziły wojny. Ezio mógł tylko obserwować i czekać. Niełatwo wyzbyć się starych nawyków, myślał. Stał się człowiekiem wsi do tego stopnia, że potrafił wręcz wywąchać nadchodzącą burzę.

Było popołudnie. Patrzył ze swojej werandy na winnice na południu, gdzie na tle nieba widać było trzy sylwetki w powozie. Nie rozpoznawał ich – z tej odległości nie mógł stwierdzić, co to za ludzie, choć ich dziwne nakrycia głowy kazały przypuszczać, że to cudzoziemcy. Nie zatrzymali się jednak. Ezio pomyślał, że pewnie chcą dotrzeć do Florencji przed nocą.

Wszedł do willi i udał się do swojej pracowni. Zaciągnął zasłony, żeby łatwiej było mu się skupić. Na zarzuconym papierami biurku paliła się oliwna lampka, oświetlająca rezultat jego dzisiejszych literackich wysiłków. Usiadł niechętnie, założył okulary i przeczytał to, co dotąd napisał, odrobinę się przy tym krzywiąc. Bitwa z ludźmi-wilkami! Jakim cudem udało mu się przedstawić to zdarzenie w tak nudny sposób?

Przerwało mu pukanie do drzwi.

– Tak? – zawołał, zadowolony z tego, że ktoś mu przerywa.

Drzwi uchyliły się i stanęła w nich Sofia, choć nie weszła do środka.

– Zabieram Marcella do miasta – powiedziała wesoło.

– Na najnowszą sztukę Niccola? – spytał Ezio, podnosząc wzrok znad lektury i nie do końca słuchając. – Zdaje mi się, że *Mandragola* to nie jest odpowiednia rzecz dla ośmiolatka.

– Ezio, sztuka Machiavellego zeszła trzy tygodnie temu. Poza tym nie jadę do Florencji, tylko do Fiesole.

– Przegapiłem jego sztukę? Będzie wściekły.

– Na pewno się nie pogniewa. Wie, że pracujesz. Niedługo wracamy. Miej oko na Flavię, dobrze? Bawi się w ogrodzie.

– Oczywiście. I tak mam już dość tego pisania. Chyba pójdę poprzycinać winorośle.

– Powiem ci, że faktycznie szkoda marnować tak piękne popołudnie w tej norze. – Sofia popatrzyła na niego z troską. – Świeże powietrze dobrze ci zrobi.

– Nie jestem kaleką!

– Oczywiście, że nie, *amore*. Pomyślałam tylko...

Wskazała zmięte papiery rozrzucone po biurku. Ezio ostentacyjne zamoczył pióro w kałamarzu i przysunął sobie czystą kartkę.

– *A presto*! Uważaj na siebie.

Sofia cicho zamknęła drzwi. Ezio napisał kilka słów, a potem przerwał. Niezadowolony wpatrywał się w papier.

Odłożył pióro, zdjął okulary i zmiął kartkę w kulkę. Potem rozzłoszczony wyszedł z pracowni. Istotnie potrzebował świeżego powietrza.

Z szopy na narzędzia wziął nożyce i kosz, a potem poszedł przez ogród do najbliższego rzędu winorośli. Rozejrzał się za Flavią, ale nigdzie jej nie dojrzał. Nie przejął się tym zbytnio – była rozsądnym dzieckiem.

W połowie drogi do winnicy usłyszał nagle hałas z pobliskich krzaków: Flavia piszczała ze śmiechu. Urządziła na niego zasadzkę!

– Flavia, *tesoro*, baw się tak, żebym cię widział!

Znów rozległ się śmiech, krzak się zatrząsł, a potem wyjrzała zza niego dziewczynka. Ezio uśmiechnął się i pokręcił głową.

Wtedy jego uwagę zwróciła jakaś postać na drodze.

Wyprostował się i w oddali dostrzegł człowieka ubranego w dziwne, pstrokate odzienie. Słońce jednak było za nim i świeciło zbyt mocno, by dało się dostrzec szczegóły. Ezio osłonił oczy dłonią, ale kiedy znów spojrzał, postać zniknęła.

Otarł czoło i ruszył do swoich winorośli.

Chwilę później był już w sercu winnicy i przycinał swoje Trebbiano. Nie było właściwie takiej potrzeby, ale dawało mu to jakieś zajęcie; w myślach zmagał się z opisem swojego starcia dawno temu w Rzymie z grupą fanatyków, którzy nazywali samych siebie Synami Remusa. Pędy ocierały mu się o łokcie. Przystanął, żeby przyjrzeć się jednej z kiści. Skubnął z niej winogrono, obejrzał je dokładnie, przetoczył w palcach. Potem je zgniótł i zobaczył, że jest soczyste. Zadowolony zjadł zgnieciony owoc, a palce wytarł w prostą, lnianą tunikę.

Usatysfakcjonowany znów otarł czoło. Zerwał się lekki wietrzyk, liście winorośli zaszeleściły. Ezio wziął głęboki oddech, napawając się zapachem ciepłego powietrza, i zamknął powieki.

A potem poczuł, że jeżą mu się włosy na karku.

Otworzył oczy i szybko podbiegł na skraj uprawy. Popatrzył w kierunku willi. Tam, na drodze przy domu, zobaczył Flavię rozmawiającą z dziwnie ubraną osobą, którą wcześniej zobaczył. Postać nosiła spiczasty kaptur.

Pospieszył w tamtą stronę, ściskając nożyce jak sztylet. Wiatr się wzmógł, porwał jego ostrzegawcze krzyki. Ezio puścił się biegiem, dysząc z wysiłku. Bolało go w piersi. Nie miał jednak czasu się tym martwić. Nieznajomy pochylił się nad jego córką.

– Zostaw ją! – krzyknął Ezio, potykając się w biegu.

Postać go usłyszała, odwróciła głowę, ale nie wyprostowała się. W tej samej chwili Flavia wzięła z jej dłoni coś, czym najwyraźniej została poczęstowana.

Ezio był już prawie przy nich. Nieznajomy wyprostował się, wciąż ze spuszczoną głową. Ezio cisnął w niego sekatorem, jakby to był nóż do rzucania, ten jednak nie doleciał do celu i nieszkodliwie potoczył się po ziemi.

– Flavia! – krzyknął Ezio. – Do domu!

Starał się nie zdradzić głosem strachu.

Flavia popatrzyła na niego ze zdumieniem.

– Ale, *pappa*, ona jest taka miła!

Ezio stanął między córką a nieznajomym i złapał go za poły płaszcza. Obcy podniósł głowę i Ezio zobaczył twarz młodej Chinki. Puścił ją, zaskoczony.

Dziecko pokazało mu małą, owalną monetę z kwadratowym otworem. Napis na niej – jeśli był to napis – wyglądał dziwnie. Piktogramy. Chiński *qián*.

Chinka stała bez ruchu, bez słowa. Ezio, wciąż spięty, przyjrzał się jej uważnie. Ciężko dyszał, zasapany, ale percepcję miał wyostrzoną.

Zobaczył u Chinki naszyjnik ze znajomym symbolem. Symbolem Bractwa Asasynów.

85

Później, kiedy wróciła Sofia, całą trójką usiedli w willi, żeby porozmawiać.

Dzieci przyglądały się im z zainteresowaniem ze szczytu schodów. Ezio był uprzejmy i gościnny, ale nie zamierzał się ugiąć.

– Nie wiem, co mogę jeszcze powiedzieć, Shao Jun. Przykro mi.

Chinka nie odpowiedziała. Nie była zła, cały czas zachowywała spokój.

– Ogromnie mi przykro. Ale nie mogę ci pomóc. Nie chcę się w to angażować.

Shao Jun podniosła wzrok i spojrzała mu w oczy.

– Chciałabym to zrozumieć.

– Co zrozumieć?

– Jak przewodzić. Jak odbudować mój Zakon.

Ezio westchnął, już trochę zirytowany.

– Nie. Dla mnie to już koniec. *Finito.* – Przerwał. – Myślę, że powinnaś już iść.

– Ezio, pomyśl! – skarciła go Sofia. – Shao Jun przybyła z bardzo daleka. – Zwróciła się do gościa. – Dobrze wymówiłam twoje imię?

Jun kiwnęła głową.

– Zostaniesz na kolacji?

Ezio rzucił Sophii ponure spojrzenie i odwrócił się do kominka.

– *Grazie* – powiedziała Jun, niepewnie wymawiając włoskie słowo.

Sofia uśmiechnęła się.

– Dobrze. Przygotowaliśmy już dla ciebie pokój. Możesz zostać tak długo, jak zechcesz.

Ezio tylko warknął. Sofia wyszła do kuchni, a on odwrócił się powoli i przyjrzał gościowi. Shao Jun siedziała w milczeniu; była całkowicie nieprzenikniona. Rozglądała się po pokoju.

– Wrócę przed zmrokiem – powiedział grubiańsko.

Wypadł z pokoju, w nosie mając maniery. Jun patrzyła za nim z delikatnym uśmiechem na ustach.

Ezio zaszył się w swojej winnicy.

86

Ezio był w sypialni dzieci; w blasku świecy patrzył na ich śpiące postacie. Podszedł do okna i zamknął je. Przysiadł na skraju łóżka Flavii, z ciężkim sercem popatrzył na nią i na Marcella. Wyglądali tak błogo – tak anielsko.

Nagle w pokoju zrobiło się trochę jaśniej – to Sofia weszła z drugą świecą. Ezio popatrzył na nią z uśmiechem. Odpowiedziała tym samym i usiadła na łóżku Marcella.

Ezio przez chwilę milczał.

– Wszystko w porządku? – spytała Sofia nieśmiało.

Jeszcze raz popatrzył z zadumą na dzieci.

– Nie mogę zostawić swojej przeszłości za sobą – mruknął i obejrzał się na żonę. – Tak późno zacząłem ten etap życia, Sofio. Wiedziałem, że nie zdążę zrobić wszystkiego... Ale teraz obawiam się, że nie zdążę zrobić niczego.

Jej oczy były smutne, ale pełne zrozumienia.

Z góry dobiegło ich ciche skrzypienie. Spojrzeli na sufit.

– Co ona robi na dachu? – warknął Ezio.

– Daj jej spokój.

*

Nad nimi Shao Jun stała na czerwonych dachówkach, wysoko, przy kominach. Przyjęła pozycję, która była połączeniem atakującej postawy asasynów i pozą, jaką człowiek przyjmuje, kiedy się odpręża i relaksuje. Badała wzrokiem skąpany w blasku księżyca krajobraz, a wokół niej szeptał nocny wiatr.

Nazajutrz Ezio wyszedł z willi wcześnie, gdy niebo było szare. Spojrzał na dach, ale choć okno pokoju Shao Jun było otwarte, jej samej nigdzie nie było widać.

Zawołał ją, ale nie odpowiedziała. Poszedł wydać polecenia zarządcy, zbliżała się bowiem pora *vendange*, i pomodlił się o dobre zbiory w tym roku – winogrona takie właśnie zapowiadały, a letnia pogoda sprzyjała. *Veraison* również było dobre, ale chciał przed zebraniem sprawdzić poziom słodkości i kwasu winogron. Potem zamierzał posłać zarządcę do Fiesole, a nawet do Florencji, gdyby było trzeba nająć sezonowych robotników. Zapowiadało się dużo pracy; Ezio co roku wyczekiwał tej pory, miał wtedy dużo do zrobienia i mało czasu na rozmyślania o czymkolwiek innym. Przybycie Shao Jun zburzyło mu ciężko wypracowane poczucie bezpieczeństwa. Nie był zadowolony z tej wizyty. Uświadomił sobie, iż zależy mu na tym, żeby Chinka wyjechała przed świtem.

Kiedy skończył rozmowę z ekonomem, poczuł nieodpartą chęć powrotu do willi i przekonania się, czy jego modlitwa została wysłuchana. Wątpił, ale kiedy wszedł do domu, nikogo tam nie było. Ponury, kierowany jakimś instynktem, poszedł do swojej pracowni.

Przed jej drzwiami stanął jak wryty. Były otwarte. Wszedł do środka i zobaczył Chinkę stojącą za jego biurkiem – wciąż zarzuconym papierami i notatkami z poprzednich dni – czytającą fragment gotowego rękopisu.

Ezio wpadł w szał.

– Co ty sobie wyobrażasz? Wynoś się!

Shao Jun odłożyła czytane kartki i spojrzała na niego spokojnie.

– Wiatr otworzył drzwi.

– *Fuori*!

Wyszła, mijając go w drzwiach. Ezio szybko podszedł do biurka, przegrzebał papiery, wziął jeden, który zwrócił jego uwagę, i przeczytał go. Potem, rozczarowany, rzucił kartkę z powrotem na stos i odwrócił się do okna. Zobaczył Jun na dziedzińcu, stojącą plecami do niego, najwyraźniej czekającą.

Zgarbił się. Po dłuższej chwili wahania wyszedł z gabinetu i poszedł do niej na dwór.

Siedziała na niskim, kamiennym murku. Ezio zbliżył się, pokasłując w przejmującym, październikowym wietrze.

Odwróciła się.

– *Duìbùqi*, przepraszam. Postąpiłam niewłaściwie.

– Owszem. – Ezio urwał. – Myślę, że powinnaś stąd wyjechać.

Shao Jun siedziała przez chwilę w milczeniu, a potem, bez ostrzeżenia, zacytowała:

– „Nazywam się Ezio Auditore. Kiedy byłem młody, byłem wolny, lecz nie zdawałem sobie z tego sprawy; miałem czas, lecz nie byłem tego świadomy; obdarzono mnie miłością, ale jej nie poczułem. Musiało minąć trzydzieści długich lat, zanim pojąłem znaczenie miłości, wolności i czasu". – Przerwała. – To bardzo piękne.

Ezio był zdumiony. W zamyśleniu spojrzał na Jun. W oddali słychać było pobrzękiwanie końskiej uprzęży.

– Chcę zrozumieć, tak jak ty – ciągnęła Jun – jak pomóc moim ludziom.

Ezio spojrzał na nią już przyjaźniej.

– Bardzo długo byłem asasynem, Jun. I wiem, że w każdej chwili ktoś może się po mnie zjawić. Albo po moją rodzinę. – Przerwał. – Rozumiesz? Dlatego muszę być ostrożny.

Jun kiwnęła głową, a on poczuł, że prawie jej go żal. Obejrzał się na swoją winnicę.

– Powinienem zacząć zatrudniać ludzi do pomocy przy *vendange*, ale…

Umilkł. Jun przekrzywiła głowę, nasłuchując.

– Chodź do środka. Zjedzmy coś.

Zsunęła się z murka i poszła za nim.

87

Targowisko na wielkim placu na południowy zachód od katedry było gwarne jak zwykle. Kupcy, handlarze, słudzy i wieśniacy przeciskali się mniej lub bardziej uprzejmie między kramami. Jun stała pod otaczającą plac kolumnadą, obserwując ludzi, a Ezio nieopodal targował się z kramarzem o kosz do winobrania. Jun była zachwycona widokami i dźwiękami Florencji. Przyglądała się otwarcie ludziom tak samo jak oni otwarcie wpatrywali się w nią. Nikt jej nie zaczepiał.

Ezio dokończył zakupy, podszedł i poklepał ją w ramię.

– Będę miał szczęście, jeśli wytrzyma trzy sezony – powiedział. Jun popatrzyła na podsunięty jej kosz, nie wiedząc, jak ma ocenić jego jakość. Ezio uświadomił to sobie i uśmiechnął się.

– Chodź – powiedział. – Chcę ci coś pokazać.

Poszli przez tłum w kierunku Piazza della Signoria, tam usiedli na ławce niedaleko loggii, obserwując przechodniów, wszystkich jaskrawo odzianych, nie licząc tych, którzy nosili kosztowne czarne jedwabie i aksamity.

– Kto to? – spytała Jun.

– To bankierzy – odparł Ezio. – Ten strój to rodzaj uniformu, żeby się nawzajem rozpoznawali, ale ma też dodatkową zaletę – widać ich z daleka!

Jun uśmiechnęła się niepewnie.

– Ładnie tu, prawda? – ciągnął Ezio. – To miejsce aż tętni życiem!

– Tak.

– Nie zawsze było tu tak radośnie. Na tym placu zamordowano męską część mojej rodziny. Stracono ich. O tam. Czterdzieści pięć lat temu. Miałem dziewiętnaście lat. – Zamknął na chwilę oczy, wspominając. – Ale teraz, widząc go jak dziś, tak *piena di vita*, jestem zadowolony, że tyle bólu zdążyło się już wypalić. – Spojrzał szczerze na Jun. – Życie asasyna to ból. Doznajesz go i zadajesz. Widzisz, jak cierpienie dotyka innych, i żywisz nadzieję, że któregoś dnia sprawisz, iż zniknie. Wiem, to okrutna ironia. Ale tak właśnie jest.

Siedzieli jakiś czas w milczeniu. Jun wydawała się czujna. Nagle Ezio zobaczył, że zesztywniała. Dojrzała coś w tłumie. Jakiś znajomy kolor? Może mundur? Jednego ze strażników Signorii? Ale po chwili to minęło.

– Dobrze – powiedział, wstając. – Pora zawlec starca z powrotem do willi.

Wyszli przez plac i skręcili w ulicę, tak dobrze znaną Eziowi, która biegła na wschód, tuż na północ od Palazzo. Jun cały czas oglądała się za siebie.

Ulica, na której się znaleźli, była znacznie mniej zatłoczona i w końcu zostali sami. Nagle Ezio usłyszał odgłos, który uszedł uwagi Jun. Szybko się odwrócił, a potem skoczył w tył i podniósł kosz, żeby osłonić Chinkę. W ostatniej chwili, w koszu utkwił rzucony sztylet. Wtem ktoś poczęstował Ezia mocarnym kopniakiem w brzuch.

Asasyn zatoczył się do tyłu i zatrzymał na kamiennym murze. Jun tymczasem zareagowała jak błyskawica. Pojawiła się między Eziem a napastnikiem – inną Chinką, podobnie ubraną, ale w bojowej tunice i spodniach.

Obie kobiety zaczęły się okrążać niemal jak baletnice, powoli, a potem nagle rzuciły się na siebie jak atakujące żmije. Zasypały się gradem ciosów kantem dłoni i kopnięć tak szybkich, że Ezio z trudem nadążał za nimi wzrokiem. Widział jednak, że Jun przegrywa. Skoczył do przodu i zdzielił jej przeciwniczkę koszem w głowę. Kobieta runęła jak długa na ziemię.

Leżała bez ruchu. Jun zrobiła krok w jej stronę.

– Jun! Ona udaje!

W tej samej chwili tajemnicza napastniczka poderwała się i rzuciła na Jun z nożem. Obie przewróciły się na ziemię i potoczyły w kurzu, walcząc z zaciekłością i zwinnością kotów. Kontury ich ciał rozmazywały się w błyskawicznych ruchach.

Nagle rozległ się krzyk. Napastniczka wyrwała się z szamotaniny z własnym nożem wbitym w pierś, tuż nad mostkiem. Zatoczyła się w bok i upadła; uderzyła głową o kamienną przyporę i znieruchomiała. Tym razem nie udawała.

Ezio rozejrzał się. Nikogo nie zobaczył.

Złapał Jun za rękę.

– Chodź! – rzucił przez zaciśnięte zęby.

Podczas drogi powrotnej powozem Ezia Jun zaczęła wyjaśniać. Ezio uświadomił sobie, że być może zrobiłaby to wcześniej, gdyby dał jej szansę. Z ponurą miną wysłuchał jej opowieści.

– Spotkanie z tobą było życzeniem mojego Mistrza. Razem wyjechaliśmy z Chin, potajemnie. Ale byliśmy śledzeni. Dogonili nas w Wenecji. Tam wzięli mojego mentora do niewoli. Kazał mi uciekać, dokończyć misję. Więcej go nie widziałam.

– Kim oni są?

– To słudzy Zhu Huoconga, cesarza Jiajinga. To młody człowiek, prawie że chłopiec, nie urodził się do rządzenia, ale los podarował mu tron i teraz sprawuje nad nami bezlitosne i krwawe rządy. – Przerwała. – Urodziłam się jako konkubina, ale mój Mistrz uwolnił mnie, kiedy byłam mała. Wróciliśmy później uratować następne dziewczęta, ale zostały... – Znów urwała. – Cesarz uważał, że picie ich miesięcznej krwi da mu nieśmiertelność.

Zamilkła i z trudem przełknęła ślinę, po czym mówiła dalej.

– Jiajing to okrutny człowiek. Zabija każdego, kto mu się przeciwstawi, a od ścięcia woli *ling chi*.

– *Ling chi?*

Jun wykonała na dłoni kilka ruchów krojenia.

– Powolny proces. Wiele tysięcy cięć. A potem śmierć.

Twarz Ezia stwardniała jak granit. Popędził konie.

88

Sofia była w pracowni Ezia, rozpalała ogień w kominku, kiedy usłyszała powóz podjeżdżający przed dom. Zaniepokojona, szybko poderwała się na nogi. Chwilę później do środka wpadł Ezio, tuż za nim Shao Jun. Ezio podbiegł do okna i zamknął okiennice na skobel. Potem odwrócił się do żony.

– Spakuj sakwy. Do powozu zaprzęgają świeże konie. Paru naszych ludzi pojedzie z wami.

– Co...?!

– Dzisiaj na noc musisz pojechać do Machiavellego.

– Co się stało?

– Nieporozumienie.

Sofia popatrzyła na niego i na Jun, która spuściła głowę, zawstydzona, że ściągnęła na ich dom takie kłopoty.

– Dajcie mi chwilę – powiedziała.

Niedługo później Sofia razem z dziećmi siedziała w powozie. Ezio stał przy drzwiczkach. Spojrzeli na siebie. Oboje chcieli coś powiedzieć, ale nie umieli znaleźć słów.

Ezio cofnął się i skinął głową woźnicy. Ten strzelił lejcami i konie odjechały w zapadający zmrok.

Kiedy przyspieszyły, Sofia wychyliła się z okna i posłała Eziowi całusa.

Ezio pomachał jej na pożegnanie, a potem, nie czekając, aż powóz zniknie, wrócił do willi i zamknął za sobą drzwi na klucz.

89

Ezio i Jun siedzieli naprzeciwko siebie na drewnianych ławach, przyciągniętych blisko paleniska, na którym huczał ogień.

Czekali.

– Kiedy pierwszy raz walczyłem z Borgiami, kierowała mną zemsta, a moim pierwszym impulsem było mierzyć w głowę – opowiadał Ezio. – Z czasem jednak nauczyłem się, że ci, którzy budzą strach, mają wierniejszych i bardziej oddanych zwolenników niż ci, którzy nauczają o miłości. Zabicie Rodriga i Cesare nic by nie dało, gdybym nie mógł zastąpić ich rządów terroru władzą, która miałaby w sobie jakąś dozę braterstwa. – Przerwał, zamyślony. – Dlatego przez wiele lat uczyłem ludzi, by myśleli i działali samodzielnie. Najpierw w Rzymie, a potem wśród członków naszego Bractwa w Konstantynopolu.

– Nie mogę się doczekać, żeby poczytać o twoich czynach. Musisz dokończyć swoją historię.

– Najważniejsza rzecz: nasz Zakon spaja miłość, miłość do ludzi, do kultur, do świata. – Ezio znów na parę chwil zamilkł. – Walcz o to, co daje nadzieję, a odzyskasz swój lud, Shao Jun.

Jun zapatrzyła się w ogień, oczyma wyobraźni widziała przyszłość.

– To potrwa bardzo, bardzo długo – powiedziała w końcu.

– Ale jeśli zrobisz wszystko, jak trzeba, uda się.

Jun wzięła głęboki oddech i wyprostowała się z determinacją. Spojrzała na Ezia i kiwnęła głową. Ezio nachylił się i dotknął jej ramienia.

– Prześpij się – poradził.

Wstała, ukłoniła się lekko i wyszła.

Ezio odwrócił się do ognia, którego blask rzucał na jego twarz czerwoną poświatę.

W środku nocy, zaalarmowany niepokojącymi odgłosami z zewnątrz, poszedł do kuchni. Wiszący wysoko na niebie księżyc świecił przez zakratowane okna. Ezio podszedł do uchwytu z kuchennymi nożami, wyjął kilka i zbadał ich wyważenie. Niezadowolony odłożył je i rozejrzał się za jakąś inną bronią. Żelazna chochla? Nie. Deska do krojenia? Nie. Może pogrzebacz? Podszedł do pieca i wybrał jeden z pogrzebaczy, długości trzech stóp, zrobiony z ciężkiej stali. Na próbę machnął nim kilka razy w powietrzu.

Stężał, słysząc hałas z góry. Ezio zobaczył Jun, która wyskoczyła z okna, wylądowała na ugiętych nogach i popędziła w noc. Poszedł do drzwi, przekręcił klucz w zamku i otworzył je.

Za drzwiami stał gotowy do ataku Chińczyk, który natychmiast uderzył swoim *dao*. Ezio cofnął się i przyciął mu rękę drzwiami, miażdżąc kości promieniową i łokciową. Miecz wypadł z dłoni Chińczyka, który zawył z bólu. Ezio znów otworzył szarpnięciem drzwi i z zamachu rozłupał głowę przeciwnika pogrzebaczem. Przeskoczył nad trupem i wypadł na zewnątrz.

Wkrótce znalazł Jun, walczącą z trzema napastnikami. Była w opałach, ale przybył w samą porę, by przeważyć szalę. Słudzy cesarza Jiajinga uciekli ku winnicy. Tam się zatrzymali. Jun, walcząca tylko pięściami i stopami, powaliła jednego niemal na miejscu. Ezio drugiego pokonał pogrzebaczem – wbił mu jego szpic prosto w twarz. Jednak trzeciemu Chińczykowi udało się wytrącić mu broń i Ezio odzyskał przewagę tylko dzięki temu, że szybko wyrwał spomiędzy pędów winorośli drewniany kołek; przewrócił przeciwnika, a potem uderzył go w kark, miażdżąc kręgi szyjne.

Walka się skończyła. Ezio padł na pochyłość między winoroślami, wyczerpany, ale cały. Zobaczył spojrzenie Jun i spróbował się zaśmiać, ale jego śmiech zmienił się w zgrzytliwy kaszel.

– Charczę jak zdychający kot – powiedział.

– Chodź, pomogę ci.

Jun pomogła mu wstać i razem wrócili do willi.

90

Obudzili się na długo przed świtem. Poranek był chłodny. Promienie słońca przebijały się przez mgłę.

Shao Jun stała na drodze z tobołkiem na plecach. Zapatrzona w dal, gotowa do wyjazdu. Wydawała się zatopiona w rozmyślaniach i odwróciła się dopiero, kiedy Ezio podszedł do niej od strony willi. Oddech wciąż miał ciężki i utrudzony.

– Do domu droga daleka...

– Ale po drodze jest wiele ciekawych rzeczy do zobaczenia. *Dashi, xièxiè nin*, dziękuję, Mistrzu – ukłoniła się lekko.

Ezio trzymał w rękach małą, bardzo starą szkatułkę. Wyciągnął ją do Jun.

– Weź. Któregoś dnia może ci się przydać.

Jun wzięła dar i obróciła go w rękach. Chciała otworzyć szkatułkę, ale Ezio ją powstrzymał.

– Nie – powiedział. – Tylko jeśli zabłądzisz.

Spakowała prezent do sakwy. Ezio zmrużył oczy i popatrzył poza nią, wzdłuż drogi. Zobaczył proporce zbliżających się żołnierzy.

– Powinnaś już iść – rzekł.

Jun podążyła wzrokiem za jego spojrzeniem, kiwnęła głową i oddaliła się w gąszcz winogron, które rosły po obu stronach drogi. Ezio patrzył za nią, jak szybko wspina się w kierunku grzbietu pobliskiego wzgórza.

Żołnierze podjechali niedługo potem i Ezio ich przywitał. Kiedy jeszcze raz obejrzał się za Jun, ona już zniknęła.

Kilka tygodni później, po zbiorach i po dziewiątych urodzinach Marcella, Ezio siedział w swoim gabinecie i znów próbował pisać. Tym razem szło mu nieźle. Popatrzył na ostatnią czystą kartkę przed sobą, a potem zamoczył pióro i z wielkim skupieniem nakreślił kilka słów. Przeczytał je i uśmiechnął się. Nagle upuścił pióro, gdy znienacka zakłuło go w piersi.

Ktoś zapukał do drzwi.

– Tak? – powiedział Ezio. Wziął się w garść i odłożył pióro w uchwyt obok kałamarza.

Do pracowni weszła Sofia.

– Zabieram dzieci do Fiesole. Wrócimy tuż po zmroku.

– Dobrze.

– Jutro dzień targowy. Jedziesz z nami?

– Tak.

– Na pewno?

– Dam radę.

Sofia zamknęła za sobą drzwi. Ezio siedział przez chwilę zadumany, a potem, zadowolony, zaczął zbierać papiery z biurka. Poukładał je w równy stosik i związał wstążką.

91

Następny dzień był rześki i pogodny. Zatrzymali się we Florencji na obiad. Przed powrotem do domu Sofia uparła się, żeby kupić jeszcze kilka rzeczy. Ezio, idący ulicą kilka kroków za żoną i dziećmi, nagle skrzywił się w napadzie kaszlu. Oparł się o ścianę, żeby nie upaść.

W jednej chwili Sofia znalazła się przy nim.

– Trzeba było zostać w domu.

Uśmiechnął się do niej.

– Jestem w domu.

– Siadaj – powiedziała Sofia, wskazując ławkę. – Zaczekaj na nas. Będziemy niedaleko, wrócimy za chwilę.

Ezio kiwnął głową. Sofia wróciła do dzieci i razem poszli kawałek w dół ulicy. Rozsiadł się wygodnie, poczekał, aż ból osłabnie.

Patrzył na kręcących się ludzi, zajętych codziennymi sprawami. Był zadowolony i oglądanie ich sprawiało mu przyjemność. Wdychał zapachy otaczającego go targowiska. Wsłuchiwał się w odgłosy handlu.

– Kocham to miejsce – powiedział do siebie.

Dom. Wreszcie był w domu.

Jego rozmyślania przerwał piskliwy głos młodego Włocha, który klapnął na ławkę obok niego. Młodzieniec mówił, najwyraźniej do siebie. Nie patrzył na Ezia.

– *Al diavolo*! Nienawidzę tego przeklętego miasta. Wolałbym być w Rzymie! Podobno kobiety tam są... mmm... jak dojrzałe Sangiovese na gałęzi... Nie jak te tutaj. *Firenze*!

Splunął na ziemię.

Ezio obejrzał się na niego.

– Nie sądzę, żeby to Florencja była twoim problemem – zauważył, wzburzony tym, co młody człowiek powiedział.

– Słucham?

Ezio chciał odpowiedzieć, ale znów chwycił go ból. Skrzywił się, z trudem wciągając powietrze. Młodzieniec odwrócił się do niego.

– Spokojnie, staruszku.

Chwycił Ezia za nadgarstek. Ezio popatrzył na trzymającą go dłoń i pomyślał, że jej uścisk jest niezwykle silny, a mina młodego człowieka – dziwna, prawie znajoma. Ale pewnie mu się zdawało. Pokręcił głową.

Nieznajomy przyjrzał się Eziowi uważnie i uśmiechnął. Ezio odwzajemnił jego spojrzenie.

– Odpocznij trochę, co? – powiedział tamten.

Wstał i odszedł. Ezio przytaknął – za późno – odprowadzając go wzrokiem. Potem oparł się o ścianę, wypatrując Sofii w rzednącym tłumie. Zobaczył ją przy kramie, kupującą warzywa. A obok niej – Flavię i Marcella, przedrzeźniających się, rozbawionych.

Zamknął oczy i głęboko odetchnął. Oddech mu się uspokoił. Młody człowiek miał rację. Powinien odpocząć...

Sofia pakowała właśnie kupione warzywa do koszyka, kiedy jej serce ścisnął chłód. Podniosła wzrok i spojrzała na Ezia. Siedział jakoś dziwnie. Zmieszana, nie chcąc przyznać się do własnych obaw, przyłożyła dłoń do ust i podbiegła do niego, zostawiając bawiące się dzieci.

Kiedy się zbliżyła, zwolniła kroku. W końcu usiadła obok Ezia, wzięła go za rękę, a potem nachyliła się i przytuliła czoło do jego włosów.

Parę osób spojrzało w ich stronę, jedna czy dwie z nich z troską, ale poza tym życie ulicy toczyło się dalej swoim torem.

92

Dużo później tego dnia, już w domu, odesławszy Machiavellego, Sofia udała się do gabinetu. Dzieci były w łóżkach. Chyba jeszcze nie dotarło do nich, co się stało.

Ogień w kominku zgasł. Zapaliła świecę i podeszła do biurka. Podniosła równo ułożony, związany tasiemką plik kartek, który na nim leżał. Zaczęła czytać.

Kiedy byłem młody, byłem wolny, lecz nie zdawałem sobie z tego sprawy; miałem czas, lecz nie byłem tego świadomy; obdarzono mnie miłością, ale jej nie poczułem. Musiało minąć trzydzieści długich lat, zanim pojąłem znaczenie miłości, wolności i czasu. Teraz, u zmierzchu mego życia, zrozumienie to przeszło w spełnienie. Miłość, wolność i czas, których kiedyś miałem pod dostatkiem, to siły popychające mnie naprzód. Zwłaszcza miłość, najdroższa, do ciebie, do naszych dzieci, naszych braci i sióstr... i do ogromnego, cudownego świata, który dał nam życie i który zawsze pozostanie dla nas zagadką. Z nieskończenie głęboką miłością, Sofio, jestem na zawsze twój.

Ezio Auditore

SPIS POSTACI

Abbas – wróg Altaïra Ibn-La'Ahada
Al Mualim – Mistrz Bractwa w XII wieku
al-Scarab – kapitan piratów, plaga Białego Morza
Altaïr Ibn-La'Ahad – Mistrz asasynów
sułtan Bajezid
kapitan Tarik Barleti – dowódca janczarów straży przybocznej sułtana
Bartolomeo d'Alviano – przyjaciel Ezia
Bekir – agent w Larnace
Claudia Auditore – siostra Ezia
Darim – syn Altaïra i Marii
Dilara – główny szpieg Tarika
Dogan – asasyn, zastępca Yusufa
Domenico Garofoli – namiestnik Cypru
Duccio Dovizi – były narzeczony Claudii Auditore
Ezio Auditore da Firenze – Mistrz
Haras – zdrajca Bractwa w XII wieku
Leonardo da Vinci – malarz, naukowiec, rzeźbiarz, 1452–1519
Ma'Mun – agent okrętowy
Manuel Paleolog – bizantyjski książę, spadkobierca ostatniego cesarza Bizancjum, niedoszły cesarz
Maria Thorpe – żona Altaïra, Angielka

Niccolò di Bernardo dei Machiavelli – asasyn, filozof i pisarz, 1469–1527
Piri Reis – admirał i zarządca tureckiej floty handlowej
książę Ahmet Osman – wuj księcia Sulejmana, ulubiony syn sułtana
książę Selim Osman – ojciec księcia Sulejmana, brat Ahmeta
książę Suleiman Osman – wnuk sułtana Bajezida i namiestnik Kefe
Szachkulu – ochroniarz Manuela, turkmeński renegat
Sofia Sartor – księgarka, żona Ezia
Yusuf Tazim – przywódca asasynów w Stambule

SŁOWNICZEK WYRAŻEŃ WŁOSKICH, GRECKICH, CHIŃSKICH I TURECKICH

a presto – do zobaczenia wkrótce
adi herif – świnia
al diavolo – do diabła
affedersiniz – przepraszam
affedersiniz, efendim – przepraszam, panie
akçe – dawna turecka moneta
Allah ashkina – jeśli Bóg pozwoli
Allaha ismarladik! – Niech cię Bóg błogosławi!
aman Allahim! – o Boże!
amore – miłość, ukochany
apistefto – niewiarygodne
arrocco – roszada
aynen oyle – otóż to

ballata – ballada
bastardo – bękart, drań
bene – dobrze
beyfendi – Wasza Ekscelencjo
bir sey degil – nie ma za co
bistecca alla fiorentina – stek po florencku
brutti ma buoni – brzydkie, ale dobre
buffone – dureń

buon giorno – dzień dobry
buona donna – dobra kobieto
buona sera – dobry wieczór

canaglia – łajdak, kanalia
carciofini sott'olio – młode karczochy duszone w oliwie z oliwek
castagnaccio – ciasto kasztanowe
cazzo – fiut/gówno
che sucede? – co się dzieje?
çok üzüldüm – bardzo dobrze

dao – szabla
dashi, xìexìe nin – dziękuję, Mistrzu
dio mio – mój Boże
duìbùqi – przepraszam
duomo – katedra
dżambija – arabski sztylet o szerokim, zakrzywionym ostrzu

è incredibile – nie do wiary
edáxi – w porządku
efendim – panie
evet – tak

fettunta – pieczywo czosnkowe
finito – skończone
fratello mio! – mój bracie!
fuori! – precz!/wynocha!

Gennaio – styczeń
gerzek – głupiec
ghazi – święty wojownik
Giugno – czerwiec
grazie – dziękuję
güle güle – bardzo dobrze
güzel – doskonale

hadżdż – pielgrzymka
haydi rastgele – powodzenia
hristé mou – mój Boże!

il diavolo – diabeł
inanilmaz – niewiarygodne

kanun – prawo
karesi – place
kargasha – chaos, zamieszanie
kesinlikle – oczywiście
kouráyo – odwaga
kyrie – pan
khardeshlerim – bracia

la Crociata Segreta – Tajemna Krucjata
levatrice – akuszerka
ling chi – kara tysiąca cięć
lokanta – kawiarnia/restauracja

maccaroni in brodo – zupa z makaronem
magnetismo – magnetyzm
masa'il kher – dobry wieczór
merda – cholera
merhaba – witaj
messer – pan
mia cara – moja droga
mio bel menestrello – mój przystojny minstrel
mio principe – mój książę
moleche – krab o miękkim pancerzu
molto curioso – bardzo ciekawe

navigatore – żeglarz
nessun problema – nie ma problemu
non mi sorprende – nie dziwi mnie to

pandiramerino – chleb z rozmarynem
panzanella – chleb i sałatka z pomidorów
pecorino – rodzaj sera
pek güzel – bardzo piękne
pekala – w porządku
perdonate, buon signore – wybacz, dobry człowieku
perfetto – doskonale
piena di vita – pełny życia
poi kalà – bardzo dobrze
prens – książę
prego – proszę
presuntuoso – zarozumiały (o człowieku)

principe – książę
qián – moneta

raccolto – zbiory
ragazzo – młody chłopak
requiescat in Pace – spoczywaj w pokoju
rixoto de gò – risotto z babką (gatunek ryby)

sagliginiza! – do zobaczenia wkrótce!
salame toscano – salami toskańskie
salsicce di cinghiale – kiełbasa z dzika
salute a voi, Assassini – witajcie, asasyni
salve – cześć
sayin da Vinci *bey* – pan da Vinci
se solo! – gdyby tylko!
serefe! – na zdrowie!
sharbat – sorbet
shehzad/shehzadem – książę
sì – tak
sì, da molto tempo – tak, bardzo długą
sinav icin iyi sanslar! – powodzenia, przyjacielu!
sövalye – rycerz
spaghetti allo scoglio – spaghetti z owocami morza

tesekkür ederim – dziękuję
Tesekkür, Mentor. Chok tesekkür ederim! – Dziękuję, Mentorze. Bardzo dziękuję!
tesoro – moja najdroższa

ti distibìa – co za nieszczęście
tonno al cartoccio – świeżo pieczony tuńczyk w panierce

un favore – przysługa
una tortura – tortura

va bene – w porządku
vendange – winobranie
veraison – dojrzewanie winogron

PODZIĘKOWANIA

Podziękowania specjalne

Yves Guillemot

Jean Guesdon

Corey May

Darby McDevitt

oraz

Alain Corre

Laurent Detoc

Sébastien Puel

Geoffroy Sardin

Xavier Guilbert

Tommy François

Cecile Russeil

Christele Jalady

Dział prawny Ubisoftu

Chris Marcus

Etienne Allonier

Maria Loreto

Alex Clarke

Alice Shepherd

Anton Gill

Guillaume Carmona

Clémence Deleuze

ASSASSIN'S CREED
ASSASSIN'S CREED II
ASSASSIN'S CREED BROTHERHOOD
ASSASSIN'S CREED REVELATIONS
18
www.pegi.info
PS3
PlayStation 3
XBOX 360
www.assassinscreed.com
UBISOFT
© 2011 Ubisoft Entertainment. All Rights Reserved. Assassin's Creed, Ubisoft, and the Ubisoft logo are trademarks of Ubisoft Entertainment in the U.S. and/or other countries.